Karin Lindberg
Der Sommer der Islandtöchter

TINTE & FEDER

Das Buch

Sommer 2018: Von einem Tag auf den anderen kann Hannah Leopold ihren Traumberuf als Violinistin nicht mehr ausüben. Nach ihrer Scheidung nimmt sie sich ein Jahr Auszeit und reist nach Island. Auf dem Dachboden des kleinen Küstenhauses, in dem sie dort wohnt, findet sie Zeichnungen mit einer Küstenseeschwalbe darauf, die sie tief berühren, weil sie sie an die Kunstwerke ihrer Mutter erinnern. Hannah begibt sich auf eine schmerzhafte Spurensuche, die sie zurück in ihre eigene Kindheit – und vielleicht in ihre Zukunft führt.

Sommer 1978: Die lebenshungrige Monika verbringt mit ihren Eltern den Sommer in Island. Unter der Mitternachtssonne nördlich des Polarkreises verliert sie ihr Herz an den attraktiven Kristján und träumt von einer Zukunft als Malerin. Doch ihre traditionsbewussten Eltern haben andere Pläne für sie. Als Tochter aus gutem Hause soll Monika das Familienunternehmen im heimischen Lüneburg übernehmen … Kann Monika sich für das Leben entscheiden, nach dem ihr Herz sich sehnt?

Die Autorin

Karin Lindberg war zehn Jahre in den Chefetagen internationaler Konzerne tätig, doch sobald ihr erster Roman veröffentlicht war, reichte sie ihre Kündigung ein, um jede freie Minute zu schreiben. Sie erschafft mit Begeisterung starke Heldinnen und attraktive Helden, legt ihnen Steine in den Weg und lässt sie am Ende doch ihr Happy End erleben. Karin Lindberg lebt mit ihrer Familie vor den Toren Hamburgs. Inzwischen hat sie mehr als fünfzig Romane veröffentlicht, die weit über zwei Millionen Mal verkauft wurden.

KARIN LINDBERG

schreibt als Karin Baldvinsson

Der Sommer der Island Töchter

ROMAN

TINTE & FEDER

Die Originalausgabe erschien 2020 unter dem Titel »Der Sommer der Islandtöchter« bei Ullstein, Hamburg.

Veröffentlicht bei
Tinte & Feder, Amazon Media EU S.à r.l.
38, avenue John F. Kennedy, L-1855 Luxembourg
Juli 2024

Umschlaggestaltung: bürosüd° München, www.buerosued.de
Umschlagmotiv: © Abigail Miles / ArcAngel; © Rinby / Shutterstock; © Mumemories / Shutterstock
Korrektorat: Manuela Tiller / DRSVS
Gedruckt durch:
Amazon Distribution GmbH, Amazonstraße 1, 04347 Leipzig /
Canon Deutschland Business Services GmbH, Ferdinand-Jühlke-Straße 7, 99095 Erfurt /
CPI books GmbH, Birkstraße 10, 25917 Leck

ISBN: 978-2-49671-688-7
e-ISBN: 978-2-49671-687-0

www.tinte-feder.de

An den Scheidewegen des
Lebens stehen keine Wegweiser.

Charlie Chaplin

Für meine Eltern, weil ihr
immer stolz auf mich seid.

Prolog

Im Haus war es dunkel, genau wie in der Welt da draußen. Das Gebälk ächzte unter den Böen des Sommergewitters. Regen prasselte gegen das kleine Fenster, Blitze zuckten durch die über den Himmel ziehenden Wolken. Es roch nach Staub und der Vergangenheit. Spinnweben schimmerten in den Ecken und hingen in dicken, engelshaargleichen Strähnen von den Balken des alten Dachstuhls. In der Ecke stand der alte Schaukelstuhl, in dem sie vor Jahren ihre Tochter gestillt hatte. Daneben war das Kinderbettchen, sie erinnerte sich noch gut an die Zeit, in der die Gitterstäbe in reinem Weiß erstrahlten. Jetzt war die Farbe an vielen Stellen abgeblättert. Sie zog an einer Schnur, um die einsam an der Decke baumelnde Glühbirne anzuschalten. Die 60 Watt erhellten bloß einen geringen Radius.

Gedankenverloren setzte sie sich auf einen dreibeinigen Hocker und öffnete die alte Eichenholzkiste, aus der sie einen Stapel verschnürter Briefe herausnahm. Fast vierzig Jahre war es her, dass sie abgeschickt worden waren. Das Alter war ihnen deutlich anzusehen, doch sie waren allesamt ungeöffnet. Das spröde gewordene Papier war vergilbt, das Blau der Tinte verblasst. Der Donner dröhnte durch das Haus und die alten Fensterscheiben klirrten wie Eiswürfel in einem Tumbler.

All die Jahre hatte sie geglaubt, das Richtige getan zu haben. Aber wenn sie jetzt versuchte, die Rechtfertigung zu erfassen, löste sie sich in ihren Gedanken auf wie Nebel in der Morgensonne. Sie zweifelte an sich und ihrer Entscheidung. Nein, im Angesicht der drohenden Wahrheit wusste sie es: Sie hätte sich nicht einmischen dürfen. Sie wünschte, es wäre jemand anderes gewesen, den sie dafür verantwortlich machen konnte, dass so viele Menschen in ihrem Umfeld unbewusst darunter hatten leiden müssen. Eine Windbö peitschte Regentropfen gegen das Fenster, wie eine stumme Anklage.

»Ich kann sie immer noch verbrennen«, murmelte sie so leise, dass es vom Sturm verschluckt wurde.

Mit der Vernichtung hättest du nichts gewonnen und dein Gewissen kannst du nur auf eine Weise erleichtern, flüsterte das Stimmchen in ihrem Kopf immer wieder. Und es stimmte, die Last wurde von Jahr zu Jahr schwerer, sie konnte es, je näher ihr Lebensabend rückte, immer schlechter verdrängen. Sie wollte ihr Gewissen erleichtern, auch wenn es möglicherweise nichts mehr ändern würde. Ganz sicher sogar. Warum hatte sie nur so lange gewartet? Vermutet hatte sie es vom ersten Tag an, aber nun war es gewiss. DNA log nie, Menschen schon.

Über dem Haus krachte ein Donner, gefolgt von einem Blitz, der selbst durch das kleine Dachfenster bedrohlich grell und nah wirkte. *Jetzt oder nie.* Sie kramte einen Bogen Papier und einen Stift hervor und begann zu schreiben, ehe sie wieder der Mut verließ.

> *Mein liebes Kind,*
> *es fällt mir schwer, diese Worte zu Papier zu bringen, aber so, wie die Dinge stehen, möchte ich die Wahrheit aufdecken. Eins will ich dir sagen, es war nie meine Absicht, dir wehzutun. Ich glaubte immer, in deinem Interesse zu handeln,*

ich wollte immer nur das Beste für dich.

Ich möchte, dass du weißt, dass ich dich immer geliebt habe. Ich weiß, unser Verhältnis ist schwierig, das ist es immer gewesen. Du und ich, wir sind einfach zu unterschiedlich – und doch auf seltsame Weise gleich. Wenn du diese Zeilen liest, dann bitte ich dich, hasse mich nicht.

Es tut mir unendlich leid …

Ihre Hand begann zu zittern, eine Träne tropfte aus dem Augenwinkel auf das Papier. Das Gewitter zog langsam weiter, es regnete nur noch leicht, der Donner grollte aus der Entfernung. Sie atmete tief ein und ließ den Stift wieder sinken. Sie konnte es nicht – aber sie musste.

Kapitel 1

Húsavík 2018

Der Himmel über dem beschaulichen isländischen Küstenort strahlte in einem reinen Eisblau. Es hatte vor einer Weile aufgehört zu regnen und Wind zerrte die Wolken wie mit einem Reißverschluss auseinander. Immer mehr Sonnenstrahlen bahnten sich ihren Weg und ließen das satte Grün der Wiese vor dem Haus noch intensiver leuchten. Hannah fröstelte, schlang die Arme um den Körper und drehte sich, um nach dem Quell der Zugluft zu sehen. Die Haustür stand weit offen, während die Mitarbeiter der Speditionsfirma die restlichen Umzugskisten hereintrugen. Mit einem Mal war der Raum erfüllt von hellem Sonnenlicht, glitzernde Staubkörnchen wirbelten umher, bis sie sich wie herabsinkende Federn auf den Möbelstücken der Vermieterin niederließen. Das Haus hatte große Sprossenfenster, die alle Räume hell und freundlich wirken ließen. Sie war froh, dass sie nicht alles aus Deutschland hatte mitbringen müssen, auch wenn die Einrichtung vielleicht nicht ganz ihrem Geschmack entsprach. Die Wände waren kürzlich in einem Eierschalenton gestrichen worden, den sie selbst nie gewählt hätte. Aber sie freute sich darauf, ihre eigenen Familienbilder, die noch sicher verstaut waren, dort aufzuhängen. Danach würde sie sich hoffentlich ein wenig heimischer fühlen. Das Erdgeschoss war mit hellem Stäbchenparkett ausgelegt, im Flur lag ein Läufer, dessen Farbe über die Jahre verblasst war. An der Wand war eine Eichengarderobe mit einem bodentiefen Spiegel angeschraubt, an der nur ihre Jacke hing. Aber das würde sich bald ändern, wenn Nils mit ihrem gemeinsamen Sohn Max ankam. Sie waren getrennt gereist, damit Hannah sich schon einmal um die Einrichtung kümmern konnte, ehe der kleine Wirbelwind über sein neues Zuhause herfallen würde. Der Gedanke an ihren Sohn ließ sie lächeln.

Gerade kam wieder ein Mann mit zwei übereinandergestapelten Umzugskisten an ihr vorbei und sprach sie auf Isländisch an. »Hvert á þetta að fara?«

Sie runzelte die Stirn und überlegte, was das heißen könnte. *Fara.* Das Wort kannte sie, was bedeutete es noch mal? Hannah kniff die Augen zusammen und biss sich in die Innenseite ihrer Wange. Ach ja, *fara* bedeutete ›gehen‹.

Sie hatte trotzdem keine Ahnung, was er von ihr wollte, und zuckte hilflos mit den Schultern. Der Mann starrte sie einen Moment an und ging dann einfach an ihr vorbei. Offenbar hatte er entschieden, selbst eine Antwort auf seine Frage zu finden. Eigentlich hatte sie geglaubt, dass sie nach dem dreimonatigen Intensiv-Sprachkurs Isländisch an der VHS gut vorbereitet wäre – tja, sie hatte sich getäuscht.

Sie war müde, die letzten Tage waren nervenaufreibend und mit Reisestress verbunden gewesen. Erste Zweifel überkamen sie, alles war fremd. Sogar die kühle isländische Luft roch anders, salzig und so rein, dass ihr beinahe schwindelig wurde. Hannah schloss für einen Moment die Lider und ließ den Atem in ihre Lungen strömen. Es würde alles gut werden, sie sehnte sich nach Freiheit und Abstand, deswegen war sie hergekommen.

Fast alle ihre Freunde und Bekannten hatten ihr davon abgeraten, ein Sabbatical in Island zu verbringen.

Zu einsam. Zu weit weg. Zu kalt.

Hannah hatte stets mit einer wegwerfenden Handbewegung und einem Zungenschnalzen reagiert. Es war genau das, was sie wollte. Fort aus Lüneburg, fort von all den Menschen, die ihr immer wieder die gleichen nervtötenden Fragen stellten.

Wann spielst du wieder im Orchester?

Wann stehst du wieder auf der Bühne?

Wie geht es weiter?

Sie hasste diese Fragen, die sie nicht beantworten wollte. Sie würde nie mehr die erste Geige spielen, nie mehr dem Applaus lauschen, der für sie bestimmt war. Hannah schluckte schwer und versuchte, die zermürbenden Tatsachen zu verdrängen. Nicht hier. Nicht jetzt.

Mit Island schlug sie ein neues Kapitel auf, ob ihre Freunde und Familie ihr von dem Abenteuer abrieten oder nicht. Ihr war es einerlei.

Und für das Wetter gab es schließlich gute Bekleidung – damit hatten sie sich zur Genüge eingedeckt, sie waren auf alles vorbereitet.

Gut, vielleicht nicht auf alles, aber zumindest würden sie den Witterungsbedingungen trotzen können. Aber es gehörte mehr dazu, in einem fremden Land Fuß zu fassen, als nur das richtige Outfit. Hannah war sich dessen bewusst, aber bislang war sie noch überall klargekommen. Bisher war sie allerdings auch noch nie ausgewandert, sondern immer nur für ein paar Tage, maximal Wochen verreist.

»Was habe ich mir nur dabei gedacht?«, murmelte sie und schob sich eine Strähne ihrer kupferroten Locken hinters Ohr. Für ein Zurück war es jetzt zu spät. Sicher würden die Zweifel verschwinden, wenn sie sich im neuen Heim häuslich eingerichtet hatte.

»Es ist ja nur für ein Jahr«, schob sie mit fester Stimme hinterher und versuchte sich selbst Mut zu machen, bis sie bemerkte, dass sie schon wieder Selbstgespräche führte.

Kopfschüttelnd ging sie in die Küche der gemieteten Bleibe. Obwohl sie das Häuschen nur anhand von Bildern im Internet ausgewählt hatte, war die Aussicht der ausschlaggebende Punkt für ihre Entscheidung gewesen. Aus den Küchen- und Wohnzimmerfenstern hatte man einen ganz hervorragenden Blick auf den Hafen des malerischen Fischerorts an der Nordküste Islands. Es schien, als ob kein Haus in der gleichen Farbe gestrichen war, Rot, Gelb, Grün und Blau wechselten sich ab. Die Vorgärten waren sehr gepflegt, auch wenn sie nicht so üppig bepflanzt waren, wie sie es von zu Hause kannte. Isländer schienen, was das anging, praktisch veranlagt zu sein, oder es war wegen der Witterung nicht so einfach, eine Blütenpracht am Leben zu halten. Hier und da wuchs ein vereinzelter Baum, die Nachbarn gegenüber hatten Blumenkästen mit roten Geranien vor ihren Fenstern, darunter war ein kleines Beet angelegt worden, auf dem noch nichts wuchs. Ein Entenpärchen watschelte schnatternd über die Wiese. *Wonach sucht ihr beiden denn?*, dachte Hannah und lächelte, während sie ausatmete. Ja, sie würde es sich hier schon gemütlich machen. Dadurch, dass das Häuschen am Hang gebaut war und darunter die Straße verlief, hatte sie nicht nur einen wunderbaren Ausblick über das Örtchen, sondern auch auf die Fischerboote im Hafen und den rauen, blauen Atlantik. Die Fischerboote wogten auf dem Wasser, die Wolken und der eisblaue Horizont spiegelten sich darin. Auf den ersten Blick wirkte ihre neue Bleibe mit dem grünen Dach und der mintgrünen Fassade unscheinbar und altmodisch und gleichzeitig seltsam fremd. Von Lüneburg war sie rote Klinkersteine und Ziegeldächer gewohnt. Aber ihr gefiel es, dass auf Island viele Häuser bunt waren, kleine Farbtupfer auf sattgrünen Hügeln über dem dunkelblauen Nordatlantik. Wie musste das alles erst im Winter wirken, wenn die Landschaft unter einer dicken, weißen Schneedecke verschwand?

Sogar die örtliche Kirche – ihr Nachbarhaus – wirkte wie aus einer anderen Welt. Ein grüner Kirchturm mit einer weißen Holzfront und roten Balken. Die hatte sie bei ihrem ersten Spaziergang im Ort entdeckt. Sie war überrascht gewesen, dass die Kirche innen auch so urig eingerichtet war, mit harten Bänken, Dielenboden und goldenen Lüstern. Warum evangelische Kirchen in Island so prunkvoll gestaltet waren, wie sie es in Deutschland von katholischen Gotteshäusern kannte, hatte sie noch nicht verstanden, aber das würde sie noch herausfinden, dafür hatte sie ja jetzt eine Menge Zeit. Ein weiteres Lächeln stahl sich auf ihr Gesicht. Ja, es gab viel zu entdecken und sie freute sich darauf. Das immerhin würden ihr ihre Rücklagen ermöglichen, sie musste sich nicht sofort eine Arbeit suchen. Max war bereits beim örtlichen Kindergarten angemeldet. Mit seinen drei Jahren verstand er noch nicht so recht, wie groß dieser Schritt, nach Island zu gehen, für sie beide war. Aber Hannah hatte ihm von der grünen Insel erzählt, dem blauen Meer, den kleinen Pferdchen und bunten Häusern, und inzwischen freute er sich sogar darauf, die neuen Kinder zu treffen. Vielleicht war der Kindergarten auch eine Möglichkeit für sie, andere Mütter kennenzulernen. Hannah wusste, eine Schwierigkeit an einem neuen Lebensort war immer das Kontakteknüpfen. Sie hatte überlegt, sich bald einen Nebenjob oder eine Beschäftigung zu suchen, damit sich keine Einsamkeit breitmachen konnte und sie nicht untätig herumsitzen würde. Das waren die zwei großen Punkte ihres Plans für ihre Zeit in Island: Nicht herumsitzen und trauern, nicht immer allein sein. Denn zu Hause hatte sie einfach nicht gewusst, wie sie die langen Stunden sinnvoll nutzen konnte, die sie früher mit Üben und im Orchester verbracht hatte. Sie kannte nichts außer der Musik – und eigentlich wollte sie auch nichts anderes. Aber das Schicksal hatte etwas anderes mit ihr vor. Sie wusste nur noch nicht, was.

Ein Krachen ließ Hannah zusammenfahren. Sie atmete aus, als sie verstand, dass es nur eine Kiste mit Küchenutensilien war, die heruntergepurzelt war und jetzt auf dem Boden lag.

Ich sollte besser mal anfangen, als den ganzen Tag zu träumen, dachte sie und rieb sich über das Gesicht.

Vor den Schränken der hübschen, kleinen Landhausküche stapelten sich etliche Umzugskartons. Die Einrichtung war nicht modern, aber dafür aus schönem hellem Holz. Sie hatte alles, was sie brauchte. Einen alten Backofen mit Gasherd, eine Spüle anstelle einer Spülmaschine und viele Schränke mit leeren Fächern. In der Mitte des Raums stand ein weißer Holztisch mit einer kleinen Schublade unter der Platte. Es gab vier passende, aber reichlich unbequem aussehende Stühle dazu. Auf der Fensterbank hatte ihre Vermieterin drei Blumentöpfe mit Rosmarin, Basilikum und Thymian abgestellt, im mittleren steckte ein Schild mit der Aufschrift: »Velkomin«. *Willkommen.*

Hinter dem Haus gab es einen kleinen Garten, der reichlich verwahrlost wirkte. Vielleicht würde sie selbst versuchen, etwas daraus zu machen. Das Einzige, was dort noch wuchs, war Unkraut. Sie seufzte. Dem würde sie schon Herr werden und auch, wenn sie keinen ausgewiesenen grünen Daumen hatte, konnte es doch nicht so schwer sein, ein bisschen Salat und Gemüse anzubauen. Vieles war hier etwas anders, als sie es von Deutschland gewohnt war, aber sie würde lernen, damit klarzukommen. Hannah öffnete den ersten Umzugskarton.

»Við erum búin«, sagte jemand hinter ihr.

Hannah fuhr erschrocken herum und hob ihren Kopf. »Entschuldigung, was haben Sie gesagt?«, fragte sie.

»Wir sind fertig«, versuchte der Mann es auf Englisch, als er begriff, dass sie ihn nicht verstand.

»Oh, okay, danke. Takk.«

Hannah ging zu ihrer Handtasche und zog einen Geldschein heraus, den sie ihm in die Hand drücken wollte. Seinem entsetzten Gesichtsausdruck nach zu urteilen, war das hier nicht üblich.

»Verzeihung«, murmelte sie und ließ ihren Arm sinken. Sie schaute den dunkelhaarigen Mann in Jeans und Fleecejacke an und wartete ab, ob er ihr vielleicht einen kleinen Wink gab, was er jetzt von ihr erwartete.

Leider war das nicht der Fall. Er sagte bloß mit einem gleichgültigen Gesichtsausdruck: »Bless og gangi þér vel.«

Tschüss und viel Glück.

Ob er das ironisch meinte?

Hannah war versucht, eine Grimasse zu schneiden, nach einem kurzen Augenblick entschied sie, dass es nur ihre angespannten Nerven waren, die sie zu diesen seltsamen Überlegungen brachte. Der Mann hatte gar keinen Grund, sarkastisch zu sein.

»Takk«, sagte sie noch einmal mit einem freundlichen Lächeln und freute sich, dass sie seine guten Wünsche überhaupt verstanden hatte. Das war ein Fortschritt.

Mit schweren Schritten verließ er das Haus, die Tür flog mit einem Krachen ins Schloss.

Hannah schluckte. Damit war sie nun wohl offiziell eingezogen. Sie schaute auf ihre Armbanduhr. Wo blieben eigentlich Nils und Max? Vermutlich hatte der Herr Papa unterwegs mal wieder getrödelt, was nichts Neues war. Auf ihrem Handy waren keine neuen Nachrichten eingegangen. Wahrscheinlich hatten sie irgendwo auf dem Weg einfach eine längere Pause eingelegt. Kein Grund zur Sorge, eigentlich sollte sie sich freuen, so konnte sie einiges schaffen, ehe Max hier Chaos verbreiten konnte. Der Gedanke ließ sie schmunzeln.

Hannah genoss die Ruhe im Haus, während sie sich an die erste Kiste heranwagte. Früher hatte sie viel Klassik gehört, aber seit ihrem Karriereende ertrug sie es nicht mehr. Und mit Popmusik, wie sie im Radio gespielt wurde, hatte sie noch nie etwas anfangen können. Sie räumte ihre Lieblingsbücher in ein Regal im Wohnzimmer, die mechanischen Bewegungen halfen ihr dabei, sich zu entspannen. Nach und nach räumte Hannah einen Umzugskarton nach dem anderen aus. Den Geigenkasten verstaute sie ganz hinten im Wohnzimmerschrank, als ob sie so den Grund vergessen könnte, der sie hergeführt hatte. Als sie einen alten Bildband aus einer Kiste hob, hielt sie in der Bewegung inne: »Wie ist das denn da reingekommen?«

Sie legte das Buch beiseite und nahm das kleine, bemalte Kästchen heraus, in dem sie als Kind ihre Heiligtümer aufbewahrt hatte. Sie hatte gar nicht gewusst, dass sie es überhaupt noch besaß. Hannah öffnete den Deckel und fand eine Kette aus getrockneten Gänseblümchen darin. Außerdem noch einen kleinen Plastikring mit einem glänzenden Herz, den sie sich damals für fünfzig Pfennig aus einem Automaten gezogen hatte. Daneben lag ein Zettel. *Für meine Maus*, stand darauf. Hastig klappte Hannah das Kästchen zu und packte es hinter ein paar Bücher im Regal. Erinnerungen aus längst vergangenen Tagen. Die Blütenkette war so flüchtig wie die Liebe ihrer Mutter. Ein Wunder, dass sie all die Jahre darin überstanden hatte. *Oder auch nicht*, dachte sie. Sie hatte sie nur kurz getragen, dann hatte ihre Mutter sie ihr wieder aus den Haaren genommen und weggepackt. »Sonst geht sie noch kaputt«, hatte sie knapp gemeint. Der kurze unbeschwerte Moment war vorbei gewesen und Hannah hatte sich wieder der gleichgültigen Miene der Mutter ausgesetzt gefühlt. Dass ihre Mutter wahrscheinlich sehr unglücklich gewesen war damals, hatte Hannah erst viel später verstanden – wenn sie ihr auch trotzdem nicht verzeihen konnte. Hannah hatte sich von ihrer Mutter nie geliebt gefühlt.

Hannah zuckte überrascht zusammen, als jemand forsch an die Tür klopfte und sie aus ihren Gedanken riss. Sie war so weit weg gewesen, dass sie gar nichts um sich herum wahrgenommen hatte. Sonnenlicht blendete sie und sie blinzelte irritiert. Sie bemerkte, dass sie noch immer wie angewurzelt im Raum stand. Hannah setzte sich in Bewegung, sie wollte sich nicht von Nils anhören müssen, dass sie ihn vor der Tür stehen ließ. Der Mann hatte ein Talent, ihr für alles die Schuld zu geben.

Hannah eilte zur Haustür und riss sie auf. »Da seid ihr ja endli…«, das letzte Wort blieb ihr im Halse stecken, als sie sah, dass gar nicht Nils mit ihrem Sohn, sondern eine blonde, rundliche Frau vor ihr stand, die einen ganzen Kopf kleiner war als sie. Die Frau hatte sehr sympathische Lachfalten um die Augen, was sie jünger wirken ließ, als sie wahrscheinlich war. Sie trug einen leuchtend gelben Mantel und rote Slipper. Hannah schätzte sie auf Mitte sechzig.

»Hallo«, grüßte Hannah ein wenig irritiert. Sie kannte hier noch niemanden und hatte keinen Besuch erwartet. Vielleicht hatte die Frau sich ja im Haus geirrt. Nein, das schloss sie gleich wieder aus. Húsavík war nicht so groß, dass man sich verlief.

»Halló, ég er Freyja«, sagte die Frau jetzt freundlich. Sie lächelte und strahlte sie aus wachen, blaugrauen Augen an.

Freyja, der Name sagte ihr was. Ach ja, die Vermieterin. Natürlich, da hätte sie ja gleich drauf kommen können.

»Oh, kommen Sie doch rein«, meinte Hannah automatisch auf Deutsch und lächelte. »Viltu koma inn?«, versuchte sie es auf Isländisch und streckte ihr die Hand entgegen.

Freyja schüttelte sie und nickte. »Takk vinan. Þú talar íslenksu?«

Hm, ja. Man konnte nicht unbedingt sagen, dass sie Isländisch sprach. Noch nicht. »*Reyna*. Ich versuche es.« Hannah gestikulierte mit einer Hand und lächelte schief.

»Gótt, gótt«, sagte Freyja und trat ins Haus. *Gut. Gut.*

Während sie ganz selbstverständlich ihre Schuhe auszog, fuhr sie auf Deutsch fort. »Das lernst du schon noch, Isländisch ist nicht einfach. Und du bist schon fleißig am Einrichten?«

Hannah war kurz irritiert, dass Freyja Deutsch sprach, sie brauchte einen Moment, um zu antworten: »Ja, ich versuche es zumindest. Ich möchte so schnell wie möglich alles erledigt haben. Woher kannst du so gut Deutsch?«

»Mein Mann hatte Verwandtschaft in der Nähe von Kiel und ich fand das Land schon immer spannend, nachdem ich in der Schule vier Jahre Deutsch gelernt habe. Ich habe zwar nicht so viel Übung im Sprechen, aber es macht mir Spaß.«

»War dein Mann Deutscher?«

»Nein, das nicht, aber du weißt doch, wir Isländer sind überall.« Freyja lachte. »Und du? So ein Umzug ist immer anstrengend, kommst du zurecht?«

»Ach, ausräumen geht immer schneller als einpacken.« Hannah winkte ab. Es tat gut, mit jemandem zu reden.

»Stimmt. Ich möchte dich auch gar nicht lange aufhalten, wollte nur mal sehen, ob du noch was brauchst und ob im Haus alles in Ordnung ist.«

»Ich muss ehrlich sagen, dass ich mich noch gar nicht groß umgesehen habe. Danke auf jeden Fall, dass du die Tür aufgelassen hast und ich direkt mit den Umzugsleuten rein konnte.«

»Das ist doch selbstverständlich. Mir tut es leid, dass ich nicht da war, als du angekommen bist, aber ich hatte leider einen Termin, den ich nicht aufschieben konnte. Und … eigentlich schließt man hier sowieso nie ab.« Freyja zuckte mit den Schultern.

»Ach, tatsächlich? Da muss ich mich erst dran gewöhnen«, erwiderte Hannah. Sie würde die Tür auf jeden Fall verschlossen halten, egal, was ihre Vermieterin ihr erzählte.

In Freyjas blaugrauen Augen blitzte etwas auf. »Du wirst schon sehen. Dann komm, ich zeige dir mal alles. Kann ja nicht schaden zu wissen, wo man was findet und wie alles funktioniert.«

Nachdem die Vermieterin Hannah die wichtigsten Dinge erklärt hatte und sie die Räume, die Hannah ohnehin schon besichtigt hatte, noch einmal gemeinsam durchgegangen waren, schob Freyja einen Haken in die Dachbodenluke. »Geh mal ein Stückchen zur Seite«, warnte sie Hannah, da fiel die Speichertreppe auch schon wie eine Ziehharmonika nach unten. Es folgte eine dichte Staubwolke, die Hannah und Freyja die Sicht nahm. Sie husteten und wedelten mit den Händen vor den Gesichtern, bis sie sich nach ein paar Sekunden lüftete. »Oje, da war ich schon ewig nicht mehr oben«, murmelte Freyja. Hannah wollte gerade den Arm ausstrecken, um sie aufzuhalten – was sollten sie schon auf dem Dachboden? –, als Freyja schon die vier Stufen nach oben durch die Luke verschwunden war.

Mit einem leisen Seufzen folgte Hannah ihr.

»Puh«, stieß Freyja hervor und stemmte die Hände in die üppigen Hüften. »Das Zeug hier hatte ich völlig vergessen.«

Es war staubig und roch ein wenig muffig hier oben. Der Dachboden, ein schmaler Raum mit eng zulaufenden Dachschrägen und einem schmalen Giebel mit Fenster, bot ein Sammelsurium aus Kuriositäten vergangener Tage. Abgehängte Bilder, Möbel, über die ehemals weiße Bettlaken, die sich über die Jahre hinweg gelb gefärbt hatten, gehängt worden waren. Unzählige Kisten stapelten sich zu beiden Seiten. Ein Standspiegel, dessen Oberfläche angelaufen war, lag auf dem Boden. Ein Kinderwagen, ein Schaukelpferd und eine Puppe im Bettchen, die schon sehr alt sein mussten, standen etwas abseits. Auf einem kleinen Tisch befanden sich eine alte Nähmaschine, ein Diaprojektor und vieles, das Hannah auf den ersten Blick gar nicht benennen konnte. Alles wirkte so, als sei es irgendwann abgestellt und dann vergessen worden. Spinnweben hingen von den hölzernen Balken, das kleine

Lukenfenster beleuchtete den Raum nur mäßig. Ihr Blick blieb an zwei bemalten Truhen hängen, die unter Tüchern hervorschauten. Sie trat einen Schritt näher, wobei sie den Kopf etwas unter die Dachschräge bücken musste, und schob das Tuch ein wenig nach oben. Hannah fuhr die Maserung des Holzes mit den Fingern nach. Sie wollte sich gerade abwenden, als sie Verzierungen auf der hinteren Truhe entdeckte. Sie erinnerten sie an etwas. Sie betrachtete ihre Entdeckung fasziniert, es war einzigartig, wie die gezeichneten Seevögel mit der Maserung des Holzes korrespondierten. Die Bewegungen ihrer Finger auf dem kühlen Holz weckten Erinnerungen in ihr, die sich nicht greifen ließen. Sie kniff die Augen zusammen und betrachtete das Zusammenspiel der Farben, während sie sich fragte, welche Gedanken oder Erinnerungen sich noch in ihrem Kopf befanden und nur darauf warteten, hervorgeholt zu werden.

»Oh nein!«, rief Freyja in dieser Sekunde und zog Hannahs Aufmerksamkeit auf sich.

Sie schnellte herum und entdeckte die rüstige Dame mit gerauften Haaren auf der anderen Seite des Dachbodens. »Was ist los?«, rief Hannah.

»Hier ist ein Leck im Dach! Der ganze Boden ist schon marode an der Stelle! Das kann so nicht bleiben, das muss sofort repariert werden! Tut mir leid, Hannah. Ich dachte, das Haus wäre in Ordnung. Aber ich bin gar nicht auf die Idee gekommen, hier oben mal nachzusehen. Ich hatte wohl verdrängt, dass der ganze alte Plunder noch hier oben herumsteht. Mein Mann konnte ja nie etwas wegwerfen, und nach seinem Tod, da wollte ich erst mal nicht ran. Und … über die Jahre habe ich es vergessen! Na so was!« Freyja fuhr sich mit der Hand über das Gesicht.

»Ach«, Hannah winkte ab. »Das ist doch kein Problem, ich brauche den Dachboden nicht als Lagerraum.«

»Es ist mir schon peinlich. Und das Dach muss wirklich repariert werden. Sofort.«

»So schlimm wird es schon nicht sein. Soll ich ein Gefäß holen und es unterstellen?«

»Nein, nein, das muss in Ordnung gebracht werden, noch ist es nur eine kleine undichte Stelle, aber das kann so nicht bleiben. Ich rufe gleich einen Handwerker an.«

Hannah trat neben ihre Vermieterin. Tatsächlich, das Problem schien schon eine Weile zu bestehen, die unbehandelten Dielen hatten bereits Wasserschäden davongetragen.

»Man ist ja auch selten auf dem Speicher«, versuchte Hannah ihre Vermieterin zu beruhigen, die sichtlich aufgewühlt wirkte. Es schien ihr äußerst unangenehm zu sein, dass sie Hannah das Haus nicht in einem perfekten Zustand überlassen hatte.

»So kann es jedenfalls nicht bleiben«, beschloss Freyja resolut und machte sich daran, wieder nach unten zu klettern. »Mein Telefon ist unten. Komm, Hannah, das hat jetzt Vorrang, und sauber gemacht werden müsste hier auch.«

»Das kann ich doch …«, fing Hannah an, aber Freyja war schon über die Treppe abgetaucht.

Hannah warf noch einen letzten kurzen Blick auf die Truhe, dann folgte sie Freyja. Die Dinge, die hier oben standen, gehörten ihr nicht, aber sie war schon immer fasziniert von Gegenständen aus vergangenen Zeiten gewesen. Außerdem hatte das Bild auf der Truhe eine seltsame Unruhe in ihr hinterlassen, aber sie wusste nicht, woher dieses Gefühl kam. Vielleicht reagierte sie nach dem Umgebungswechsel auch einfach etwas sensibler und verwechselte Heimweh mit Entdeckerdrang.

»Hast du hier lange gewohnt?«, fragte sie Freyja auf dem Weg nach unten.

»Ja, gleich nach unserer Hochzeit haben wir das Haus gekauft. Aber für mich allein ist es einfach zu groß. Die vielen Zimmer standen nur leer und ich habe mir gedacht, dass da eine kleine Familie viel mehr mit anfangen könnte als ich alte

Schachtel. Ich bin nicht mehr die Jüngste, manchmal machen mir meine Knochen ganz schön zu schaffen. Aber genug davon.« Freyja griff in ihre Manteltasche und zog ein Smartphone hervor. »Ich erledige das mit dem Handwerker lieber gleich.«

Hannah war ein bisschen überrascht, ihre Mutter, die jünger war als Freyja, besaß nicht mal ein Handy. Aber die beiden waren ohnehin sehr unterschiedlich. Hannahs Mutter lebte ein Einsiedlerleben im Wendland, für sie waren Digitalisierung und permanente Erreichbarkeit eher eine Bedrohung als eine positive Errungenschaft.

Hannah unterdrückte ein Seufzen und schob den Gedanken an ihre Mutter beiseite.

Freyja telefonierte auf Isländisch, dabei gestikulierte sie, als könne ihr Gesprächspartner sie sehen. Diese Frau war so herrlich natürlich und bodenständig, dass Hannah nicht anders konnte, als sie sofort ins Herz zu schließen.

Nach ein paar Minuten steckte Freyja das Telefon weg und nickte zufrieden. »So, das haben wir geregelt. Hilfe ist nah. Der Handwerker wird sich in Kürze melden.«

Freyja umarmte sie zum Abschied, dann ließ sie sie allein. Hannah fuhr sich mit einer Hand durch die Locken, bevor sie sich erinnerte, dass ihre Hände noch staubig waren vom Dachboden. Sie wusch sich die Finger in dem kleinen, gemütlichen Bad mit der gusseisernen Badewanne, auf die sie sich schon freute, und ging dann zurück ins Wohnzimmer. Als sie sich wieder den Kisten widmete, zog kurz das Bild der Seevögel vor ihrem inneren Auge auf, und einen Moment lang fühlte sich Hannah so frei wie schon lange nicht mehr.

Kapitel 2

Lüneburg 1978

Monikas Absätze hallten über das Kopfsteinpflaster des Platzes Am Sande. Steil ragte der Kirchturm der St. Johanniskirche dem gleißenden Sonnenlicht entgegen. Es war ein ungewöhnlich heißer Sommertag in Lüneburg und ihr Baumwollkleid klebte ihr schon nach fünf Minuten am Rücken. »Peter! Das ist jetzt nicht dein Ernst?«, stieß sie aus und griff sich an den Hals, weil ihr vor Wut die Luft wegblieb.

Ihr Verlobter guckte nicht einmal annähernd so zerknirscht, wie es der Anstand verlangt hätte, während er neben ihr herging und nach einer Rechtfertigung suchte. »Ich fürchte, es geht nicht anders.« Er stieß einen leisen Seufzer aus, doch sein Bedauern nahm sie ihm nicht ab.

Die ganze Zeit über hatte sie befürchtet, dass Peter die geplante Reise mit ihren Eltern nicht antreten würde, weil ihm seine Karriere wichtiger war. »Es geht nicht anders?« Ihre Stimme klang schrill. Nun hatten sich ihre düsteren Vorahnungen bewahrheitet.

»Monika, so versteh mich doch …« Peter hielt sie auf, aber sie wich zurück.

»Ich verstehe gar nichts«, erwiderte sie kühl, doch in ihrem Inneren tobte ein Sturm. Sie blickte in das vertraute Gesicht des Mannes, den sie liebte. Seine blauen Augen schauten sie eindringlich an. Sein blondes Haar war ordentlich gescheitelt. Dass eine Strähne unordentlich in seine Stirn fiel, zeigte ihr nur, wie sehr das Gespräch auch ihn mitnahm. Aber nicht, weil er traurig war, dass er nicht mitkommen würde, sondern weil ihm klar war, dass Monika enttäuscht sein würde. Er nahm ihre Enttäuschung jedoch in Kauf, weil ihm seine Belange wichtiger waren. Es war schon häufiger vorgekommen, dass er sie versetzt hatte, weil seine Arbeit Vorrang hatte, aber dieses Mal hatte sie gehofft, dass es anders ausgehen würde.

Sie hatte sich geirrt und das traf sie mehr, als sie je zugeben würde.

Peter schwitzte, Schweißperlen standen auf seiner Stirn, unter den Armen bildeten sich dunkle Flecken auf dem Baumwollstoff seines Hemdes, und ihr war klar, dass nicht allein der Sommertag an seinem ramponierten Äußeren schuld war. Er behandelte sie wie eine lästige Angelegenheit, um die man sich kümmern musste. Hinter Monikas Augenhöhlen brannte Wut über seinen Egoismus.

»Es wird doch wohl möglich sein, dass du Lüneburg für mehr als einen Tag verlassen kannst, ohne dass gleich deine ganze Karriere die Ilmenau hinabfließt?«

Sie funkelte ihn an. Sie hatte sich seit Wochen gefreut, endlich einmal ein paar Tage in Ruhe mit Peter in einer anderen Umgebung verbringen zu können. Dort, wo niemand Pflichten zu erfüllen hatte, sie sich einfach treiben lassen konnten. Reden, lachen, spazieren gehen und über die Zukunft sinnieren und all das vor der herrlichen Landschaft Islands. Sie hatte ihm ihre Lieblingsorte zeigen wollen, hatte gehofft, dass er ihre Liebe zu der rauen Natur, der tiefblauen See und den unkonventionellen Landsleuten teilen würde.

Ihre Familie war seit Jahrzehnten mit einer isländischen befreundet, die sie über das Lüneburger Salz und die Heringe aus dem Atlantik kennengelernt hatten. Seitdem reisten sie regelmäßig auf die Insel und verbrachten einen Teil des Sommers bei ihren Freunden. All das hatte Monika mit Peter teilen wollen. Aber er hatte sich gegen sie und für seinen Beruf entschieden. Sie wusste noch nicht, wie sie damit umgehen sollte. Es tat zu weh.

»Wirklich, Monika, glaubst du etwa, mir macht es Spaß hierzubleiben, während du ohne mich verreist?«

Ein Muskel an seiner kantigen Wange zuckte. Peter war ein gut aussehender Mann, er hatte die scharf geschnittenen Gesichtszüge eines Aristokraten, blaue Augen, die sie an das Meer in Italien erinnerten, und blondes Haar, das in der Sonne glänzte wie Honig. Er hatte breite Schultern und einen kräftigen Bizeps, den er leider zu gerne in gestärkten Hemden versteckte. Sie wünschte sich, dass er nur einmal nicht an seine Arbeit und Aufstiegschancen dachte und stattdessen auch dem Schönen im Leben Platz einräumte und sich Zeit nahm für das, was ihr wichtig war.

»Nein«, gab sie zurück. »Ich glaube dir nicht. Ich weiß, wenn du die Wahl hast, wirst du dich immer für deine Arbeit entscheiden.«

»Aber versteh mich doch, jetzt, wo wir bald heiraten, kommen ganz neue Herausforderungen auf uns zu. Wir wollen doch auch ein schönes Häuschen mit einem großen Garten. Und ich möchte nicht zu sehr von deinen Eltern abhängig sein.«

Sie verstand seine Argumente, aber sie begriff seine Denkweise nicht.

»Drei Wochen«, stieß sie tonlos hervor. »Es wäre nicht für ein halbes Jahr gewesen. Wir haben Juli, Herrgott noch mal. Alle außer dir sind ohnehin im Urlaub!«

Etwas in ihr hatte sich verändert, das sie nicht in Worte fassen konnte. In ihrem Herzen verdunkelte sich eine Stelle, sie war winzig, es war kaum mehr als ein Schatten. Aber sie wusste, dass sie vor einer Sekunde noch nicht dagewesen war, und das machte ihr Angst.

»Bitte, Liebste. Vertrau mir. Wir verreisen nach dem Sommer, es wird eine echte Hochzeitsreise werden, wenn alles etwas ruhiger ist und ich mir guten Gewissens freinehmen kann. Wir haben doch alle Zeit der Welt, ein Leben lang. Wenn wir erst mal verheiratet sind …« Sein flehentlicher Ausdruck ließ sie weich werden. Sie wollte ihm glauben, sie wollte an ihre Liebe glauben. Vielleicht hatte Peter ja recht. Natürlich wollte sie, dass sie finanziell auf eigenen Beinen standen, auch wenn klar war, dass Monika als einziges Kind einer angesehenen, traditionsreichen Lüneburger Familie mehr als nur eine gute Partie war und sie es eigentlich nicht nötig hatten, dass er sich etwas Eigenes aufbaute. Aber sie verstand, dass Peter selbst etwas erreichen wollte. Trotzdem, sie hatte so sehr gehofft, dass er sie nach Island begleiten würde, dass sie ihm die Orte ihrer Kindheit zeigen und ihn damit auch näher an ihr Herz lassen konnte.

»Na schön. Aber du erklärst es meinen Eltern. Immerhin ist die ganze Reise arrangiert.« Monika stimmte entgegen ihrem Gefühl zu, ohne ihren Verlobten zu verreisen. Es kam ihr so vor, als verdüstere sich mit ihrem Einverständnis der Himmel über ihnen.

Kapitel 3

Húsavík 2018

Hannah ließ sich lieber den frischen Frühlingswind um die Ohren pusten, anstatt die letzten Kisten auszupacken. Obwohl die Sonne schien, war es überraschend kühl. Sie hatte sich ihre Winterjacke übergezogen, ihre Füße steckten in Wanderstiefeln, während sie den schmalen Pfad hinunter zum Fischerhafen nahm. Die Luft roch salzig und nach frischem Gras. Hannah ließ ihren Blick über den kleinen Hafen hinweg auf das offene Meer schweifen. Die See war rau, weiße Krönchen bildeten sich auf den unruhigen Wellen. In der Ferne sah sie ein Fischerboot hin und her schaukeln, der Skipper trug einen Anzug, in dem er sie an ein Michelin-Männchen erinnerte. Vermutlich war es auf hoher See noch ein wenig frischer als hier am Ufer. Auf den Bergspitzen entlang der Küste lagen vereinzelte Schneeplatten. Sie fröstelte und kuschelte sich in ihre Jacke ein, während ihre Aufmerksamkeit auf einen Kutter vor ihr gelenkt wurde. Schreiende Möwen flogen über das Schiffchen und den Hafen. Ein bärtiger Mann, der weder Mütze noch Jacke anhatte, sondern nur einen Wollpullover trug und eine Fischerhose mit

Gummistiefeln, fluchte lautstark, während er am Motor seines Schiffes herumschraubte. Es trug den Namen Snædís, war vor langer Zeit weiß gestrichen worden und hatte nur eine winzige Führerkabine, in die höchstens zwei Leute hineinpassten.

Daneben lagen mehrere kleine Fischerboote mit fremd klingenden aufgemalten Namen: *Kría, Hvalur, Kaldbakur* … Hannah wünschte, sie könnte verstehen, was sie bedeuteten. Aber das würde schon noch kommen, machte sie sich Mut, während sie sich abwandte und weiterschlenderte. Nicht weit vom Ufer entfernt standen kleine, blaue Holzhäuschen eng beieinander, als würden sie sich gegenseitig vor dem Wind schützen wollen, der vom Meer kam. Die schlanken, zweistöckigen Holzhäuser mit den spitzen Giebeln sahen urig und gemütlich aus. Eins der Häuschen beherbergte ein Café. Davor standen drei Tische mit Stühlen, von denen sogar zwei besetzt waren. Ein Mann trug nur ein T-Shirt und eine Jeans, Hannah schmunzelte. Vermutlich erkannte jeder sie als Ausländerin, weil sie die Einzige war, die dick eingepackt war. Sie ging noch ein paar Schritte, ihr Blick fiel auf das Walmuseum, das direkt unter ihrem Haus in einer alten Fabrik untergebracht war. Sie spürte, wie sich ihre Mundwinkel nach oben bogen. Max dürfte es gefallen, er war ein riesiger Dinosaurierfan und Walfische gehörten bei ihm in dieselbe Kategorie von »Supertieren«. Sie liebte die kindliche Logik, in der Saurier und Wale untrennbar zusammengehörten. Zumindest hatten sie tatsächlich gemeinsam, dass sie riesig waren und man jeweils meistens nur die Knochen zu sehen bekam. Apropos Max: Wo blieben er und sein Vater nur?

Ihre Hände steckten in den Jackentaschen, die rechte umschloss ihr Handy.

Nein, sie würde jetzt nicht schon wieder darauf schauen. Wenn Vater und Sohn ihr Ziel bereits erreicht hätten, wäre sicher ein Anruf eingegangen. Da dem nicht so war, ging sie davon aus, dass sie noch etwas Zeit für ihren Spaziergang nach der ganzen Packerei hatte.

Normalerweise war sie eher eine Sonnenanbeterin, dennoch spürte sie, dass die grüne, hügelige Landschaft mit dem im Wind wogenden Gras einen gewissen Frieden in ihr hervorkitzelten, den sie lange Zeit vergeblich gesucht hatte. Hier würde sie im Sommer nicht gelähmt vor Hitze verharren, sondern, das hatte sie sich fest vorgenommen, das Land um ihr neues Heim zu Fuß oder auf einem Mountainbike erkunden. Ja, vielleicht würde sie sogar einige Hiking-Touren mit einem Bergführer planen. Dieses Jahr sollte dazu dienen, all die Dinge auszuprobieren, die sie bislang nie in Erwägung gezogen hatte. Sie fühlte, wie sich ihre verhärteten Nackenmuskeln ein wenig entspannten. Hannah atmete die frische Luft tief in ihre Lungen und streckte ihr Gesicht dem blauen Himmel entgegen, während der Nordwind sanft darüber hinwegstrich. Sie spürte es tief in ihrem Bauch: Hier würde sie endlich wieder anfangen zu leben.

Als sie die Augen öffnete, fiel ihr Blick auf den gelben Leuchtturm am Ufer hinter dem Hafen. Daneben stand ein kleines weißes Holzhäuschen, das winzig, aber sehr windschief und heimelig wirkte. Sie konnte auf die Entfernung nicht erkennen, ob das Haus bewohnt war oder ob es vielleicht zum Leuchtturm gehörte. Das würde sie morgen herausfinden, jetzt wollte sie zurückgehen, denn ihr war trotz guter Kleidung eiskalt geworden. Dicke Wolken hatten sich inzwischen vor die Sonne geschoben, es würde vermutlich gleich anfangen zu regnen. Der Wind kroch durch jede Naht und ihre Füße schienen nur noch aus Eiszapfen zu bestehen. Wie würde es hier wohl erst im Winter werden? Egal, sagte sie sich, jetzt kam ja erst einmal der Sommer und damit die viel gepriesenen hellen Nächte, auf die sie sich ganz besonders freute.

Auf dem kleinen Aufstieg zu ihrem neuen Zuhause wurde Hannah schnell wieder warm. Sie war schlechter in Form, als sie gedacht hatte. Nun, auch das würde sich ändern.

Sie zog die Kapuze etwas tiefer ins Gesicht, da der Wind ihr Tränen in die Augen trieb. Vor ihrer Haustüre wäre sie beinahe mit jemandem zusammengestoßen. »Huch«, entfuhr es ihr, dann sprang sie zur Seite.

»Sæl, ertu Hannah?«, fragte eine Männerstimme.

»Já«, antwortete sie etwas perplex und schaute aus ihrer Kapuze hervor zu ihm auf. Dieser *er* trug ausgewaschene Jeans, ein rot kariertes Flanellhemd und eine Baseballmütze. Er war unrasiert, hatte kantige Wangen und die Brauen über den blauen Augen waren zusammengezogen. War er etwa sauer auf sie? Warum? Sie wusste ja nicht mal, wer er war. Er musste sich im Haus geirrt haben.

»Húsið er lokað«, sagte er in einem vorwurfsvoll klingenden Tonfall. *Das Haus war abgeschlossen.* Seine dunkle Stimme hatte einen angenehmen rauchigen Unterton – wenn er nur nicht so genervt wirken würde.

Hannah verstand nicht, was er von ihr wollte. »Entschuldigung«, fuhr sie auf Englisch fort. »Ich spreche kein Isländisch. Also nur ein kleines bisschen.«

»Oh«, meinte er und schien sie als Person erst jetzt richtig wahrzunehmen. Eine kleine Pause entstand, in der er sie neugierig beäugte. Ihr wurde noch heißer unter ihren Schichten aus Funktionskleidung. »Woher kommst du?«, fragte er schließlich auf Englisch, während er seinen Blick erneut über sie gleiten ließ. Seine Mundwinkel hatte er zu einem arroganten Grinsen nach oben gezogen. Der Gedanke, dass er sie für eine dämliche Ausländerin, die keine Ahnung von nichts hatte, halten könnte, verstimmte sie. »Deutschland«, gab sie kurz angebunden zurück. Mehr musste er gar nicht wissen. Gleichzeitig ärgerte sie sich, dass sie plötzlich so unsicher war. Das war sonst nicht ihre Art. Der Reisestress und die neue Umgebung schienen ihr mehr zuzusetzen, als sie angenommen hatte.

»Ah, Sie sprechen Deutsch«, sagte er mit starkem Akzent. Er rollte das »R«, und das »ch« klang nach einem »ck«. Automatisch musste sie schmunzeln, er hörte sich ganz anders an in ihrer Sprache, sie mochte es. Der Klang war ein bisschen wie die Landschaft, hart und ungeschliffen. Plötzlich lächelte er und entblößte eine Reihe weißer Zähne.

Hannah verschlug es den Atem, er war wirklich gut aussehend, wenn er nicht so grimmig dreinschaute. Ja, charismatisch könnte man schon fast sagen. Seine schnodderige Art verlieh ihm dazu noch etwas Verwegenes.

»Hast du mich gesucht?«, fragte sie und kramte den Hausschlüssel aus ihrer Manteltasche, um ihre Verlegenheit zu überspielen.

»Freyja schickt mich. Ich soll nach dem Dach schauen.«

Endlich begriff sie.

»Ja, natürlich.« Sie lächelte höflich. »Wie umsichtig von ihr. Komm rein. So schnell habe ich gar nicht mit Hilfe gerechnet.« Sie schloss auf und ließ ihm den Vortritt, dabei fiel ihr auf, dass er sie um gut einen ganzen Kopf überragte. Er musste mindestens eins neunzig sein, denn sie selbst war mit einem Meter siebzig nicht gerade klein.

Er zog seine Stiefel aus und stand jetzt in grob gestrickten Wollsocken im Flur. Der rechte Strumpf hatte ein Loch, sodass sein großer Zeh herausschaute. Entweder fiel ihm das nicht auf oder es war ihm egal. *Irgendwie sympathisch*, dachte sie.

Hannah schlüpfte aus ihrer Jacke und hängte sie an die Garderobe. »Kennst du dich hier aus?«, fragte sie, während sie die Schnürsenkel ihrer Wanderstiefel öffnete. »Also im Haus meine ich. Nicht im Ort.«

Gott, was redete sie nur für einen Unsinn! Hitze flammte in ihren Wangen auf.

»Ein bisschen.« Er klang amüsiert.

»Ein bisschen?« Sie hob ihren Kopf. Er schien es nicht besonders eilig zu haben, was sie noch mehr irritierte.

»Já já.«

Hannah kam es so vor, als ob er ein Spielchen mit ihr trieb. War er Freyjas Stamm-Handwerker? Oder nur ein Bekannter? Hannah hatte keine Ahnung, aber sie wollte auch nicht zu neugierig erscheinen. So, wie der Mann hier stand und grinste, könnte man fast meinen, ihm gehöre das Haus, ach was, der ganze Ort! Unverschämt.

»Dann geh doch schon mal nach oben, ich komme gleich nach. Sie hat dir doch sicher gesagt, worum es geht?«

Er erwiderte nichts, sondern machte sich einfach auf den Weg nach oben. Erst jetzt fiel ihr auf, dass er überhaupt kein Werkzeug dabeihatte. Was für eine Art Handwerker war er eigentlich? Richtig vorgestellt hatte er sich auch nicht. Sie runzelte die Stirn, dann schloss sie die Haustür hinter sich und stapfte hinterher.

Es wird schon seine Ordnung haben, beschloss sie für sich. Wie ein Einbrecher, der ihre Habseligkeiten erkundete, wirkte er jedenfalls nicht – die löchrigen Socken zeugten auch eher von Desinteresse gegenüber materiellen Gütern. Sie spürte, wie ihre Mundwinkel sich nach oben bogen. Außerdem hatte sie ohnehin nichts Wertvolles dabei.

Bis auf …

Eine Geige dürfte einen Mann wie ihn sicher nicht interessieren.

Vielleicht wäre es ohnehin besser, wenn sie das Ding loswurde. Sie spielte sowieso nicht mehr. Dennoch wusste sie genau, sie würde es nie übers Herz bringen, sich von ihrer Amati mit dem wundervollen Peccatte-Bogen zu trennen. Es war ein Erbstück, sie würde es niemals im Leben hergeben können, egal, ob sie je wieder spielte – oder nicht. Sie hatte Stunde um Stunde mit diesem Instrument verbracht, kannte jede seiner Eigenheiten, jeden Klang und jede Möglichkeit, die es ihr erlaubte, bis zur Perfektion. Das vertraute Gewicht in ihren Händen, die Spannung der Saiten unter dem Bogen und unter den Fingern – nichts war vergleichbar mit diesem Gefühl.

Nein, nicht daran denken.

Sie schüttelte sich kaum merklich, als ob das die traurigen Gedanken wie eine Windbö trockenes Laub von einem Baum fegen könnte. Hannah ging dem Mann hinterher und kletterte die Holztreppe hinauf. Wie auch schon am Vortag roch es immer noch etwas muffig und nach Staub auf dem Dachboden. Dicke Regentropfen klatschten gegen das kleine Fenster und ließen den Raum noch dunkler und unübersichtlicher wirken als tags zuvor.

Während der Mann sich auf dem Dachboden umsah, wobei er sich durch seine Größe nur gebückt fortbewegen konnte, und nach dem Ursprung des Lecks suchte, sprach er nicht mit ihr. Außer ein paar Lauten, die sehr stark nach unterdrückten Flüchen klangen, gab er überhaupt nichts von sich. Hannah verschränkte die Arme vor ihrer Brust und trat von einem Fuß auf den anderen. »Und, wie siehts aus?«, sagte sie, als sie das Schweigen nicht mehr aushielt.

»Ich muss aufs Dach.«

»Aufs Dach?«

»Ja. Aber nicht heute. Es regnet.«

Wow, dachte er wirklich, sie hatte das noch nicht bemerkt? Hannah runzelte die Stirn. »Wie soll das Wetter denn morgen werden?«

Er hielt inne und wandte ihr sein Gesicht zu, dann musterte er sie mit einem amüsierten Funkeln in den Augen. Seine Mundwinkel zuckten. Hatte sie etwas Falsches gesagt? Durfte man sich hier nicht mal nach der Wettervorhersage erkundigen?

Er klopfte sich die Hände an den Hosenbeinen ab, dann zuckte er die Schultern. »Werden wir morgen dann sehen.«

»Hm. Freyja meinte, das Dach müsse dringend repariert werden.«

Er stieß leise die Luft aus. »Sehe ich so aus, als ob ich ein Wettergott wäre?«

Hannah presste ihre Lippen zusammen. Meine Güte, als kundenfreundlich konnte man den Kerl ja nicht gerade bezeichnen. »Und wie geht es jetzt weiter?«, erkundigte sie sich in sachlichem Tonfall.

»Wenn es morgen trocken ist, komme ich wieder.«

»Ich bräuchte schon eine ungefähre Uhrzeit, sonst könnte es durchaus sein, dass ich unterwegs bin.«

»Du musst nicht auf mich warten. Ich brauche dich nicht, um das Dach zu reparieren.«

Hannah atmete tief durch. Hier hatte sie augenscheinlich den ersten großen kulturellen Unterschied zwischen Deutschen und Isländern entdeckt. Die Typen legten sich nicht gerne fest. »Aber sollte ich nicht zumindest hier sein, wenn du es reparierst?«, wandte sie ein.

Er schaute sie mit hochgezogener Augenbraue an. »Wüsste nicht, wieso. Ich komme dann einfach vorbei, wenn das Wetter mitspielt.«

Hannah fühlte sich nicht ganz wohl dabei. Aber wenn Freyja ihn engagiert hatte, würde sie wohl ihre Gründe dafür haben und ihm vertrauen. »Na schön«, sagte Hannah.

Er ging an ihr vorbei und kletterte die Leiter nach unten, sie folgte ihm. Zu ihrer Überraschung bot er ihr seine Hand an, als sie am Ende der Leiter angekommen war. Sie zögerte einen Augenblick, dann ergriff sie sie. Seine Hand war warm und fest, die Haut weich und nicht von Schwielen bedeckt. Er hatte keine roten und rissigen Hände, wie man sie von einem Handwerker erwarten würde. Sein Griff war kräftig, aber erdrückte sie nicht, dennoch spürte sie die Energie, die von ihm ausging. Sie schluckte, dann ließ sie ihn los.

»Ich komme schon zurecht«, meinte sie und schob sich eine Locke aus dem Gesicht. Sie hatte sich noch nicht daran gewöhnt, das Haar offen zu tragen. Aber einen Zopf zu binden, erinnerte sie zu stark an die Vorbereitungen für ihre Konzerte, dass sie es nicht über sich brachte, sich weiter so zu frisieren. Früher hatte sie die kupferroten Wellen immer streng nach hinten gebunden, aus praktischen Gründen, aber auch, damit sie nicht aus der Masse hervorstach. Sie hatte immer mit ihrer Leistung geglänzt, sich mit ihrem Beruf als Musikerin identifiziert und ihren Selbstwert daraus gezogen. Das war ihr genommen worden – sie hatte sich danach noch nicht wiedergefunden. Vielleicht war eine Veränderung des Äußeren ein Anfang. Es war ein Versuch. Sie würde sehen, ob es half.

Wie immer, wenn sie an die Vergangenheit dachte, rieb sie über ihr linkes Handgelenk und die feine Narbe, die nach der missglückten Operation nach Max' Geburt zurückgeblieben war. Nein, nicht jetzt, nahm sie sich vor.

Nicht denken. Nicht fühlen. Offen für Veränderungen sein, deswegen war sie nach Island gekommen.

»Hannah?«, hörte sie eine Stimme von unten. »Bist du da?«

»Mamaaa!«, rief ihr Sohn mit seiner hellen Kinderstimme. Ihr Herz machte einen freudigen Hüpfer.

»Ich komme gleich.« Sie schaute in das Gesicht des Isländers. Für einen Moment glaubte sie, etwas wie Kummer in seinem Blick aufblitzen zu sehen, im nächsten Augenblick wirkte seine Miene ausdrucklos. Sie hatte sich wahrscheinlich getäuscht.

»Sjáumst á morgun, bis morgen«, sagte er ruhig. *Wir sehen uns morgen.* »Ich will nicht länger stören.«

»Kein Problem, ich bin ja dankbar, dass das so schnell geklappt hat«, erwiderte sie, während sie hintereinander auf der schmalen Treppe nach unten gingen. Die Holzstufen knarzten bei jedem Schritt.

Max rannte auf sie zu, sie bückte sich und er sprang in ihre Arme. Nils stand in der Tür und beobachtete die Szene. »Nils, das ist, äh …« Sie schaute zum Isländer, dessen Namen sie noch immer nicht kannte.

»Jón«, stellte er sich vor. »Das Dach hat eine undichte Stelle, ich habe mir das eben angesehen.«

Max' Vater, ihr Noch-Ehemann, nickte Jón zu. »Tag. Ich bin Nils.« Sie tauschten einen Händedruck aus.

Hannah beobachtete die Szene, während sie ihren Sohn an sich drückte und seinen einzigartigen Kinderduft in sich aufnahm. Sie hatte den kleinen Racker vermisst.

Täuschte sie sich oder musterten die Männer einander? Der Händedruck dauerte jedenfalls einen Tick zu lang. Schließlich trat Nils einen Schritt zurück. »Ja, dann«, sagte er. »Vielen Dank, Jón.«

»Ekki málið.« *Kein Problem.* Jón zog seine Stiefel an, dann wandte er sich noch einmal an Hannah. Für eine Sekunde trafen sich ihre Blicke. Das Blau seiner Augen erinnerte sie an einen tiefen Bergsee im Sommer. »Bless, Hannah.« *Tschüss, Hannah.* Dann wandte er sich ab, bog um die Ecke und verschwand aus ihrem Sichtfeld. Die Tür fiel mit einem leisen Klicken ins Schloss.

»Komischer Kauz«, murmelte sie abwesend, dann schaute sie zu Nils auf. »Wo wart ihr so lange?« Sie wusste, dass ihre Stimme vorwurfsvoll klang, aber sie hatte sich wirklich Sorgen gemacht.

»Jetzt sind wir doch da.« Nils Mundwinkel hingen, seine Nasenflügel bebten kaum merklich – ein eindeutiges Anzeichen, dass schon ein Satz aus ihrem Mund genügte, um ihm die Stimmung zu verderben.

»Und, was hast du jetzt vor?« Die Frage hing einige Sekunden im Raum, während sie sich anstarrten. Früher einmal hatten diese braunen Augen zärtlich in ihre geblickt, jetzt las sie nur noch stille Vorwürfe darin.

Du hast unsere Familie kaputtgemacht. Warum kannst du nicht einfach mit dem Leben zufrieden sein?

Er hatte nie begriffen, dass sie sich ihr Schicksal nicht ausgesucht hatte. Niemand konnte etwas für die chronische Sehnenentzündung, die sie vor einigen Jahren entwickelt hatte. Nicht mal den Arzt konnte man zur Verantwortung ziehen. Es war eine Fünfzig-fünfzig-Chance gewesen. Dass sie danach ihre Karriere, ihre Anstellung und ihr Selbstvertrauen verloren hatte, war sicher nur ein Grund von vielen, warum ihre Ehe gescheitert war. Nils aber war mindestens genauso beteiligt am Ende ihrer Beziehung wie sie, hatte er ihren Schmerz doch nie wirklich verstehen können. Er sah das natürlich nicht so.

Hannah war mit dem tristen Einerlei ihrer Tage nicht mehr zurechtgekommen. Mutter zu sein war wundervoll, aber sie war mehr als nur das. Sie brauchte neben der Liebe zu ihrem Sohn eine berufliche Herausforderung, die sie mit einer anderen Art von Glück erfüllte. Es genügte ihr nicht, das Haus hübsch einzurichten und am Abend für die Familie zu kochen. Auch in diesem Punkt hatte Nils nie Verständnis aufgebracht, es sei doch genug Geld da, hatte er ihr dann immer vorgeworfen.

»Ich bleibe bis morgen, dann fahre ich wieder«, sagte er, sie sah, wie seine Kiefer mahlten.

Max fing an, in ihren Armen zu zappeln. Sie war froh darüber, wenn er nicht hier wäre, würden sie direkt wieder anfangen zu streiten. Dabei hatten sie das alles schon x-mal durchgekaut.

»Mama, ich habe riesigen Hunger!«, quengelte der Kleine.

Hannah schmunzelte und widmete sich ihrem Sohn. »Lauf schon mal vor in die Küche. Ich habe eine Menge leckerer Sachen eingekauft und mache dir gleich etwas.« Max rannte sofort los, nachdem sie ihn abgesetzt und in Richtung Küche gezeigt hatte. Die neue Umgebung schien ihn überhaupt nicht zu stören, im Gegenteil, er wirkte interessiert und aufgeregt. Es war schön, dass er in dieser Hinsicht nicht nach seinem Vater geraten war.

»Willst du hier etwa übernachten?«, fragte sie Nils. »Ich habe nur das Kinderbett und das Bett im Schlafzimmer.«

Nils seufzte. »Komm schon, Hannah. Ich beiße auch nicht.«

»Nils, wir haben das doch besprochen. Ich brauche Abstand. Ich halte es für keine gute Idee, dass du hier bei uns bleibst.«

»Den Abstand bekommst du ab morgen. Sind zweitausend Kilometer nicht genug?«

Sie überging seine Stichelei. »Bist du vielleicht einfach nur zu geizig für ein Hotel? In Húsavík gibt es mehrere hübsche Hostels und günstige Pensionen.«

Seine Züge verhärteten sich. »Darum geht es mir sicher nicht, ich will bei Max sein. Dass ich geizig bin, kannst du mir nicht auch noch vorwerfen, Hannah. Wirklich nicht.«

Sie wusste, dass er recht hatte. In diesem Punkt zumindest. Geld war nie ein Problem zwischen ihnen gewesen. Dafür aber andere Dinge. Nils hatte sein Leben als Dirigent weitergelebt, während ihre Träume in Rauch aufgegangen waren. All ihre Pläne, alles, was sie in der Vergangenheit geleistet hatte, waren umsonst gewesen. Sie hatte das, was sie neben Max am meisten liebte, unwiederbringlich verloren. Als ob das nicht schon schwierig genug gewesen wäre. Nils hatte sie nicht verstanden und auch nicht unterstützt, er hatte von ihr verlangt, zufrieden zu sein, weil sie alles hatte, was sie zum Leben brauchte. Als ob das genug wäre! Als könne sie das Ende ihres großen Traumes, ihres bisherigen Lebens einfach nach ein paar Wochen hinter sich lassen und vergessen. Nun hatte Nils eine andere erste Geige in seinem Orchester sitzen, sie war einfach ausgetauscht worden. Es wäre nur eine Frage der Zeit gewesen, bis er das auch mit ihr als Ehefrau getan hätte, dessen war sie sich sicher.

»Finanziell lässt du mich nicht hängen, das stimmt«, war alles, was sie dazu zu sagen hatte. Sie hatten tausendmal gestritten, er hatte es nie begriffen. Daran würde sich auch heute nichts ändern.

Nils raufte sich die Haare. »Ach Hannah …«

»Es bringt einfach nichts. Lassen wir es gut sein. Ich mache dir das Sofa fertig.«

»Wenn es nicht wegen Max wäre, würde ich gar nicht bleiben.«

Sie biss die Zähne zusammen. »Ist mir klar, Nils. Ich bin nicht blöd.«

Er trat auf sie zu und legte seine Hände auf ihre Oberarme. »Bitte, Hannah. Hast du dir das wirklich gut überlegt? Ganz allein in einem fremden Land? Ich kann nicht eben mal vorbeikommen, wenn Max krank ist – oder du was brauchst.«

Als ob er das jemals getan hatte! Sie war versucht, laut aufzulachen. Nils hatte die Musik immer über alles gestellt. In dem Jahr, in dem sie noch an ihre Genesung geglaubt hatte, hatte sie akzeptiert, dass er unterwegs sein musste und nicht ständig an ihrer Seite sein konnte. Dann war Max gekommen und die Nächte, in denen ihr Sohn gefiebert, gezahnt oder sich erbrochen hatte, hatte sie ohne seine Hilfe durchgestanden, weil Nils seinen Schlaf brauchte – oder gar nicht zu Hause gewesen war. Wenn sie sich dann beschwert hatte, hatte er ihr vorgeworfen, dass sie nur neidisch auf seinen Job war. Vielleicht hatte er recht, sie hatte es nicht verwunden, dass die Operation missglückt und damit ihre Berufung, als Violinistin zu arbeiten, endgültig ruiniert war. Aber sie war sich sicher, dass es ihm an ihrer Stelle genauso ergangen wäre. Musik zu machen, war keine Sache, die man sich aussuchte, es war ein Grund zu leben, eine Art zu sein. Wie hätte sie da nicht sehnsüchtig sein sollen, diese Gabe zurückzubekommen, und neidisch auf jene, die sie noch hatten?

Sie hatte gedacht, dass sich das ändern würde, dass ihre Gefühle sich verändern würden. Sie hatte geglaubt, sie würde damit fertigwerden, aber dass Nils es nicht verstanden hatte, dass er einfach nicht begriff, dass sie seit Jahren psychisch darunter litt, ihren Beruf nicht mehr ausüben zu können, hatte letztendlich alles zwischen ihnen kaputtgemacht. Es hatte sie tiefer getroffen, als sie geglaubt hatte, es hatte ihre Verbindung, die aus ihrer beider Leidenschaft zur Musik bestanden hatte, nach und nach aufgelöst. Und letzten Endes hatte es auch ihre Liebe langsam, aber sicher erstickt.

»Wir werden klarkommen. Es ist Island und nicht das Ende der Welt. Hier gibt es Ärzte, Kinder, mit denen sich Max anfreunden kann, einen Kindergarten …«

»Er kann kein Wort Isländisch.«

»Tu doch nicht so, als ob das ein großes Problem wäre. Viele Menschen wandern aus und gerade die Kleinen lernen Sprachen so einfach, das geht viel schneller als bei Erwachsenen.«

»Jetzt sprichst du also schon vom Auswandern. Hatten wir nicht gesagt, dass es nur für ein Jahr sein soll? Ich habe dabei schließlich auch noch ein Wörtchen mitzureden. Wir sind zwar noch nicht geschieden, aber auch dann habe ich ein Mitbestimmungsrecht über den Aufenthaltsort meines Sohnes.«

Hannah seufzte resigniert. Es war klar gewesen, dass er diese Karte ziehen würde. »Ja, Nils«, sagte sie nur. Mit einem Mal war sie schrecklich erschöpft. »Das weiß ich. Wir bleiben ein Jahr, dann kehren wir zurück nach Deutschland.«

In diesem Moment konnte sie sich nichts Schöneres vorstellen, als so weit wie möglich von Nils entfernt zu sein, am besten für immer. Vorhin am Hafen hatte sie sich so frei und unbeschwert gefühlt wie seit Ewigkeiten nicht mehr.

»Mama, ich will Nudeln!«, rief Max aus der Küche und kam mit einer Packung Spaghetti angelaufen. Damit beendete er die Diskussion. Sie war froh darüber.

»Klar, Schatz. Ich mache Nudeln für dich.« Sie lächelte und strich ihrem Sohn über das dunkelbraune Haar, das er von seinem Vater geerbt hatte.

Kapitel 4

Keflavík 1978

Der Druck hinter Monikas Schläfen nahm zu, die Boeing 727 der Icelandair Sólfaxi hatte bereits zum Landeanflug angesetzt. Sie war froh, bald der stickigen Luft des Flugzeugs entkommen zu können. Nie würde sie sich daran gewöhnen, von allen Seiten vollgequalmt zu werden. Sie stank nach dem dreistündigen Flug wie ein Aschenbecher, dabei hasste sie den Geruch von kaltem Tabak. Das war nur ein weiterer Punkt auf ihrer Liste, warum sie sich wünschte, zu Hause geblieben zu sein. Sie würde natürlich nie zugeben, dass sie Peter vermisste, dass sie immer noch enttäuscht war, dass er die Arbeit einem Urlaub mit ihr vorgezogen hatte.

Monika lehnte ihre Stirn gegen die Scheibe und schaute hinab auf den dunklen Nordatlantik. Die Brandung rauschte auf die schwarze Küste Islands zu, die rund um den Flughafen vor Jahrtausenden von Vulkanen geformt worden war. Unendlich weite Lavafelder, die mit sattgrünem Moos überzogen waren, erstreckten sich, so weit das Auge reichte, Häuser konnte sie keine entdecken.

Zum Glück würden sie direkt nach der Landung weiter in den Norden fahren. Dort war es hügeliger, es gab Weideland, Wiesen und wundervolle Wasserfälle. Und hoffentlich war es auch sonniger als im Süden der Insel. Keflavík war bekannt für sein schlechtes Wetter, hier schien seltener die Sonne, es war verregneter und windiger als auf anderen Teilen der Insel, warum, wusste sie nicht, nur dass es stimmte.

Neben ihr saßen ihre Eltern. Gernot von Wolff war in seine Zeitung vertieft, deren Titelblatt die Schlagzeile zur Fußball-Weltmeisterschaft zierte: »3:1 – Argentinien setzt sich unsere Krone auf«. Ihre Mutter Heide hatte die gepuderte Nase in die Burda mit Schnittmustern gesteckt. Das konnte sie am besten, Geld ausgeben und sich um ihr Aussehen kümmern.

Monika seufzte. Nun standen ihr vier Wochen mit ihren Eltern bevor, die sie in Akureyri verbringen würden. So war es nicht geplant gewesen. Überhaupt nicht. Mit Peter an ihrer Seite wären sogar ihre Eltern erträglicher gewesen. Jetzt fragte sie sich, warum sie überhaupt mitgefahren war. Doch, sie wusste es, sie war aus Dickköpfigkeit nicht zu Hause geblieben. Sie hatte am Vortag noch einmal versucht, Peter zu überreden, aber er hatte immer wieder die gleichen Argumente vorgebracht, die sie langsam nicht mehr hören konnte. So waren sie schließlich im Streit auseinandergegangen, sie hatte ihm an den Kopf geworfen, dass er sich nichts aus ihr, sondern nur aus ihrer Herkunft etwas machte. Peter hatte das natürlich abgestritten, aber die Zweifel blieben.

Auf ihren Namen legte Monika noch weniger Wert als auf die damit einhergehenden Verpflichtungen. Ihr Ärger auf den Verlobten würde in den kommenden Wochen ohne ihn zweifelsfrei verpuffen, natürlich liebte Peter sie und sie ihn. Trotzdem: Sein beinahe schon krankhafter Ehrgeiz störte sie zunehmend. Und die Aussicht auf die Zeit mit ihren Eltern allein schürte ihren Unmut auf den Verlobten. Es hätte so schön werden können …

Sie war jung, sie wollte ihr Leben genießen. Aber man ließ sie nicht. Statt wie von ihr geplant auf die Kunsthochschule nach Hamburg zu gehen, hatten ihre Eltern sie auf die höhere Handelsschule geschickt, damit sie die elterlichen Firmen würde fortführen können, wenn der Herr Papa in Rente ging.

Den Teufel würde sie tun.

Aber davon wussten ihre Eltern noch nichts. Monika fand, dass es vermutlich auch kein guter Einstieg für einen Urlaub war, die Bombe schon auf dem Hinweg platzen zu lassen, deswegen verschob sie das Gespräch auf die Rückkehr. Bis dahin würde sie die Zeit nutzen, um sich in Island von den kräftigen Farben, der wilden Natur und den weiten Fjorden inspirieren zu lassen. Der Gedanke hellte ihre Stimmung ein wenig auf, zum Glück hatte sie daran gedacht, ihre Malutensilien einzupacken, auch wenn ihre Mutter sie angewiesen hatte, es nicht zu tun.

Nach einer unsanften Landung gab es keine Anzeichen, dass sie bald aussteigen konnten – zu viel Wind, hatte man ihnen über die Sprechanlage im Flugzeug mitgeteilt. Sie saßen wie die Sardinen in der Dose. Sie spürte nach dem Flug den starken inneren Drang, das Weite zu suchen. Sie litt zwar nicht unter Klaustrophobie, dennoch schlug ihr die Enge – neben der Wut auf Peter – aufs Gemüt.

»Großartig«, murmelte Monika. Nun würden sie stundenlang hier herumsitzen, ehe sie endlich aussteigen konnten. Ihre Laune sank ins Bodenlose.

Heide von Wolff ließ ihr Magazin sinken und warf ihrer Tochter einen eindeutigen Blick zu. »Benimm dich.«

»Meine Güte, ich bin keine zwölf mehr.«

»Dann führ dich nicht so auf.«

Ihren Vater schien das alles nicht zu interessieren, er machte ein Nickerchen. Monika unterdrückte ein Schnauben und wandte ihren Blick wieder nach draußen. Rund um das Gelände des Flughafens konnte sie nur uralte, schwarze Lava entdecken, die an vielen Stellen mit grünem Moos überzogen war. Etwas weiter im Inland sah sie die Anlagen der Amerikaner. Die Alliierten nutzten Island schon länger als strategischen Stützpunkt. Sie atmete tief durch und reckte ihren Kopf nach oben. Hoffentlich durften sie bald aus diesem Blechungetüm, sie bekam kaum noch Luft, und dann standen ihnen noch fünf Stunden Autofahrt über geschotterte Straßen bevor. Mindestens.

»Da, sieh mal«, sagte ihre Mutter. »Die Tür geht endlich auf.«

Heide stieß ihren Ellenbogen in die füllige Seite ihres Gatten, dieser wachte mit einem desorientierten Grunzen auf. »Was? Was ist?«

»Gernot, wir können aussteigen. Steh auf.« Während Heide von Wolff aus ihrer Handtasche einen Spiegel kramte und sich die Lippen nachzog, faltete ihr Vater die Zeitung zusammen und steckte sie in die Sitztasche vor ihm.

Die Gepäckausgabe erfolgte glücklicherweise sehr schnell, so standen sie nur wenig später im Ankunftsbereich des Keflavíker Flughafens und schauten sich um.

»Ah, da seid ihr ja«, hörte Monika jemanden auf Deutsch mit starkem Akzent sagen und drehte sich um. »Willkommen auf Island!«

Monika hob eine Augenbraue. Konnte das wirklich Magnús sein? *Der* Magnús, der sie als Kind immer gehänselt hatte? Sie hatte ihn als pickeligen Siebzehnjährigen in Erinnerung, dessen Hosen um die dünnen Beine geschlackert waren. Jetzt trug er eine dunkle Hose, ein grün kariertes Hemd und ein cremefarbenes Tweedsakko, das seine breiten Schultern betonte. Er war erwachsen geworden, und nicht nur das, er war zu einem gut aussehenden Mann herangewachsen. Aber Monika war auch längst nicht mehr das pummelige fünfzehnjährige Mädchen, das von Jungs nichts wissen wollte. Sie hatten sich beide verändert. In den letzten Jahren war Magnús nie zu Hause gewesen, als sie die Familie besucht hatten, er war im Sommer zur See gefahren, um sich etwas zum Studium dazuzuverdienen.

Monika schaute geradewegs in ein paar karamellbraune Augen, die zu dem breitschultrigen, jungen Mann mit dunklen Haaren gehörten, der im Begriff war, ihre Mutter zu umarmen. Sie senkte den Blick.

»Mein Gott, Junge, du bist ja groß geworden«, stieß Heide hervor und erwiderte seine Begrüßung.

Bevor Magnús auf Monika zukam, begrüßte er ihren Vater mit einem kräftigen Händeschütteln. Dann stand er plötzlich mit leuchtenden Augen vor ihr. »Monika?« Sie mochte es, wie er ihren Namen aussprach, die erste Silbe lang gezogen und betont. *Moo-nika.*

Sie lächelte und blinzelte ein paar Mal. »Sieht so aus. Hallo Magnús.«

Es vergingen einige Sekunden, in denen sie sich stumm ansahen. Schließlich regte er sich und umarmte Monika unbeholfen. »Gaman að sjá þig, vinan.«

»Gleichfalls, schön, dich zu sehen«, erwiderte sie auf Deutsch. So viel Isländisch verstand sie. Es fühlte sich merkwürdig vertraut und doch fremd an, ihn wiederzusehen. Sie waren weder Freunde noch Verwandte, kannten sich durch die Verbundenheit der Eltern aber doch schon ihr ganzes Leben.

Magnús räusperte sich und trat zurück. »Já, já. Dann kommt mal mit, ich habe gleich hier draußen geparkt.«

»Ist das nicht zu anstrengend für dich, jetzt auch noch den weiten Weg zurückzufahren? Wir sind ja so froh, dass du uns abholst«, säuselte Heide. Dabei himmelte sie Magnús an, als sei er der Messias persönlich.

Monika ging die affektierte Art ihrer Mutter gegen den Strich. Aber so war sie nun mal, mehr Schein als Sein. Hoffentlich wurde sie nie wie sie.

Der Isländer schob den vollen Kofferwagen, ganz der wohlerzogene Junge aus gutem Hause. »Überhaupt nicht, ich bin schon gestern in Reykjavík angekommen, bin also ganz frisch«, antwortete er auf Heides Frage. »Außerdem habe ich Papas Volvo ausgeliehen, der hat Servolenkung. Das ist ein ganz neues Fahren. Und einen Kassettenspieler für die Unterhaltung gibt es auch.«

»Wunderbar, diese neuen Errungenschaften«, stellte Gernot fest. »Wie laufen die Geschäfte?«

Monika ging hinter ihnen und raffte ihre Jacke zusammen. An ihnen kam ein älterer Herr vorbei, der Mühe hatte, seinen Koffer über die Kante des Bordsteins zu ziehen. Monika ging zu ihm und half ihm dabei. »Soll ich Ihnen den Koffer hineinbringen?«, fragte sie auf Englisch. Der Mann schüttelte den Kopf. »Nei, en takk samt.« *Nein, aber danke für das Angebot.*

Monika lächelte ihn an und schloss dann wieder zu den anderen auf. Der Wind war schneidend, Wolken wirbelten durcheinander, als würden verschiedene Windströmungen gegeneinander ankämpfen. Monikas Haare peitschten ihr ins Gesicht, der schneidende Wind belebte ihren Geist. Ja, sie würde das Beste aus dem Urlaub machen und Peter würde sich am Ende mehr darüber ärgern, dass er nicht mitgekommen war, als sie jetzt gerade.

Island war herrlich, beinahe hatte sie vergessen, wie anders es hier roch. In Lüneburg war die Luft stickig und feucht und heiß gewesen. Hier war das Sommerklima trocken und so wundervoll klar, pure Lebensenergie würde sie mit jedem Atemzug einsaugen. Der Himmel über ihnen war blass und von einem so verwaschenen hellen Blau mit dunkelgrauen Wolken, dass sie den inneren Drang verspürte, sofort mit dem Zeichnen zu beginnen. Sie prägte sich alles genau ein und hoffte, dass es ihr gelingen würde, genau das auf die Leinwand zu bringen.

Magnús lachte plötzlich auf eine Frage ihres Vaters. Es war ein offenes und herzliches Lachen, das aus den Tiefen seiner Kehle grollte. »Ich weiß es noch nicht, ob ich Vaters Firma übernehme. Habe ja noch ein bisschen Zeit, bis es so weit sein könnte.«

»Da wird dir dein Vater aber was anderes erzählen. Monika ist ja schon voll dabei, die steht längst mit beiden Beinen bei uns im Geschäft.«

Monika atmete tief ein, dabei spürte sie Magnús interessierten Blick auf sich. Er hatte sich nach ihr umgedreht. Obwohl sie wusste, dass ihr Verhalten albern war, zog sie eine Grimasse. Zu ihrer Überraschung zwinkerte ihr der Isländer zu. In ihrem Bauch stellte sich das alte Gefühl von Vertrautheit für den Kindheitsfreund ein, er hatte Verständnis für sie. Ging es ihm vielleicht genauso, dass seine Eltern ihn zu etwas drängen wollten, das ihm nicht für seine Zukunft vorschwebte?

Kapitel 5

Húsavík 2018

Schäfchenwolken hingen über dem Fischerort wie Wattebäusche an einer Schnur. Sonnenschein wärmte ihren Rücken und ließen den Tag frühlingshaft wirken, auch wenn das Thermometer nur elf Grad anzeigte. In der Nachbarschaft knatterte ein Rasenmäher, eine leichte Brise zupfte an Hannahs Locken. Sie war erleichtert, als Nils die Autotür des Mietwagens zuschlug, den Motor anließ und winkend davonfuhr. Obwohl sie sich nicht mehr gestritten hatten, war da doch diese greifbare Spannung zwischen ihnen gewesen, die die letzten Monate ihrer Beziehung beherrscht hatte. Obwohl sie schon seit Weihnachten getrennt waren, war der Umgang nach wie vor problematisch. Der Abstand würde ihnen hoffentlich guttun. Dennoch hob sie ihre Hand und winkte ihm hinterher. Max zuliebe, den sie auf dem Arm hatte, rang sie sich sogar ein Lächeln ab. Vermissen würde er seinen Papa wahrscheinlich nicht, der Kleine war es gewohnt, dass er mit seiner Mama allein war. Auch vor der Trennung hatte er seinen Vater selten gesehen. Nils arbeitete lange und war viel unterwegs. Wenn er denn mal zu Hause war, hatte er morgens lieber ausgeschlafen, anstatt mit seinem Sohn zu frühstücken, bevor der in die Kita ging. Früher hatte sie das gestört, heute war sie froh darüber, dass sie und Max ein eingespieltes Team bildeten. So hatte sie eine Sorge weniger.

»Komm, Schätzchen. Wir gehen jetzt zu deinem neuen Kindergarten«, verkündete sie.

»Ja, ja, ich will spielen«, jauchzte er und zappelte, bis sie ihn wieder auf den Boden ließ. Max rannte los.

»Warte, wir müssen noch deine Jacke holen.« Sie lächelte und holte für sich und ihn etwas zum Überziehen, dann spazierten sie zum Kindergarten *Grænuvellir*, was übersetzt so viel wie »Grüner Platz« hieß. Sie hatte sich im Vorfeld bereits mit der Leiterin der Einrichtung ausgetauscht und schon von zu Hause aus beschlossen, dass Max von acht bis sechzehn Uhr hingehen sollte, weil er so die Sprache am schnellsten lernen würde.

Max sang und hopste fröhlich über den Gehsteig, das war das Schöne am Kindsein. Man machte sich keine Gedanken, ließ einfach alles auf sich zukommen. Hannah wünschte, sie selbst bekäme etwas von dieser kindlichen Unbeschwertheit zurück.

»Nicht in die Pfütze«, warnte sie ihn, aber da war es schon zu spät.

»Super.« Sie verdrehte die Augen. Glücklicherweise hatte sie Wechselkleidung in der Handtasche.

Hannah fürchtete sich ein wenig vor der bevorstehenden Verabschiedung, alles war möglich. Entweder würde Max direkt anfangen zu spielen und sie links liegen lassen oder sich an ihren Rockzipfel hängen und fürchterlich weinen.

»Wann sind wir denn endlich da? Ich will nicht mehr laufen«, jammerte er und streckte ihr seine dünnen Ärmchen entgegen.

»Es ist nicht mehr weit.«

»Ich kann nicht mehr«, jammerte er.

Sie seufzte und nahm ihn auf den Arm. So war es immer, Jungs in seinem Alter rannten, sprangen und kletterten stundenlang, aber wenn es darum ging, ein Stück geradeaus zu gehen, wurde es zu anstrengend.

»Hey, hallo Hannah«, rief ihr Freyja zu, die auf einem klapprigen blauen Damenrad an Hannah vorbeirollte.

»Hallo Freyja«, erwiderte sie und hob die Hand zum Gruß.

Und dann war sie auch schon wieder weg und bog um die Ecke. Trotzdem freute sich Hannah über diese kurze Begegnung, sie fühlte sich nicht mehr ganz so einsam, wenn man sie schon auf der Straße grüßte. Die erste Bekanntschaft hatte sie bereits geschlossen. Für einen Augenblick, als Nils davongefahren war, hatte sie sich sehr einsam gefühlt, das Zuschlagen der Autotür hatte auch etwas Endgültiges gehabt. Aber jetzt war sie wieder sicher, dass ihr Plan, ein Jahr auf Island zu leben, richtig war.

»Siehst du, da sind wir schon«, sagte sie zu ihrem Sohn. »Da auf dem Straßenschild steht es: I-ða-vellir«, las sie. Die isländischen Wörter bereiteten ihr nach wie vor Schwierigkeiten, aber mit der Zeit würde sie sich schon daran gewöhnen. »Jetzt müssen wir nur noch die Hausnummer eins suchen. Ach, schau. Da ist es ja auch. Das grüne Haus hier vorne, und da ist auch ein großer Spielplatz dabei. Sieh mal das Klettergerüst an. Wie schön!«

Max drehte seinen Kopf. »Ich will schaukeln.«

»Später, mein Schatz. Erst einmal müssen wir dich anmelden.«

»Menno.«

Sie schmunzelte und öffnete das Tor zum Garten, dann ließ sie Max auf den Boden gleiten und nahm seine Hand. »Komm, jetzt wird es spannend, wir lernen alle kennen.«

Mit klopfendem Herzen öffnete sie die Tür, der Lärm von kreischenden und lachenden Kindern schlug ihnen entgegen. Im Haus war es mollig warm. »Wow«, entfuhr es ihr. Die Einrichtung war viel größer, als sie es für so einen kleinen Ort wie Húsavík erwartet hatte.

»So, und jetzt suchen wir die Gruppe Berg«, erklärte sie Max.

»Berg?« Er hob sein Köpfchen und schaute seine Mama skeptisch an.

»Ja, das ist Isländisch.«

»Das klingt aber wie Deutsch«, stellte er neunmalklug fest.

»Siehst du, schon eine Gemeinsamkeit.«

Eine Frau kam auf Hannah zu und sprach sie an. Hannah verstand nicht, also sagte sie auf Englisch, dass sie die Gruppe Berg suchten. Die dunkelhaarige Frau hatte glatte schulterlange Haare, sie trug keine Jacke, nur ein geringeltes Jerseyshirt mit Jeans und Ballerinas. Ohne Strümpfe. Hannah fror allein vom Hinsehen. »Ich bin übrigens Dísa, wir sind Nachbarn«, stellte sie sich vor und hielt ihr die Hand hin.

»Oh, hallo. Freut mich. Ich bin Hannah.«

»Wir können ja bei Gelegenheit mal einen Kaffee trinken«, schlug die Nachbarin vor. Hannah fand sie sofort sympathisch.

»Das würde mich freuen. Sehr sogar.« Hannah lächelte.

»Meine Tür ist immer offen, komm einfach vorbei.«

Hannah musste verdutzt ausgesehen haben, denn Dísa lachte. »Entschuldige, war das jetzt ein Überfall? Tut mir leid. Wie wäre es denn mit morgen? Gegen drei? Ich vergesse immer wieder, dass man in Deutschland wohl Termine oder so macht.«

»Du kennst dich wohl gut aus.« Hannah grinste schuldbewusst.

»Meine Schwester hat in Berlin studiert, na ja, ich kenne nur so ein paar Geschichten. Wäre es denn gut für dich morgen? Ich würde mich wirklich freuen.«

»Ja, klar. Ich mich auch.«

»Dann ist es abgemacht.«

»Wunderbar! Soll ich was mitbringen?«

»Nein, auf gar keinen Fall. Dann bis morgen.«

»Äh, kannst du mir vielleicht noch sagen, wo die Gruppe Berg zu finden ist?«

»Ihr müsst da lang«, erklärte sie mit einer Geste und lächelte. »Beeilt euch, die Kinder haben schon mit dem Frühstück angefangen.«

»Danke«, gab Hannah zurück und ging mit Max in die angegebene Richtung.

In der Gruppe saßen die Kinder um zwei Tische und löffelten Haferschleim oder Cornflakes. Hannah war es von zu Hause gewohnt, dass sie gemeinsam frühstückten, das würde nun aber hier stattfinden. *Noch eine Veränderung*, dachte sie.

Die Gruppenleiterin kam freundlich lächelnd auf sie zu und erklärte ihnen, wo Max seine Sachen ablegen sollte. Den interessierte das alles nicht, er rannte zu einem freien Platz und ließ sich Cornflakes in einen tiefen Teller füllen.

Hannah hob eine Augenbraue. Das ging ja schnell. Von wegen Schüchternheit! Sie atmete erleichtert aus, traute dem Ganzen aber noch nicht so recht.

»Das ist ein gutes Zeichen. Es wird sicher ein toller Tag für ihn. Unsere Kinder haben sich schon so auf ihn gefreut«, erklärte die Erzieherin mit einem freundlichen Nicken.

»Sie haben ja meine Telefonnummer, ich bin in der Nähe, ich kann jederzeit …«

Die blonde Frau legte ihr eine Hand auf den Arm und brachte sie damit zum Schweigen. »Keine Sorge, Max macht das schon. Kommen Sie heute einfach um zwei, dann ist der Tag nicht so lang.«

Hannah schluckte. »In Ordnung. Max?« Er drehte den Kopf in ihre Richtung. »Ist es okay, wenn ich jetzt gehe?«

Er hob die kleine Hand. »Tschüss, Mama. Bis nachher, dann kann ich Isländisch.«

Sie wünschte sich ein wenig mehr von seinem kindlichen Optimismus. »Klar, Schatz. Viel Spaß.«

»Nutze die Gelegenheit und geh, nicht, dass er es sich doch noch überlegt. Das wäre ungünstig.«

Die Erzieherin hatte wahrscheinlich recht, Hannah zögerte dennoch für einen Augenblick.

»In Ordnung. Und du rufst mich auch wirklich an, wenn etwas ist?«

»Natürlich, wenn er unglücklich ist und weint, dann melden wir uns. Aber es sieht nicht so aus. Schau nur, wie er schon anfängt, mit den anderen zu kommunizieren.«

Hannah beobachtete fasziniert, wie Max sich, ohne ein Wort zu verstehen, durch Mimik und Gestik verständlich machte. Er gluckste, während er einem Mädchen zuschaute, das Faxen mit seinem Löffel machte.

»Er ist ein Einzelkind«, erklärte Hannah, während sie schwach lächelte. »Er freut sich auf die Kinder und dass er endlich wieder mit Gleichaltrigen spielen kann. «

»Ein Geschwisterchen kann ja noch kommen«, meinte die Erzieherin gelassen.

Ja, ohne Mann ist das eher schwierig. Außerdem war sie fast vierzig und der Zug dürfte bald abgefahren sein. Hannah antwortete bloß: »Bis später.«

Dann verließ sie den Kindergarten. Auf dem Gehsteig blickte sie sich noch einmal um. *Und was mache ich jetzt mit meiner freien Zeit?*, dachte sie. Ohne Max an ihrer Seite fühlte sie sich wie der einsamste Mensch auf Erden. Sie hatte sich akribisch auf alles, was das Jahr auf Island anging, vorbereitet und nun stand sie doch verloren da und wusste nicht, was sie als Nächstes tun sollte. Sie schluckte und dachte, dass es besser war, wenn sie litt anstatt Max. Das machte den Augenblick aber auch nicht einfacher. Die letzten Wochen waren von ständigem Aktionismus geprägt gewesen, der Umzug, die Reise nach Island, die Ankunft, die Fahrt vom Süden in den Norden, das Auspacken und Einrichten. Und jetzt – nichts. Klar, sie könnte ein bisschen hin und her räumen, aber im Grunde war alles erledigt, sie könnte sich auch einfach aufs Sofa legen und ein Buch lesen. Aber dafür fehlte ihr die innere Ruhe.

Hannah atmete tief ein und wandte sich dem Meer zu. Ihr Blick fiel auf den niedlichen, gelben Leuchtturm und das weiße Holzhaus, das ihr gestern schon aufgefallen war. Sie entschied sich für eine Erkundungstour, um sich abzulenken und auf andere Gedanken zu kommen, außerdem würde ihr etwas frische Luft guttun.

Ein kühler Wind wehte um ihre Nasenspitze, Hannah klappte den Kragen ihrer Jacke nach oben und schloss für einen Moment die Augen. Sie roch das Salz und die Algen des Nordatlantiks, das sich mit dem frischen Duft des Frühlingsgrases vermischte. Es war kalt, aber die Luft war gleichzeitig auch so rein und klar, dass sie förmlich spürte, wie sie sich von Minute zu Minute energiegeladener fühlte. Ihre Mundwinkel bogen sich wie von selbst nach oben, sie öffnete die Augen ein Stückchen weiter. Ein paar Sonnenstrahlen fielen durch die dichte Wolkendecke und versanken im tiefblauen Ozean. Je näher sie dem Ufer kam, desto intensiver wurde das Aroma von Salz und Algen. Die Brandung rauschte ans schwarze Ufer, einige Seevögel kreischten über ihrem Kopf. Dann entdeckte sie ein Fischerboot, das ihr schon tags zuvor aufgefallen war. Es wurde in einem stetigen Rhythmus in den Wellen hin und her geschaukelt, der sie an ein Metronom erinnerte. Es war eine ganz eigene Melodie, die der Nordatlantik spielte, sie war niemals gleich, jeden Tag ein wenig anders und doch auf seltsame Weise stetig und beständig. Ruhe legte sich wie eine warme Decke über ihr Gemüt, es war eine ungeahnte Zufriedenheit, wie sie sie bislang nur gespürt hatte, wenn sie den Bogen über die Saiten ihrer Geige strich. Es war seltsam, das Meer und ihr Instrument hatten im Grunde nichts gemeinsam, ihre Amati war filigran gearbeitet und zerbrechlich, der Atlantik war eigensinnig und barg gewaltige Energien in sich – und doch …

Hannah blinzelte, dann straffte sie sich. Das war nicht gut, sie wollte abschalten – nicht Parallelen zu dem, was sie verloren hatte, ziehen.

Raschen Schrittes ging sie auf den gelben Leuchtturm und das weiße Häuschen zu, das in einiger Entfernung zu den beliebten Geosea-Thermalbädern stand. Das Gebäude war riesig, modern, aber dennoch fügte es sich perfekt in das Landschaftsbild ein. Trotzdem steuerte sie nicht die natürlichen heißen Seewasserbecken, sondern das kleine weiße Haus neben dem Leuchtturm an, baden konnte sie auch später noch.

Als sie näher kam, sah sie das kleine Schild mit der Aufschrift *Kaffihús Viti* über dem Eingang des Hauses, vor den Fenstern hingen Blumenkästen mit roten, gelben und pinkfarbenen Gardenien. Kleine Farbtupfer inmitten der grünen Hügel, die einen hübschen Kontrast mit der weißen Holzverkleidung bildeten. Der gelbe Leuchtturm stand nur ein paar Meter entfernt, davor befand sich ein Schild mit dem Hinweis auf eine Ausstellung. *Eftir Jón Júliússon*, las sie. Darunter die Abbildung eines farbenfrohen Gemäldes. Ein weiblicher Kopf, vor einem Hintergrund aus Türkis, Pink, Gelb und Orange. Die Frau hatte die Augen geschlossen, aber weinte. Ihre Tränen glichen einem Wasserfall und bestanden aus einem Meer aus knalligen Farben. Ungewöhnlich, aber faszinierend.

Die Ausstellung war täglich von neun bis fünfzehn Uhr geöffnet.

Das werde ich mir mal ansehen. Sie würde nach einer Tasse Kaffee und einem kleinen Snack vorbeischauen. Hoffentlich hatte das Café überhaupt schon geöffnet, es war gerade mal kurz nach neun.

Während sie zum Eingang spazierte, schaute sie durch die kleinen Sprossenfenster ins Innere. Sie nahm keine Bewegung im Innenraum wahr.

Hannah ließ sich davon nicht abhalten, sie drückte die Klinke herunter, zu ihrer Überraschung ging die Tür auf. Die Scharniere quietschten leise, warme Luft, die von Gebäck und frischem Kaffee geschwängert war, schlug ihr entgegen. Sofort machte sich ihr Magen bemerkbar. Sie hatte am Morgen vor Aufregung keinen Bissen heruntergebracht. Das würde sie jetzt hoffentlich nachholen können.

»Hallo?«, rief sie in die Stille. Während sie darauf wartete, dass jemand antwortete, schaute sie sich um. Das Erdgeschoss schien aus zwei Gasträumen zu bestehen, vom hinteren ging eine schmale Treppe nach oben. Die Tische und Stühle waren bunt zusammengewürfelt, kein Stück passte zum anderen, eins hatten sie jedoch gemeinsam, sie waren mindestens so alt wie Hannah, was dem ganzen Interieur einen besonderen Charme verlieh. Auch dass alles ein wenig kleiner und enger war, als man heute bauen würde, machte es gemütlicher und erinnerte eher an das Wohnzimmer einer Großmutter als an ein Café. Die getäfelte Decke war weiß gestrichen. Die Fensterbänke waren mit Kerzen und getupften Blumentöpfen mit leuchtend gelben Primeln dekoriert. Auf jedem Tisch standen eine Kerze und kleine Vase mit einer roten Nelke, darunter lagen weiße gehäkelte Deckchen. *Wie bei Oma*, schoss es ihr durch den Kopf. An den hell gestrichenen Wänden hingen einige Ölbilder, die Island mit seinen rauen Felsen, den Lavalandschaften und der tiefblauen See als Motive hatten. Wenn man gerade durch den Raum ging, kam man direkt zu einem kleinen, vollgestellten Tresen. Kasse, Trinkgeld-Glas, Besteckkorb, Servietten, Zucker, Teebeutel in einem quadratischen Holzkästchen befanden sich darauf. Daneben stand eine schmale, etwa zwei Meter hohe Kühlvitrine mit diversem Gebäck, das nach viel Sahne, Baiser und Karamell aussah. Die Isländer liebten es süß, das hatte sie schon nach kurzer Zeit auf der Insel begriffen. Hannah schmunzelte und ließ ihren Blick weiterschweifen. An der Wand hinter dem Tresen befand sich eine kleine Küchenzeile mit einer Siebträger-Kaffeemaschine und sauberem Geschirr, das akkurat aufgereiht war. Von dort aus ging noch eine Tür ab, die aber geschlossen war.

Vielleicht die Küche, überlegte sie. In diesem Moment ging selbige auf und Freyja kam heraus. Ihr Gesicht war gerötet, die blonden Haare hatte sie mit einer Klemme hochgesteckt. Sie trug ein gelbes Sommerkleid, auf das große Mohnblumen gedruckt waren, darüber eine weiße Schürze, die mit einigen Teigspritzern – so sah es jedenfalls aus – gesprenkelt war.

»Oh, guten Tag, Hannah. Wie gehts dir?«, begrüßte Freyja sie mit einem breiten Lächeln auf Isländisch. Hannah war überrascht, sie hatte nicht gewusst, dass ihre Vermieterin hier arbeitete.

Sie überlegte gleichzeitig, ob sie sie richtig verstanden hatte. Vermutlich lag sie mit einem »Alles okay« nicht falsch. Diese Art von Small Talk führte man doch schließlich überall, oder? Dann fuhr sie auf Deutsch fort. »Wie schön es hier ist und es duftet ganz verführerisch.«

»Danke schön, es ist mein eigenes kleines Café. Gefällt es dir?«

»Es ist wundervoll! Bist du ganz allein hier?« Sie sah sich noch einmal um, es gab an die zehn Tische, das war definitiv zu viel für eine Person, die Küche und Ausschank unter einen Hut bringen sollte – selbst wenn es nur Kuchen gab.

»Eigentlich nicht, ich hatte ein polnisches Mädchen für den Sommer angestellt, aber die hat sich den Fuß gebrochen. Und jetzt stehe ich da. Ohne Mitarbeiter, und habe alle Hände voll zu tun.«

»Verstehe, das ist natürlich Mist. Ist es so schwierig, hier Arbeitskräfte zu bekommen?« Das wäre in ihrem Fall gut, denn sie wollte sich auch bald nach einem Job umsehen.

»Ja, es ist wirklich schlimm. Außerdem würde jeder, der verfügbar ist, lieber im *Geosea* arbeiten, das ist ganz neu.«

»Ist das nicht schlecht für dein Geschäft, ihr seid ja schließlich direkte Konkurrenten?«

»Kann ich noch nicht so genau sagen. Außerdem ist bei mir alles hausgemacht, ich habe auch viele Stammkunden. Aber die Laufkundschaft wird sich jetzt vermutlich aufteilen – so oder so, ich könnte eine helfende Hand gebrauchen. Oder zwei hilfreiche Hände.« Freyja schaute Hannah erwartungsvoll an. Und Hannah wurde klar, dass ihre Vermieterin ihr gerade ein Jobangebot gemacht hatte.

Hannah fühlte sich ein wenig überrumpelt, sie wusste nicht, ob es gut war, für Freyja zu arbeiten, wo sie doch schon unter ihrem Dach lebte. Hannah war plötzlich unsicher, sie hatte ihr ganzes Berufsleben als Musikerin ihr Geld verdient. »Ich, äh, habe keinerlei Erfahrung.« Und backen konnte sie auch nicht, das behielt sie vorerst aber noch für sich.

»Ja, natürlich. Entschuldigung. Ich falle immer gleich mit der Tür ins Haus.« Freyja schüttelte lachend den Kopf.

»Das macht doch gar nichts«, beeilte Hannah sich zu sagen und trat von einem Fuß auf den anderen.

»Setz dich doch, möchtest du erst einmal einen Kaffee?« Freyja zeigte auf die Tische. »Dann reden wir in Ruhe weiter.«

»Einen Kaffee nehme ich gerne, vielen Dank.«

»Wie trinkst du ihn?«

»Mit Milch, bitte.«

»Sehr gern. Ich habe auch gerade einen Kuchen aus dem Ofen geholt, Schokoladenkuchen. Möchtest du vielleicht ein Stück? Oder magst du es lieber salzig? Ich habe auch Flatkökur mit Hángikjöt.«

»Flat-was?«, sagte Hannah und lachte.

»Flatkökur, das sind flach gebackene Roggenpfannkuchen, darauf kommen Butter und Scheiben von geräuchertem Lammfleisch.«

Obwohl Hannah keine Vegetarierin war, war es für so etwas Deftiges noch zu früh für sie. »Ich würde sehr gerne den Kuchen probieren«, gab sie daher mit einem freundlichen Lächeln zurück.

»Such dir ein schönes Plätzchen, ich bin dann gleich wieder bei dir.« Freyja ging hinter den Tresen und befüllte die Siebträger-Kaffeemaschine mit frisch gemahlenem Kaffee.

»Ich kann dir gerne zur Hand gehen«, bot Hannah an und kam ihr entgegen. Fasziniert beobachtete sie die geschmeidigen Bewegungen Freyjas, während sie für sie beide Kaffee aufbrühte.

»Du bist erst einmal mein Gast«, verkündete Freyja streng. »Setz dich ruhig.«

»Alles klar«, gab Hannah zurück. Der Kaffee lief durch und Freyja verschwand leise vor sich hin summend in der Küche.

Hannah zog einen Stuhl zurück, dessen Beine ein leicht kratzendes Geräusch auf den hellen Dielen verursachten, dann hängte sie ihre Jacke über die Stuhllehne. Hannah setzte sich ans Fenster und schaute hinaus. Wahnsinn, wie schnell sich das Wetter hier veränderte. Eben noch war es bewölkt gewesen, jetzt strahlte die Sonne vom Himmel und spiegelte sich auf den dunklen Wellen. Am Horizont sah sie wieder den kleinen Fischkutter von vorhin.

»So, da bin ich wieder«, sagte Freyja einen Augenblick später und stellte zwei Teller mit Schokokuchen und Sahne auf dem Tisch ab. »Fehlt nur noch der Kaffee.«

Es dauerte nicht lange, dann saßen sie gemeinsam am Tisch. »Hm«, machte Hannah. »Das duftet verführerisch und schmeckt auch so.«

»Heute Morgen frisch gebacken«, sagte Freyja stolz.

Sie aßen einen Moment schweigend, dann fuhr Freyja fort. »Also, wie sieht es aus? Hättest du Lust, mir ein bisschen unter die Arme zu greifen? Ich zahle auch vernünftig. Oder hast du etwa schon eine andere Stelle? Mensch, das wäre ja ärgerlich, aber gestern wollte ich nicht gleich mit der Tür ins Haus fallen ... Hast du?«

Hannah schüttelte den Kopf und spürte, wie sich ihre Mundwinkel nach oben bogen. »Habe ich nicht, ich wollte erst einmal ankommen, sehen, wie es Max im Kindergarten gefällt.«

»Verstehe. Dann … suchst du gar keine Arbeit?« Freyja runzelte die Stirn, sie sah aus, als ob sie überhaupt nicht glauben könnte, dass Hannah in Erwägung zog, erst einmal zu Hause zu bleiben.

»Doch, eigentlich schon«, stellte sie das zunächst richtig, schwieg dann aber, weil sie nicht sicher war, was sie selbst wollte.

»Prima«, meinte Freyja und nippte an ihrem Milchkaffee. »Wann kannst du anfangen?«

Hannah verschluckte sich beinahe an einem Krümel. Im Prinzip wäre es perfekt, hier zu arbeiten. So hätte sie Kontakt mit Menschen und Isländisch musste sie auch nicht zwingend können, weil manche Kunden sicher Touristen sein würden, die die Landessprache selbst nicht beherrschten. »Ich muss doch keine Kuchen backen, oder?«, erkundigte sie sich mit einem schiefen Grinsen.

»Nein, nur wenn du möchtest.«

»Und wie ist es mit meinem Sohn? Also wegen der Arbeitszeiten meine ich.«

»Das ist kein Problem, wir können das flexibel gestalten, außerdem kann der Kleine natürlich auch mit hierherkommen, nach dem Kindergarten. Aber du wirst schon sehen, er findet schnell Anschluss, der will dann auch öfter bei seinen Freunden spielen.«

»Puh, seid ihr Isländer alle so ungestüm?«

Freyja lachte. »Praktisch veranlagt, würde ich das nennen. Liegt am Wetter, hier muss man Gelegenheiten beim Schopf packen. Pläne können sich sehr schnell zerschlagen.«

»Das werde ich wohl noch lernen müssen.«

»Ihr Deutschen habt andere Qualitäten«, scherzte Freyja. »Pünktlichkeit zum Beispiel, daran fehlt es uns hier manchmal.«

»Und das schiebt ihr dann auch aufs Wetter?«, neckte Hannah sie.

Freyja lachte und winkte ab. »Sonne, Schnee oder Regen, es gibt immer gute Gründe. Aber im Ernst, wenn du mir von zehn bis vier aushelfen könntest, wäre mir schon viel geholfen. In der Hauptsaison vielleicht ein bisschen länger. Über den Stundenlohn werden wir uns sicher einig.«

»Dann ist es also beschlossen. Ich bin deine neue Aushilfe.«

Freyja streckte ihr die Hand über den Tisch hin, Hannah schlug ein. »Abgemacht.«

Die Eingangstür flog auf und krachte gegen die Wand, schwere Stiefel polterten auf den alten Holzdielen in den Gastraum.

»Góðan daginn«, hörte Hannah eine tiefe Stimme hinter sich, die ihr irgendwie bekannt vorkam.

Hannah saß mit dem Rücken zum Eingang, sie musste sich umdrehen, um zu sehen, wer hereingekommen war. Sie staunte nicht schlecht, als sie Jón entdeckte. Mit seinen zerzausten Haaren und den geröteten Wangen sah er aus, als wäre er gerade noch so einem Sturm entkommen.

»Blessaður«, grüßte Freyja den Handwerker. »Da kann ich ja froh sein, dass aus meiner Tür kein Kleinholz geworden ist.«

Hannah nickte ihm höflich zu.

Er brummte etwas, das sie nicht verstand, und setzte sich an einen Tisch an der gegenüberliegenden Wand. Er trug eine ausgebeulte Jeans, schwarze Lederschuhe mit dicken Sohlen und einen braunen Wollpullover mit dem für Island so typischen Rautenmuster.

»Möchtest du Kaffee?«, fragte Freyja ihn auf Isländisch.

»Já, já«, erwiderte er einsilbig, zog eine Tageszeitung hervor und begann zu lesen.

Seltsamer Vogel, dachte Hannah und wandte sich wieder ihrem Kuchen zu. Der hatte ja ein entspanntes Leben, wenn er um die Uhrzeit gemütlich Zeitung lesen konnte, anstatt seiner Arbeit nachzugehen. »Wie sieht es mit dem Leck aus?«, fragte Hannah.

Es dauerte einige Sekunden, bis er begriff, dass er damit gemeint war. Jón hob langsam seinen Kopf und wandte sich ihr zu. »Muss noch ein paar Sachen im Baumarkt besorgen«, brummte er, dann widmete er sich wieder der Zeitung.

Hannah zog ihre Stirn kraus, während sie Freyja beobachtete, die Jón einen Teller, vermutlich waren das die Flatkökur mit Hángikjöt, und eine dampfende Tasse vor die Nase stellte. »Verði þér að góðu.« *Guten Appetit.*

Sie wunderte sich ein wenig, dass Freyja Jón ungefragt auch noch etwas zu essen servierte, aber damit war klar, dass er tatsächlich Stammgast bei ihr war. Vermutlich rührte daher auch die Kooperation, er bekam Speis und Trank und griff Freyja dafür bei kleineren Reparaturen unter die Arme.

Die beiden tauschten ein paar Sätze auf Isländisch aus, die Hannah nicht verstand. Es ging zu schnell, es waren zu viele unbekannte Wörter. Sie hörte lediglich »Haus«, »kein Problem« und »alles klar« heraus. Hm, also würde vermutlich alles seinen Gang gehen mit der Reparatur. Trotzdem hätte sie gern gewusst, wann Jón denn nun bei ihr auftauchen würde, sie hasste Unvorhergesehenes.

Weil sie die beiden nicht anstarren wollte, schaute sie aus dem Fenster. Sie beobachtete einige Seevögel über der stürmischen See. Die schwarzen Köpfe und das weiße Gefieder konnte sie auch von ihrem Stuhl aus erkennen – es waren Küstenseeschwalben, die über dem Meer kreisten. Sie war zwar keine ausgezeichnete Ornithologin oder Kennerin der isländischen Tierwelt, aber durch die Islandliebe ihrer Familie hatte sie schon als Kind Bücher mit Tierfotografien geschenkt bekommen. Hannahs Großeltern waren früher häufig auf Island gewesen, was auch mit den Geschäftsbeziehungen zu tun gehabt hatte. Nach Opas Tod war die Verbindung nach Island zwar nicht ganz eingeschlafen, aber doch deutlich abgeflacht. Alle waren älter geworden, Oma hatte irgendwann gar nicht mehr so weit verreisen wollen. Hannah war als Jugendliche einmal mit ihnen in Akureyri gewesen, ihre Mutter hatte allerdings partout nicht mitkommen wollen. Island sei ihr zu kalt und zu karg, hatte sie gesagt und war lieber mit Papa nach Korfu geflogen. Komisch, dass sie trotzdem diese Küstenseeschwalbe auf so vielen ihrer Kunstwerke verewigt hatte. Irgendwas an Island musste ihr doch gefallen haben, dass sie sich so damit befasste.

Egal, dachte Hannah. Nicht ihr Problem. Ihre Mutter war in vielerlei Hinsicht der Widerspruch in Person – nicht nur in ihren Bildern. Doch Hannah wollte jetzt nicht an sie denken. Hastig trank sie den Milchkaffee aus, legte etwas Geld auf den Tisch und stand auf. »Oh, Hanna, du willst doch nicht schon gehen?«, wandte sich Freyja an sie, die gerade ihr Gespräch mit dem Handwerker beendet hatte.

»Vielen Dank für den Kuchen und den Kaffee, beides war unsagbar lecker. Ich wollte mir eben die Ausstellung im Leuchtturm anschauen, ich habe das Schild vorhin entdeckt.«

Freyjas Miene hellte sich auf. »Ja, das mach mal. Es sind aufregende Kunstwerke, nicht wahr, Jón?«

Er brummte etwas in seinen nicht vorhandenen Bart. Hannah räusperte sich und trat von einem Fuß auf den anderen. Die Stimmung im Raum war auf einmal seltsam, sie konnte nicht genau beschreiben, was plötzlich in der Luft lag. »Ja, äh, also«, sie zeigte mit dem Daumen hinter sich, dann griff sie nach ihrer Jacke. »Ich muss los. Morgen bin ich um zehn wieder hier, okay?«

Freyja nickte. »Wunderbar, ganz wunderbar. Vielen Dank, ich freue mich, dass wir uns jetzt öfter sehen.«

Jón hob seinen Kopf. »Er hún að vinna hjá þér, Freyja?« *Arbeitet sie bei dir?*

Hannah gefiel seine Reaktion nicht, was ging es ihn denn an, wen Freyja beschäftigte? Der anfänglich halbwegs sympathische Eindruck von ihm als entspanntem, unprätentiösem Isländer verflog mit jeder Sekunde mehr. »Ja, also, bless«, sagte sie und rauschte aus dem Café.

Kapitel 6

Akureyri 1978

Monika streifte unruhig durch das Haus, schon den ganzen Tag hatte es wie aus Eimern geschüttet und sie hatte nicht wie geplant am Ufer des Eyjafjords sitzen und malen können, weil man selbst mit einem Regenschirm nicht gegen die Tropfen, die hier von allen Seiten zu kommen schienen, ankam. Sie wusste nichts mit sich anzufangen, sie fühlte sich wie eine tickende Zeitbombe, die bei einem falschen Wort hochgehen würde. Monika war klar, dass es an ihr lag, dass sie im Grunde mit sich selbst unzufrieden war, weil sie keine Konsequenzen aus Peters Verhalten gezogen hatte. Gleichzeitig fragte sie sich, ob sie übertrieben reagierte, wenn sie eine Trennung in Betracht zog, nur weil er in seiner Firma nicht abkömmlich war.

Und dann war da diese Leere in ihr. Obwohl sie sonst gut mit sich selbst klarkam, so fühlte sie sich hier seltsam verloren. Sie vermisste Peter, gleichzeitig verbot ihr Stolz, sich bei ihm zu melden. Es war an ihm, nach dem Streit die Wogen zu glätten, schließlich war er schuld daran, dass sie im Bösen auseinandergegangen waren. Mit einem Seufzen blieb sie am

Wohnzimmerfenster stehen und schaute hinaus. Am Horizont wurde es heller, ein paar Sonnenstrahlen bahnten sich ihren Weg und tauchten die Bergkuppen auf der anderen Seite des Fjords in goldenes Licht. Aus der Küche hörte sie, wie Bryndís und ihre Mutter mit Tellern und Töpfen klapperten, sie bereiteten gemeinsam das Abendessen vor. Ein verführerischer Duft von Braten und Soße zog sich durch das Haus ihrer isländischen Gastgeber. Es war modern eingerichtet, nicht wie ihr Haus in Lüneburg, das die Familie seit Generationen bewohnte. Bryndís und Sturlaugur hatten sich für einen offenen Grundriss entschieden, Wohnzimmer und Speisezimmer konnte man mit einer Falttür separieren.

Im Esszimmer stand ein ovaler Tisch mit acht Stühlen, an der Wand befand sich ein Buffet mit einer Topfpflanze und dem guten Sonntagsgeschirr. Im Wohnzimmer lag ein teurer Perserteppich, auf dem ein Dreisitzer, zwei Sessel mit dünnen Beinen und ein dreibeiniger, nierenförmiger Couchtisch standen. Familienbilder zierten die Wand daneben, eine Palme stand auf einem Rollbrett. Auf einem Foto war Sturlaugur mit ihrem Vater in Lüneburg in der alten Saline abgebildet. Die Freundschaft zwischen den Familien war über das Salz für den isländischen Hering entstanden, das Monikas Vorfahren nach Skandinavien verkauft hatten.

»Lüneburger Salz ist nun mal das beste«, hatte ihr Vater dann immer mit vor Stolz geschwellter Brust verkündet. So waren die von Wolffs einst zu großem Ansehen und Reichtum gelangt. Mit der Aufhebung des Salzmonopols hatten viele der alten Patrizierfamilien alles verloren. Nicht alle waren so klug wie die von Wolffs gewesen, in andere Unternehmungen zu investieren. Sogar zwei Weltkriege hatte das Familienunternehmen überstanden, ohne sich der Politik zu sehr anzubiedern. Monika kümmerte das jedoch alles nicht, Geld war für sie nebensächlich.

»Na, was träumst du vor dich hin?« Karitas trat neben sie. Die Tochter des Hauses war ein bildhübsches neunzehnjähriges Mädchen. Ihre glänzenden, honigblonden Haare fielen ihr in sanften Wellen über die Schultern. Sie sah aus wie ein Engel – konnte sich aber wie eine Furie aufführen, wenn etwas nicht nach ihren Wünschen ging. Das Nesthäkchen der Familie wusste genau, welche Knöpfe sie drücken musste, um ihren Willen zu bekommen. Karitas war viel besser darin sich durchzusetzen, als Monika, die mit ihrer direkten Art so manches Mal aneckte und keinen Wert auf Diplomatie oder Feingefühl legte.

»Ach, gar nichts«, gab Monika zurück.

Karitas hakte nach. »Du bist heute schon den ganzen Tag so melancholisch und in dich gekehrt, was bedrückt dich?«

Monika seufzte. War es wirklich so offensichtlich? »Ach«, fing sie an und wusste plötzlich nicht mehr weiter.

»Sag bloß, du hast Heimweh?«

»Nein, das sicher nicht.« Wenn es nach ihr ginge, würde sie viel länger bleiben als nur ein paar Wochen.

»Was ist es dann?«

»Mein Verlobter und ich, wir haben uns gestritten.«

»So schlimm?«

Monika nickte, und während sie nach den passenden Worten suchte, wurde ihr etwas klar. »Ja, es ist schlimm, weil ich fürchte, dass es immer so sein wird. Er macht, was er will, und meine Wünsche sind zweitrangig.«

Karitas legte ihr eine Hand auf den Oberarm. »Das tut mir leid.«

»Manchmal frage ich mich, ob er *mich* liebt oder meine Familie.«

Die Isländerin nickte verständnisvoll. »Glaub mir, ich weiß genau, was du meinst. Wenn ich unterwegs bin und meinen Namen sage, fragt mich jeder erst einmal über meinen Vater und die Fischfabrik aus. Deswegen freue ich mich auch so sehr, dass ich bald nach Kopenhagen gehe.«

Monika beneidete Karitas um ihre Pläne. Ihr eigenes Schicksal war vorbestimmt, die Wege vorgegeben. Vielleicht war es auch das, was sie so sehr deprimierte, während sie hier auf die Weite des Fjords blickte und die Freiheit in allen Poren fühlte.

»Vielleicht bekomme ich auch nur kalte Füße«, murmelte Monika.

»Was heißt das?«, fragte Karitas mit gerunzelter Stirn.

»Dass ich eine nervöse Braut bin«, gab Monika mit einem schiefen Grinsen zurück.

In dem Moment rief Bryndís zu Tisch, und Monika war froh, dass sie Karitas nicht mehr über das mit den kalten Füßen erklären musste. Sie wollte erst einmal selbst darüber nachdenken. Vielleicht lag es ja wirklich an ihr und nicht an Peter.

Im ganzen Haus duftete es verführerisch, die Lammkeule hatte schon seit Stunden im Ofen gegart. Auf dem ovalen Tisch, dessen Mitte ein gehäkeltes Deckchen und ein Kerzenleuchter mit einer gelben Kerze zierte, hatte die Hausherrin mehrere Speisen aufgetragen. Scheiben von Lamm, Karamellkartoffeln, braune Soße, Erbsen und Möhrengemüse. Aber das Essen schien angesichts der hitzigen politischen Diskussion der Männer am Tisch nebensächlich.

»Ein Erdnussfarmer aus Georgia ist unfähig, die mächtigste Industrie- und Militärmacht der Welt zu führen«, sagte Gernot von Wolff und säbelte an einem Stück Fleisch auf seinem Teller.

»Absolut«, stimmte Sturlaugur zu. Im Gegensatz zu Monikas Vater hatte er noch volles, dunkelbraunes Haar, das an den Schläfen von silbergrauen Fäden durchzogen war. Er trug eine Brille mit dicken Gläsern. Seine Stirn war faltig, die kantigen Wangen waren glatt rasiert. Ansonsten war die Ähnlichkeit zu seinem Sohn Magnús nicht zu leugnen. Magnús war eine jüngere Version seines Vaters, beide schienen offenbar auch gleich viel Spaß am Debattieren zu finden.

»Der Kerl ist ein kleinkarierter Streber, dazu noch naiv und pathetisch wie ein Sonntagsprediger aus der Provinz! Ich war entsetzt über seine Entscheidung zum vorläufigen Baustopp der Neutronenbombe.« Magnús legte seine Gabel so schwungvoll auf den Tellerrand, dass es schepperte.

»Ach, wenn das schon alles wäre. Dieser Carter ist zudem auch noch äußerst ungeschickt im Umgang mit dem Kongress.« Sturlaugur schüttelte den Kopf. »Es wäre ja alles nicht so traurig, wenn für uns Fischleute der Dollarkurs nicht so wichtig wäre.«

Gernot von Wolff trank einen Schluck von seinem Pilsener, einem auf Island gebrauten Leichtbier. Monika wusste, dass normales Bier hier per Gesetz verboten war, eine Tatsache, über die Gernot gerne schimpfte, für den ein gutes Bier mehr wert war als das teuerste Filetstück. Dann fuhr er fort. »Ja, wenn das so weitergeht, zahlen wir bald eine Mark fünfzig für zwei Sachen: für den Liter Benzin *und* für den Dollar! Das muss man sich mal vorstellen!«

Heide legte ihrem Mann eine Hand auf den Oberarm. »Schatz, reg dich nicht so auf, du weißt doch, was der Arzt gesagt hat.«

Monika verkniff sich ein Grinsen, sie hatte schon ein paar Minuten darauf gewartet, auf welche Weise sich ihre Mutter ins Gespräch einmischen würde – dass sie nicht mit politischen Argumenten punkten würde, war klar. Davon verstand sie in etwa so viel wie Monika vom Kühemelken. Eigentlich hatte Monika mit ihrer Mutter nie ein Problem gehabt, bis Monika ihr schließlich mitgeteilt hatte, dass sie nicht im Familienunternehmen einsteigen wollte. Seitdem war das

Verhältnis zwischen ihnen angespannt und Heide fand stets einen Grund, Monika zu kritisieren.

Gernot ignorierte den Kommentar seiner Gattin geflissentlich. »In der Bundesrepublik ist das soziale Klima ja schon eine ganze Weile frostig. Wie soll das denn bitte schön weitergehen? Die glauben, wir leben in einer Wunschwelt, bei der man nur noch mit dem Finger schnippen muss, und alles regelt sich von selbst. Nein, so geht das nicht weiter. Also ich sehe schwarz.«

»Im Vergleich zu Island habt ihr es ja noch gut«, meinte Magnús. »Hier wird nicht lange gefackelt, den Leuten passt was nicht, zack, wird gestreikt.«

»Schlimmer als bei uns?« Gernot machte große Augen.

»Ja, schlimmer als in Deutschland, das kannst du mir glauben.« Sturlaugur seufzte und schob sich seine Hornbrille, die auf der Nase ein Stück verrutscht war, hinauf.

»Möchte jemand noch etwas?«, fragte Bryndís und hob die Platte mit dem Lammfleisch an. Die Dame des Hauses hatte ihre blonden Haare der Mode entsprechend toupiert und trug ein ärmelloses Etuikleid, das ihre üppigen Kurven umschmeichelte. Obwohl das Fenster geöffnet war, war es sehr heiß im Raum.

Als niemand mehr zugriff, stand sie auf und wandte sich an die Männer. »Ich sehe doch, dass es euch hinüber zu Rauch und Digestif zieht. Tut euch keinen Zwang an und geht ins Wohnzimmer – wir Frauen werden uns die Zeit auch ohne euch auf angenehme Art vertreiben«, verkündete sie mit einem Lächeln und strich den Stoff über ihren Oberschenkeln glatt.

Heide tupfte sich den Mund mit ihrer Serviette ab und erhob sich ebenfalls. »Ich helfe dir in der Küche.«

Monika und Karitas tauschten einen Blick aus.

»Wir gehen euch zur Hand«, verkündete Karitas und begann, den Tisch abzuräumen. Monika folgte ihrem Beispiel, während Sturlaugur aus einem silbernen Schälchen Zigaretten und Zigarren anbot. »Genehmigen wir uns einen Cognac dazu?«, fragte er, wartete aber gar nicht auf die Antwort, sondern griff nach der Flasche, die schon auf einem Sideboard bereitstand.

In der Küche übernahmen die Frauen den Abwasch, während die Mütter über die Adelshochzeit des Jahres plauderten.

»Es ist ein Skandal, dass die Fürstentochter diesen Finanzmakler heiratet. Er ist doch weit unter Stand«, echauffierte sich Heide und Monika musste ein Lachen unterdrücken.

»Was ist denn mit der Mutter der Fürstentochter? Gracia Patricia ist doch auch nur eine Bürgerliche«, kommentierte Monika.

Heide warf ihrer Tochter einen strengen Blick zu. »Das ist doch wohl etwas anderes.«

Bryndís schob sich eine Zigarette zwischen die rot geschminkten Lippen und zündete sie an. Nachdem sie den Rauch ausgepustet hatte, sagte sie: »Hier gibt es ja keinen Adel, also kann ich das auch nicht nachvollziehen, es sind doch beides nur Menschen. Im Grunde ist es doch so, wenn sie sich lieben …«

»Mama ist eine Romantikerin«, scherzte Karitas und zupfte am Kleid der Mutter.

»Es ist doch ganz offensichtlich, dass der schöne Philippe dem Mädchen den Kopf verdreht hat. Hinlänglich bekannt ist jedenfalls, dass er ein zwielichtiger Hallodri ist. Der Traum der Eltern, das Kind angemessen zu verheiraten, ist damit vorbei, und nun haben sie einen bürgerlichen Schwiegersohn«, kommentierte Monikas Mutter mit einem Kopfschütteln.

»Ach, Heide, was würdest du denn tun, wenn Monika einen armen Schusterjungen mit nach Hause brächte?«, fragte Bryndís. Monika horchte auf. Sie war gespannt auf die Antwort, hatte sie sich die gleiche Frage doch selbst schon manches Mal gestellt, wobei sie mit Peter ganz sicher den Geschmack der

Eltern getroffen hatte – er war fleißig, ambitioniert und hatte in Hamburg studiert. Von einem armen Schusterjungen war er ungefähr so weit entfernt wie ein Prinz vom Stallburschen.

Heide strich sich über die mit Haarspray fixierte Mähne. Früher hatte sie dunkelbraunes Haar gehabt, doch mit den ersten grauen Haaren war sie dazu übergegangen, sie sich blond wie Brigitte Bardot zu färben. Ansonsten hatten die beiden wenig gemeinsam. Monikas Mutter war eine große Frau mit schweren Knochen und breiten Hüften. Monika kam in der Hinsicht mehr nach ihrem Vater, sie war schlank, ohne dass sie, wie es seit Twiggy so modern war, dafür hätte hungern müssen. Sie hatte lange Beine und zarte Kurven. »Monika ist ein kluges Mädchen, deswegen ist sie auch mit Peter verlobt.« Mehr sagte ihre Mutter nicht dazu und Monika schwieg beharrlich. Hoffentlich kam da nicht noch ein weiterer Satz, in dem sie über die Berufswünsche ihrer Tochter schimpfte. Auf eine Diskussion dieser Art hatte Monika überhaupt keine Lust.

»Komm, Monika. Lassen wir die beiden doch – Mama«, wandte sich Karitas an Bryndís. Diese wechselte ein paar Worte mit ihrer Tochter auf Isländisch. Die Mutter zog die Brauen zusammen. Offenbar waren sie unterschiedlicher Meinung. Schließlich fuhr Karitas auf Deutsch fort. »Wir gehen gleich zu Freunden, Magnús kommt mit, der gibt auf uns acht. Nicht, dass wir das nötig hätten, aber so haben wir wenigstens einen Fahrer. Oder, Monika?«

Monika nickte. »Genau.« Außerdem waren sie definitiv alt genug, um auf sich selbst aufzupassen, zweiundzwanzig und zwanzig – sie brauchten kein Kindermädchen. Aber Monika fand es nicht schlecht, gefahren zu werden, sie wollte sich nicht die Hacken auf ihren hohen Schuhen ruinieren, ehe sie überhaupt bei der Fete angelangt war.

Bryndís klopfte die Glut ihrer Zigarette in den Aschenbecher. »Also gut, aber benehmt euch.«

»Klar, Mama. Bless.« Karitas gab ihr ein Küsschen, dann zog sie Monika mit sich aus der Küche in ihr Zimmer, das die Mädchen sich für die Dauer der Ferien teilten.

»Puh«, stieß Karitas aus und schlug die Tür kurz darauf hinter ihnen ins Schloss. »Eltern. Bin ich froh, dass ich nach dem Sommer endlich zum Studieren nach Kopenhagen gehe.«

Sie sprach zwar nicht akzentfrei Deutsch, aber erstaunlich flüssig, wie die gesamte Familie. »Sprachen sind der Schlüssel zur Freiheit«, hatte Karitas ihr mal gesagt, als Monika nachgefragt hatte. Und so war sie ebenso fließend im Dänischen, das in Island immer noch die erste Fremdsprache in der Schule war. Mit Englisch haperte es noch ein wenig, aber da Monika selbst nicht so gut darin war, war sie froh, dass sie sich in ihrer Muttersprache verständigen konnte. Auf der Party würde es wohl ein bisschen anders aussehen, aber das war Monika egal. Vielleicht würde sie sogar ein bisschen mit den isländischen Jungs schäkern. Ja. Das würde sie tun. Sie war immer noch sauer auf Peter.

Karitas setzte sich an ihren Toilettentisch, nahm sich die Puderquaste und tupfte sich das Gesicht ab. Feiner Puder rieselte auf die dunkle Mahagoniplatte. Dann schaute sie Monika erwartungsvoll im Spiegel an.

»Passt in Kopenhagen auch Magnús auf dich auf?«, scherzte Monika.

Karitas legte die Puderquaste weg und drehte den roten Lippenstift auf. Dabei plapperte sie weiter. »Wenn es nach mir ginge, sollte der sich um seinen eigenen Kram kümmern. Zum Glück schreibt er bald Examen. Noch ein, maximal zwei Semester, dann bin ich ihn los.«

»Hat er keine Freundin?«, erkundigte sich Monika.

»Das weiß man bei ihm nie so genau. Wieso? Hast du ein Auge auf ihn geworfen?«

Monika schnaufte. »Sicher nicht.« Sie hob ihre Hand und zeigte den Ring an der linken Hand. »Das ist ein Verlobungsring.«

Karitas hob eine Augenbraue. »Wo ist er denn, dein Verlobter?«

Monika biss sich auf die Unterlippe und drehte sich weg. Sie tat so, als suche sie in ihrem Koffer nach einem Kleidungsstück. Karitas hatte einen wunden Punkt getroffen. »Das ist doch egal, ich brauche keinen Mann, der mir Händchen hält«, brummte sie, Karitas den Rücken zugewandt.

»Du musst doch zugeben, Magnús sieht ein bisschen aus wie Roger Moore. Dieser Schauspieler ist doch ein Traum.« Karitas seufzte. »Hast du ›Der Spion, der mich liebte‹ gesehen?«

»Klar! Da spielt sogar eine Deutsche mit.«

Karitas zog einen Schmollmund. »Ja, aber sie ist nicht hübsch, diese Barbara Bach. Ich wünschte, ich hätte die kupferroten Haare meiner Oma geerbt, bei mir ist es nur langweiliges Blond.«

»Das scheinen die Jungs anders zu sehen.«

»Pah.«

»Was ist mit dir? Hast du einen Freund?«

Karitas' Gesichtsausdruck hellte sich auf. »Nein. Ich lege mir doch keinen Ehemann zu, jetzt, wo ich bald nach Dänemark gehe.« Sie stand auf und ging zu ihrem Kleiderschrank. »Was meinst du?« Sie zog ein schwarzes Kleidungsstück auf einem Bügel aus dem Schrank. »Ist ein Catsuit zu gewagt?«

Monika machte große Augen. »Catsuit?«

»Ich glaube, es gibt kein Wort auf Deutsch dafür, ich kenne es jedenfalls nicht. Hast du noch nie einen gesehen?«

Monika grübelte. »Doch, doch. Ich … war nur gerade irritiert, dass du so was hast. Wahnsinn, das ist ja der letzte Schrei!«

»Möchtest du mal probieren? Du kannst das wunderbar tragen. Du bist so schlank und hast Beine, die in den Himmel reichen.«

»Ich?«

»Ja, du. Oder ist sonst noch jemand hier im Zimmer?«

»Ich weiß nicht, ob mir das steht. Es ist ja schon sehr gewagt.«

»Na los, mach schon.« Karitas zupfte an ihrem Kleid.

Monika gab sich geschlagen. »Aber nur einmal anprobieren.«

Kurz darauf drehte sich Monika vor dem Spiegel. »Und?«

»Er passt wie angegossen. Den solltest du tragen.«

»Was ziehst du an?«

Karitas lächelte verschlagen und zog einen weiteren Bügel aus dem Schrank. Monika sah nur pink. »Das hier.«

»Todschick.«

»Warte ab.« Karitas schlüpfte von ihrem braven Etuikleid in einen pinkfarbenen Hosenanzug mit weiten Beinen und hauchdünnen Spaghettiträgern. »Hm, passt noch nicht ganz.« Sie zog mit umständlichen Bewegungen ihren Büstenhalter aus und warf ihn aufs Bett. Danach drehte sie sich einmal im Kreis. »So ist es gut.«

Monika hob die Augenbrauen. »Man sieht deine …«

Die Isländerin zwinkerte ihr zu. »So können wir gehen.«

»Da müssen wir uns aber an unseren Eltern vorbeischleichen, so lässt meine Mutter mich nicht gehen, egal, ob ich volljährig bin oder nicht.« Monika hatte kein Interesse, vor allen gemaßregelt zu werden, als wäre sie noch immer ein kleines Kind. Sie mussten unbedingt unbemerkt aus dem Haus kommen.

»Das werden wir wohl hinbekommen. Magnús wartet sicher schon unten. Wir ziehen uns einfach die Jacken hier über und gehen gar nicht mehr zu ihnen rein.«

Die Party war längst in vollem Gange, als Karitas, Magnús und Monika dort auftauchten. Man hörte die Klänge von *Take the Heat Off Me* von Boney M. schon von Weitem. »Die Eltern sind bei Verwandten in den Westfjorden«, erklärte Karitas und schlug die Beifahrertür des blauen Ford Cortina zu, der Magnús gehörte. Die Sonne lachte auch um dreiundzwanzig Uhr noch vom blauen, wolkenlosen Himmel. Die Luft war frisch, es wehte ein leichter Nordwind, der Monika trotz Mantel frösteln ließ, als sie ihre Füße in hochhackigen, schwarzen Pumps aus dem Fond des schnittigen Wagens streckte. Sie trug keine Strümpfe, der Catsuit fühlte sich wie eine zweite Haut an. Einerseits war sie aufgeregt, weil sie sonst eher zurückhaltend mit ihrer Kleidung war, andererseits fühlte sie sich unfassbar frei. Sie kannte keine Menschenseele außer Magnús und Karitas. Sie war guten Mutes und dabei war es ihr vollkommen egal, ob sie sich mit jemandem unterhalten konnte oder nicht. Sie wollte sich einfach nur amüsieren und nicht an Peter und zu Hause denken. Nicht daran, dass er sie vielleicht nicht genug liebte und deswegen seine Arbeit der Reise mit ihr vorzog.

Sie musste aufhören mit dem Nonsens, natürlich liebte er sie. Vermutlich war ihr einfach der Alkohol zu Kopf gestiegen, sie war es nicht gewohnt, Hochprozentiges zu trinken. Aber es war auch irgendwie ein angenehmes Gefühl, ihr Kopf war leicht, es fühlte sich an, als würde sie schweben.

Magnús stieg aus und nahm noch einen tiefen Zug aus einer Flasche mit dem klaren Schnaps, aus der sie während der kurzen Fahrt schon ein paar Schlucke getrunken hatten. Das Zeug schmeckte widerlich und brannte immer noch in ihrem Magen und ihrer Kehle.

»Meira?«, erkundigte er sich. *Mehr?* Und hielt ihr die Flasche hin.

Ja, dachte Monika, *er hat wirklich einiges von Roger Moore, nur dass Magnús jünger und vermutlich noch einen Tick attraktiver ist.*

»Nei takk«, gab Monika zurück. Vielleicht war es besser, sich nicht weiter zu betrinken und bei klarem Verstand zu bleiben. Aber vermutlich war es dafür längst zu spät.

Karitas sagte gar nichts, sondern griff nach der Flasche und setzte an. Sie hatte offenbar nicht vor, sich zurückzuhalten.

Monika grinste. »Dann mal los.«

Karitas drückte ihrem Bruder den Hochprozentigen wieder in die Hand, dann zog sie Monika mit sich und hakte sich bei ihr unter. »Das wird ein Spaß!«

Die Haustür stand offen, das war auch gut so, denn die Luft im Haus stand vor Rauch, Alkohol, schweren Parfums und frischem Schweiß. Überall standen Leute, unterhielten sich, lachten, tanzten, einige küssten sich unter vollem Körpereinsatz. Karitas und Magnús kannten beinahe jeden, sie stellten Monika stets auf Isländisch vor. Über den Lärm hinweg war es ihr schlicht und ergreifend nicht möglich, etwas zu verstehen. Sie lächelte nur und sagte gar nichts.

Irgendwer drückte ihr ein Glas mit einer durchsichtigen Flüssigkeit in die Hand, sie brauchte nicht daran zu riechen, um zu wissen, was darin war. Seufzend nippte sie daran.

Gut, dass sie beim Abendessen kräftig zugelangt hatte, so hatte sie wenigstens eine Grundlage. Karitas zog sie mit sich ins Wohnzimmer. Auf dem Sofa und den Stühlen saßen Männer und Frauen in ihrem Alter, sie tranken, rauchten und lachten. In der Mitte des Zimmers tanzten einige Paare eng umschlungen. Seit sie hereingekommen waren, liefen isländische Schlager, die Monika allesamt nicht kannte. Die Isländer grölten aus vollem Halse mit, Monika fühlte sich mit jeder Minute ein bisschen fremder und völlig fehl am Platz.

»Ist alles in Ordnung?«, fragte Magnús und trat neben sie.

Monika blickte zu ihm auf. »Sicher«, log sie. Karitas war gerade in eine Unterhaltung mit einer Freundin vertieft. Die beiden steckten ihre Köpfe zusammen und gackerten.

»Willst du tanzen?«, fragte er. Sie überlegte keine Sekunde.

»Klar, tanzen wir«, gab sie mit einem Lächeln zurück. Magnús zog sie mit sich, und als hätte er es eingerichtet, wurde ein langsamer

Schmusesong gespielt. Sie schmiegte sich in seine Arme und ließ sich von ihm führen. Er war ein guter Tänzer, er hatte ein hervorragendes Taktgefühl. Er hielt sie so eng umschlungen, dass sie seinen Duft nach Rasierwasser in der Nase hatte. Seine Hände blieben auf ihrer Taille und fingen nicht an zu wandern. Sie war froh darüber, gleichzeitig fragte sie sich, ob er nur aus Höflichkeit mit ihr tanzte. Sofort verdrängte sie den Gedanken. Sie wünschte sich nicht, dass jemand mehr von ihr wollte –, Peter wartete doch zu Hause auf sie. Trotzdem zuckte der Gedanke in ihrem Kopf, dass es auch ein klein wenig aufregend wäre. Immerhin würde sie bald heiraten und danach war es vorbei mit allen Abenteuern.

Verflixt. Nun dachte sie schon wieder an die Heirat, dabei hatte sie Peter und ihre vorgefertigte Zukunft doch heute Abend vergessen wollen. Als die letzten Töne des Songs verklangen, schob sie Magnús ein Stück von sich. »Ich habe wirklich großen Durst, könntest du mir etwas bringen?«, fragte sie und machte eine eindeutige Handbewegung.

Er zwinkerte ihr zu. »Für dich tue ich alles, warte einen Moment. Ich komme gleich wieder.«

Natürlich würde sie warten, wo sollte sie auch hingehen? In Akureyri kannte sie sich nicht so gut aus, dass sie allein zum Haus ihrer Gastgeber zurückfinden würde – und sie wollte auch gar nicht gehen. Sie hatte sich vorgenommen, sich zu amüsieren, und genau das würde sie auch tun!

»Blessuð«, sprach sie jemand an. »Hver ert þú? Ég hef aldrei séð þig hérna.« *Wer bist du? Dich habe ich hier ja noch nie gesehen.*

Monika hob ihren Blick und sah in das Gesicht eines dunkelblonden Mannes. Er roch nach Alkohol, seine grauen Augen waren glasig. Er legte ihr einen Arm um die Schultern. »Lass mich!«, fuhr sie ihn auf Deutsch an.

Der Isländer machte große Augen und schwankte, ließ sie aber nicht los.

»Farðu Bjarki«, hörte Monika zu ihrer Erleichterung Magnús' Stimme. Er hielt zwei Gläser in der Hand und schaute den Kerl an ihrer Seite unfreundlich an.

Dieser hob abwehrend die Hände. »Æi, ég vissi ekki, að þetta er stelpan þín. Fyrirgefðu.« *Entschuldige, ich wusste nicht, dass das dein Mädchen ist.*

Obwohl sie keine Ahnung hatte, was Magnús gesagt hatte, so war doch anhand des entschuldigenden Tonfalls klar, dass der andere einen Rückzieher machte. Endlich. Monika atmete auf und nahm Magnús das Getränk ab, nachdem der Betrunkene gegangen war. »Danke«, sagte sie und meinte damit beides, die Rettung und den Drink.

»Gern geschehen.«

Im Hintergrund lief der neue Abba-Song *Name of the Game*, den sie bereits sehr liebte. Endlich mal ein Lied, das sie kannte. Monika summte leise mit, während Magnús von jemandem in ein Gespräch verwickelt wurde. Karitas winkte ihr zu und zeigte auf die Tanzfläche. Monika lächelte, trank ihr Glas aus und gesellte sich zu ihr. Nach Abba ging es direkt mit *Yes Sir, I can Boogie* von Baccara weiter. Monika schloss die Augen und ließ sich von den Klängen der Musik einnehmen, sie vergaß, dass sie in Island war, sie vergaß, dass sie niemanden kannte, sie genoss es einfach, sich im Takt der Musik zu bewegen. So sah sie auch nicht kommen, dass sie angerempelt wurde. Sie riss die Augen auf und taumelte. Ihr rechter Fuß knickte um und sie verlor das Gleichgewicht. Alles ging so schnell.

Verflucht, dachte sie.

Im nächsten Moment umfingen sie starke Arme wie ein schützender Mantel. Mit ihren Fingerspitzen fühlte sie die drahtigen Muskeln unter dem weichen Flanellhemd ihres Retters. Es ging ein aufregender Geruch von Moschus und Holz von ihm aus. Es war nicht unangenehm, im Gegenteil. Sie atmete tief ein. Monika richtete sich auf und schaute hoch. Sie mochte sein Gesicht, die männlichen Züge waren klar und markant, ohne grob zu wirken. Instinktiv fragte sie sich, wie es wohl wäre, ihn zu skizzieren. Vermutlich fragte *er* sich gerade, warum die Frau in seinen Armen ihn begutachtete, als wäre er ein Tier im Zoo, das jedenfalls sagte das amüsierte Funkeln in seinen grünen Augen. Er beobachtete sie mit einem Hauch von Spott darin, seine Mundwinkel waren leicht nach oben gezogen. Ihre Blicke trafen sich, und was dann geschah, passierte ganz und gar unerwartet, es war kurz und plötzlich, wie ein einzelner Glockenschlag in völliger Stille. Sie hörte auf zu atmen. Sie vergaß, wo sie war. Alles, was zählte, war das unsichtbare Band zwischen ihnen, das mit jeder Sekunde stärker zu werden schien. »Ertu í lagi?«, fragte er und Monika kehrte endlich ins Hier und Jetzt zurück. Auch wenn sie kein Isländisch konnte, begriff sie, dass er sich erkundigte, ob alles in Ordnung war.

Monika zuckte die Schultern. »Ich verstehe nicht«, gab sie zurück, weil sie selbst nicht wusste, was eben zwischen ihnen geschehen war. Ihre Stimme war kaum mehr als ein Hauch, vielleicht hatte er sie gar nicht gehört.

»Ég skil, þú ert frá Þýskalandi?«, fragte ihr Retter jetzt. Offenbar war ihre Stimme doch bis zu ihm durchgedrungen.

Þýskalandi. Deutschland. So viel verstand sie.

»Já«, versuchte sie sich mit dem isländischen Wort für ja. »Bin im Urlaub«, fuhr sie auf Deutsch fort. Dabei wurden ihr seine Arme, die sie noch immer umfingen, sehr deutlich bewusst. Anscheinend ging es ihm genauso, denn er ließ sie abrupt los. Monika erschauderte, obwohl es nach wie vor sehr heiß und stickig im Raum war. Dennoch fühlte sie sich mit einem Mal so, als hätte sie etwas verloren, das sie eben erst entdeckt hatte. Sie war irritiert, ihre Knie waren weich wie Butter.

»Allt í lagi?« Seine dunkle Stimme drang durch den Lärm an ihr Ohr. *Alles in Ordnung?* Bis eben hatte sie nichts davon wahrgenommen, doch auf einmal schienen sich die Geräusche zu einem Wirrwarr zu verdichten, das ihr Kopfschmerzen bereitete.

»Ich … mir ist schwindelig«, beantwortete sie seine Frage. Sie fasste sich an den Kopf, um ihm zu zeigen, was mit ihr los war. Warum sie ihm das mitteilen wollte, wusste sie nicht. Sie könnte sich einfach umdrehen und gehen. Wo war Karitas auf einmal hin? Eben hatte sie doch noch genau vor ihr gestanden und mit einem ihrer Freunde getanzt. Aber Monika wollte nicht gehen, sie wollte bei ihm bleiben, wollte wieder diese Sicherheit, diese Arme um sich spüren, mit denen er sie zuvor aufgefangen hatte. Sie hatte sich noch nie zuvor in ihrem Leben so geborgen gefühlt. Und das, obwohl sie den Mann mit den grünen Augen nicht kannte. Sie wusste nicht einmal seinen Namen.

Es war absurd. Aber sie wollte ihn kennenlernen, dieser Wunsch wuchs mit einer drängenden Intensität in ihr.

Monika musste betrunkener sein, als sie gedacht hatte. Sie brauchte frische Luft. Dringend.

Der aschblonde Isländer legte ihr wieder einen Arm um die Schulter. »Viltu fara út?« Sein klarer Bariton beruhigte sie, während sein Atem ihr Ohr streifte und kleine Schauer an ihrer Wirbelsäule entlangjagte. Seine Körperwärme übertrug sich auf sie, sie fühlte sich in seiner Nähe ruhig und gleichzeitig erregt. So als wären sie sich nicht erst vor einem Wimpernschlag, sondern schon vor langer Zeit begegnet.

»Ja, bitte. Lass uns rausgehen.« Ihre Zunge war plötzlich schwer.

»Okay«, meinte er mit isländischem Akzent und schenkte ihr ein strahlendes Lächeln, während er sie nach draußen begleitete. Die rote Mitternachtssonne schien über dem spiegelglatten Eyjafjord, es war windstill. Die Kuppen der gegenüberliegenden Berggipfel leuchteten in einem satten Grün. Über dem Wasser flogen einige Möwen auf der Suche nach Beute. Irgendwo in der Nachbarschaft bellte ein Hund. Gierig saugte Monika die kühle Luft in ihre Lungen, es war eine Wohltat nach dem stickigen Dunst im Haus.

»Betra?«, hörte sie die dunkle Stimme dicht neben ihrem Ohr.

Besser? Das Wort kannte sie. Monika öffnete die Augen und sah, dass er direkt vor ihr stand. »Ja. Danke. Takk. Wie heißt du? Ich bin Monika.«

»Ég er Kristján.« Er streckte ihr seine Hand entgegen, die sie lächelnd ergriff.

»Es freut mich, dich kennenzulernen.«

Sie tauschten einen Händedruck aus. Als es an der Zeit gewesen wäre, ihre Finger wieder freizugeben, ließ er dennoch nicht los. Seine Hand war warm und kräftig, ihre Haut begann zu prickeln. »Sömuleiðis«, erwiderte er und ließ sie keine Sekunde aus den Augen.

Sie wollte mehr von ihm hören. Seine Stimme hatte einen so angenehmen Klang. Egal, ob sie es verstand oder nicht. Ihr Blick war auf seine geschwungenen Lippen geheftet. Wie es sich wohl anfühlen würde, von ihm geküsst zu werden?

Monika schnappte nach Luft.

Nein! Was war nur mit ihr los? Und doch schlich sich der Gedanke aus ihrem Unterbewusstsein in ihren Verstand. Wenn es sich schon so gut angefühlt hatte, nur umarmt zu werden, wie würde es wohl sein, diese perfekten Lippen auf ihren zu spüren?

Offensichtlich missinterpretierte Kristján ihre Reaktion vollkommen. »Drekka?«, fragte er mit besorgtem Ausdruck auf dem Gesicht. Und tat so, als ob er sich ein Glas vor den Mund halten würde. Er wollte wissen, ob sie Durst hatte.

Kristján grinste schief und machte noch eine Geste. »Viltu vatn?«

»Nein«, antwortete sie hastig. Sie wollte nicht, dass er ging, um etwas zu trinken zu holen. Sie wollte, dass er bei ihr blieb.

Himmel, sie musste verrückt geworden sein. Monika schwankte.

Kristján reagierte sofort und stützte sie, er glaubte vermutlich, dass es am Alkohol lag. Aber Monika wusste es besser.

Kapitel 7

Húsavík 2018

Nachdem Hannah in einem Backbuch, das sie in den Küchenschränken des Hauses entdeckt hatte, ein Rezept für Schokomuffins, die auf Isländisch *Muffur* hießen, gefunden hatte, bekam sie Lust zu backen. Sie hatte in mühsamer Kleinstarbeit alle Zutaten in ihrem kleinen gelben Wörterbuch nachgeschlagen. Danach war sie in den örtlichen Supermarkt gefahren und hatte alles Nötige besorgt: Mehl, Zucker, Eier, Backpulver, Vanillezucker, Kakao, Backformen und Pinsel schleppte sie jetzt in zwei Stofftüten in ihre Küche. Vom Kindergarten hatte sie bis jetzt nichts gehört, das wertete sie als gutes Zeichen. Bis sie Max abholen musste, hatte sie also noch drei Stunden für sich und ihren ersten Backversuch.

Mit einem schiefen Lächeln versuchte sie sich einzureden, dass es schon gut gehen würde. Leise Zweifel beschlichen sie, weil sie nicht vollkommen überzeugt war, dass sie wirklich die richtigen Zutaten besorgt hatte. Backpulver hieß *Lyftiduft*, da musste man erst einmal drauf kommen, davon hatte es mehrere gegeben, sie hatte die Packung genommen, die sie am hübschesten gefunden hatte. Und Mehlsorten gab es hier mindestens so viele verschiedene wie in Deutschland … Es würde sich bald zeigen, ob sie das richtige gekauft hatte. So schwer konnte es ja nicht sein, ein paar Törtchen herzustellen, zumal sie die einfache Variante der Muffins geplant hatte, nicht die, bei der man noch eine Creme herstellen musste, um ein Topping aufzuspritzen.

Ein Klingeln an der Tür ließ sie zusammenzucken. Hannah verzog das Gesicht. Seit wann war sie eigentlich so schreckhaft? Sie fragte sich, wer auf die Idee kam, sie zu besuchen. Sie kannte ja niemanden. Na ja, fast niemanden.

Hannah eilte zur Haustür und öffnete. Sie staunte nicht schlecht, als ein Paketbote vor ihr stand. Sie schätzte den Mann auf Mitte vierzig, er hatte schütteres, dunkelblondes Haar und wache blaue Augen, um die sich ein paar Fältchen abzeichneten. Er sprach so schnell, dass sie kein Wort verstand, allerdings begriff sie auch so, dass er ein Paket für sie hatte.

»Entschuldigung«, fing sie auf Englisch an. »Mein Isländisch ist noch nicht so gut.«

»Oh, Verzeihung, mir war nicht klar, dass … hier, ich habe eine Sendung für dich.« Er hielt ihr das Paket vor die Nase.

Hannah griff danach und schaute auf den Absender. Oma! Wie lieb von ihr. Sie hatte gar nicht gewusst, dass die Post aus Deutschland so schnell ankommen würde. Vielleicht hatte Oma es ja auch einfach schon vor ein paar Tagen verschickt.

»Kannst du hier noch unterschreiben?« Der Mann hielt ihr ein schwarzes Gerät mit einem Plastik-Pin vor die Nase. Das lief in Island also genauso wie zu Hause. Ach nein, zu Hause war ja jetzt hier. Sie würde sich auch daran gewöhnen, dachte sie gut gelaunt.

»Bist du schon lange auf Island? Wie gefällt es dir hier?«, begann er zu plaudern.

Hannah unterschrieb, dann reichte sie ihm Gerät und Stift zurück. »Wir sind gerade erst angekommen.«

»Ah, na klar. Du bist natürlich mit deiner Familie hergezogen?«

Sie fand es zwar ein bisschen aufdringlich, aber vermutlich war der Mann es gewohnt zu erfahren, was im Ort vor sich ging. Die Info über sie würde also bald die Runde machen. Der Gedanke ließ sie zwiegespalten zurück. »Nein, mein Sohn und ich sind alleine. Ich bin geschieden.« Was nicht ganz korrekt war, aber sie wollte nun wirklich nicht ihre ganze Lebensgeschichte vor dem Postboten ausbreiten.

»Verstehe.« Er nickte und packte das Gerät an seinen Gürtel zurück. »Ich bin auch geschieden. Mein Name ist Knútur. Ich wohne drei Straßen weiter, da oben, siehst du?« Er grinste breit und zeigte mit dem Finger nach links zum Hang.

»Schön«, gab sie zurück. Es war ihr vollkommen egal, wo er wohnte, aber sie wollte auch nicht unhöflich oder gar arrogant wirken. »Und du, Knútur? Hast du Kinder?«, fragte sie, als die Stille unangenehm wurde.

Seine Augen leuchteten auf. »Ja, drei Kinder. Alles Mädchen. Sieben, zwölf und vierzehn sind sie.«

»Hui, da ist ja was los.«

»Wir teilen uns das Sorgerecht, meine Ex-Frau und ich.«

»Äh, ja.« Das war Hannah jetzt doch etwas zu viel. Sie schaute ihn an, sagte aber nichts. Irgendwann begriff Knútur, dass er weitermachen musste, wenn er heute noch mit seinen Auslieferungen fertig werden wollte, und dass Hannah genug geplaudert hatte.

»Bless«, rief sie ihm hinterher.

»Við sjáumst«, erwiderte er mit dem Daumen nach oben, dann stieg er in seinen roten *Islandspóstur*-Lieferwagen. *Wir sehen uns.*

Garantiert, dachte sie und schloss die Tür gedankenverloren hinter sich. Sie nahm das Päckchen mit in die Küche und öffnete es. Obenauf lag ein Brief.

Mein liebes Mädchen,

ich hoffe, ihr habt euch gut eingelebt. Ich vermisse euch. Anbei habe ich für Max ein bisschen Schokolade und ein Malbuch. Für dich habe ich einen Roman besorgt, da es mit dem Isländisch vermutlich noch nicht so weit ist, dass du schon Bücher lesen kannst.

Hannah schüttelte grinsend den Kopf. Oma war wirklich süß! Natürlich würde Hannah sich hier auch deutsche oder englische Bücher kaufen können – falls sie überhaupt mal wieder Zeit dafür fand. Abends fiel sie meist selbst ins Bett, wenn Max endlich eingeschlafen war. Und tagsüber stünde sie ab morgen auch wieder in Lohn und Brot. Sie konnte sich gar nicht erinnern, wann sie zuletzt ein ganzes Buch gelesen hatte. Sie schaffte es meist nicht länger als zehn Minuten, ehe ihr die Augen zufielen.

Obwohl ich die Tage zähle, bis ihr wieder nach Lüneburg kommt, wünsche ich euch von ganzem Herzen, dass ihr euch gut einlebt. Opa und mir hat es auf Island immer ganz besonders gut gefallen, ich verstehe sehr gut, warum du dieses Land gewählt hast. Auf Nils werde ich ein Auge haben, es kann ja nicht schaden, dass jemand dem jungen Mann ein bisschen unter die Arme greift. Vielleicht klappt es ja mit eurer Ehe auch wieder besser, wenn ihr ein bisschen Abstand habt und jeder Zeit zum Nachdenken hat. Ihr wart so ein schönes Paar.

Hannah verdrehte die Augen. Oma hatte es offenbar noch immer nicht begriffen, mit Nils und ihr, das war vorbei. Er liebte sie nicht mehr und sie liebte ihn nicht mehr. Sie war keine der Frauen, die in einer unglücklichen Beziehung nur um des Kindes willen blieb. Aber Oma kam aus einer anderen Generation.

Mein liebes Kind, ich umarme dich ganz herzlich und freue mich immer, wenn du mir ein paar Bilder von meinem kleinen Max schickst. Er wird so schnell groß!

Von Herzen alles Liebe,

Oma

Hannah ließ den Brief sinken und stellte das Päckchen beiseite, sie würde alles nachher mit Max auspacken. Jetzt wollte sie sich an ihr erstes Backwerk wagen. Sie heizte den Ofen vor, nahm das Backbuch und ihren Zettel mit der eigenen Übersetzung zur Hand. Dann stellte sie alle Zutaten bereit – was für so ein angeblich einfaches Backwerk doch eine ganze Menge waren – und holte Rührschüssel und Handrührgerät aus dem Schrank. Danach heizte sie den Backofen auf 190 Grad vor und legte die Muffinform mit Papierförmchen aus.

Hannah las das Rezept noch einmal, um sicherzugehen. Sie zerbrach die Schokolade in kleine Stückchen, danach verrührte sie Mehl mit Kakaopulver, was fürchterlich staubte, und fügte Backpulver mit einer Prise Salz hinzu. Anschließend schmolz sie die Butter in einem Topf auf dem Herd. Dann nahm sie den Schneebesen, zur flüssigen Butter gab sie nach und nach zwei Eier, dann kam der Zucker an die Reihe, den sie in die Masse einrieseln ließ. Zuletzt goss sie die Milch in kleinen Schlückchen hinein.

»Hm, appetitlich sieht es ja noch nicht aus«, murmelte sie und schaute in die breiige, klumpige Masse vor ihr im Topf. »Aber ist ja noch nicht alles drin«, machte sie sich selbst Mut.

Zu guter Letzt gab sie das Kakaomehl mit der Hälfte der Schokostückchen zum Teig und rührte für drei Minuten alles zusammen, bis die Oberarmmuskeln höllisch brannten. Die Masse wurde einfach nicht homogen, aber vielleicht musste das ja so sein. Sie zuckte die Schultern.

Hannah fischte einen Löffel aus der Besteckschublade und füllte den Teig portionsweise in die Förmchen. *Ist gar nicht so schwer, wieso habe ich das früher noch nie gemacht?*, dachte sie und fing an, leise vor sich hin zu summen. Die restlichen Schokostückchen streute sie auf den Teig, dann schob sie das Muffinblech in den Ofen und stellte die Küchenuhr in Form einer roten Paprika auf – wie lange? Sie schielte noch einmal auf das Rezept.

»Super«, brummte sie. Dort stand siebzehn bis zwanzig Minuten, woher sollte sie jetzt wissen, was die richtige Zeit war? Hannah schnitt eine Grimasse und wählte achtzehneinhalb Minuten als Kompromiss.

Ein Klopfen an der Scheibe ihres Küchenfensters ließ sie aufblicken. Sie drehte sich um und schaute geradewegs in Jóns Gesicht. Er guckte zwar nicht gerade unfreundlich, aber von einem fröhlichen Gesichtsausdruck war er auch sehr weit entfernt. Er zeigte mit dem Zeigefinger nach oben, was wohl bedeuten sollte, dass er aufs Dach steigen würde.

Sie nickte und lächelte. »Ja, geh nur«, rief sie, obwohl sie keine Ahnung hatte, ob er das hinter dem Fenster überhaupt hörte.

Da er anstandslos verschwand, dachte sie nicht weiter darüber nach und widmete ihr Interesse dem Backofen oder vielmehr den Muffins, die darin langsam ein schokoladiges Aroma entfalteten, das durch die Küche strömte. Sie bereitete sich einen Früchtetee zu und schlurfte unruhig durch den Raum. Sie war einfach zu gespannt auf das Ergebnis. Ein paar Minuten hatte sie noch, deswegen entschied sie sich, kurz nach draußen zu gehen, um Jón persönlich Hallo zu sagen und ihm einen Tee anzubieten. Nur weil er ungehobelt war, musste sie sich dem ja nicht anpassen.

Sie ging ums Haus. An der Wand lehnte eine Leiter, und als sie nach oben schaute, sah sie, wie Jón gerade über das Dach kroch.

Mein Gott! Sie ließ ihre Teetasse fallen und schlug die Hände vor dem Mund zusammen. Glücklicherweise zerbrach die Tasse nicht, sondern kullerte über den grünen Rasen, während der heiße Tee im Erdboden versickerte. Sie nahm es nur am Rande wahr, denn sie starrte immer noch völlig verdattert nach oben. Jón kraxelte tatsächlich ungesichert auf ihrem Dach herum. Das durfte doch wohl nicht wahr sein! Was, wenn er abrutschte und stürzte? Sie wollte ganz sicher nicht daran schuld sein, wenn er sich das Genick brach.

»He, was machst du denn da?«, rief sie hinauf.

Jón blieb ungerührt, wandte seinen Kopf aber in ihre Richtung. Um die Hüften trug er einen Werkzeuggürtel, eine blaue Tüte, die sehr nach Ikea aussah, hatte er neben sich am Kaminsims befestigt. Hannah kniff die Augen zusammen. Aber hatte Freyja nicht gesagt, dass man derzeit schwierig Personal bekam? Vermutlich war das der Grund, warum sich dieser Jón hier so wenig fachmännisch geben konnte und trotzdem engagiert wurde. Wenn er sich bloß nicht verletzte …

»Ich repariere dein Dach, was glaubst du denn? Dass ich mich sonnen will?«, brummte er.

Sie atmete tief ein. Okay, ja, sie war auch nicht gerade freundlich gewesen. Wie war das noch mit: Wie man in den Wald hineinruft …

»Kann ich dir helfen?«, erkundigte sie sich in einem versöhnlicheren Tonfall. »Eigentlich hatte ich dir einen Tee anbieten wollen.« Sie bückte sich und hob die leere Tasse auf. Am Porzellan klebten einige Grashalme, die sie mit zittrigen Fingern abwischte. Der Schock über seine waghalsigen Klettereien saß ihr noch in den Knochen.

Er schaute sie mit einem unergründlichen Gesichtsausdruck an. »Äh, nein danke«, meinte er nach einigen Sekunden des Schweigens. Dann widmete er sich wieder dem Dach und ließ sie links liegen.

Hannah guckte sich das Ganze noch ein paar Minuten an und überlegte, was sie eventuell noch tun konnte, um das Gespräch in Gang zu bringen, aber ihr wollte partout nichts einfallen. »Gut, dann geh ich mal wieder rein. Wenn du was brauchst, du weißt ja, wo du mich findest.«

»Já, já.«

Ob hier »Ja, ja« auch so viel wie in Deutschland hieß? Sie hoffte nicht.

Hannah zuckte die Schultern und schlenderte zurück ins Haus, dann fiel ihr siedend heiß ein, dass sie ja die Muffins noch im Ofen hatte. »O Mist«, schimpfte sie und rannte in die Küche. Die Zeit war natürlich längst abgelaufen, das Klingeln des Paprika-Weckers hatte sie verpasst. Sie schnappte sich ein Geschirrhandtuch, zog die Form aus dem Ofen und warf sie mehr, als dass sie sie abstellte, auf den Abkühlrost. So ein Stofftuch war einfach nicht der richtige Topflappen, sie hatte sich die Finger verbrannt und musste sie erst einmal kalt abspülen. Dann beugte sie sich über die Form und inspizierte die Muffins, die sahen ganz okay aus, vielleicht ein bisschen dunkel, aber das war nichts, was man nicht unter Schokolade verstecken konnte. Solange die Dinger abkühlten, ließ sie die Glasur im Wasserbad schmelzen.

Zufrieden nahm sie einen Holzpinsel zur Hand und machte sich schließlich daran, ihr Werk zu vollenden. »Na also«, murmelte sie, als sie fertig war und zwölf wunderhübsch mit Schokolade überzogene Muffins vor sich stehen hatte. Aus dem Augenwinkel sah sie, dass etwas Blaues am Fenster vorbeiflatterte.

Sie riss den Kopf herum. O nein! Die Ikeatüte! Beinahe rechnete sie damit, dass als Nächstes Jóns Körper neben dem Fenster … nein. Sie hatte eine zu lebhafte Fantasie, trotzdem lief sie rasch nach draußen, um sich zu vergewissern, dass alles nach Plan lief und er nicht an der Dachrinne hing und Hilfe brauchte. Sie atmete erleichtert aus, als sie ihn gesund und munter an der Leiter hinabklettern sah.

»Alles okay?«, fragte sie, während sich ihr rasender Herzschlag langsam beruhigte.

Er nahm die letzte Sprosse, dann schaute er sie an. »Jep, das Loch ist ausgebessert.«

»Super, vielen Dank! Kann ich mich mit einem Muffin erkenntlich zeigen? Sie kommen frisch aus dem Ofen.«

Jón guckte sie mit finsterer Miene an. »Muffin?«

»Ja, ich habe gerade welche gebacken.«

Er schien zu zögern, dann entschied er sich. »Klar, wieso nicht.«

Begeisterung sah anders aus. Hannah war ein bisschen gekränkt, aber er konnte ja nicht wissen, dass es ihr erstes Backexperiment seit Langem war. Möglicherweise war der Kerl einfach von Natur aus so griesgrämig, sie versuchte, es nicht persönlich zu nehmen. »Ich brühe uns auch noch einen Kaffee auf.« Vielleicht konnte ihn das ja überzeugen, nachdem er den Tee zuvor abgelehnt hatte.

Kurz darauf standen sie in der Küche, Jón hatte sich nicht setzen wollen. Er hatte das Papierförmchen entfernt und biss gerade herzhaft in sein Küchlein. Sie wartete gespannt auf sein Urteil.

Gut, sie hatte aus seinem Mund kein überschwängliches Lob erwartet, aber dass er den Bissen kaute, als wäre es Sand, war doch ein bisschen zu viel des Guten. Jón spülte mit einem großen Schluck Kaffee nach, dann legte er den restlichen Muffin zurück auf den Teller.

»Nicht nach deinem Geschmack?«, fragte sie und stemmte die Hände in die Hüften.

Zu ihrer Überraschung grinste Jón, dann lachte er laut und kehlig. »Hast du mal probiert?«

Hannah runzelte die Stirn. »Nein, wieso?«

Er hielt ihr den von ihm angebissenen Muffin hin. »Bitte.«

Na, so schlimm konnte es wohl nicht sein. »Gib schon her.« Hannah riss ihm das Törtchen aus der Hand. Dann biss sie ein extragroßes Stück ab.

Ein Fehler, wie sich herausstellte. Einen Hauch Schokolade konnte sie gerade noch schmecken, ansonsten fühlte es sich an, als hätte sie den Inhalt eines Toasterunfalls – alte, verbrannte Krümel – in ihren Mund geleert. Mit einem Wort: ekelhaft.

Aber sie wollte sich vor Jón keine Blöße geben, kaute und kaute und nahm selbst einen Schluck Kaffee. »Weiß gar nicht, was du willst, schmeckt doch gut«, brachte sie sogar hervor.

Er warf ihr einen erstaunten Blick zu. »Alles klar, ich hoffe, Freyja lässt dich nicht in ihre Küche. Der Kaffee ist aber ganz okay.«

Sie wurde knallrot, öffnete ihren Mund, schloss ihn aber sogleich wieder. Hoffentlich hatte er das nicht bemerkt, aber ein amüsiertes Funkeln in seinen Augen verriet, dass er genau wusste, was sie versuchte. Hitze flammte in ihren Wangen auf, sie trat von einem Fuß auf den anderen und räusperte sich. »Also, äh, ich muss gleich meinen Sohn abholen …«

Jón stellte die Tasse ab. »Ich hatte nicht vor, es mir hier länger gemütlich zu machen. Wo ist dein Mann?«

Hannah, vom plötzlichen Richtungswechsel des Gesprächs überrumpelt, fand, dass ihn das eigentlich nichts anging. Waren hier alle immer so direkt? Aber aus irgendeinem ihr unerfindlichen Grund hörte sie sich selbst sagen: »Wir sind nicht mehr zusammen. Er sitzt gerade im Flieger zurück nach Hamburg.«

Sein Kopf schnellte zu ihr. »Oh.«

Diesmal lag etwas anderes in seinem Blick, eine Art Überraschung oder auch Trauer – oder war es Sehnsucht? Hannah konnte sich der Intensität seiner blauen Augen einen Augenblick lang nicht entziehen. Niemand rührte sich, zwischen ihnen entstand für einen Atemzug eine seltsame Vertrautheit.

Plötzlich wandte er sich hastig ab. Auf einmal hatte er es sehr eilig.

Sie hörte noch ein »Du hast da etwas Mehl«, dann war er verschwunden. Sie fuhr sich mit der Hand über das Gesicht, schüttelte den Kopf und fragte sich, was dem Kerl plötzlich die Laune verdorben hatte. Sie trat vor den Spiegel im Flur und sah, dass sie tatsächlich Mehlspuren im Gesicht und den Haaren hatte. »Mein Gott«, stieß sie hervor und verdrehte die Augen. Dann machte sie sich daran, das Back-Chaos zu beseitigen, und räumte die Küche auf. Hoffentlich verriet er Freyja nicht, wie unfähig sie im Backen war. Hannah stöhnte. Dass sie sich so dämlich bei einem Rezept anstellte, das vermutlich eine Drittklässlerin hätte nachbacken können, setzte ihrem Ego zu. Sie rieb sich mit der Hand über das Gesicht, dann öffnete sie den Mülleimer und kippte die Schokotörtchen hinein.

Dabei dachte sie an diesen einen kurzen Moment zurück, in dem sie eine starke Verbindung zu Jón gespürt hatte, die sie sich nicht erklären konnte. Warum war er danach auf einmal aus dem Haus gerannt, als wäre der Teufel hinter ihm her? Hannah versuchte sich einzureden, dass seine seltsamen Stimmungswechsel wahrscheinlich gar nichts mit ihr zu tun hatten. Dafür kannten sie sich nicht gut genug. Noch nicht.

Nein! Sie würden sich auch nicht näher kennenlernen. Jón wirkte wie ein Mensch, der genug mit sich selbst zu tun hatte. Wenn ihr Dach repariert war, würden sie sich vermutlich sowieso kaum mehr begegnen. Und das war auch gut so.

Kapitel 8

Akureyri 1978

Monika saß mit ihrem Skizzenblock auf der windgeschützten Terrasse des Hauses und schaute hinunter auf den Eyjafjord. Die Sonne schien auf ihr Gesicht, ohne den Wind war es sommerlich warm. Sie zeichnete die gegenüberliegenden Bergkuppen, versuchte die Stimmung einzufangen, aber sie hatte nicht die passenden Utensilien dabei. Mit Kohlestift und Papier war es einfach nicht möglich, das Licht oder die Farben der Natur richtig wiederzugeben. Wie es die Dinge funkeln ließ. Monika ließ den Block sinken und fluchte verhalten.

»Monika, was sind das denn für Ausdrücke?«, hörte sie die Stimme ihrer Mutter hinter sich. Monika unterdrückte ein Augenrollen, es war klar, dass ihre Mutter genau im unpassendsten Moment hatte auftauchen müssen. Gleich würde sie eine abfällige Bemerkung über ihre Skizzen machen. Monika holte tief Luft und wappnete sich gegen die Kommentare ihrer Mutter, gleichzeitig ärgerte sie sich, dass sie sich keinen anderen Platz für ihre Arbeit gesucht hatte.

»Was machst du da überhaupt?«, fuhr Heide sie an.

»Ich sitze hier«, erwiderte Monika knapp und biss sich auf die Lippe. Alles andere war offensichtlich und musste nicht weiter ausgeführt werden.

»Das ist mir klar, werd nicht frech.« Ihre Mutter zeigte auf die Malutensilien. »*Das* meine ich. Waren wir uns nicht einig, dass du diesen Unfug lassen sollst?«

Monika schüttelte den Kopf. Sie waren sich darüber ganz sicher nicht einig gewesen, Heide würde vermutlich niemals begreifen, dass Monika es absolut ernst meinte, wenn sie sagte, dass sie nie im Familienunternehmen arbeiten würde. Ihre Eltern nahmen sie einfach nicht für voll, das verletzte Monika noch immer, was sie nach all der Zeit überraschte. Sie hatte gedacht, dass sie damit abgeschlossen hatte.

»Was du als Unfug bezeichnest, ist eine kreative Ausdrucksform«, erklärte sie ruhig und versuchte es möglichst wertungsfrei klingen zu lassen.

»Es sind ein paar Striche auf viel zu teurem Papier.«

Monikas Hals wurde eng. Natürlich, ihre Mutter *wollte* sie einfach nicht als Künstlerin sehen. Monika versuchte zu verbergen, wie sehr die Worte sie verletzten, dennoch konnte sie sich einen bissigen Kommentar nicht verkneifen. »Ich gebe mein Geld lieber so aus als für hilflose Nerze, die zuhauf für deinen Mantel sterben mussten.«

»Der war ein Geschenk deines Vaters.« Heide straffte sich. Sie trug jetzt zwar nicht diesen Pelzmantel, war aber der neuesten Mode entsprechend gekleidet. Ein ärmelloses Kleid, das gerade über das Knie ging, brachte ihre üppigen Kurven in Form. Streifen in Blau, Braun und Creme liefen vorne zu einem V zusammen. In der Taille trug sie einen schmalen Gürtel. Die bestrumpften Füße steckten in beigen Peeptoes mit vier Zentimeter Absatz. Am Hals baumelte eine goldene Kette mit einem Bernstein, die Haare waren wie immer akkurat frisiert.

Ihre Mutter gab das Bild der perfekten Ehefrau ab. Monika widerte es mit einem Mal an. Es war alles nur Fassade.

»Na und? Glaubst du, ich habe nicht mitbekommen, dass du ihn monatelang bekniet hast, das teure Ding zu kaufen?«, spie Monika ihr förmlich entgegen.

Heide rümpfte die Nase. »Erstens geht es dich nichts an, Monika, und zweitens …« Ihre Lippen bewegten sich, während sie nach den passenden Worten suchte.

Die Tochter reckte ihr Kinn trotzig nach vorne. »Und zweitens?«, forderte sie ihre Mutter heraus.

»Zweitens ist es nicht *dein* Geld. Bislang hast du nur welches gekostet. Es wird Zeit, dass dir jemand die Flausen austreibt und du vernünftig wirst.«

Oder du endlich heiratest und einen Sohn in die Welt setzt und deinen Mann stolz machst.

Sie brauchte den Satz nicht auszusprechen, Monika wusste, dass ihre Mutter genau so dachte. Eigentlich hatten Frauen ihrer Meinung nach nichts im Geschäft zu suchen, wenn man es sich leisten konnte, zu Hause zu bleiben.

Monika aber dachte gar nicht daran, sich in dieses antiquierte Familienbild einzufügen, das ihre Eltern ihr vorlebten. Verstanden sie nicht, dass Monika zu einer neuen, modernen Generation junger Frauen gehörte, die sich nicht nur über ihren Ehemann definieren wollten? Bis vor Kurzem hatten sich die Frauen in Deutschland noch von den Gatten genehmigen lassen müssen, dass sie überhaupt arbeiten durften. Was für ein Unsinn. Im zweiten Weltkrieg, als die Männer alle fortgewesen waren, hatten die Frauen Haushalte, Firmen und Behörden geschmissen und dann hatten sie sich das Zepter wieder entreißen lassen. Muttchen musste dann wieder an den Herd. Nein, so würde sie nicht enden. Monika schnürte es, wie jedes Mal, wenn sie daran dachte, den Magen zusammen. Sie würde niemals eines von diesen Weibchen werden, die nur dazu da waren, den Arm des Gatten zu zieren. Sie war eine eigenständige Person und wollte das auch in ihrer Arbeit als Künstlerin ausdrücken, egal was ihre Eltern davon hielten. Wenigstens hatte Peter nichts dagegen, auch wenn er nicht wirklich begeistert von ihren Kunstwerken war. Aber er unterstützte sie doch, auch, wenn er nicht viel davon verstand.

»Etwas Vernünftiges, wie zum Beispiel«, Monika legte sich einen Finger an die Lippen und schaute in den Himmel, als müsse sie überlegen, dann richtete sie ihren Blick auf die Mutter. »Zum Beispiel Vaters Geld ausgeben und die liebreizende Gattin spielen, die den lieben langen Tag nur damit verbringt, vom Friseur zur Maniküre und gesellschaftlichen Anlässen kutschiert zu werden, und dabei hemmungslos mit anderen Männern schäkert?«

Heide von Wolff wurde blass. Monika wusste, sie war einen Schritt zu weit gegangen, aber sie konnte es einfach nicht länger ertragen. Ohrenbetäubende Stille breitete sich zwischen ihnen aus. Mit einem Mal nahm sie das sanfte Rauschen des Nordwinds wahr, der leise über die Dächer und die Blätter der wenigen Bäume strich. Hier summten keine Insekten, nicht einmal ein Hund bellte in der Nachbarschaft.

»Verschwinde, ehe ich mich vergesse«, stieß ihre Mutter gefährlich leise aus und ballte ihre Hände zu Fäusten, sodass sich die rot lackierten Nägel schmerzhaft in ihre Handflächen bohren mussten. Sie rang sichtlich um Beherrschung. Immerhin, das musste man ihr lassen. Sie wurde nicht laut, aber das lag nur daran, dass sie nicht zu Hause waren. Monika war zwar über zwanzig, aber sie wusste, ihre Mutter würde ihr eine Backpfeife geben, wenn sie so weitermachte. Es wäre nicht das erste Mal. Sie war schon immer mit ihr überfordert gewesen, da hatte es auch nichts genützt, dass man sie bereits im zarten Alter von neun Jahren in ein Internat geschickt hatte – um ihr »Manieren« beizubringen. Ihre Eltern hatten keine Ahnung, dass sie in der teuren Einrichtung viel mehr als nur das beigebracht bekommen hatte. Sie hatte gelernt, wie man selbstständig dachte, wie man Regeln umging und wie man seine Träume hegte und pflegte, während die Eltern glaubten, man paukte Latein und Mathematik. Sie schmunzelte, während sie ihre Habseligkeiten zusammenraffte und ins Haus lief. Der Diskussion war nichts mehr hinzuzufügen, es war besser zu gehen – außerdem würde sie andernorts vielleicht in Ruhe weitermalen können, was in Mutters Gesellschaft sicher nicht der Fall war.

Sie hörte ihre Mutter leise schimpfen: »Was habe ich nur falsch gemacht?«, dann verschwand Monika im Haus und atmete tief durch. Manchmal wünschte sie sich, sie wäre in eine andere Familie hineingeboren worden, nicht in eine, deren Stammbaum väterlicherseits viele Generationen zurückzuverfolgen war. Sie wollte keine Zuchtstute sein. Monika machte sich nichts aus den Firmen der Eltern, sie machte sich nichts aus Gütern oder Abendgesellschaften – sie wollte ihre Freiheit genießen, einfach sie selbst sein dürfen und ihre Eindrücke auf Papier bannen. Sie wollte – und würde – eine Künstlerin werden, egal, was die Eltern sagten oder verlangten.

»Fyrirgefðu!«, rief jemand, und starke Hände legten sich auf ihre Oberarme. Block, Kohlestifte und Zeichenmappe fielen mit einem leisen Krachen zu Boden.

»Magnús«, stieß sie hervor und trat einen Schritt zurück. »Entschuldigung! Ich habe dich gar nicht gesehen.«

Der junge Mann ging in die Hocke und sammelte ihre Sachen zusammen, dann schaute er zu ihr auf. Seine graublauen Augen funkelten, während ein spöttisches Grinsen seine vollen Lippen umspielte. »Hast du es eilig? Wo willst du hin?«

Monika seufzte. »Einfach nur weg von meiner Mutter.«

»Ärger?«

Sie könnte ein Buch darüber schreiben, wie kompliziert ihr Verhältnis war, wollte aber nicht vor Magnús wie eine Heulsuse erscheinen. »Ich möchte malen, das versteht sie nicht«, sagte sie daher nur.

»Etwas Bestimmtes? Ich könnte dich ein bisschen herumfahren und dir die Gegend zeigen, vielleicht findest du dabei ein passendes Motiv.«

»Das würdest du tun?«

Er stand auf. »Aber sicher. Sehr gerne sogar.«

Monikas Herz schlug schneller. »Eigentlich habe ich nicht die richtigen Farben mit.«

»Welche brauchst du? Komm, wir haben ein gutes Geschäft in der Stadt, ich bringe dich hin.«

»Würdest du …?«

Er legte ihr den freien Arm um die Schultern. »Natürlich würde ich. Ich mache das sehr gerne.« Der Duft seines Rasierwassers stieg ihr in die Nase.

»Danke.« Ihre Blicke trafen sich, erst nach einigen Sekunden sprach Magnús weiter.

»Min er ánægjan.« *Ist mir ein Vergnügen.*

Oh, wie höflich er war. Monika fühlte sich geschmeichelt, sie genoss seine Aufmerksamkeit. Peter hatte sich noch nie freigenommen, um mit ihr an einem Wochentag etwas zu unternehmen. »Musst du nicht arbeiten?«, fragte sie mit einem kessen Augenaufschlag. Sie wusste, dass Magnús in seinen Semesterferien dem Vater in der Fabrik zur Hand ging und vermutlich gleich dort erwartet würde.

»Für dich nehme ich mir gerne frei.«

Schäkerte er etwa mit ihr?

Ja, ganz sicher. Und sie selbst war nicht ganz unbeteiligt daran. Ihr schlechtes Gewissen Peter gegenüber hielt sich in Grenzen. Obwohl er die Telefonnummer der Familie kannte, hatte er bislang kein einziges Mal in Akureyri angerufen, um sich nach ihr zu erkundigen. Geschah ihm nur recht, wenn sie dafür mit einem anderen eine Spazierfahrt unternahm. »Das ist ganz wunderbar, Magnús. Ich freue mich.«

Kurz darauf saßen sie in seinem schnittigen Sportwagen und brausten über die holprige Straße ins Zentrum der kleinen Stadt. Wobei, für isländische Verhältnisse war Akureyri mit seinen fünfzehntausend Einwohnern eine Großstadt. Die Fahrt dauerte nur ein paar Minuten, dann parkte Magnús und half ihr beim Aussteigen. »Sehr zuvorkommend, danke schön.«

»Sehr gerne, Monika.« Er hielt ihre Hand einen Moment zu lange, dann ließ er sie los und zeigte auf das weiße Haus an der Ecke. »Das ist Kaupfélagið. Hier bekommt man eigentlich alles.«

»O nein«, jammerte sie. »Ich habe mein Portemonnaie bei euch liegen lassen.«

Magnús legte ihr eine Hand auf den unteren Rücken und führte sie zum Eingang. »Glaubst du etwa, ich würde dich bezahlen lassen? Du bist mein Gast, Monika.«

Sie sah zu ihm auf. Das Sonnenlicht blendete sie, sodass sie blinzeln musste. Für einen Moment glaubte sie, Begehren in seinen Augen zu sehen. Im nächsten hatte er seinen Blick nach vorne gerichtet, zog die Eingangstür auf und ließ ihr den Vortritt. Sie hatte sich sicher getäuscht, Magnús wollte nur nett sein, er war nicht auf diese Weise an ihr interessiert – und sie auch nicht an ihm. Das bisschen Knistern zuvor war sicher nur eine Spielerei gewesen.

Schnell verwarf sie ihre albernen Überlegungen und schaute sich im Laden um. Ockerfarbener Teppichboden dämpfte ihre Schritte, die weißen Regale waren deckenhoch und mit allen möglichen Waren von Bügeleisen über Nähgarn bis hin zu Haushaltsmaschinen oder Handwerkszeug gefüllt.

Eine Verkäuferin in grauem Kostüm und heller Bluse kam auf sie zu. »Kann ich euch behilflich sein?«, sagte sie auf Isländisch.

Monika schmunzelte und schaute Magnús hilfesuchend an, da sie keine Ahnung hatte, wie man Ölfarben, Pinsel und Leinwand auf Isländisch nannte. Er nickte, dann wandte er sich an die junge Dame und erklärte mit weit ausholenden Gesten, wonach sie suchten. Es dauerte einen kleinen Moment, dann bedeutete die Angestellte ihnen, ihr zu folgen.

Zwanzig Minuten später kamen sie vollbepackt aus dem Laden. Monikas Gewissen rührte sich nun doch – das alles musste ein Vermögen gekostet haben!

Dann warf sie einen Blick auf den blauen Ford Cortina. Nein, es war schon in Ordnung, denn wenn Magnús sich den als Student leisten konnte, schien es um die Finanzen der Familie nicht schlecht bestellt zu sein.

»Vielen Dank noch einmal, Magnús«, sagte sie, als er den Deckel des Kofferraums zuklappte.

»Gerne. Für ein Lächeln von dir würde ich alles tun.« Er schaute ihr tief in die Augen. Monika wandte sich verlegen ab, ihr war auf einmal ganz heiß geworden.

»Magnús! Magnús!«, rief jemand von der anderen Straßenseite. »Hvað ertu að gera? Veistu ekki að við erum að bíða eftir þér?« *Was machst du denn hier? Weißt du nicht, dass wir auf dich warten?*

Sie hatte zwar keine Ahnung, was der junge Mann von ihm wollte, aber er sah ganz und gar nicht erfreut aus.

»Fyrirgefðu, ég bara gleymdi því!«, rief Magnús. *Entschuldigung. Ich habe es vergessen.*

Oh! Monika begriff, dass Magnús eigentlich etwas ganz anderes vorhatte.

»Magnús, wenn du Termine hast, das ist in Ordnung, du musst nicht …«, meldete sie sich zögerlich.

Er schaute sie mit einem zerknirschten Gesichtsausdruck an. »Es tut mir unendlich leid, ich hatte das völlig verschwitzt. Aber warte, ich habe eine Idee. Komm, steig ein.« Dann wandte er sich noch einmal an den jungen Mann im Cordanzug auf der anderen Straßenseite.

»Ég kem eftir smá!« *Ich komme gleich.* Damit stieg er ein und ließ den Motor an.

Monika hatte keine Ahnung, was er vorhatte, wagte aber nicht, etwas zu sagen. Sie fuhren zum Hafengebiet, hielten vor der örtlichen Fischfabrik, in der Magnús' Vater Sturlaugur als Geschäftsführer tätig war. m

»Bin gleich wieder da«, sagte er zu ihr und rannte förmlich ins Gebäude.

Sie runzelte die Stirn und schaute ihm hinterher. Das Radio dudelte leise im Hintergrund, irgendein isländischer Schlager, den sie vorgestern auf der Party auch schon gehört hatten.

Sie verzog ihren Mund, als sie sich an den Abend erinnerte. Monika war noch nie in ihrem Leben so betrunken gewesen und das, obwohl sie hatte aufpassen wollen. Aber anscheinend war der isländische Schnaps um einiges stärker als das, was sie von Spirituosen aus Deutschland gewohnt war. Nur so konnte sie sich jedenfalls die Verwirrung erklären, die sie bei dem jungen Mann, der sie vor dem Sturz bewahrt hatte, empfunden hatte.

Nachdem sie mit Kristján an die frische Luft gegangen war, verschwammen ihre Erinnerungen. Sie konnte sich noch vage entsinnen, dass Karitas und Magnús sie nach Hause gebracht hatten, alles andere war weg.

Es war ihr unangenehm, vor allem, weil sie den jungen Isländer wirklich nett gefunden hatte. Auch wenn sie ein paar Verständigungsprobleme gehabt hatten. In der Erinnerung daran überwog die Scham. Sie würde nichts mehr trinken, schon gar nicht, wenn sie auf irgendeine Feier ging.

Die Fahrertür wurde aufgerissen, aber auch die Tür im Fond des Wagens. Monika ließ die Hand sinken und staunte nicht schlecht, als außer Magnús noch Kristján einstieg.

»Das ist Kristján«, sagte Magnús. »Ihr habt euch, glaube ich, auf der Party am letzten Wochenende schon kennengelernt?«

Monika brachte kein Wort heraus. Ihr wurde schrecklich heiß. Wie sah sie überhaupt aus?

Sie hatte ihre Haare mit einem Tuch zusammengefasst, weil sie ihr im Wind immer ins Gesicht gefallen waren, dazu trug sie eine einfache, braune Bundfaltenhose und eine orangefarbene Bluse mit breitem Kragen mit einer Strickjacke darüber.

»Gaman að sjá þig aftur og takk fyrir síðast«, *Schön, dich wiederzusehen, und danke für letztes Mal*, sagte Kristján und hielt ihr seine Hand hin. Seine Finger waren lang und schlank, aber nicht knochig, sondern kräftig. Die Nägel waren sauber und kurz geschnitten. Ein leichter Geruch nach Salz und Meer umgab ihn.

»Äh, hallo«, stammelte sie. Sie war überrumpelt, sie hatte mit vielem gerechnet, aber nicht damit, ihn jetzt wiederzusehen. Was machte er hier? Wieso hatte Magnús ihn geholt?

Dieser trat bereits das Gaspedal durch, noch ehe Kristján die Tür richtig zugezogen hatte. Die Reifen quietschten beim Anfahren.

»Bin spät dran«, erklärte Magnús mit einem entschuldigenden Grinsen im Gesicht. »Ich kann dich leider nicht selbst herumfahren, aber Kristján hat Zeit, ich habe in der Fabrik geklärt, dass er heute früher Feierabend machen kann. Er kennt sich natürlich bestens aus und wird dir ein paar sehr schöne Fleckchen zeigen, die du vielleicht malen kannst.«

Monika faltete ihre Hände im Schoß, sie begriff, dass er Kristján als Fahrer für sie organisiert hatte. Es war reiner Zufall, dass sie sich wiedersahen. Aber warum schlug ihr Herz dann so schnell?

»Das wäre doch nicht nötig …«, murmelte sie verlegen.

»Er macht das sehr gerne, nicht wahr, Kristján?« Magnús schaute in den Rückfahrerspiegel, von hinten ertönte ein: »Já, já.«

»Versteht er Deutsch?«, fragte Monika, und plötzlich wurde ihr noch wärmer. Wie peinlich. Und sie hatte sich am Samstag mit Händen und Füßen erklärt und sich dabei zum Affen gemacht. Wieso hatte er ihr nicht gesagt, dass er Deutsch sprach!

»Seine Mutter ist neunundvierzig als eine von vielen Landarbeiterinnen mit einem Schiff aus Deutschland gekommen.«

»Oh!«, machte Monika. Sie hatte nicht gewusst, dass hier viele Deutsche lebten.

Ehe sie sich's versah, hielt Magnús den Cortina vor einem riesigen Gebäude am Hafen. »Tut mir leid, dass ich dich jetzt alleine lassen muss, Monika. Ich habe leider ein Treffen, das ich unmöglich sausen lassen kann. Aber Kristján hat den ganzen Nachmittag Zeit. Sag ihm einfach, was du sehen möchtest. Er bringt dich gerne dort hin.«

»Das ist gar kein Problem, geh du nur. Das verstehe ich doch«, sagte sie, gleichzeitig spürte sie, wie ihre Handflächen feucht wurden.

Die beiden Männer tauschten einige Sätze auf Isländisch aus, die Monika nicht verstand, dann ging Magnús mit langen Schritten davon.

Kristján nahm seinen Platz hinter dem Steuer ein, dann wurde es für einen Moment sehr still im Wagen. Nur das leise Summen des Motors und die Musik aus dem Radio waren zu hören.

»Ja, dann …«, sagte Monika. »Du kannst also Deutsch?«

Kristján wandte ihr das Gesicht zu, seine Haare waren zerzaust, ganz so, als ob er sich in Eile umgezogen hatte und keine Zeit mehr geblieben war, einen Kamm zu benutzen. Er trug einen kratzig aussehenden, hellblauen Pullover, der am Ellenbogen ein Loch hatte. Seine graue Hose war eng anliegend, ganz entgegen der aktuellen Mode. Sie hatte nicht gewusst, dass er in der Fischfabrik arbeitete.

Aus seinen grünen Augen beobachtete er sie neugierig. Monika fühlte sich mit einem Mal verletzlich, beinahe so, als ob er bis auf den Grund ihrer Seele blicken konnte. Ihr Atem stockte.

»Ich … bin nicht gut mit Deutsch«, sagte er mit starkem Akzent. Seine Stimme klang ein wenig rau, dann lächelte er schwach, ganz so, als ob er sich bei ihr dafür entschuldigen wollte, dass er nicht perfekt war. Sie hatte nie etwas Anziehenderes erlebt als diese Natürlichkeit. Nie hatte sie eine so einfache Geste derartig berührt. Etwas in ihrem Magen zog sich zusammen, ein süßes, aber gleichzeitig verwirrendes Gefühl machte sich in ihr breit.

»Wieso hast du es mir auf der Party nicht verraten?«, fragte sie leise.

Er zuckte die Schultern, dann grinste er breit. »Þú ert sæt þegar þú talar íslensku.« *Weil du süß bist, wenn du Isländisch sprichst.*

Obwohl sie kaum ein Wort verstand, begriff sie, was er meinte, dass es ihm so gefallen hatte. Sie *spürte* es. Sie wünschte sich, er würde einfach weitersprechen, sie könnte ihm stundenlang zuhören.

Während sie überlegte, was der Satz vielleicht bedeuten könnte, legte Kristján den ersten Gang ein und fuhr los. Monika vergaß, was sie hatte erwidern wollen, als sie Akureyri auf einer Schotterstraße hinter sich ließen. Wo fuhr er mit ihr hin? Hatte Magnús mit ihm vereinbart, wann er sie nach Hause bringen sollte?

»Es ging doch auch so mit dem Verstehen«, sagte er irgendwann. Er zuckte die Schultern und schaute auf die Straße.

Monika atmete leise aus und suchte nach einer passenden Antwort. Dann begriff sie, dass er recht hatte, und schmunzelte. »Wo fahren wir hin?«

»Was willst du sehen?«

Sie beobachtete ihn. Er hatte starke Arme, die davon zeugten, dass er es gewohnt war, hart zu arbeiten. Seine Schultern waren breit, seine Gesichtszüge im Profil messerscharf. »Dann hast du kein Ziel?«, fragte sie mit kokettem Augenaufschlag.

Er zuckte die Schultern. »Ich bringe dich überall hin.«

Ihr Magen zog sich nervös zusammen. Oh, wie schön das wäre!

»Dann fahren wir weit!«

»Zum Abend sollten wir aber wieder zurück sein«, merkte er an.

Schade, er war wirklich ein vernünftiger Bursche. Sie seufzte. »Ja, das wäre vermutlich besser.«

»Du möchtest also malen?«, fragte er und wechselte das Thema. »Was hast du dir vorgestellt? Dann weiß ich, wo ich dich hinbringen könnte.«

Monika verzog ihre Lippen. »Ich bin mir noch nicht sicher. Aber ich muss auf jeden Fall die Stimmung fühlen, eins werden mit der Umgebung. Dann kommt der Rest von allein.«

»Was zeichnest du normalerweise?«

»Keine Porträts. Es ist unterschiedlich, auch abstrakt.«

»Oje. Ich habe leider keine Ahnung von solchen Dingen.«

»Was arbeitest du?«, fragte sie, obwohl Magnús es vorhin erwähnt hatte.

»Ich bin unten in der Fischfabrik angestellt.«

»Macht es Spaß?«

Kristján schaute sie mit gerunzelter Stirn an. »Na ja, es ist eine Arbeit, sie bringt Lohn.«

»Verstehe.« Sie schwiegen einen Moment, Kristján bog links ab und parkte den Wagen.

»Von hier aus hat man einen ganz wundervollen Blick hinüber auf Akureyri über den Fjord«, verkündete er.

Monika kletterte vom Beifahrersitz und umrundete den Wagen. Kristján nahm ihre Hand und zog sie mit sich. Es war eine ganz selbstverständliche Geste, die sich wunderbar natürlich anfühlte. Vielleicht wollte er ihr einfach Sicherheit geben, denn der Weg war steil und felsig, sie hoffte dennoch, dass das nicht der einzige Grund war.

Ein lauer Wind wehte um ihre Nasenspitzen, die Wolkendecke riss auf, und Sonnenstrahlen tauchten die Landschaft in ein weiches Licht. Im dunklen Wasser des Fjords spiegelten sich die Wolken, in der Ferne knatterte der Motor eines kleinen Fischerboots. Sie hatten von hier aus einen atemberaubenden Blick auf Akureyri mit seinen vielen niedlichen Einfamilienhäusern. Der Duft von Gräsern und Butterblumen stieg ihr in die Nase. Über ihnen flogen Seevögel, am Ufer entdeckte sie eine Entenfamilie mit fünf Jungen, die in einer Reihe hinter ihrer Entenmama herliefen und aufgeregt schnatterten.

»Wie niedlich«, sagte sie und zeigte mit dem Finger in die Richtung.

Kristján vergrub seine Hände in den Hosentaschen. Er schien wenig für Entchen übrigzuhaben. »Soll ich dir deine Malsachen holen?«, bot er an.

Sie schüttelte den Kopf und setzte sich ins Gras. »Nein, ich will alles erst mal ein bisschen wirken lassen. Setz dich doch zu mir.«

Er zögerte, schließlich ließ er sich neben sie auf den Rücken fallen und schaute in den Himmel. Er riss einen Grashalm ab und kaute darauf.

Sie fragte sich, was in ihm vorging. Er wirkte einerseits sehr entspannt, andererseits irgendwie gehemmt.

»Wo in Deutschland lebst du?«, fragte er nach einer Weile. Monika war froh, dass er die Stille als Erster durchbrochen hatte.

»In Lüneburg. Das ist in der Nähe von Hamburg. Warst du schon mal in Deutschland?«

»Nein, bisher leider nicht. Meine Mutter hatte acht Kinder durchzubringen, mein Vater ist viel zu früh gestorben.«

»O nein, wie schrecklich. Das tut mir leid. War er krank?«

»Das Meer hat ihn geholt.« Er schwieg einen Moment. »Er war ein guter Seemann, aber solche Unglücke passieren leider, früher noch häufiger als heute mit den modernen Schiffen.«

Monika wandte sich ihm zu. »Wie alt warst du?«

»Ich war elf, wir hatten es nicht leicht.«

Sie wusste, dass er kein Mitleid wollte, gleichzeitig fragte sie sich, ob er zufrieden war mit dem, was er erreicht hatte. Monika erschrak sich ein wenig vor ihren eigenen Gedanken, es machte niemanden zu einem besseren Menschen, wenn man auf ein Gymnasium ging. Sie klang ja beinahe schon wie ihre Mutter.

»Wovon träumst du?«, fragte sie mit klopfendem Herzen.

Kristján setzte sich auf und zeigte auf den Hafen. »Wenn ich einen Wunsch frei hätte, würde ich auf die Kapitänsschule gehen.«

War das nicht der Traum eines jeden Jungen?, dachte sie, doch im gleichen Moment spürte sie, dass für Kristján mehr als nur eine Kinderfantasie dahintersteckte.

»Meine Familie stammt aus Hrísey.«

»Hrísey?«

»Das ist eine Insel weiter hinten im Fjord. Schau mal, man kann sie von hier aus sehen.«

Monika schirmte die Augen vor der Sonne ab und folgte seinem Blick entlang der Küste. Dunkelblau und geheimnisvoll schimmerte das spiegelglatte Wasser vor ihnen, die Berge hoben sich grün und erhaben gegen den Himmel ab. Schafe grasten auf einer weiten Ebene, Graugänse flogen über sie hinweg. Dann entdeckte Monika die kleine, lang gezogene Insel. »Wie kommt man dort hin?«

Kristján schaute sie an, dann lachte er. »Mit einem Boot natürlich.«

»Kannst du mich hinbringen?«

Ihre Blicke trafen sich, für einen Moment sagte niemand etwas. Sie las Überraschung, aber auch etwas anderes in seinen Augen. Etwas, das viel tiefer ging und ihr Herz zum Flattern brachte.

Verwirrt wandte sie sich ab.

Kristjáns Hand legte sich auf ihre, die sie im Gras abgestützt hatte. Es war eine federleichte Berührung, kaum merklich und doch von so großer Bedeutung. »Für dich würde ich das gerne tun.«

Sie schluckte. Die widersprüchlichsten Gefühle machten sich in ihr breit. Er rief Wünsche in ihr hervor, die sie nicht haben durfte, und doch genoss sie jeden Herzschlag mit ihm. Es tat gut, sich begehrt zu fühlen.

Der Gedanke beruhigte sie ein wenig. Ja, das war es. Sie ließ Kristjáns Berührung nur zu, weil sie Peter eins auswischen wollte, ihn dafür bestrafen wollte, dass er sie hatte allein fahren lassen, dass er sich nicht bei ihr meldete. Es war kindisch, albern, denn Peter würde nie erfahren, dass sie mit Kristján geflirtet hatte. Und das war es, nicht mehr.

»Ich hole dich morgen ab, dann bringe ich dich mit einer *Trilla* hinüber.« Seine dunkle Stimme riss sie aus ihren Gedanken. Die feinen Härchen auf ihren Unterarmen stellten sich auf. Es lag so viel Wärme in seinen Worten, dass ihr schwindelig wurde.

»Was ist eine *Trilla*?« Monika merkte selbst, dass sie zittrig klang.

»Das ist ein kleiner Kutter, der gehört einem Bekannten von mir. Er wird ihn mir leihen.«

Sie schaute ihn an. »Es wäre wundervoll, Kristján.«

»Sag das noch mal.«

»Es wäre wundervoll …«

»Nicht das«, unterbrach er sie rau. »Meinen Namen.«

Monika lächelte schwach. »Kristján.«

Er schloss die Augen und legte den Kopf in den Nacken, als ob ihn etwas quälte. Monika beobachtete ihn, sah den Puls an seinem Hals pochen. Sie hob ihre Hand und wollte die scharfe Kante seines Kinns nachfahren, aber ließ sie wieder sinken, als sie begriff, dass sich das nicht gehörte.

Sie waren so vertraut im Umgang miteinander, als würden sie sich seit Ewigkeiten kennen. Zu vertraut. In ihrer Bekanntschaft lag nichts Freundschaftliches. Es war eine intuitive Anziehung, die er auf sie ausübte. Sie wusste es, aber konnte es nicht verhindern. Ihn wiederzusehen war ein Spiel mit dem Feuer. Es wäre besser, Nein zu sagen, ihn nicht wiederzusehen. In ein paar Wochen wäre sie fort und würde ihn vergessen.

Lügnerin.

Monika richtete ihren Blick auf das dunkelblaue Wasser im Fjord. Zwei Herzen kämpften in ihrer Brust.

Kapitel 9

Húsavík 2018

Hannah hatte der Ehrgeiz gepackt, das Desaster mit den Schokoladen-Muffins hatte sie nicht auf sich sitzen lassen wollen. So war sie nun mal in allen Belangen, und das hatte sich immer ausgezahlt. Üben, üben, üben. Natürlich konnte man Kuchen backen nicht mit ihrem früheren Beruf vergleichen, aber in keinem Handwerk fielen die Meister einfach so vom Himmel. Das hatte sie immer gewusst, und jetzt, wo sie ein Blech herrlich duftender Muffins vor sich stehen hatte, die ihr das Wasser im Mund zusammenlaufen ließen, lächelte sie zufrieden. Vergessen waren all die misslungenen Versuche davor. Diese Prachtstücke würde sie nachher mit ins Café nehmen. Freyja wusste nichts von ihren Backversuchen, bislang hatte sie sich immer irgendwie rausgeredet, wenn das Thema zur Sprache gekommen war. Als Nächstes wollte sie sich an einem der Lieblingskuchen der Isländer versuchen: *Gulrótakaka* – Möhrentorte. Aber nicht jetzt, sie musste bald aufbrechen. Max hatte sie schon vor anderthalb Stunden in den Kindergarten gebracht. Ihr kleiner Sohn ging gerne dorthin, das war vielleicht die größte Erleichterung für sie. Das Leben auf der Insel spielte sich langsam ein.

Hannah stand zufrieden an ihrem Küchenfenster und schaute hinaus. Regen prasselte von allen Seiten gegen die Scheiben, der Himmel wirkte düster und grau. Ein Mann, der die Kapuze tief ins Gesicht gezogen hatte, ging mit seinem Labrador Gassi, er kam jeden Tag zur ungefähr gleichen Zeit vorbei. Mittlerweile hatte sie sich daran gewöhnt, dass das Wetter hier so unbeständig war wie die Dünen in der Sahara. Eben noch Sonnenschein, eine Viertelstunde später prasselnder Regen – das war keine Seltenheit, aber irgendwie auch erfrischend. Vor einigen Jahren war ihr Leben so vorhersehbar gewesen wie das Ende eines Groschenromans – und dann war die Sehnenentzündung aufgetreten und hatte sie aus der Bahn geworfen und den Plot ruiniert. Hannah war nicht gut darin zu improvisieren, vielleicht fand sie Island deswegen so aufregend. Hier war sie nicht gezwungen, perfekt zu sein. In Deutschland hatte sie immer diesen Druck gespürt, der vermutlich von ihr selbst ausgegangen war.

Knútur rollte in seinem roten Islandspóstur-Transporter vorbei und riss sie aus ihren Grübeleien. Er winkte ihr beim Vorbeifahren zu. Auch das gehörte mittlerweile zu ihrer täglichen Routine, lächelnd winkte sie zurück, ehe sie die Muffins verpackte, sich anzog und auf den Weg zum Café machte.

»Guten Morgen«, rief ihr Dísa, ihre Nachbarin, im Vorbeigehen zu.

»Guten Morgen«, grüßte Hannah fröhlich, obwohl ihr der Regen trotz Kapuze in die Augen tropfte. »Das ist ja mal wieder ein Wetter heute.«

»Hast du an solchen Tagen nicht Heimweh?«, fragte Dísa neugierig.

Die beiden hatten sich in den drei Wochen, die Hannah in Húsavík war, angefreundet. Dísa hatte einen Sohn in Max' Alter, sie spielten manchmal noch nach dem Kindergarten zusammen, und Hannah schwatzte in der Zeit mit seiner Mutter.

»Ach, eigentlich nicht. Mir war ja klar, dass Island nicht Südfrankreichs Klima zu bieten hat. Außerdem mag ich die Hitze gar nicht so gern. Ich fühle mich wohl hier.«

Eine Windbö streifte sie und peitschte ihr dicke Regentropfen ins Gesicht. Hannah keuchte auf. »Puh, aber an den Wind muss ich mich wirklich noch gewöhnen.«

Dísa lachte. »Das wirst du schon. Sehen wir uns nachher auf einen Kaffee?«

»Mal sehen, ich melde mich, okay?«

»Klar, du weißt ja, wo ich zu finden bin.« Das war nicht nur so ein dahingesagter Spruch. Ihre Haustür war tatsächlich nie verschlossen und Gäste waren immer willkommen. Die Isländer, die sie bisher kennengelernt hatte, waren herzlich und hatten keinerlei Berührungsängste. Es war sogar so, dass sie neugierig waren, welche alleinerziehende Mutter aus Deutschland es wagte, so dicht an den Polarkreis zu ziehen. Hannah hatte das Gefühl, dass alle sie kannten – vielleicht stimmte das sogar. Neuigkeiten reisten in so einem kleinen Ort sehr schnell. In Lüneburg hatte es sie gestört, dass jeder über sie und ihr Leben Bescheid wusste, hier war es anders. Keiner ahnte, dass sie früher eine bekannte Violinistin gewesen war. Sie war unglaublich froh, dass sie nicht mehr länger mit mitleidigen Blicken, sondern stattdessen mit interessierten bedacht wurde. Wenn man sie fragte, was ihr Beruf sei – Isländer waren nicht nur offen, sondern auch sehr neugierig –, dann antwortete sie unverbindlich, dass sie in Deutschland in der Musikbranche tätig gewesen war, aber Abstand davon brauchte. Es entsprach zwar nicht exakt den Tatsachen, aber es war auch nicht gelogen. Meistens traute sich dann doch niemand, weiter nachzufragen, und sie lenkte das Thema geschickt auf etwas anderes, zum Beispiel, wie gut es ihr in Island gefiel. Darüber sprach man gerne mit ihr. Sprachlich machte sie zwar Fortschritte, aber Isländisch war gar nicht so leicht. Sie tat sich in vielen Situationen noch schwer damit, obwohl sie jeden Abend versuchte, die Tageszeitung mit Wörterbuch zu lesen, um wenigstens mitzubekommen, was im Land passierte.

»Dann hab einen guten Tag, bis nachher vielleicht«, meinte Dísa und eilte zu ihrem Auto.

Hannah überlegte, ob sie zum Café laufen oder fahren sollte, entschied sich aufgrund des immer stärker werdenden Regens aber dafür, den Wagen zu nehmen. Sie sprang in ihren Passat und ließ den Motor an. Die Scheibenwischer kamen gar nicht so schnell hinterher, wie das Wasser von oben herunterprasselte. »Mein Gott«, seufzte sie und fuhr langsam los.

Als sie beim *Kaffihús Viti* angekommen war, klingelte ihr Handy.

Sie nahm das Gespräch an, ohne aufs Display zu sehen.

»Hallo Kleines«, hörte sie die Stimme ihres Vaters am anderen Ende der Leitung.

»Oh, hallo Papa! Das ist ja schön, dass du anrufst. Wie geht es dir?«

»Das wollte ich dich gerade fragen.«

Hannah schaute auf ihre Windschutzscheibe, sie sah nichts außer den Regenmengen, die wie bei einem kleinen Wasserfall die Scheibe hinabrauschten. »Uns geht's gut.«

»Wie findet Max den Kindergarten?«

»Max liebt es dort. Er fängt sogar schon an, Wörter auf Isländisch nachzuplappern. Im Nachbarhaus wohnt ein Junge in seinem Alter, die beiden haben sich direkt angefreundet. Ich bin so erleichtert, dass er sich wohlfühlt und gleich Anschluss gefunden hat.«

»Das hört sich toll an. Aber, meine Liebe, wie geht es dir dabei?«

Hannah überlegte und fühlte einen Moment in sich hinein. »Ganz ehrlich? Klar, alles ist neu, ich habe von vielen Sachen hier keine Ahnung, aber alles in allem fühle ich mich so befreit wie lange nicht mehr.«

»Ich bin froh, dass du das sagst, wir haben uns alle Sorgen gemacht. Dann bereust du es nicht?«

Hannah fragte sich, wen er mit »alle« meinte. Ihre Eltern waren geschieden, sie hatten sich nach einer langen, gefühlskalten Ehe nicht mehr viel zu sagen gehabt. »Du klingst irgendwie müde, Papa. Ist bei dir denn alles in Ordnung?«

Er schwieg einen Moment zu lange. »Sicher, ich wollte nur hören, wie es auf Island läuft.«

»Papa? Was ist los?«

Ein Seufzen am anderen Ende ließ die Alarmglocken in ihr schrillen. »Ist was mit Oma?«

»Mit Oma? Nein, nein. Oma geht es gut.«

»Dann sag mir, was los ist! Hast du Stress in der Firma?«

»Eigentlich nicht.«

»Komm, Papa. Spuck es aus, ich höre doch, dass dich etwas bedrückt.«

»Du warst schon immer sehr feinfühlig, meine Liebe. Ich fühle mich in der Tat seit einer Weile ein wenig schwach auf der Brust.«

Hannah spürte, wie sie eine seltsame Befangenheit ergriff. »Bist du krank?«, fragte sie besorgt.

Er war in letzter Zeit wirklich blass gewesen, hatte abgenommen. Sie hatte nichts darauf gegeben, natürlich sah man in den Wintermonaten nie nach dem blühenden Leben aus … War ihr womöglich etwas entgangen, weil sie nur an sich und ihre eigenen Probleme gedacht hatte? »Warst du beim Arzt?«, hakte sie nach.

Rief er womöglich bei ihr an, weil er schlechte Nachrichten hatte?

Ihr wurde übel.

»Es ist sicher nichts, Liebes. Ich wollte mich wirklich nur nach euch erkundigen.«

»Papa!«

»Was ist?«

»Du musst zum Arzt gehen! Was, wenn etwas mit dem Herzen ist? Soll ich für dich einen Check-up vereinbaren?«

Männer! Es war typisch für ihren Vater, dass er große Geschäfte abschließen konnte, aber keinen einfachen Arzttermin vereinbaren wollte.

»Ach, es ist bestimmt nicht nötig. Ich wollte dich auch nicht beunruhigen. Ich hätte gar nichts sagen sollen.«

»Doch, es ist nötig. Wann war denn dein letzter Kontrolltermin?«

Er schwieg.

»Mensch, Papa. Okay, pass auf. Ich rufe bei dieser Klinik in Hamburg an, die schieben dich einmal durch den Scanner, machen ein Belastungs-EKG und einen Organscreen.«

»Ich halte das für übertrieben.«

»Ich nicht.« Mehr sagte sie nicht dazu. Wenn ihr Vater ihr gegenüber zugab, dass er sich »etwas schwach auf der Brust« fühlte, musste es ihm hundeelend gehen.

»Das ist ja mal wieder typisch. Nichts da, Papa. Du bist jetzt bald fünfundsechzig, da sollte man regelmäßige Kontrollen vornehmen lassen. Ich kümmere mich darum. Hast du mal daran gedacht, in der Firma kürzerzutreten?«

»Kürzertreten?«

Nein, das war ihm natürlich noch nicht in den Sinn gekommen.

Hannah seufzte. »So, als Erstes mache ich dir einen Termin. Dann sehen wir weiter.«

»Aber du bist doch auf Island …«

»Meine Güte, wir haben hier auch Internet und Telefone. Das ist gar kein Problem.«

»Na schön«, lenkte er ein.

»Möchtest du, dass ich dabei bin?«

»Bitte, sei nicht albern, Hannah.«

»Ich bin nicht aus der Welt, es wäre kein Problem, nach Hamburg zu fliegen, wenn du moralische Unterstützung brauchst.«

»Hannah, das möchte ich wirklich nicht.«

»In Ordnung. Ich kümmere mich und melde mich bei dir. Vielleicht fehlt dir ja auch nur Vitamin D oder Eisen, wenn da ein Mangel besteht, kann man auch unter Müdigkeit leiden.«

»Ja, wahrscheinlich ist es nur das.«

»Umso besser, wenn das alles geklärt wird. Ich ruf dich dann an und gebe dir Datum und Zeit durch.«

»Danke, Hannah.«

»Da nich für«, gab sie nordisch knapp zurück.

Sie verabschiedeten sich, dann kontaktierte Hannah die Praxis für den Gesundheitscheck in Hamburg und vereinbarte einen Termin für ihren Vater.

Die Tür zum Café war noch verschlossen, obwohl es kurz vor zehn war. Hannah schaute auf ihr Handy und sah eine Nachricht von Freyja, die ihr mitteilte, dass sie sich verspätete.

Das ist doch mal eine gute Gelegenheit, mir endlich mal die Ausstellung anzusehen, dachte sie und schielte auf die offen stehende Tür zum Leuchtturm. Sie hatte noch keinen eigenen Caféschlüssel und neulich schon an die Ausstellung gedacht, aber nachdem sie Freyjas Jobangebot bekommen hatte, war sie zu aufgewühlt gewesen, um sich Kunstwerke anzuschauen. Mit den Muffins ging sie in den Leuchtturm und trat sich die Schuhe auf einem abgewetzten Schmutzfänger ab. Die abgenutzten Holzdielen knarzten unter jeder Bewegung, eine schmale Wendeltreppe führte nach oben. Es war erstaunlich hell im Eingangsbereich, schon hier hingen ein paar Bilder des Künstlers. Hannah überlegte, ihre Jacke auszuziehen, um nichts nass zu machen, entschied sich aber dagegen, weil es anscheinend keine Heizung gab.

Sie schaute sich um und war überrascht, dass hier niemand saß, der aufpasste, dass nichts gestohlen wurde. Wenn man wollte, könnte man einfach ein Bild abnehmen und damit hinausspazieren. *So was würde es bei uns nicht geben*, dachte sie und freute sich, dass die Kriminellen in Island offenbar anderes zu tun hatten, als Kunstwerke aus einer Ausstellung zu rauben.

Ein Poltern aus der oberen Etage ließ sie zusammenzucken. Da war doch jemand!

Hannah stellte die Muffins auf einem wackeligen Stuhl ab und blickte hinauf. Sie staunte nicht schlecht, als sie Jón entdeckte, der in Arbeitshose, mit Hammer und Nagel in der Hand, die Stufen hinunterkam. Sie hatte ihn, seitdem er ihr Dach repariert hatte, nicht mehr gesehen. Vermutlich war er für einen Auftrag unterwegs gewesen.

»Guten Morgen«, rief sie ihm entgegen.

Er wandte sich um. Wenn er überrascht war, sie hier zu sehen, so ließ er sich davon nichts anmerken. Mit stoischer Gelassenheit nahm er die letzten Stufen, ehe er antwortete: »Morgen.«

»Na, hast du hier zu tun?«, versuchte sie es mit einer unverbindlichen Frage.

Er nickte. »Ja, du weißt ja, ich bin gut darin, Dinge wieder in Ordnung zu bringen.«

Jón sah sie auf eine seltsame Weise an, die eine kribbelnde Wärme in ihrer Magengegend hervorrief.

»Warst du unterwegs?«, fragte sie. Mist. Sie hatte nicht fragen wollen, aber die Worte waren einfach so aus ihr herausgesprudelt. Er blieb völlig ungerührt, was sie seltsamerweise noch mehr aufbrachte.

»Ja«, er zuckte die Schultern. »Hatte ein paar Tage was in Reykjavík zu erledigen. Und du? Gut eingelebt?«

Hannah wich seinem Blick aus und tat so, als ob sie sich die Bilder im unteren Bereich ansah. »Mein Sohn fühlt sich sehr wohl hier, das ist eine große Erleichterung.«

Sie blieb vor einem Gemälde stehen. Verschiedene Blautöne liefen ineinander, es war ein abstraktes Landschaftsbild, sie konnte das Meer entdecken, den Himmel und dunkle Wolken, die sich am Horizont verdichteten. All das war zu erkennen, obwohl kein einziger Pinselstrich mit dem anderen zusammenzufallen schien. Das Bild wirkte sehr traurig auf sie, es hatte etwas Bedrückendes.

»Und, magst du die Gemälde?« Ohne dass sie es gemerkt hatte, war er neben sie getreten. Sie spürte die Wärme, die von ihm ausging, ein Duft von Nadelhölzern und Meer stieg ihr in die Nase.

»Sie, äh, sind besonders«, stotterte sie. Hannah atmete tief ein, sie verstand nicht, warum sie sich in seiner Nähe so gehemmt fühlte. Es schien, als würden nicht mehr alle Synapsen in ihrem Hirn vernünftig miteinander kommunizieren, die einfachsten Sätze fielen ihr schwer.

Aus dem Augenwinkel sah sie ihn noch einmal mit den Schultern zucken. »Ich stimme dir zu, Hannah. Diese Kunstwerke sind nicht jedermanns Sache, seltsamerweise verdient der Künstler sich daran dumm und dämlich.«

Sie schaute ihn mit zusammengekniffenen Augen an. »Na, lass den guten Mann mal lieber nicht hören, dass du seine Arbeit schlechtmachst.«

Zu ihrer Überraschung lachte er. Es kam so natürlich und tief aus seiner Kehle, dass sie sich unwillkürlich fragte, was an ihrer Bemerkung wohl so witzig gewesen war.

»Ich muss dann mal, Freyja wartet sicher schon …« Sie zeigte mit dem Daumen hinter sich in Richtung des Cafés.

Jón erwiderte nichts darauf und legte den Hammer in die Werkzeugkiste. »Willst du nicht oben noch mal gucken? Da hängen noch mehr Bilder.«

»Ein andermal vielleicht.«

»An manchen Tagen kann man den Künstler sogar sehen, wie er im obersten Raum des Leuchtturms, den er als Atelier benutzt, steht, hinaus auf die Brandung schaut und sich inspirieren lässt.«

»Ach, wirklich?« Sie machte große Augen. »Das wusste ich nicht.«

Ein spitzbübisches Grinsen umspielte seine Lippen. »Das dachte ich mir, deswegen sage ich es.«

»Es ist nicht so, dass ich auf Ausschau nach Promis bin.«

»Habe ich auch nicht angenommen.«

»H-mm«, machte sie. Jóns Nähe irritierte sie, zudem sprach der Mann in Rätseln. Warum sollte es sie interessieren, dass sie den Künstler treffen konnte, wenn sie nach ihm Ausschau hielt?

Hastig wandte Hannah sich ab und griff nach den Muffins.

»Oh, du hast wieder gebacken?«, hörte sie seine dunkle Stimme, die einen spöttischen Ton angenommen hatte, hinter ihr.

Ihre Wangen brannten, gleichzeitig spürte sie Ärger in sich aufsteigen. Mit wehenden Locken drehte sie sich um.

»Ja, wenn's recht ist. Habe ich. Und sie sind wirklich gelungen. Ein Gedicht, um ehrlich zu sein.« Sie spürte ihren Herzschlag bis in den Hals hinauf. Der Kerl hatte ein unfassbares Talent, sie aus der Fassung zu bringen.

Dann rauschte sie aus dem Leuchtturm, Regentropfen klatschten auf ihre erhitzte Haut, nahmen ihr die Sicht und benetzten ihre Haare. Mit schnellen Schritten eilte sie ins Café, das inzwischen geöffnet war.

Kapitel 10

Akureyi 1978

Immer wieder funkelte es im Fjord, wenn die Wellen das Sonnenlicht reflektierten und es auf ihnen zu tanzen schien. Es war nicht so warm, wie man angesichts des blauen Himmels und der auch am Abend noch hochstehenden Sonne denken konnte. Monikas Gesicht fühlte sich dennoch heiß an, vermutlich hatte sie einen leichten Sonnenbrand abbekommen. Sie legte ihre Hände an die Wangen und schaute aus dem Fenster. Wo es am Nachmittag windstill gewesen war, wehte nun eine kühle Nordbrise durch den Ort. Sie spürte, wie sich der Anflug eines Lächelns auf ihr Gesicht schlich, als sie an den Tag mit Kristján zurückdachte. Monika war unsagbar froh, dass ihre Eltern mit den Gastgebern ausgegangen waren und sie den nervenaufreibenden Vorhaltungen ihrer Mutter entging – vorerst jedenfalls. Und bis morgen hätte sie die kleine Szene auf der Terrasse hoffentlich vergessen. Leider kam so etwas zwischen ihnen häufiger vor, allein deswegen sehnte Monika den Tag herbei, an dem sie aus dem Elternhaus ausziehen würde. Gedankenverloren strich sie über das Schachbrett im Wohnzimmer, das teure Holz fühlte sich glatt und kühl unter ihren Fingern an.

»Wir Isländer sind schachverrückt«, hörte sie Magnús Stimme hinter sich.

Mit einem Lächeln auf den Lippen drehte sie sich zu ihm um. »Stimmt ja. Auf Island war ja mal dieses legendäre Match zwischen dem Russen und dem Amerikaner, oder?«

»Spassky und Fischer«, half er ihr aus. »Das ganze Land war in Aufruhr, ist aber schon ein paar Jahre her, 1972 fand es statt. So viele Ausländer hatten wir zuvor nur während der Besatzungszeit auf Island.«

»Wer hat denn am Ende eigentlich gewonnen?«

Magnús überlegte. »Warte mal. Das Ganze zog sich ja über Wochen hin. Im Juli haben sie angefangen, und im September 72 war die Sache erst beendet.«

»Wirklich? Unglaublich.«

»Das werden wir hier nie vergessen, die Zeitungen waren voll davon. Es drehte sich zuerst mal nur darum, ob Fischer überhaupt auftauchen würde, der hat ja mehrmals das Flugzeug starten lassen und war dann nicht mit an Bord.«

Monika schüttelte den Kopf. »Klingt für mich mehr nach einer Diva als nach einem Sportsmann.«

Magnús lachte. »Ach was. Das nennt man psychologische Kriegsführung. Für beide Seiten stand viel mehr auf dem Spiel als nur die Schachweltmeisterschaft.«

»Das ist klar.«

»Eine Partie hat Fischer sogar abgebrochen, weil es ihm zu laut war mit dem Publikum und den surrenden Kameras.«

»Nein!«

»Doch, es ist so. Die nächste Partie fand dann in einem abgeschlossenen Raum statt – und er hat sie gewonnen. Danach weigerte sich Spassky natürlich, weiter in der Hinterkammer zu sitzen.«

»Unglaublich.«

»Am Ende hatten sie einundzwanzig Partien gespielt und Fischer war neuer Weltmeister. Die Amerikaner feierten ihn natürlich wie einen Staatshelden.«

»Und die Russen hatten das Nachsehen«, schlussfolgerte Monika. »Klingt ein bisschen wie ein James-Bond-Film.«

Magnús lachte. »Da hast du recht, oft ist es in der Realität aber leider nicht so spannend. Gehst du gerne ins Kino?«

»Natürlich! Ich liebe es sogar.«

»Vielleicht finden wir ja einen Film, der dich interessieren würde. Unser Kino in Akureyri ist sehr schön.«

Ihr fiel das Leuchten in seinen Augen auf. Flirtete er tatsächlich mit ihr? Wollte er mit ihr … ausgehen? Ihr schlechtes Gewissen regte sich. »Ich verstehe sicher kein Wort«, redete sie sich heraus.

»Das kann ich mir kaum vorstellen, du bist so eine gebildete Frau.«

»Danke.« Sie errötete etwas, mit einem unsicheren Lächeln versuchte sie, die Hitze aus ihren Wangen zu vertreiben.

»Wie war der Nachmittag? Konnte Kristján dir ein bisschen was zeigen?«, plauderte Magnús unbefangen weiter.

Monika gab sich unbeteiligt, während ihr Herzschlag plötzlich hart gegen ihre Rippen hämmerte, als sie an die Zeit mit Kristján zurückdachte. »Ja«, erwiderte sie. »Ich habe wirklich viele Ideen gesammelt, Island ist ganz bezaubernd. Ich verstehe, warum es so viele Elfen- und Trollgeschichten gibt. Man denkt ja, an jeder Ecke könnte gleich jemand vom verborgenen Volk auftauchen und einen zu einer Tasse Tee einladen.«

Magnús grinste und klopfte ihr auf die Schulter. »Kaffee vielleicht eher. Ich finde es ganz großartig, mit welchem Eifer du deinem Hobby nachgehst.«

Hobby?

Monika war bei dem Wort fast zusammengezuckt. Es war viel mehr als das, aber das schien er, wie ihre Familie, nicht zu begreifen. Seltsam, Kristján hatte in den Stunden, die sie mit ihm unterwegs gewesen war, niemals so einen abwertenden Kommentar von sich gegeben. Obwohl Magnús viel gebildeter war als Kristján, hatte der Fabrikarbeiter sofort begriffen, dass es bei ihrer Kunst um Leidenschaft, eine Berufung, und nicht um eine dumme Mädchenspinnerei ging. Sie seufzte. »Danke, dass du das arrangiert und uns deinen Ford geliehen hast. Das war nett von dir.«

»Das habe ich gerne für dich getan.« Er zwinkerte ihr zu, dann gab er ihr ein Küsschen auf die Wange. »Bis später, ich muss jetzt leider gehen, auch wenn ich mich viel lieber noch länger mit dir unterhalten würde.«

Sein Blick blieb eine Sekunde zu lange an ihren Lippen hängen, um noch als freundschaftlich durchzugehen. »Bless, Monika.«

»Bless«, erwiderte sie und schaute ihm nachdenklich hinterher.

Karitas kam mit einem Glas Wasser um die Ecke und grinste. »Na, hat dich mein Bruder belästigt?«

Monika fühlte sich unbehaglich, deswegen lachte sie. Es klang falsch und unecht. »Sei nicht albern, meine Liebe. Es ist dein Bruder. Ich kenne ihn seit Ewigkeiten.«

Karitas hob eine Augenbraue, ihre blauen Augen durchbohrten Monika förmlich. »Du bist eine hübsche, erwachsene Frau geworden und kein Kind mehr. Glaubst du, das hat er noch nicht bemerkt?«

Sie wusste nicht, was sie darauf erwidern sollte, bestärkte es sie doch selbst nur in ihrem eigenen Empfinden, dass Magnús mehr in ihr sah als nur eine Bekannte aus seiner Kindheit.

»Was willst du mir damit sagen?«, fragte sie dennoch.

»Gar nichts. Aber eins sollst du wissen«, gab Karitas leichthin zurück und trat neben Monika. »Magnús hat mehr Frauenherzen gebrochen, als ich Schuhe habe.«

»Ich bin verlobt«, wiederholte Monika, was sie schon vor ein paar Tagen gesagt hatte, als sie sich in Karitas' Zimmer unterhalten hatten. Vielleicht erwähnte sie es auch noch einmal, um es sich selbst in Erinnerung zu rufen. Denn heute mit Kristján hatte sie an vieles gedacht, aber ganz sicher nicht an Peter.

»*Ich* weiß das, Monika.« Karitas trank einen Schluck. »Pass auf, ich habe eine Idee. Hast du Lust, heute noch auszugehen?«

Monika strich über ihre Haare. »Ich weiß nicht, ich bin ganz schön erschöpft.«

Karitas lachte nur. »Schlafen kannst du im Winter. Im *Bautinn* spielen heute ganz flotte Jungs, sie kommen aus Dalvík.«

»Aber du versprichst mir, dass ich keinen Brennivín mehr trinken muss?«

»Liebchen, auf der Party neulich hat dich auch niemand gezwungen.«

»Erinnere mich bitte nicht daran.« Sie lachten, dann gingen sie nach oben, um sich frisch zu machen, zu schminken und umzuziehen.

Die Luft war stickig, jeder Zentimeter schien besetzt zu sein, als sie aus der kühlen Abendluft in die Kneipe traten. »Es ist so ungewohnt für mich, dass es schon so spät ist und trotzdem noch hell«, schrie Monika Karitas zu. Diese lachte nur, nahm Monikas Hand und zog sie direkt vor die aus Paletten improvisierte Bühne. Die Band aus Dalvík spielte bereits, Klänge von Schlagzeug, Gitarre und Bass dröhnten durch die Luft. Monika verstand kein Wort von dem, was gesungen wurde, aber das brauchte sie auch gar nicht. Es wimmelte nur so von Seidentrikots in grellen Farben, Glitzerhemden, bunten

Kleidern, Schlaghosen und Hemden mit breiten Krägen. Es schien, als hätten sich alle jungen Leute der Stadt hier versammelt. Monika blieb gar nichts anderes übrig, als sich der Umgebung anzupassen und sich im Takt zu bewegen. Um sie herum grölte man die Texte mit, Karitas lachte und himmelte den Sänger an. Als dieser ihr zuzwinkerte, wandte sie sich an Monika. »Ist er nicht unglaublich?«

Monika nickte und sparte sich eine Antwort, ihr fehlte das Groupie-Gen. Es wurde ein Schlager nach dem anderen gespielt, die Stimmung im *Bautinn* kochte nahezu über. Irgendwann ließ sie ihren Blick schweifen und entdeckte Kristján auf der gegenüberliegenden Seite der Kneipe. Lässig lehnte er an der Wand. Er trug ein dunkelblaues Hemd und eine braune Hose. Als ob er spürte, dass sie ihn anblickte, wandte er sich ihr zu. Er lächelte zu ihr hinüber und deutete ein Nicken an. Sie verspürte einen Stich in der Brust, der zugleich süß und schmerzhaft war.

Jemand rempelte sie an, und Monika verlor das Gleichgewicht. Als sie sich wieder gefangen hatte, war Kristján nicht mehr da. Sie schaute sich um, konnte ihn aber nirgends entdecken. *Komisch*, überlegte sie, gleichzeitig versuchte sie sich ihre Enttäuschung nicht anmerken zu lassen. Hätte er nach dem gemeinsamen Tag nicht wenigstens Hallo sagen können? Und dann dachte sie daran, dass sie sich schon bald wiedersehen würden.

Vielleicht war er auch einfach nur schüchtern.

Ja, das musste es sein, und außerdem konnte es ihr ohnehin egal sein, sie hatte sich nur mit ihm verabredet, weil er ihr die schönsten Orte zeigen wollte, die sie für ihre Malerei anschauen wollte. Punkt.

Irgendwann kündigten die Jungs von der Band an, dass sie eine Pause machten. Der eine lehnte seine Gitarre an einen Verstärker, der andere legte das Mikro beiseite und sprang vor Karitas auf den Boden. Er fing direkt ein Gespräch mit ihr an, bald verzogen sich die beiden an die Bar. Monika blieb in der Menge zurück.

Hm, dachte sie. *Was mache ich jetzt?*

Sie sah sich um, aber sie kannte niemanden, also setzte sie sich auf die improvisierte Bühne und ließ ihre Beine baumeln. Sie wollte nicht nach draußen gehen, denn sie hatte geschwitzt und war immer etwas empfindlich, was Zugluft anging, daher zog sie es vor, sich hier ein wenig auszuruhen. Die Türen wurden geöffnet und es wurde kühl an ihren Beinen. Da entdeckte sie Karitas, die mit dem Sänger in einer Ecke stand. Die beiden küssten sich.

Die lässt ja nichts anbrennen, überlegte sie und schaute weg. Auf einmal fühlte sie sich sehr einsam und fehl am Platz. Sie verließ die Kneipe und machte sich auf den Weg nach Hause. Sie atmete die klare, kühle Luft tief in ihre Lungen und sah in den taghellen Nachthimmel. Vielleicht hätte sie auf Kristján zugehen sollen, aber was hätte das geändert? Monika wurde den Gedanken nicht los, dass sie einen Fehler gemacht hatte. Kristján bedeutete ihr bereits mehr, als sie zugeben wollte. Sie fragte sich, ob es ihm genauso erging.

Kapitel 11

Húsavík 2018

Sonnenstrahlen leckten an den Fenstern, die dicken Regenwolken, die am Morgen noch wie schwere Laken über dem Ort gehangen hatten, waren weitergezogen. Von den Dachrinnen tropfte es noch immer in gleichmäßigen Abständen. Es roch nach frisch aufgebrühtem Kaffee und Schokoladenkuchen im *Kaffihús Viti*. Das Radio dudelte im Hintergrund. Ein Pärchen saß an einem Tisch in der Ecke und plauderte in gedämpfter Lautstärke. An einem anderen saßen drei ältere Damen und spielten Karten.

In den letzten Tagen hatte Hannah in ihren eigenen vier Wänden heimlich geübt, einen passablen Möhrenkuchen, *Gulrótakaka*, zu backen. Heute präsentierte sie Freyja ihre Kreation, in die Creme hatte sie außer Zimt noch ein wenig Kardamom und Nelkengewürz gegeben, was dem Kuchen zwar einen Hauch von Weihnachten verpasste, aber Hannah fand, dass das Aroma perfekt war. Sie experimentierte jeden Tag mit neuen Ideen und wurde immer sicherer. Das Backen ging ihr nun viel einfacher von der Hand. Gleichzeitig hatte sie festgestellt, dass ihre Klamotten nicht mehr an ihr herunterhingen wie an einer mageren Puppe. Sie musste etwas zugelegt haben, was sie nicht nachprüfen konnte, da sie keine Waage besaß. Früher hatte sie peinlichst auf ihre Figur geachtet, kein Gramm zu viel, Größe vierunddreißig hatte sie schon acht Wochen nach der Entbindung wieder getragen. Die Trennung von Nils hatte ihr Übriges getan, dass sie im vergangenen Winter noch mehr Gewicht verloren hatte. Es schien, als hätte sich der Zwang, sich in eine gewisse Kleidergröße zu hungern, mit ihrem Zopf aufgelöst – und sie fühlte sich erstaunlich gut dabei.

»Na, was hast du da?«, fragte Freyja, die gerade aus der Küche kam.

»Gulrótakaka«, verkündete Hannah stolz.

Freyja beugte sich über den Kuchen und schloss die Augen. »Hm«, machte sie. »Rieche ich da etwa Nelken heraus?«

»Wow, du bist gut«, gab Hannah anerkennend zurück.

»Ich dachte, du kannst nicht backen?« Freyjas prüfender Blick ruhte auf ihr.

»Sagen wir es so, ich *konnte* es nicht. Die Muffins waren mein erster Versuch. Ich arbeite mich stückweise vor.«

»Ausgezeichnet, ich wusste gleich, als ich dich das erste Mal sah, dass du sehr ehrgeizig bist und Talent fürs Ausprobieren hast.«

»Ach was«, Hannah winkte ab.

»Doch, doch. Außerdem, ich hoffe, du gestehst mir diesen Kommentar zu, finde ich, dass du endlich wieder etwas Farbe in die Wangen bekommst. Island tut dir gut.«

Hannah lächelte. »Ja, das stimmt.«

»Du kannst zum Backen auch die Küche hier benutzen, Hannah. Hier habe ich eine viel bessere Ausrüstung, vernünftige Küchenmaschinen, zwei Backöfen … es wäre zudem nicht nötig, dass du deine Kuchen erst noch herbringen musst.«

»Bisher habe ich mich gar nicht in deine Küche getraut«, gab Hannah lachend zu.

»Das habe ich schon gemerkt, meine Liebe. Aber keine Sorge, ich beiße nicht. Vielleicht verrate ich dir sogar ein paar meiner Geheimrezepte.«

»Das würdest du tun?«

»Bei dir sind sie doch gut aufgehoben, oder?«

Hannah spürte ihren forschenden Blick auf sich. »Na klar.«

»Schön, dann ist es abgemacht.«

In diesem Moment kam Jón die schmale Treppe von oben herunter. Hannah hatte in den letzten Tagen nun schon ein paarmal gesehen, wie er von oben kam, sich dann an einen Tisch setzte und sich bedienen ließ. Seit ihrem seltsamen Gespräch im Leuchtturm war sie ihm aus dem Weg gegangen. Er ihr vielleicht auch. Jóns Präsenz im Raum verunsicherte sie. Die anderen hoben neugierig die Köpfe und grüßten ihn, ehe sie sich wieder ihren Gesprächen oder den Karten widmeten. Na klar, hier kannte jeder jeden.

»Was repariert er denn da oben? Er ist ja jetzt schon länger zugange«, konnte sich Hannah nicht verkneifen, während sie ein Messer zur Hand nahm, es in heißes Wasser tauchte und den Möhrenkuchen in Stücke schnitt.

»Was meinst du?«, fragte Freyja.

»Ich meine Jón. Warum ist er jeden Tag hier?«

Hannah bemerkte, dass Freyja sich nicht mehr rührte. Dann erkannte sie, dass die Isländerin sich ein Lachen kaum verkneifen konnte.

»Er wohnt hier«, teilte Freyja ihr dann mit.

»Wie bitte?« Hannahs Stimme klang schriller als beabsichtigt. Er *lebte* über dem Café? Wie hatte ihr das entgehen können? *Weil du andere Sachen im Kopf hast.* Ja, entweder das oder weil sie sich jeglichen Gedanken an den raubeinigen Kerl verboten hatte. Vielleicht ein wenig von beidem.

»Ist das ein Problem?«, wollte Freyja wissen.

»Nein, überhaupt nicht«, antwortete Hannah ein wenig zu hastig.

»Seid ihr irgendwie aneinandergeraten, oder warum guckst du, als hätte dich ein Bus angefahren?«

Hannah strich sich über die Haare. »Nein, es ist überhaupt nichts.«

Freyja atmete aus. »Gut, ich dachte schon. Jón kann manchmal nämlich ein wenig, äh, verschroben wirken.«

»Das habe ich bereits bemerkt.« Hannah schmunzelte.

»Er ist ein guter Junge.«

Junge? Das ließ darauf schließen, dass sie sich zum einen schon länger kannten, zum anderen, dass er mehr als nur ein Handwerker für sie war.

»Mietet er die Wohnung über dem Café?« Bislang hatte sie nicht mal gewusst, dass über dem Café überhaupt eine bewohnbare Wohnung lag. Sie hatte hier immer so viel zu tun, so viel zu lernen gehabt, dass sie gar nicht auf die Idee gekommen war, dass dort mehr als nur ein Lager oder leer stehende Räume sein konnten. Außerdem hatte sie nie Geräusche von oben gehört …

»Um ehrlich zu sein, Jón gehört das Haus. Er war so lieb, mir die unteren Räumlichkeiten zu überlassen.«

»Oh.« Das hatte Hannah ihm gar nicht zugetraut. »Das ist ja nett von ihm.« Sie beobachtete ihn verstohlen, Jón blätterte durch die Tageszeitung Morgunblaðid. Er trug ein schwarz-rot kariertes Flanellhemd und eine ausgeblichene Jeans mit schweren Stiefeln.

»Wärst du so nett und fragst ihn, was er trinken will?«, bat Freyja sie.

»Äh, klar doch.«

Hannah strich den Stoff ihres grünen Kleides glatt und ging zu ihm hinüber. Mit jedem Schritt klopfte ihr Herz schneller. Verdammt, was stimmte bloß nicht mit ihr? »Guten Morgen, Jón.«

Er hob seinen Kopf und lächelte träge. »Oh, hallo Hannah.«

»Was kann ich dir bringen?«

»Wenn es keine Umstände macht, würde ich gerne einen Kaffee trinken und ein *soðið brauð með laxi* essen.« Mittlerweile wusste sie, dass es sich dabei um ein in heißem Öl ausgebackenes Hefebrot mit geräuchertem Lachs handelte. Eine sehr deftige und fettige Angelegenheit, die zu Island gehörte wie der Wind und das Meer.

»Gerne. Brauchst du Milch zum Kaffee?«

Er verzog seine Lippen zu einem spöttischen Lächeln. »Milch ist was für Weicheier.«

Sie atmete kaum hörbar aus. Das Wort Macho lag ihr auf der Zunge, aber sie schaffte es gerade noch, sich zu beherrschen. In der gleichen Sekunde hörte sie, wie Freyja das Radio aufdrehte. »Wie wunderbar, kennt ihr das schon? Das wird ja jetzt überall rauf und runter gespielt. Ich war mal zu einem Konzert von ihr, da war sie in Reykjavík in der Harpa.«

Freyja hatte ihr neulich schon von dem wundervollen Opernhaus berichtet, auf das die Isländer heute sehr stolz waren, das aber in der Zeit, in der es errichtet wurde, für großen Ärger bei der Bevölkerung gesorgt hatte, weil die Kosten überirdisch gewesen sein sollten. Ganz ähnlich wie bei der Elbphilharmonie, hatte Hannah dann gesagt, und Freyja hatte gelacht.

»Ja, vielleicht muss es auch so sein. Ein unfassbar kostspieliges Architekturwunder, auf das man erst schimpft, es dann aber doch bewundert«, hatte sie geantwortet und gelächelt.

Aber es war nicht die Erinnerung an das Gespräch mit Freyja, die sie erstarren ließ, es waren die Klänge, die aus dem Radio drangen. Wie im Nebel hörte sie Freyja über die Perfektion der Solistin sprechen. In ihren Ohren rauschte das Blut, als sie die vertrauten Klänge des Vivaldi Concerto in A Minor vernahm. Ihre Finger zuckten, sie wusste genau, welche Griffe in welcher Sekunde gespielt werden mussten. Im nächsten Moment wurde ihr klar, dass sie nie mehr dieses Konzert geben würde, dass all ihr Wissen wertlos war. Weil sie nicht dazu in der Lage war, so lange durchzuhalten. Nicht mehr. Eine Schlinge legte sich um ihren Hals und schien mit jedem Atemzug enger zu werden. Ihr blieb nur eine Möglichkeit. Mit schweren Schritten hastete sie zum Radio und schaltete es ab.

Die plötzliche Stille dröhnte in ihren Ohren, die Gespräche im Raum waren verstummt. Sie spürte, dass sich nach und nach alle Augen auf sie richteten. Hannahs Finger zitterten, während sie die feine Narbe an ihrem Handgelenk rieb, die sonst immer von Stoff verdeckt war. Ihre Knie fühlten sich wackelig an. »Entschuldigung«, murmelte sie und flüchtete mit blinden, unsicheren Schritten in die Küche.

»Hannah, was ist los?« Freyja trat hinter ihr in die Küche und schaute sie mit besorgtem Ausdruck an. »Geht es dir nicht gut?«

Hannah hielt sich an der Arbeitsfläche fest, sie atmete schnell. »D-doch«, stammelte sie. »Es ist alles in Ordnung.«

Freyja kam auf sie zu. »Du bist keine besonders gute Lügnerin, mein Kind.«

Sie hob den Blick und schluckte, um den Kloß im Hals loszuwerden, der schien aber nur größer zu werden. »Es geht mir gut, ich brauchte nur einen Moment.«

Sie war nicht bereit, darüber zu sprechen. Noch nicht. Vielleicht würde sie nie so weit sein. »Ich bin hierhergekommen, weil ich einen Neuanfang suche«, hörte sie sich aber plötzlich selbst sagen.

»Ja, das war mir klar. Und es war ein sehr mutiger Schritt.«

»Den ich bisher noch keine einzige Sekunde bereut habe.«

Freyja legte ihr eine Hand auf den Arm. »Das freut mich sehr zu hören.«

»Trotzdem … wir alle haben eine Vergangenheit und ich … ich dachte irgendwie, dass ich alles hinter mir lassen könnte. Eben … da hat es mich mit voller Wucht getroffen.« Sie atmete aus. »Es wird nicht mehr vorkommen.«

Freyja drückte sie aufmunternd. »Davonlaufen hat noch niemandem etwas gebracht, das mussten schon viele einsehen.«

Hannah schaute auf. In den Augen der älteren Frau lag so viel Weisheit, so viel Wissen. Sie fühlte sich verstanden, auch wenn Freyja überhaupt keine Ahnung hatte, was in Hannahs Vergangenheit vorgefallen war. »Hast du so etwas schon mal erlebt?«

Freyja atmete hörbar aus. »Wenn du Schmerz meinst, mein Kind, dann sage ich dir: ja, natürlich. Jede von uns hat schon einmal etwas oder jemanden verloren, den wir liebten.« Sie schwieg einen Atemzug lang und Hannah fragte sich, was sie meinte. Bisher hatte Hannah immer nur an sich gedacht, sie war so sehr mit sich und ihrem eigenen Elend beschäftigt gewesen, dass sie gar nicht über die Gefühle der Menschen in ihrem Umfeld nachgedacht hatte. Schuldbewusst schwieg sie. Freyja fuhr fort. »Es ist ein sehr, sehr abgedroschener Spruch, den man nicht hören mag, wenn es einem schlecht geht, aber es ist die Wahrheit. Mit der Zeit lernst du damit zu leben, Hannah, egal, was passiert ist.«

»Ich hoffe es«, war alles, was Hannah herausbrachte. Hinter ihren Augen brannten ungeweinte Tränen, die altbekannte Wut über die zum Himmel schreiende Ungerechtigkeit stieg in ihr auf.

Warum sie? Diese Frage hatte sie sich so oft gestellt. Sie glaubte nicht daran, dass jemand oder etwas sie auf die Probe stellen wollte, dass eine höhere Macht – sofern es die überhaupt gab, was sie oft genug bezweifelte – sie bestrafen wollte. Es war einfach Pech, dass sich diese verdammte Sehne entzündet hatte, es chronisch geworden war und nur noch eine Operation Linderung hätte bringen können. Bei einer Fünfzig-fünfzig-Chance war klar gewesen, dass es so oder so ausgehen konnte.

Doch sie hatte immer daran geglaubt, dass alles gut werden würde, weil die andere Version so grauenhaft war, dass sie es sich nicht hatte vorstellen können.

Und dann war es passiert.

Es zog ihr den Boden unter den Füßen weg. Ohne Max hätte sie es nicht geschafft, das musste sie sich eingestehen, wobei ihr Sohn keine Ahnung hatte, dass sie einmal eine große Konzertviolinistin gewesen war. Aber durch ihn hatte sie einen Grund gehabt aufzustehen, sich anzuziehen, weiter zu existieren – aber glücklich zu sein, das war ihr nicht gelungen.

So weit war sie auch jetzt noch nicht, aber mit der Entscheidung, nach Island zu gehen, hatte sie zumindest den ersten Schritt getan, dafür, dass es weiterging und sich das triste Weitermachen als Überlebensziel nicht in einer dunklen Endlosschleife wiederholte.

»Du bist nicht allein«, sagte Freyja leise. Hannah war unendlich dankbar für diese vier Worte. Obwohl sie sich erst kurz kannten, wusste Hannah, dass Freyja sie besser verstand, als ihre eigenen Eltern es je getan hatten.

»Dass du das sagst, bedeutet mir viel. Vielen Dank, Freyja.«

»Du wirst schon noch herausfinden, dass du jemand bist, der überleben und wieder glücklich werden kann, da bin ich sicher.«

Hannah seufzte leise. »Ich war Musikerin. Violinistin, um genau zu sein.«

Die plötzliche Stille dröhnte in ihren Ohren. Sie hatte es tatsächlich ausgesprochen, zum ersten Mal hatte sie freiwillig darüber gesprochen.

»Oh, ich hatte angenommen, dass du vielleicht das Lied mit etwas oder jemandem verbindest.«

Hannah schüttelte den Kopf. »Nein, oder ja, vielleicht auch das. Ich habe dieses Konzert sehr gerne gespielt. Ich war gut.

Richtig gut.« Ihre Schultern sackten nach vorne. Wieder fühlte sie sich verloren.

»Du musst nicht darüber sprechen, wenn es zu schwierig für dich ist und es dir zu nahegeht.«

»Doch, ich muss es endlich einmal laut aussprechen, nicht immer nur tagein, tagaus daran denken. Meine Karriere ist beendet, ich bin nicht mehr in der Lage, länger als eine Viertelstunde zu spielen. Es ist vorbei.«

Freyja nickte. »Und jetzt suchst du deinen Platz im Leben.«

»Ich ... um ehrlich zu sein, ich weiß nicht, wonach ich suche. Ja, vielleicht nach etwas, das die Leere in mir ausfüllt. Ich fühle mich manchmal, als würde nur noch meine Hülle existieren, als sei alles andere mit der Fähigkeit, mich durch meine Musik auszudrücken, ausgelöscht worden.«

»Wie ist es dazu gekommen? Ich meine, hattest du einen Unfall?«

Hannah lachte bitter. »Ja, man meint immer, es muss etwas Schreckliches passieren. Aber so war es nicht. Von gefährlichen Sportarten wie Skifahren und allem, wo man sich sonst noch verletzen kann, habe ich mich sowieso mein Leben lang ferngehalten. Um ehrlich zu sein, ich bin nicht mal mehr Fahrrad gefahren, weil ich Angst hatte zu stürzen und mir die Hand zu brechen. Und dann ... habe ich eine verdammte Sehnenentzündung bekommen. Kannst du dir das vorstellen? Wie verdammt beschissen ist das eigentlich!«

Freyja sagte nichts, sondern hörte nur aufmerksam zu.

»Ich habe alles *richtig* gemacht.« Hannahs Stimme klang schrill. »Ich kann nicht einmal was dafür. Es ist eine Art Berufsrisiko, kann man sagen.«

»Denkst du denn, es würde es dir leichter machen, wenn du einen Unfall gehabt hättest, der deine Karriere als Musikerin beendet hätte?«

Hannah überlegte, dann senkte sie den Blick. »Nein, vermutlich nicht. Aber es ist einfach nicht fair.« Ihre Stimme brach.

Freyja umarmte sie sanft. »Du schaffst das, Hannah.«

Überrascht schlug Hannah die Augen wieder auf. Sie hatte mit einem Spruch gerechnet, dass das Leben auch so weitergehen würde, dass sie etwas anderes finden würde, das die Lücke, die in ihrem Herzen klaffte, füllen würde. Aber Freyja hatte verstanden, dass die Liebe zu ihrem Beruf durch nichts zu ersetzen war.

»Ich gebe mir Mühe.«

»Vielleicht solltest du aufhören, so verbissen daran zu arbeiten. Ich hoffe, ich trete dir damit nicht zu nahe.«

Hannah schüttelte den Kopf. »Nein, sag es ruhig.«

»Lass das Leben auf dich zukommen, Hannah. Es gibt so vieles, was du noch nicht kennst. Verschließe dein Herz nicht vor dem, was da draußen auf dich wartet.«

»Wenn ich nur eine Ahnung davon hätte, wie das geht.«

Freyja trat einen Schritt zurück und tippte ihr sanft mit dem Zeigefinger an die Stirn. »Hör auf, den so viel zu benutzen.« Sie legte sich eine Hand auf die Brust. »Hier drin wirst du merken, was gut für dich ist, wonach du dich sehnst.«

Mit einem Stirnrunzeln überlegte Hannah, wie sie das anstellen sollte. Aufhören zu denken, das lag ihr gar nicht.

Kapitel 12

Akureyri 1978

Friedliche Stille lag über dem spiegelglatten Fjord, als Monika sich am nächsten Morgen in aller Herrgottsfrühe aus dem Haus schlich, sich ein Fahrrad aus der Garage nahm und zum Hafen radelte. In einem Garten flatterte weiße Bettwäsche im Wind. Der Weg zum Hafen war leicht zu finden, es ging geradeaus den Berg hinab, einmal rechts und dann bis zum Ende der Straße am Ufer entlang. Die frische Luft belebte ihren Geist und Körper, sie hatte nicht viel geschlafen und war froh, dass sie wenigstens keinen Kater auszubaden hatte.

Karitas hatte sie am Vorabend erzählt, dass sie heute mit Kristján mit dem kleinen offenen Motorboot seines Bekannten rausfahren wollte. Doch die Freundin hatte kaum zugehört und bloß vom Sänger der Band geschwärmt, was Monika ganz recht war. So musste sie keine Fragen beantworten, die sie sich selbst nicht stellen wollte.

Am Ufer reihten sich eine heruntergekommene Kneipe und einige Schuppen aneinander, die zwar gepflegt, aber ärmlich wirkten. Soweit sie wusste, wurden dort Dinge wie

Fanggeräte, Netze und Kleidung der Fischer aufbewahrt, alles, was nicht auf den Booten liegen bleiben konnte, wenn keiner an Bord war. Daneben befanden sich Holzgestelle, an denen Fische getrocknet wurden. Es war still im Hafen. Das Einzige, was sie an diesem Morgen hörte, war das leise Rauschen des Meeres und das Kreischen der Möwen, die schon jetzt auf der Suche nach Futter in der Luft kreisten. Die Sonne stand bereits hoch am Himmel, ihr Schein wärmte Monikas Gesicht, das sich vom kühlen Fahrtwind etwas steif anfühlte. Dann entdeckte sie Kristján, er stand am geschotterten Ufer und zog gerade den kleinen Kutter seines Bekannten auf die Slipanlage. Er trug einen wollweißen Islandpullover mit grauem Muster und eine schwarze Wollmütze, die nicht bis über die Ohren ging.

»Guten Morgen«, rief sie ihm zu.

Er hob den Kopf und lächelte breit, als er sie entdeckte. »Guten Morgen, Monika. Du bist ja schon da. Wie schön, dich zu sehen!«

Sie lachte und stieg vom Rad ab. »Ja, bergab geht es immer schneller.«

»Bring dein Rad doch dort in die Baracke«, sagte er und deutete auf die mittlere der in Ufernähe stehenden Behelfsbauten. »Da ist auch Ölzeug drin, schnapp dir am besten was davon, damit dir nicht kalt wird bei der Überfahrt nach Hrísey.«

Monika zögerte eine Sekunde, dann nickte sie. »Mache ich.«

Sie schob den geliehenen Drahtesel hinüber, öffnete die Tür und ging mit dem Rad hinein. Es roch nach Fisch und Diesel, durch das verschmutzte Fenster drang kaum Licht ein. Sie lehnte das Rad an die freie Wand, dann betrachtete sie die Ölkleidung, die auf Haken an der anderen Wand hing.

»Ach du liebe Zeit.« Sie seufzte. »Damit werde ich aussehen wie eine Matrone.« Dennoch griff sie nach einer Jacke und einer Hose, Gummistiefel und Hut ließ sie jedoch zurück.

Als sie nach draußen trat, musste sie blinzeln, weil das Sonnenlicht sie blendete. Sie schirmte die Augen mit einer Hand ab und sah, wie Kristján das Boot an der Bootsrampe mit einer Seilwinde zu Wasser ließ. Er sprang behände an Bord, als es klatschend aufschwamm. Monikas Lippen kräuselten sich zu einem Lächeln, sie verfolgte jede seiner geschmeidigen Bewegungen andächtig.

»Komm her, Monika«, rief er ihr zu und streckte ihr seine Hand entgegen.

Sie ging zu ihm, das Ölzeug in der rechten, ihre Malsachen in der linken Hand. Zuerst nahm er ihr die Sachen ab, dann hielt er ihr erneut die Hand hin. »Bitte schön«, ermutigte er sie, an Bord zu kommen. Sie legte ihre Finger in seine, sekundenlang standen sie einfach so da, ihre Blicke verschmolzen ineinander. Über ihnen kreischte eine hungrige Möwe. Dann begriff Monika, dass sie sich endlich rühren sollte. Sie räusperte sich und sprang an Bord. Sie war froh, dass ihre weichen Knie nicht unter ihr nachgaben. Am Bug suchte sie sich ein freies Plätzchen und zog die ausgeliehenen Sachen über, während Kristján sich ins Steuerhaus bückte und den Motor anließ.

Kurz darauf tuckerten sie in der kühlen Morgenbrise hinaus aufs Meer. Eine Küstenseeschwalbe flog auf und stürzte sich vor ihnen ins schwarze Wasser. Eine andere flog im Tiefflug über die glatte Meeresoberfläche in Richtung Ufer. Die leichte Brise fuhr in Monikas Haar wie eine sanfte Hand und zupfte an einzelnen Strähnen. Der Geruch von Freiheit und Meersalz ließ ihr Herz schneller schlagen. Monika schaute zu Kristján und lächelte ihm zu.

Er streckte seinen Arm aus dem Führerhaus und zeigte mit dem Daumen nach oben, dazu setzte er einen fragenden Gesichtsausdruck auf.

Sie zeigte ebenfalls mit dem Daumen nach oben und nickte zustimmend. »Es ist ganz wundervoll«, rief sie gegen den Lärm des knatternden Motors in seine Richtung, dann schaute sie wieder nach vorn.

Die Köpfe zweier Seehunde tauchten ein paar Meter neben dem Boot auf, sie schauten Monika an, als fragten sie sich, was das gelbe Ungeheuer, das sie wohl für sie in dem Ölzeug darstellen musste, auf dem Kutter zu suchen hatte. Dann verschwanden sie wieder unter der dunklen Oberfläche. Sie beobachtete die Umgebung mit einer kindlichen Faszination. Das hier war schöner als alles, was sie bisher erlebt hatte. Sonnenstrahlen glitzerten auf dem spiegelglatten Wasser, die Wiesen am Ufer strahlten in einem satten Grün. Kein Opern-, kein Restaurant- oder Kinobesuch konnte da mithalten. Ein Gefühl der bedingungslosen Freiheit überkam sie, und sie begann zu verstehen, wieso Kristján davon träumte, Kapitän zu werden.

Irgendwann drosselte er den Motor, sie trieben über den spiegelglatten Fjord, es war windstill. Einige erwartungsvoll schreiende Möwen kreisten in der Nähe.

»Sie scheinen zu glauben, dass es hier gleich was für sie gibt«, sagte Monika mit einem Fingerzeig auf die Möwen zu Kristján, der aus dem Steuerhaus auf sie zukam. Er hatte eine Thermoskanne und zwei rote Emaille-Tassen mit weißen Blumen darauf in der Hand.

»Ich habe Angeln dabei, wenn du dein Glück versuchen möchtest? Aber wie wäre es erst einmal mit einem Kaffee? Du musstest schließlich früh aufstehen heute.«

»Und du etwa nicht?«, fragte sie mit einem Lächeln.

»Doch, aber ich mache das gerne. Ich liebe die Stille am Morgen, die Ruhe, wenn die anderen noch schlafen. Das ist für mich die schönste Zeit des Tages – und ich bin es gewohnt.«

Sie nickte und beobachtete ihn dabei, wie er den Kaffee eingoss. »Das kann ich gut verstehen, also dass es für dich die schönste Zeit des Tages ist. Ich finde es traumhaft.« Sie blickte zu ihm auf. Ihr Magen machte eine nervöse Umdrehung, als sie die Zärtlichkeit in seinem Blick erkannte.

Kristján reichte ihr eine Tasse. »Ich hoffe, man kann ihn trinken.«

Kaffeegeruch stieg ihr in die Nase, auf einmal knurrte ihr Magen lautstark. »Es riecht köstlich, wie du hören kannst.«

Sie lachten. Zu ihrer Überraschung stellte er seine Tasse und die Thermoskanne ab, dann verschwand er noch einmal im Steuerhaus und kehrte mit einer Schachtel zurück. »Wenn du möchtest, ich habe Brote mit Butter und Hángikjöt dabei.«

Er nahm den Deckel ab und stellte sie neben Monika auf eine Kiste. Dann hob er seine Mütze und kratze sich verlegen am Kopf, blickte in die Ferne und setzte sie wieder auf.

Die Seehunde streckten in einiger Entfernung ihre Köpfe aus dem Wasser und schielten mit dunklen Augen zu ihnen. Ein paar Sekunden verharrten sie regungslos, als hätte jemand die Zeit angehalten. Ihr schillerndes Fell glänzte in der Sonne. Dann tauchten sie plötzlich und beinahe lautlos wieder ab.

»Gott, sind die niedlich«, rief Monika und nippte an ihrem Kaffee.

»Schmecken leider nicht so gut.« Kristján setzte sich im Schneidersitz zu ihr.

»Nein! Man wird diese Tiere doch nicht etwa essen?«

Er bedachte sie mit einem kritischen Blick. »In Island isst man eigentlich alles. Man hatte ja nichts, früher ging es ums nackte Überleben, da konnte man nicht unbedingt wählerisch sein. Und Seehunde gab es genug …«

»Zum Glück ist das heute anderes. Also ich meine, dass ihr nicht mehr hungern müsst. Ich kann mir gar nicht vorstellen, wie hart das Leben gewesen sein muss. Ohne Strom, ohne Maschinen, ohne fließendes Wasser in dieser harschen Natur.«

Kristján hob die Schultern. »Es war schwierig, ganz klar. Das Meer hat uns in dieser Zeit ernährt. Aber es war auch eine

Bedrohung. Viele Leute begreifen einfach nicht, wie gefährlich es sein kann. Im Radio heißt es dann, der Sturm ist vorübergezogen. Dass er dann nicht mehr an Land tost, sondern auf dem Meer die Wellen haushoch auftürmt, verstehen viele nicht. Wir Isländer haben gelernt, die Natur und deren Gewalt zu respektieren, trotzdem kann einen das Wetter manchmal überraschen. Man muss achtgeben, aber man darf sein Leben nicht von Furcht bestimmen lassen. Das macht unsere Persönlichkeit aus, so leicht geben wir nicht auf.« Er machte eine Pause, dann fügte er verlegen lächelnd hinzu: »Bitte, greif zu.« Er bot ihr ein belegtes Brot an.

»Danke. Und ich muss dir sagen, wie großartig ich es finde, dass du so gut Deutsch kannst.« Monika nahm sich eine Scheibe Brot und biss herzhaft hinein. Sie kannte das isländische geräucherte Lammfleisch. Sie mochte es sehr gerne, da es sehr intensiv und rauchig schmeckte.

»Und? Ist es gut?« Er ging gar nicht auf ihr Kompliment ein, was sie nicht weiter verwunderte. Kristján war so bescheiden und zurückhaltend, dass es ihm wohl eher peinlich war, gelobt zu werden.

Monika schaute Kristján an, der auf einmal seltsam nachdenklich in den Fjord hinausstarrte. Die helle Morgensonne strahlte gleißend auf die ruhige Meeresoberfläche.

»Warum hast du gestern Abend nicht Hallo gesagt?«, fragte sie. Er wandte sich ihr zu. Seine Augen blickten sie geradewegs an und strahlten vor dem dunklen Blau des Atlantiks in einem so intensiven Grün, dass ihr der Atem stockte. »Ich weiß nicht. Hättest du dich denn darüber gefreut?«

Einen Augenblick dachte sie über seine Worte nach. »Ja, das hätte ich.«

»Dann tut es mir leid. Ich wollte dich nur nicht belästigen.«

»Belästigen?«, wiederholte sie erstaunt. »Wie kommst du denn darauf?«

Er zuckte die Schultern. »Ach, nichts.«

»Doch, nun sag es schon. Sonst denke ich den ganzen Tag nur noch daran. Wie kommst du bloß auf so einen Unsinn, Kristján? Ich würde mich nie und nimmer von dir belästigt fühlen.«

Er lächelte schief. »In Ordnung, dann sage ich es ganz offen, Monika. Ich mag dich, vielleicht mag ich dich zu sehr. Gestern Abend, als ich dich mit Karitas sah, da ist mir einiges klar geworden.«

Ihr Herz pochte schnell. »Und was war das?«

Er mochte sie! In ihrem Bauch kribbelte es.

»Ich arbeite in einer Fabrik. Du bist … aus gutem Hause. Ich … bin ein Niemand.«

Damit hatte sie nicht gerechnet.

Monika riss sie die Augen auf. »Kristján!«, stieß sie hervor. »Was redest du da? Also ob mich das interessieren würde!«

»Es ist nicht nur das. Es ist auch, na ja, nach eurem Urlaub wirst du zurückgehen … ich … ich kann dir nichts bieten, selbst wenn uns nicht ein ganzer Ozean trennen würde.«

Monika wurde schwindelig. »Du bist ein wunderbarer Mensch«, sagte sie mit fester Stimme. Dann beugte sie sich vor und legte ihre Lippen auf seine.

Kapitel 13

Húsavík 2018

Rosafarbene Schlieren zogen über den abendlichen Himmel, die Sonne ging in den Wellen unter, auf denen sich weiße Krönchen bildeten, ehe sie sich in Schaum auflösten. »Verflucht«, schimpfte Hannah und drehte den Knopf am Gasherd noch einmal. Außer dem üblichen Knacken geschah leider nichts.

»Mama! Das sagt man aber nicht«, ertönte die Stimme ihres Sohnes hinter ihr.

Mit einem entschuldigenden Lächeln tätschelte sie seinen Kopf. »Da hast du vollkommen recht. Aber der blöde Herd funktioniert nicht, ich wollte doch gerade Nudeln für dich kochen.«

»Kann ein Herd blöd sein?« Max blinzelte.

»Süßer, nein. Du hast vollkommen recht, der Herd ist natürlich *nicht* blöd. Ich bin heute ein bisschen durch den Wind. Entschuldige. Er scheint einfach kaputt zu sein.«

»Das muss dann wohl repariert werden.«

Sie lächelte. »Absolut richtig. Was schlägst du also vor, als Mann im Haus?«

Max überlegte angestrengt. »Du rufst jemanden an, der das für uns in Ordnung bringt?«

»Genau. Das mache ich.« Hannah dachte natürlich sofort an Jón. Nach ihrem halben Nervenzusammenbruch am Morgen hielt er sie garantiert für komplett durchgeknallt. Ihr wurde warm, aber es nützte nichts, sie wusste nicht, wen sie sonst kontaktieren sollte. Sie griff nach ihrem Handy und wählte seine Nummer. Er nahm nach dem dritten Klingeln ab.

»Já?«

»Hallo Jón, hier ist Hannah.«

»Grüß dich, Hannah.« Sie hörte ein Rauschen, es klang, als ob er in einem Sturm stand. Merkwürdig. Sie blickte aus dem Fenster, ja, es sah ein bisschen windig aus, aber nicht so, wie es sich bei ihm anhörte.

»Bist du gerade beschäftigt?«

»Wie man es nimmt.«

Sie verdrehte die Augen. Gott, der Kerl hatte wirklich die Angewohnheit, sich jedes Wort einzeln aus der Nase ziehen zu lassen. »Du, ich habe ein Problem mit dem Herd, und ich dachte, du könntest dir das vielleicht mal ansehen? Oder soll ich lieber Freyja anrufen, wenn es dir ungelegen kommt?«

»Freyja? Was soll sie denn machen?«

Hannah atmete hörbar aus. »Das weiß ich nicht.« Sie wurde ungeduldig und trat von einem Fuß auf den anderen.

»Hör mal, ich bin gerade auf Seehasenfang, kann ich später vorbeikommen?«

»Seehasen?«, wiederholte sie ungläubig. Das Wort hatte sie noch nie gehört.

»Magst du Seehasenrogen?«

»Ach, Seehasen sind Fische?«

Er lachte. »Ja, was dachtest du denn?«

Sie presste ihre Lippen aufeinander. »Ähm, also wenn es dir nicht zu stressig wird, dann wäre es großartig, wenn du nachher mal nach dem Herd schauen könntest. Wann, meinst du, würde das ungefähr passen?«

»Kann ich noch nicht genau sagen.«

Klar. Natürlich konnte er sich nicht einmal auf eine ungefähre Uhrzeit festlegen. »Na schön, dann komm doch einfach, wenn du so weit bist.«

»Alles klar, dann bis später.«

Er legte auf, und ihr blieb die Verabschiedung im Halse stecken. Seufzend legte sie das Telefon weg.

»Und was essen wir jetzt?«, fragte Max hinter ihr. »Ich will Nudeln.«

»Das heißt: Ich möchte.«

»Ich *möchte* Nudeln. Ich sterbe vor Hunger.« Der Dreijährige zog eine Schnute und guckte grimmig. »Nudeln!«, wiederholte er noch einmal.

Hannah hatte nach dem Tag nicht die Nerven, mit ihrem Sohn zu diskutieren, und ihn statt mit etwas Vernünftigem mit Cornflakes oder Nutellatoast zu füttern, war auch nicht sinnvoll. »Sollen wir Dísa mal fragen, was es bei ihnen gibt? Dann kannst du auch noch ein bisschen mit Emil spielen.«

»Jaaa«, jubelte Max, rannte zur Haustür und begann sich die Schuhe anzuziehen.

Die Jungs spielten oben im Kinderzimmer, hin und wieder hörten sie ein Rumpeln. Windböen fegten über die Wiesen, die Wolken zogen schnell über den dunkler werdenden Himmel. Ob Jón immer noch mit seinem Boot da draußen war?

»Möchtest du noch einen Kaffee?«, fragte Dísa, nachdem sie die Teller zusammengeschoben hatten.

Hannah blinzelte, sie hatte nur mit halbem Ohr hingehört. »Bitte nicht, seit ich bei Freyja arbeite, trinke ich ohnehin viel zu viel davon. Sonst liege ich noch die halbe Nacht wach.«

»Wie gefällt es dir denn im *Kaffihús Viti*?«

»Ach, eigentlich ganz gut, muss ich sagen.«

»Eigentlich? Das klingt jetzt nicht so begeistert.«

Hannah lächelte schwach. »Na ja, es ist eben ungewohnt für mich. Und ich muss noch so viel lernen. Ich bin ehrlich gesagt nicht die geborene Konditorin.«

Dísa lachte, sie hatte Hannahs Kreationen regelmäßig kosten müssen, um zu sagen, ob sie Fortschritte machte. »Ich finde, du hast ein echtes Talent dafür, Rezepten neuen Pep zu verleihen. Und Freyja kommt es wohl nicht darauf an, dass du jetzt auf einmal alles alleine backst oder dass alles aussieht wie aus einem Kochbuch?«

»Nein, natürlich nicht. Das stimmt schon.« Hannah atmete tief ein.

»Na siehst du.«

»Mama, Mama«, Max kam lachend mit Emil im Schlepptau angerannt.

»Na, was macht ihr beiden?«

»Kann ich heute hier übernachten?«

Hannah schaute Dísa an. »Ich sage ihm einfach, dass das während der Woche nicht geht. Du hast ja genug zu tun mit drei Kindern, und dein Mann ist auch unterwegs.«

Dísa lachte. »Quatsch, das macht gar nichts. Außerdem sind wir es gewohnt, dass der Papa auf Achse ist. Wenn es für dich in Ordnung ist, kann Max gern bei uns schlafen.«

Hannah überlegte. »Doch, ich bin einverstanden. Auch wenn das dann meine erste Nacht alleine hier ist. Max und ich waren bis jetzt so ein gutes Team.«

»Ja, das glaube ich. Aber du kannst ja was mit Jón unternehmen. Dem würde es guttun, wenn er mal wieder mehr Frauengesellschaft genießen würde.«

»Jón?« Hannah hob die Augenbrauen. Was war das denn jetzt für eine Anspielung, wollte Dísa sie verkuppeln? Aber ihr Gehirn stürzte sich gleich auf die nächste Implikation: Er war also allein. Aber es ging sie ja eigentlich nichts an, außerdem sollte es nicht so aussehen, als ob sie an ihm interessiert war.

War sie nämlich nicht.

»Wie kommst du überhaupt auf Jón?«

»Er steht da drüben und klopft.« Sie zeigte lachend aus dem Fenster. Hannah schlug sich die Hand vor die Stirn. »Gott, den habe ich bei unserem netten Gespräch komplett vergessen.«

»Versteht ihr euch?«

»Na, ich weiß nicht. Er macht halt seinen Job, und so wie er guckt, ist er nicht gerade begeistert, dass er schon wieder bei mir zu tun hat.«

»Seinen Job?« Dísa runzelte die Stirn.

»Ja, er hat das Dach repariert und jetzt geht der Herd nicht.«

Dísas glockenhelles Lachen erfüllte die offene Wohnküche. »Du hast keine Ahnung, oder?«

»Was? Ich verstehe nicht, was du meinst.«

»Jón arbeitet zwar mit seinen Händen, aber nicht, um Dinge zu reparieren.«

»Sprich nicht in Rätseln, bitte.« Sie stand auf, ehe Jón wieder ging, weil keiner bei ihr zu Hause aufmachte.

»Er ist Maler. Ich dachte, du wüsstest das, seine Bilder hängen doch im Leuchtturm.«

Hannahs Mund klappte auf. Es waren seine Werke, die sie gesehen hatte? Kein Wunder, dass er so amüsiert gewesen war. »Was?«

Dísas Ausdruck wurde ernst. Sie hob eine Braue. »Was denkst du, wie viele Jón Júliússons es bei uns gibt?«

»Ich hatte einfach keine Ahnung! Ich kannte seinen Nachnamen bis eben nicht mal. Es ist ja nicht gerade so, dass ihr Isländer damit hausieren geht.«

»Da hast du auch wieder recht.« Dísa gluckste.

»Shit, Dísa. Es ist mir unfassbar peinlich.«

»Wieso denn? Die Erkenntnis macht Jón doch nicht zu einem anderen Menschen. Und jetzt geh lieber, er ist schon auf dem Weg zu seinem Auto.«

»Mist!« Über die Schulter rief sie noch: »Ich bringe Max' Sachen nachher rüber!«

»Kein Stress, zur Not finden wir auch einen Schlafanzug in Emils Schrank.«

Hannah zog die Tür hinter sich ins Schloss und rannte Jón hinterher. »Hey, warte!«, rief sie.

Er blieb stehen und wandte sich ihr zu. »Ich dachte, es wäre niemand zu Hause. Die Tür war zu.«

Natürlich war die Tür verschlossen! »Ich war bei Dísa, die Kinder sind befreundet.«

Ein Schatten huschte über sein Gesicht. »Passt es gerade nicht?«

Hannah wurde ganz heiß beim Gedanken daran, dass sie einen berühmten Künstler vor sich hatte und es bis eben nicht mal gewusst hatte. Warum schickte Freyja ihn, um Sachen für sie zu reparieren? Jetzt ergab es auch einen Sinn, dass ihm das *Kaffihús Viti* gehörte.

»Doch, doch«, beeilte sie sich zu sagen, als sie bemerkte, dass das Schweigen zwischen ihnen zu lange wurde. »Komm doch bitte mit.«

Mit fahrigen Bewegungen kramte Hannah nach dem Hausschlüssel in ihrer Jacke, die sie aufgrund der Eile nicht übergezogen hatte. Er fiel ihr aus den Fingern und knallte mit einem Klirren auf den Boden.

Sie ging gleichzeitig mit Jón in die Hocke, sie stießen an den Köpfen zusammen. »Autsch«, rief sie.

»Entschuldige.« Jón griff nach den Schlüsseln, ihre Finger berührten sich. Ein Prickeln breitete sich tief in Hannahs Bauch aus. Mit einem Satz war sie auf den Beinen, wirbelte herum und sperrte die Tür auf.

Was war nur mit ihr los, Herrgott noch mal!

»Was genau war noch mal kaputt?« Seine tiefe Stimme war viel zu dicht an ihrem Ohr. Eine Gänsehaut breitet sich auf ihrem Körper aus, ihre Kopfhaut kribbelte.

»Der Herd«, gab sie atemlos zurück. Ihr wilder Herzschlag beruhigte sich nur langsam.

Sie stieß die Tür auf und ließ ihm den Vortritt. Das Verlangen, sich trotz des kühlen Abends Luft zuzufächeln, war groß.

»Ich schaue es mir gleich mal an.« Er trat ein, zog seine Schuhe aus und ging in die Küche, als ob er hier zu Hause wäre. Verwirrt blickte sie ihm hinterher.

Wie hatte sie nur nicht eins und eins zusammenzählen können? Hannah atmete tief durch und folgte ihm.

Sie starrte auf seinen breiten Rücken, er trug einen Islandpullover, eine alte Jeans und Socken.

»Warum hast du es mir nicht gesagt?«, fragte sie in die Stille des Raums.

Er hob nicht einmal den Kopf. »Was gesagt?«

»Dass du *der* Jón Júliússon bist.«

»Was soll denn das heißen?« Nun drehte er sich um. Eine steile Falte erschien zwischen seinen ausdrucksstarken blauen Augen.

»Ich habe angenommen, dass du dein Geld mit Handwerkerarbeiten verdienst.«

Seine Züge wirkten ausdruckslos, beinahe schon gleichmütig. »Ist das denn meine Schuld, wenn du falsche Schlüsse ziehst?«

Leider musste sie ihm recht geben. »Keine Ahnung«, murmelte sie. »Irgendwie fühle ich mich ein bisschen komisch damit.«

Er schnaufte aus. »Das begreife ich nicht.«

»Komm schon, du bist in der Szene weltberühmt.«

»Und? Ich bin ein Mensch wie jeder andere.«

Sie atmete aus. Vielleicht hätte sie ihn zuvorkommender behandelt, nicht so ruppig … sie schämte sich, dass sie so dachte, aber es war so.

»Deswegen habe ich nichts gesagt«, meinte er schließlich und lehnte sich mit der Hüfte gegen die Kante der Arbeitsfläche. »Du siehst mich auf einmal anders an.«

Ihre Blicke trafen sich, sie verlor sich im Blau seiner Augen. Hannahs Herz stolperte, ihre Beine fühlten sich an wie zu weich gekochte Spaghetti.

»Dabei mochte ich irgendwie, wie du mich ansiehst«, murmelte er rau. »Ein bisschen melancholisch, ein bisschen traurig, und doch sprüht so viel Leben aus deinem Blick, so vieles, das du unter dieser dicken Schicht aus Gefasstheit versteckst.«

»Gefasstheit?«, wiederholte sie, verwirrt von seinen Worten.

Er nickte. »Was war heute im Café plötzlich los? Dass du so die Fassung verloren hast, hat mich ein bisschen erschreckt, um ehrlich zu sein. Ich habe bislang angenommen, dass du immer und überall einen kühlen Kopf bewahren würdest. Ich habe dich falsch eingeschätzt und ich würde gerne wissen, warum du so versessen darauf bist, die wahre Hannah zu verstecken.«

Hannah war nicht verwundert, dass er von sich auf sie ablenkte. Gleichzeitig überraschte es sie, dass er, obwohl sie sich kaum kannten, ihre Persönlichkeit so treffend analysierte. Sie war nun mal keine Frau, die mit ihren Gefühlen oder Sorgen hausieren ging. Dass sie sich heute am Morgen Freyja geöffnet hatte, war eine absolute Ausnahme gewesen.

»Ich … ach, einfach ein schlechter Tag«, wich sie aus. Unbewusst rieb sie sich das Handgelenk.

Jón neigte seinen Kopf. »Ich mag es nicht, wenn Leute nicht ehrlich zu mir sind.« Sein Tonfall war schroff. Sie fragte sich, warum er auf einmal wütend auf sie war.

»Und ich mag es nicht, wenn man mich aushorcht!«, blaffte sie zurück. Auf einmal war sie auch wütend. »Du hast doch gar kein Anrecht darauf, die Wahrheit von mir zu verlangen, wir kennen uns doch gar nicht! Ich habe etwas verloren, das mir sehr wichtig war, das ist alles, was ich dir sagen kann.« Ihre Stimme hatte zuerst aufgebracht geklungen und war dann immer leiser geworden, genauso, wie ihre Gefühle von der Wut in die Trauer glitten. Aber sie schaute nicht weg. Ihre Blicke waren miteinander verbunden, als hielte sie jemand mit aller Gewalt fest. Sie sah einen Ausdruck in seinen Augen, der sie erschaudern ließ. Jón hatte ihre Traurigkeit erkannt, weil er ebenso voller Trauer war wie sie.

Er war es, der zuerst wegschaute. »Entschuldige«, murmelte er. »Natürlich schuldest du mir nichts, nicht einmal die Wahrheit.«

Etwas in seiner Stimme schnürte ihr das Herz zu. Denn sie wollte es ihm sagen, das spürte sie plötzlich. Weil er ebenso zerbrochen war wie sie und weil er vielleicht der Einzige war, der sie verstehen konnte. Seine hängenden Schultern, seine zurückgezogene Haltung berührten etwas in ihr. Es war seine Trauer, die auch aus ihrem Herzen floss.

In dem Moment, als sie es begriff, machte sie unwillkürlich ein paar Schritte auf ihn zu und streckte die Hand nach ihm aus. Es sah auf, erkannte ihren Blick, stieß sich von der Arbeitsfläche ab und kam auf sie zu. Mit einem langen Schritt war er bei ihr. Sie vergaß zu atmen. Sanft griff er nach ihrer Hand, ganz ruhig, und drehte sie nach oben. Obwohl der schneidende Schmerz des Anblicks der blassen Narbe auf dem Handgelenk sie traf wie ein Schnitt mit dem Skalpell, folgte sie Jóns Blick und versuchte, die alte Wunde mit seinen Augen zu sehen.

Eine kurze, feine Linie, nur ein paar Zentimeter lang. Alles war gut verheilt, kaum zu sehen, wenn man nicht genau darauf achtete.

Äußerlich zumindest.

Sie erschauderte, als er mit dem Daumen darüberfuhr. »Woher hast du die?«, fragte er. Seine Stimme klang belegt, die Wärme seiner Haut übertrug sich auf sie.

»Das ist das Ende meines Lebenstraums«, flüsterte sie und schluckte.

Sie hatte keine Ahnung, wieso sie so leise sprachen. Es war nichts, worüber man schweigen musste, sie mussten nichts vor anderen verbergen, und doch schien es, als ob es von jetzt an ihr gemeinsames Geheimnis war, etwas, das sie verband. »Ich habe im Internet über dich gelesen«, sagte er schließlich. Hannah stockte der Atem.

»Wieso?«

Er hielt noch immer ihr Handgelenk, sein Daumen streichelte über die blasse Linie. Mit dem Zeigefinger der Linken hob er ihr Kinn an und brachte sie dazu, ihn anzusehen. »Weil du mich faszinierst. Und ich weiß nicht, warum. Ich dachte, vielleicht könnte ich damit einige Fragen für mich klären.«

»Und?« Sie öffnete ihre Lippen, um besser Luft zu bekommen. »Hast du es klären können?«

Er starrte auf ihren Mund, als gäbe es nichts, wonach ihn auf dieser Welt mehr verlangen würde.

»Ich habe viel über dich gelesen, aber ich weiß nicht, wer du bist.«

»Das weiß ich selbst nicht mehr.« Das laut auszusprechen tat weh, gleichzeitig spürte sie, dass eine Last von ihren Schultern fiel. Sie musste nicht mehr vorgeben, stark zu sein, sie konnte vor ihm zugeben, dass sie sich verloren hatte.

»Etwas in mir möchte herausfinden, wer du wirklich bist, Hannah.«

Sie konnte seinen heißen Atem auf ihrem Gesicht spüren, so dicht stand er vor ihr. Ihr eigener Herzschlag dröhnte in ihren Ohren.

Er legte seine Hand an ihre Wange, für endlose Sekunden war nichts zwischen ihnen als hungrige Blicke, schnelle Atemzüge und dieses stille Einvernehmen, das sie schwindelig werden ließ.

»Mama, Mama, ich brauche meine Zahnbürste«, rief Max, seine trappelnden Schritte kamen näher. Sie hatte vergessen, die Haustüre hinter sich zuzuziehen, als sie Jón hereingelassen hatte.

Hannah und Jón fuhren auseinander, sie räusperte sich und schaute verlegen zu Boden.

»Hallo Kleiner«, sagte Jón zu Max, als dieser um die Ecke sprang.

Max blieb stehen und guckte zu Jón auf. »Hast du unseren Herd repariert?«

»Noch nicht.« Jón lächelte schwach.

Hannah schob sich eine Haarsträhne aus dem Gesicht. Sie konnte kaum fassen, dass sie ihn eben beinahe geküsst hätte. Oder er sie.

Sie hatte keine Ahnung, wie das hatte passieren können, sie kannten sich doch gar nicht, und bisher waren ihre Begegnungen alles andere als herzlich gewesen. Sie wusste nur, dass sie nicht ausgewichen wäre. Zwischen ihnen war etwas gewesen, das sie noch nie gespürt hatte, nicht mal bei Nils.

O Gott, Hannah, dachte sie verwirrt. *Reite dich nicht gleich schon zu Beginn des Jahres in Probleme!* Denn dass ein Kuss der Anfang aller Probleme sein würde, war klar. Sie konnte sich nicht in eine Affäre stürzen. Nicht in ihrer jetzigen Lebenssituation, wo sie kaum alleine klarkam, wo sie Gefahr lief, sich von jemandem abhängig zu machen.

Na ja, völlig unbekannt war er nicht mehr, aber … was würde Max dazu sagen? Was würde der kleine Junge fühlen, wenn es wieder vorbei war und eine weitere männliche Bezugsperson aus seinem Leben verschwand? Die Trennung von Nils war noch nicht lange offiziell. Und dass so ein Techtelmechtel mit einem berühmten Künstler, der zum Teil in New York lebte, nicht von Dauer sein würde, war ja klar. Aber warum dachte sie eigentlich schon so weit, sie hatten sich ja noch nicht einmal geküsst!

Alles in ihrem Kopf drehte sich.

Mit unsicheren Schritten ging sie zum Schrank, nahm ein Glas heraus und füllte es mit Leitungswasser.

»Es ist gut, dass Mama dich anrufen kann, wenn etwas kaputt ist.«

Hannah spitzte ihre Ohren, während sie das Wasser in kleinen Schlucken trank, um sich zu beruhigen.

»Das kann sie jederzeit tun. Bei euch ist jetzt nur die Gasflasche leer, die muss ich austauschen. Keine große Sache.«

»Ist das nicht gefährlich?« Max trat vorsichtig neben Jón.

»Für Kinder ist es natürlich nichts, das ist ja kein Spielzeug. Das weißt du hoffentlich.«

»Ja, natürlich. Ich bin ja kein Baby mehr.«

Jón lächelte schwach. »Nein, das bist du nicht. Wie alt bist du überhaupt?«

»Ich bin so.« Er hielt drei Finger in die Luft. »Aber im Juli habe ich Geburtstag, da werde ich so.« Stolz streckte er Jón nun vier entgegen.

»Ein bisschen musst du noch warten.«

»Ja. Leider. Eeewig.«

»Max«, mischte sich Hannah ein. »Wir sollten Jón nicht länger aufhalten. Und was ist überhaupt mit dir, wolltest du nicht deine Zahnbürste holen?«

»Ja, stimmt. Ich laufe nach oben und suche sie.«

»Soll ich auch schauen?«

»Nein, Mama.«

»Und nimm bitte auch gleich deinen Pyjama mit.«

»O-kay«, gab er lang gezogen zurück und rannte aus der Küche.

Stille breitete sich zwischen Hannah und Jón aus. Die prickelnde Spannung war verflogen, aber es lag immer noch etwas in der Luft, das sie nicht genau definieren konnte. Hannah spürte Jóns Blick auf sich, sie straffte ihren Rücken und schaute ihn an. »Ja, äh, danke, dass du so schnell herkommen konntest.«

»Ich nehme am besten gleich noch die leere Gasflasche mit. Passt es dir, wenn ich morgen eine neue bringe?«

»Ich kann das bestimmt auch selbst erledigen. Jetzt, wo ich weiß, woran es liegt, meine ich.«

Jón runzelte die Stirn. »Ich mache das schon. Keine Sorge.«

»In Ordnung«, sagte sie schließlich. »Ich möchte dir bloß keine Umstände machen.«

Sie biss sich auf die Innenseite ihrer Wange.

»Tu das nicht«, bat er sie mit einem seltsamen Ausdruck im Gesicht.

»Was meinst du?«

»Behandele mich nicht auf einmal anders, nur weil du glaubst, dass mein Erfolg einen anderen Menschen aus mir macht. Das würde ich ausgesprochen schade finden, Hannah.«

Sie starrte ihn an, dann begriff sie, dass er von ihr das erwartete, was sie sich früher auch oft von anderen gewünscht hatte: dass man sie als Mensch sah und nicht nur ihr Talent, ihren Erfolg. »Du hast völlig recht. Es tut mir leid, Jón. Ich bin heute einfach …« Sie schüttelte den Kopf und fuhr sich mit den Fingern durch die Locken. »Ich weiß auch nicht, was mit mir los ist.«

Er legte ihr eine Hand auf die Schulter. »Auch wenn du glaubst, dich verloren zu haben, so bleibst du immer noch du, Hannah.«

Damit verließ er die Küche und sie blieb allein und verwirrt zurück.

Kapitel 14

Akureyri 1978

Monika schmiegte sich an Kristján, sie war vollkommen in den Kuss versunken. Eine wohlige Wärme breitete sich in ihr aus, während sie die Innigkeit des Moments tief in sich aufnahm.

Der Schrei eines Vogels erklang über ihnen, Sonnenstrahlen streichelten ihr Gesicht. Monika löste ihre Lippen von Kristjáns, dann öffnete sie die Lider. Er starrte sie mit großen Augen an. »Wofür war der?«, fragte er. Seine Stimme klang rauer als sonst. Sie blinzelte ein paar Mal, bis sie in die Realität zurückkehrte. Die Intensität ihrer Gefühle überwältigte sie, als sie begriff, was sie eben getan hatte – und kein bisschen bereute.

»Ich wollte dich zum Schweigen bringen«, scherzte sie, aber es lag mehr als ein Körnchen Wahrheit darin. »Mein ganzes Leben besteht aus den Wünschen anderer. Ich bin hier, weil ich einmal das tun möchte, was ich wirklich will.«

Kristján nahm ihre Hand und verflocht seine Finger mit ihren. »Ich bin froh, dass du bei mir bist.«

»Ich kann mir nichts Schöneres vorstellen.«

Ein paar Küstenseeschwalben kreisten in der Nähe. »Auf Isländisch heißen sie *Kría*«, erklärte Kristján und zeigte auf die anmutigen Vögel mit dem weißen Gefieder und schwarzen Köpfen.

»Das klingt viel schöner als das deutsche Wort«, meinte Monika.

»Es sind Zugvögel. Wusstest du, dass es hier sogar im Radio gemeldet wird, wenn die *Kría* endlich auf der Insel ankommen?«, erklärte Kristján.

»Nein, wieso das? Was macht sie so besonders?« Monika fand es faszinierend, dass er so viel über die Flora und Fauna Islands wusste.

»Ihre Ankunft ist das sichere Zeichen, dass der Sommer kommt. Deswegen sind sie für uns Isländer so wichtig.«

»Das klingt wunderschön.«

Kristjáns Daumen malte kleine Kreise auf ihre Haut. Er schaute auf ihre ineinander verschlungenen Finger. »Du bist ein bisschen wie sie, weißt du?«

»Ich, wieso?« Monika lachte.

»Seit du hier bist, fühle ich die Sonne stärker, ich atme bewusster, ich sehe die Welt wie durch ein Prisma in vielen tausend Facetten. Ich habe so vieles neu entdeckt, weil du mich ansiehst, als wäre ich etwas Besonderes.«

»Du *bist* etwas Besonderes.«

»Aber die Sache mit den Küstenseeschwalben ist: Wenn sie kommen, freut sich ganz Island, die Schwärme werden gefeiert, freudig begrüßt. Aber wir wissen gleichzeitig eines ganz sicher, Monika, und zwar, dass sie die Insel wieder verlassen werden. Und dann kommt der Winter. Und die Winter auf Island sind lang, kalt und dunkel.«

Sie schluckte, weil sie wusste, woran er dachte.

Und ihr ging es genauso. Es war schrecklich. Schrecklich schön. Deswegen mussten sie die wenige Zeit, die ihnen blieb, genießen.

»Küss mich noch mal«, bat sie ihn leise.

Sie war froh, dass er nicht widersprach, dass er nicht sagte, dass das mit ihnen keine Zukunft hatte. Monika wollte ein einziges Mal im Leben im Jetzt glücklich sein. Im Jetzt leben. Im Jetzt lieben.

Sie hätte nie geglaubt, dass sie sich jemals so fühlen könnte. Dass es das hier wirklich gab. Sie hatte sich verliebt. Kristján hatte sich in ihr Herz geschlichen. Seit sie das erste Mal in seine Augen geblickt hatte, hatte es nur noch ihn gegeben. Sie dachte für einen Wimpernschlag an Peter und begriff, dass sie für ihn nie dieses intensive Gefühl empfunden hatte, das sie in Kristjáns Armen von innen heraus wärmte, das tief aus ihrer Mitte entsprang. Sie war mit Peter zusammen gewesen, weil sie auf dem Papier gut miteinander harmonierten, sie hatte sich eingeredet, ihn zu lieben. Was Liebe wirklich bedeutete, wie sie sich anfühlte, verstand sie erst jetzt. Monika hatte oft von der vielbeschworenen Liebe auf den ersten Blick gehört oder gelesen, doch wirklich daran geglaubt hatte sie nie – bis Kristján sie bei der Party mit seinen starken Armen umfangen und sie vor dem Sturz bewahrt hatte.

Seine Lippen legten sich zart auf ihre, sie schlang die Arme um seinen Nacken und schmiegte sich an ihn. Er schmeckte nach Meer und Kaffee. Heiß vermischte sich sein Atem mit ihrem, sein Herzschlag wurde zu Monikas Puls.

Irgendwann löste er sich von ihr, sein Blick war verhangen. »Was machst du nur mit mir?«, flüsterte er mit einem leisen Lächeln.

»Das könnte ich dich ebenso gut fragen.«

Sie schauten einander an, etwas entflammte in Monika und sie sah das Verlangen in seine Augen überspringen. Sie wollte gerade die Hand nach seinem Gesicht ausstrecken, als er sich räusperte und zur Seite sah.

»Hast du Lust, noch ein bisschen zu angeln, ehe wir die restlichen Seemeilen bis Hrísey hinter uns lassen?«, wechselte er abrupt das Thema. Monika fühlte eine Enttäuschung, als hätte er sie zurückgestoßen.

Sie musste schlucken, bevor sie sagte: »Ich bin nicht gut darin, aber ich sehe dir gerne zu. Vielleicht kann ich ja noch etwas lernen.« Ihre Stimme klang kalt in ihren eigenen Ohren. Kristján schien es zu merken, denn er sah sie nicht mehr an, reagierte ansonsten aber nicht auf den Stimmungswechsel.

Kristján stand auf und holte eine Angel. Am Haken befestigte er einen Köder, dann warf er sie mit einer geschickten Bewegung aus der Schulter aus. Das Surren des Rollenhalters durchschnitt die klare Luft.

»Und jetzt?«, fragte Monika.

»Jetzt warten wir.«

Monika stand auf und stellte sich neben Kristján an die Reling. Sie versuchte, sich nicht mehr von seiner Nähe irritieren zu lassen. Warum hatte er den Kontakt zwischen ihnen so plötzlich beendet? Wie weit wäre sie gegangen, wenn er das nicht getan hätte? Die Stille zwischen ihnen, die Bewegungen des Meeres unter ihr und die endlose blaue Weite vor ihr gaben ihr nur langsam ihr Gleichgewicht zurück. Sie hatte das Gefühl, dass sie sich erst einmal wieder orientieren musste. In einigen Kilometern Entfernung konnten sie Hrísey bereits erkennen. Auf der lang gezogenen grünen Insel im Fjord standen nur wenige Häuser, es gab einen kleinen Fischerhafen.

»Wie war es, dort aufzuwachsen?«, brachte sie schließlich das Gespräch wieder in Gang.

»Ich hatte eine schöne Kindheit.« Er stockte. »Bis mein Vater gestorben ist.«

»Deine Mutter muss eine ganz starke Frau sein.«

»Sie ist ein bisschen wie du«, gab er mit einem Grinsen zurück.

»Wie ich? Das kann ich nicht glauben. Ich bin … na ja, jedenfalls bin ich nicht stark.« Monika dachte an all die Momente, in denen sie sich gegen ihre Eltern hätte auflehnen müssen. Jedes Mal hatten dann doch das Pflichtgefühl, die Last der Tradition, ihre Verpflichtung als einziges Kind gesiegt. Anstatt eine Kunstakademie zu besuchen, hatte sie sich damit begnügt, in den Ferien Kurse zu belegen. Nein, sie war nicht stark gewesen. Aber jetzt würde sie nicht nachgeben, sondern für ihre Träume kämpfen.

Hoffnungsvoll lehnte sie ihren Kopf an Kristjáns Schulter und schloss die Augen. »Was würdest du tun, wenn dieses Boot dir gehören würde?«

»Na, fischen natürlich.«

»Ja, das dachte ich mir. Ist es gefährlich auf See?«

Er verzog den Mund. »Es kann dir überall etwas passieren. Wenn man im Einklang mit Natur und Gezeiten lebt, ist es mit den neuen Booten nicht mehr so riskant wie früher.«

»Dann werde Fischer. Kauf doch dieses hier.«

»Als ob das so einfach wäre.« Er seufzte leise.

»Träume sind wichtig, ohne Träume hat man keine Ziele. Ich bin mir sicher, dass du es schaffen kannst.«

»Danke, dass du so viel Vertrauen in mich hast.« Er schaute nachdenklich übers Wasser.

In diesem Moment biss ein Fisch an, was sie als Ruck in seinen Armen spürte. Monika musste ihren Kopf von seiner Schulter heben, was sie mit einem kleinen Gefühl des Verlusts zurückließ. Sie beobachtete Kristján dabei, wie er die Schnur aufrollte und einen riesigen, zappelnden Kabeljau an Bord zog, dessen feuchte Schuppen im Sonnenlicht funkelten. Braune Tupfen, blasses Grün und Silber zeichneten ein Muster auf den langen Körper des Fischs, der zuckte und sich wand.

»Der ist ja riesengroß!«, staunte sie.

»Garantiert dreieinhalb Kilo. Schau lieber weg, Monika. Das wird jetzt gleich nicht so hübsch anzusehen.« Nachdem er den Haken aus dem Maul geholt hatte, zog er ein Messer aus der Tasche.

Sie schaute nicht nur weg, sondern ging ganz aus der Sichtweite. Sie wusste, dass er dem Fisch die Kiemenbögen durchschneiden und ihn dann sofort ausnehmen würde.

Während sie sich im Führerhaus umsah, hatte Monika plötzlich eine Idee. Sie holte Pinsel und Farben aus der Tasche. Sie schaute aus dem Fenster, biss sich auf die Lippe. Hoffentlich störte sich der Besitzer des Bootes nicht an dem, was sie jetzt vorhatte. Aber eine wilde Lust überkam sie, etwas zu tun, ohne vorher um Erlaubnis zu fragen. Sie mischte die Farben und begann, ein paar Seeschwalben ins Steuerhaus an die blasse Wand zu malen. Es dauerte nicht lange, denn es waren nur schemenhafte Umrisse, die sie hinterließ. Mit einem triumphierenden Lächeln kehrte sie zu Kristján zurück. Der saß wieder mit der Angel da, ein Bild der Ruhe. Der Fisch lag ausgenommen neben ihm.

»Das ging ja schnell«, meinte sie anerkennend.

»Das wird unser Mittagessen«, verkündete er stolz. Er legte die Angel beiseite und sah sie an.

»Dann können wir ja jetzt weiterfahren«, murmelte sie, weil ihr sonst nichts einfiel.

Sie ging mit ihm zum Steuerhaus und sein überraschter Ausruf ließ sie schmunzeln. »Monika!«

»Jetzt musst du das Boot kaufen. So oder so«, verkündete sie. Seine grünen Augen hatten einen Ausdruck, den sie nicht lesen konnte, plötzlich war sie unsicher, was er über ihre spontane Idee dachte. »Du bist doch nicht sauer deswegen, oder?«

Kristján schüttelte den Kopf, ein Lächeln ließ sein Gesicht erstrahlen. »Die *Kría* sind dir perfekt gelungen. Ich danke dir.«

Sie trat auf ihn zu, ihre Hände fuhren durch seine Haare und sie zog ihn zu sich heran. Er zögerte, seine Augen suchten ihren Blick, dann überwand er die letzte Distanz zwischen ihnen und ihre Lippen vereinten sich in einem leidenschaftlichen Kuss.

Kapitel 15

Húsavík 2018

Hannah hatte sich angewöhnt, mit dem Rad zum Café zu fahren, wenn sie Max im Kindergarten abgeliefert hatte. Der Frühling auf Island war anders, als sie es von zu Hause kannte. Es dauerte länger, bis die Blätter grün wurden und die Blüten sprossen, ihr Versuch, einen Kräutergarten anzulegen und Salat zu ziehen, war bislang von mäßigem Erfolg gekrönt. Es wollte einfach nichts wachsen. Die Nächte waren kalt, der Wind oft schneidend und die Sonne zeigte sich nur selten. Dennoch liebte Hannah ihr neues Leben auf der Insel, weil genau diese rauen Winde, die karge Natur und ihre erfinderischen Bewohner das Dasein dort ausmachten. Sie spürte, dass sie mit den länger werdenden Tagen mehr Energie bekam. Sie ging abends ins Bett, wenn es noch hell war, und stand morgens auf, wenn die Sonne hoch am Himmel stand.

Freyja hatte ihr einen Schlüssel zum Café gegeben. Nachdem Hannah ihr Rad hinter dem Haus abgestellt hatte, schloss sie die Tür auf und ging in die Küche, zog dort ihre Jacke aus und machte sich an die Arbeit. Als Freyja ankam, hatte sie bereits Muffins und einen Möhrenkuchen gebacken. Freyja kümmerte sich um eine *Marengsterta*, einen Kuchen mit Baiser und Creme, und einen Schokoladenkuchen mit Cremefüllung.

Kurz vor zehn sperrte Hannah den Laden auf, beinahe auf die Minute genau hörte sie Jóns feste Schritte auf der kleinen Treppe.

Seit er die Gasflasche bei ihr ausgetauscht hatte, hatte sich etwas zwischen ihnen verändert, doch weder sie noch er schienen zu wissen, was das genau war. Fakt war jedoch, dass Jón seitdem fast jeden Tag Punkt zehn Uhr für seinen Kaffee auftauchte. Manchmal wechselten sie ein paar Worte über belanglose Dinge, aber immer spürte sie seinen Blick im Rücken, wenn sie von seinem Tisch verschwand. Sie schlichen umeinander herum. Aber Hannah wusste nicht, was sie sonst tun sollte. Sie war nicht auf der Suche nach einer Bekanntschaft und Jón anscheinend ebenso wenig, sonst würde er ja wohl den ersten Schritt tun und sie zum Beispiel um ein Abendessen bitten. Aber es musste doch etwas zu bedeuten haben, wenn er sie morgens ansah, als hätte er monatelang darauf gewartet, als hungerte er nach einem Blick in ihre Augen.

»Hannah, was machst du da?«, riss Freyjas Stimme sie aus ihren Überlegungen.

»Was?« Sie hob ihren Kopf.

»Liebes, du streust Salz in den Kuchenteig.«

»Oh!«, stieß Hannah hervor und schaute auf die Tüte in ihrer Hand. »Verdammt.«

»Ist da vielleicht jemand verliebt?«

Hannah japste nach Luft. »Verliebt? Sehr witzig. Wohl kaum. Ich war einfach in Gedanken.«

Mit ungelenken Bewegungen kippte sie den verdorbenen Teig in den Mülleimer.

»Fragt sich bloß, an wen du gedacht hast. Aber das ist ja deine Sache.« Freyja kicherte. »So, genug mit dem Unsinn.

Kannst du Jón bitte fragen, was er möchte? Ich kümmere mich in der Zeit um den Teig.«

Hannah spürte, wie die Hitze langsam von ihrem Hals nach oben kroch. Sie war sich sicher, dass sie knallrot anlief. Peinlich. »Klar, mache ich«, erwiderte sie und lief aus der Küche.

»Guten Morgen«, sagte sie einen Tick zu fröhlich, als sie in den Gastraum trat. Jón saß wie immer an einem Tisch am Fenster und blätterte durch die Zeitung.

»Guten Morgen«, grüßte er. »Island scheint dir wirklich zu bekommen. Etwas mehr Farbe im Gesicht steht dir sehr gut.«

Sie bemerkte, wie er seinen Blick kurz über ihren neuerdings kurvigeren Körper gleiten ließ. Sie hatte tatsächlich ein paar Pfund zugelegt und bereits einige ihrer alten Hosen aussortiert. Sein Betrachten war ihr nicht unangenehm, seltsamerweise fühlte sie sich davon geschmeichelt, was albern war. Sie brauchte keine männliche Bestätigung. »Äh, danke«, war alles, was ihr dazu einfiel.

»Grün steht dir außerdem sehr gut. Passt zu deinen Augen.«

Huch! Seit wann machte er denn auch noch Komplimente? Das war sonst gar nicht seine Art. »Bist du auf der Suche nach Inspiration, oder wie?« Sie lachte ein wenig peinlich berührt über ihren eigenen Witz, da sie sich kaum vorstellen konnte, dass *sie* ihn zu irgendwas inspirierte.

Jón hob eine Augenbraue, seine Mundwinkel bogen sich leicht nach oben. »Nicht unbedingt.«

»Aber du hast heute ausgesprochen gute Laune«, stellte sie fest und verschränkte die Arme vor der Brust.

»Ist das so auffällig?«

Hannah schwieg eine Sekunde, dann prustete sie los. »Na ja, sonst geizt du eher mit Worten.«

Er rieb sich das Kinn. »Ja, das stimmt vielleicht. Ich bin einfach kein Morgenmensch.«

»Aber heute schon?«

»Weil ich schon länger auf den Beinen bin. Ich hatte eine Verhandlung mit einer Galerie in Tokio.«

»Tokio?«

Sein tiefes Lachen löste eine Gänsehaut bei ihr aus, dabei war ihr alles andere als kalt. »Genau. *Das* Tokio. Jedenfalls werde ich dort ein paar Bilder ausstellen.«

»Hast du nicht eine Galerie in New York, in der du regelmäßig ausstellst?«

»Oh, ich sehe, da hat mich auch jemand gegoogelt.«

Hannah wurde noch wärmer. »Wenn du es so nennen willst. Wirst du jetzt dorthin reisen?«

»Das klingt ja fast so, als würdest du mich vermissen?« Seine Augen weilten einen Moment zu lange auf ihren Lippen, dann lächelte er verschmitzt.

»Ich würde die *Routine* vermissen, du bist immer der erste Kunde hier«, redete sie sich heraus. Er sollte um Himmels willen bloß nicht glauben, dass ihr etwas an ihm lag. Das wäre ja noch schöner. Sie war vom einen Mann noch nicht mal geschieden, da würde sie garantiert nicht schon den nächsten anhimmeln.

»Ein Kunde würde bezahlen, stattdessen werde *ich* mit Kaffee und Kuchen für die Miete bezahlt – sind dann nicht Freyja und du meine Kunden?«, meinte er mit einem herausfordernden Lächeln auf den Lippen. Er schien diese kleine Unterhaltung sehr zu genießen.

»Du weißt, was ich meine.« Verlegen schob sie sich eine Locke hinter das Ohr. »Also, was kann ich dir heute Morgen bringen?« Es war wohl besser, wieder auf eine sachliche Ebene zurückzukehren.

»Gerne ein *soðið brauð með laxi* und einen doppelten Espresso.«

»Kommt sofort.« Sie wandte sich zum Gehen.

»Hannah?«

Sie hielt inne. »Ja?«

»Ich mag es, dass du die Erste bist, die ich morgens sehe.«

Kleine Stromschläge zuckten durch ihre Nervenbahnen, sie schluckte und rang sich ein Lächeln ab. Sie wusste nicht, was sie darauf antworten sollte. Hannah machte eine ungeschickte Geste mit der Hand und stieß dabei gegen die Vase auf dem Tisch neben ihr. Sie fiel mit einem leisen Klirren um, das Wasser ergoss sich über das Häkeldeckchen und floss über die Tischkante auf den Boden. »Oh, verdammt!«, schimpfte sie, richtete die Vase wieder auf und rannte hinter die Theke, um einen Lappen zu holen. »Du hast mich abgelenkt.«

Jón sagte nichts dazu, aber sein eindringlicher Blick schien sie förmlich zu durchbohren.

»Hannah? Kannst du mal eben kommen?«, rief Freyja aus der Küche.

»Sieht aus, als würde das mit dem Espresso heute ein wenig länger dauern«, meinte sie zu Jón, der noch immer jede ihrer Bewegungen verfolgte, während sie die kleine Pfütze beseitigte. »Bin gleich da«, rief sie in Freyjas Richtung.

»Lass dir nur Zeit mit dem Espresso. Ich habe es nicht eilig«, meinte er ruhig.

Hannah eilte in die Küche. »Was ist los?«

»Ach, das blöde Mistding hat einen Kurzschluss«, sie deutete auf die Küchenmaschine. »Das passiert manchmal, aber jetzt ist hier der Strom aus. Kannst du mal kurz nach oben gehen, dort ist der Stromkasten, und die Sicherung wieder einlegen?«

»Oben?«

»Ja, einfach die Treppe rauf und dann gleich links.«

»Ist das nicht Jóns Wohnung?«

Freyja hob ihren Kopf, ihre Hände steckten in der Rührschüssel, wo sie den Teig knetete, weil die Maschine derzeit nicht brauchbar war. »Ich gehe davon aus, dass du nicht vorhast, sie zu verwüsten oder was zu klauen«, scherzte sie mit einem Augenzwinkern.

Hannahs Mund blieb offen stehen.

»Das war ein Scherz, Hannah. Los, husch nach oben bitte. Meine Hände sind voller Teig und Jón beißt nicht, das weißt du doch.«

»Äh, klar. Also, Treppe rauf und links?«

»Genau.«

»Was ist das nur für ein Tag«, murmelte sie, als sie die Küche wieder verließ. »Die Sicherung ist rausgeflogen«, teilte sie Jón im Vorbeigehen mit. »Muss mal kurz in deine Abstellkammer.«

Er reagierte ungerührt. »Hm«, machte er und schaute ihr hinterher.

Schon wieder.

Irgendwas lag in der Luft. Sie nahm zwei Stufen gleichzeitig, oben war es viel kühler als unten, das spürte sie sofort, so als ob irgendwo ein Fenster weit offen stehen würde. Dennoch nahm sie den für Jón so typischen Geruch nach Meer und Hölzern wahr, der ihn immer zu umgeben schien. Hier oben lag der gleiche Dielenboden wie unten, die Wände waren in einem hellen Eierschalenton gestrichen, Bilder konnte sie keine entdecken. Geradeaus kam man offenbar ins Wohnzimmer, sie sah eine helle Couchgarnitur, auf der ein paar zerknautschte gelbe Kissen lagen. Auf dem Sofatisch stapelte sich eine ganze Reihe von Büchern. Ob es sich um Fachliteratur oder Romane handelte, konnte sie auf die Schnelle nicht erkennen. Sie sah sich um. Eigentlich konnte nur eine kleine Tür zu ihrer Rechten in die Abstellkammer führen. Ihre Hand umfasste die Klinke zum Abstellraum und drückte sie herunter. Sie fand den Lichtschalter, der sich außen befand. Eine alte Deckenleuchte spendete schwaches Licht und brummte, gleichzeitig schlug ihr der Geruch abgestandener Luft entgegen. Es war nicht mehr als ein kleines Kämmerchen, das bis oben hin vollgestopft war. Umzugskartons einer dänischen Spedition, ein alter

Überseekoffer, der mit bunten Aufklebern beklebt war, dahinter stand ein schmaler Schrank.

»Huch«, entfuhr es ihr, als sie ähnliche Verzierungen darauf entdeckte, wie sie sie schon auf den bemalten Truhen auf Freyjas Dachboden gesehen hatte. Vielleicht malte Jón ja nicht nur auf Leinwänden. Sie würde ihn irgendwann fragen. Sie ließ ihre Fingerspitzen über die Maserung des Holzes gleiten. Wieder war da dieser Gedanke, dass sie etwas nicht erkannte, was sie wissen müsste.

»Hannah?«, tönte Freyjas Stimme von unten herauf.

»Ja, bin dabei!«, rief sie zurück und beeilte sich, den in der Wand eingelassenen Kasten zu öffnen und die herausgesprungene Sicherung wieder einzulegen. Sie ließ noch einen letzten Blick über den Schrank gleiten und nahm sich vor, heute Abend noch einmal auf den Dachboden ihres Hauses zu gehen, um sich die Truhen dort genauer anzuschauen.

Es war ein wunderschöner Tag, sonnig und angenehm warm, mit einer frischen Brise, die Wolkenfetzen über den tiefblauen Himmel schob. Hannah machte sich nach der Arbeit auf den Weg, um Max vom Kindergarten abzuholen. In ihrer Jackentasche begann es zu brummen. Das darauffolgende Klingeln ihres Handys erschreckte sie, so laut und unpassend schrillte es durch die Gasse mit ihren kleinen, bunten Häuschen. »Hallo?«, sagte sie und wartete, dass sich ihr Herzschlag beruhigte.

»Hallo Hannah.«

»Papa! Wie schön von dir zu hören! O nein, ich habe den Termin vergessen, der war doch heute, oder?«

»Das macht doch nichts.«

»Und, wie ist es gelaufen?«

Das Schweigen am anderen Ende dauerte einen Moment zu lange. »Papa?«, wiederholte sie. »Stimmt etwas nicht?«

»Ich bin mir noch nicht sicher, Liebes.«

»Was ist los?«

»Ich will offen sein, Hannah. Die Blutwerte sahen nicht gut aus und beim Organscreening haben sie Schatten auf der Leber gefunden, was dann im MRT bestätigt wurde.«

Ihr Herz setzte einen Schlag aus. »W-was?«, stammelte sie. »Was bedeutet das?«

»Ich weiß, es ist ein sehr, sehr blöder Zeitpunkt. Ich möchte dich gar nicht damit belasten.« Er zögerte, dann sprach er weiter. »Es ist eine Stoffwechselkrankheit, Hannah. Das ist ziemlich eindeutig. Und es ist wahrscheinlich, dass ich eine Spenderleber benötigen werde.«

»Spenderleber«, wiederholte sie fassungslos. »Aber wie ist das möglich? Ich meine, natürlich weiß ich, wie das möglich ist, aber … O Gott. Du hast eine Krankheit, die deine Leber zerstört hat?« Sie blieb stehen und schloss die Augen. Furcht umklammerte ihr Herz. »Wie schlimm ist es? Ich meine, wie kann das sein? Du hast doch nie viel getrunken! Sie müssen einen Fehler gemacht haben.«

»Nein, Hannah. Die Diagnose war eindeutig. Leider. Und mit Alkoholkonsum hat das nichts zu tun. Die Krankheit heißt Hämochromatose und tritt anscheinend erst im höheren Alter auf, es betrifft nicht nur die Leber, aber da ist es bei mir am ausgeprägtesten.«

Hannah wurde schlecht.

»Und wie geht es jetzt weiter?«, fragte sie völlig aufgelöst. »Die Ärzte müssen doch etwas tun!«

»Das werden sie auch. Zunächst verschaffen sie sich Klarheit darüber, ob eine Operation Sinn macht.«

»Was soll das heißen, ob es Sinn macht? Natürlich macht es Sinn! Was redest du?«

»Du weißt selbst, wie es in Deutschland mit Organspendern aussieht. Wenn sich da nichts ergibt, dann …«

»Dann was?« Ihre Stimme klang mit einem Mal schrill.

»Daran möchte ich jetzt nicht denken.«

»Ich kann dir einen Teil meiner Leber spenden«, sagte sie sofort und fest entschlossen, ohne eine Sekunde zu überlegen. »Ich habe mal irgendwo gelesen, dass man bei einer Transplantation keine ganze Leber braucht. Nur einen Teil, eine Lebendspende.«

»Hannah, ich möchte nicht, dass du dich wegen mir unters Messer legst.«

»Papa! Hier geht es um dein Leben. Bist du denn schon auf der Liste?«

»Die Diagnose ist noch ganz frisch, es wird jetzt alles in die Wege geleitet.«

»Ich komme sofort nach Lüneburg.«

»Nein, das wirst du nicht tun.«

»Papa!«

»Auf keinen Fall, Hannah. Du hast genug Sorgen. Komm du erst mal wieder auf die Beine. Ich werde das schon hinkriegen. Noch ist ja gar nichts entschieden.«

»Was meinst du?«

»Die Ärzte werden prüfen, ob es nicht andere Behandlungsmethoden gibt, ohne ein Spenderorgan zu brauchen. Das war jetzt nur eine erste Einschätzung. Und es gibt bestimmt Maßnahmen.«

»Aber du hast doch vorhin gesagt, dass es … weit fortgeschritten ist«, die letzten Worte fielen ihr schwer.

»Es wird alles gut werden. Mach dir bitte keine Sorgen.«

Sie wollte lachen, aber kein Laut kam über ihre Lippen. »Papa, du schaffst das. Ich werde für dich da sein, wenn du mich brauchst«, versprach sie und hoffte, dass es stimmte.

»Erzähl mir von Max, wie geht es ihm? Kannst du mir ein paar Fotos schicken?«

»Natürlich, das mache ich. Max macht sich ganz prima, er fühlt sich hier sehr wohl.«

Sie plapperte einige Minuten belangloses Zeug, um sich und ihren Vater zu beruhigen, doch in ihrem Kopf drehte sich nur ein Gedanke: Ihr Vater war schwer krank und könnte sterben.

Zwei Stunden später trat Hannah aus der örtlichen Klinik und drückte das Pflaster fest auf ihre Armbeuge. Sie hatte sich sofort mit dem hiesigen Arzt in Verbindung gesetzt und um eine Blutabnahme gebeten, bei Eltern und Kindern war die Wahrscheinlichkeit am größten, dass man als Spender infrage kam, sofern die Blutgruppen übereinstimmten. Außerdem hatte der Arzt ihr erklärt, dass die Krankheit erblich war, und sie wurde auf das entsprechende Gen getestet. Er würde die Ergebnisse dann mit der Praxis, bei der ihr Vater in Behandlung war, abgleichen. Es war also sehr wahrscheinlich, dass sie als Spenderin infrage kam. Dass sie einen Teil ihrer Leber an ihren Vater geben würde, stand außer Frage. Sie würde alles tun, damit er gesund wurde. Ganz heilbar war diese Krankheit nicht, aber es würde ihm danach hoffentlich deutlich besser gehen. Hannah fragte sich, wie sie nicht hatte bemerken können, dass es ihrem Vater vermutlich schon länger nicht gut ging. Sie machte sich Vorwürfe.

Sie war nach dem Arztbesuch dennoch etwas hoffnungsvoller als direkt nach dem Gespräch, aber doch völlig aufgewühlt. Bei einem Spaziergang ließ sie sich den Wind um die Nase blasen. Wenn sie gleich zurückkam, würde sie sich einen Flug nach Hause buchen, sie musste ihn sehen, egal, was er sagte. Es war ein lauer Abend, die Sonne schien schwach von einem verwaschenen Himmel. Sie brauchte einen Moment für sich, Zeit, um nachzudenken. Max hatte sie bei Dísa untergebracht, ihre Freundin und Nachbarin hatte sich sofort dazu bereit erklärt.

Er würde bei ihr übernachten, sie nahm ihn morgen früh mit in den Kindergarten. Ein Glück, dass Emil und Max sich so gut verstanden.

Ob ihre Mutter wohl schon von der Diagnose wusste, schoss es Hannah plötzlich durch den Kopf.

Ihr Handy klingelte erneut. »Hallo?«, sagte sie, ohne aufs Display zu schauen.

»Hallo Hannah.« Früher einmal hatte sie sich nach seinen Anrufen verzehrt, heute empfand sie nichts mehr, wenn sie seine Stimme hörte.

»Hallo Nils.«

»Ich habe das von deinem Vater gehört.«

»Wer hat dich angerufen?«

»Deine Oma.«

Natürlich. Oma! Die beiden schienen sich also noch immer gut zu verstehen. Sie musste unbedingt mal wieder mit ihr telefonieren, dazu war sie in den letzten Wochen gar nicht gekommen.

»Wie geht es dir, Hannah?«

»Wie soll es mir schon gehen?« Dass er eine Frage so rundheraus und wenig einfühlsam stellte, war typisch für ihn. Sonst hätte sie mit einem »gut« geantwortet und er wäre dran gewesen, von sich zu erzählen. Sie war froh, dass sie nicht mehr so tun musste, als würde sie sich für sein Leben interessieren. Im nächsten Moment merkte sie, dass sie ihm unrecht tat. Vielleicht rief er wirklich an, weil er sich um sie sorgte, immerhin ging es um ihren Vater.

»Soll ich nach Island kommen?«

»Du? Wieso?«

»Ist mit Max alles in Ordnung?«

»Ja, alles okay. Ich werde ihm vorerst nichts sagen, er würde das nicht verstehen und sich nur unnötig Sorgen machen.«

»Das halte ich für eine gute Lösung. Kann ich dich irgendwie unterstützen?«

Sie überlegte und schaute hinaus aufs Meer. Dort entdeckte sie einen kleinen Fischkutter, der ihr bekannt vorkam. Ein Lächeln schlich sich auf ihre Lippen, als sie Jón sah, der eine Angel auswarf.

»Hannah?«

»Entschuldige, ich war in Gedanken.«

»Ich kann ein paar Tage frei nehmen und mich um Max kümmern, wenn du das möchtest.«

»Wir kommen zurecht.«

»Ich … ich vermisse euch.«

Hannah machte große Augen. »Du meinst wohl eher Max?«

Sie hörte Nils seufzen. »Ja. Ich würde gerne etwas Urlaub mit ihm machen.«

»Woran hattest du gedacht?«

»Ich würde mit ihm zu meinen Eltern in die Eifel fahren. Natürlich würde ich nach Island kommen und ihn abholen. Was meinst du? Wäre das okay für dich? Ich hatte das sowieso vor, und jetzt – unter den Umständen wäre es doch gut, wenn du etwas Ruhe hättest. Für dich?«

»Er ist dein Sohn, natürlich kannst du ihn sehen. Lass uns noch mal nach einem genauen Termin schauen. Wenn du auch wirklich sicher bist, dass es für dich in Ordnung ist, und nicht in letzter Minute wieder alles umwirfst.«

»Hannah, sei bitte nicht unfair. Wenn ich etwas sage, dann stehe ich dazu. Pass auf, ich schaue nach Flügen und dann komme ich, sobald ich kann. Ich vermisse Max schrecklich, es ist ewig her, seit ich ihn zuletzt gesehen habe.«

Sie konnte Nils nicht verbieten, Zeit mit seinem Sohn zu verbringen, trotzdem war sie sich nicht sicher, ob es ihr wirklich guttat, jetzt auch noch von ihrem Sohn getrennt zu werden. Sie vermisste Max jetzt schon, wenn sie nur daran dachte. Ohne ihn würde das Haus schrecklich leer sein. Aber es ging nicht nur um sie, sondern um Max und die Beziehung zu seinem Vater.

Eine schmerzhafte Sehnsucht meldete sich in Hannahs Herz, während sie auf den dunkelblauen, sanft wogenden Atlantik hinausblickte. Ein paar hungrige Möwen umkreisten Jóns Boot. Er hatte gerade etwas gefangen, sie sah, wie er den Fisch vom Haken losmachte, dann drehte er ihr den Rücken zu. Ein paar Sekunden später warf er etwas ins Meer und die Möwen stürzten sich gierig darauf.

»Hannah? Hörst du mir überhaupt zu?«

Sie schloss die Augen für eine Sekunde. »Es tut mir leid, Nils. Ich bin heute einfach nicht besonders gesprächig. Lass uns morgen noch einmal telefonieren.«

»Ja, Hannah, ist in Ordnung. Das verstehe ich doch, dann reden wir morgen noch mal, und bis dahin kann ich dir vielleicht auch schon meine Ankunftszeit nennen.«

»Sicher.«

»Bis dann, Hannah.«

»Tschüss, Nils.«

Sie legte auf und ließ das Handy in ihren Mantel gleiten. Dann setzte sie sich ins Gras und schaute Jón noch eine Weile zu, bis ihr kalt wurde. Sie hatte sich noch nie so einsam gefühlt, seit sie auf Island angekommen war. Während das Boot in der Ferne auf den Wellen schaukelte, beschloss sie, dass sie etwas daran ändern musste. Sie war gerade ein paar Schritte gegangen, als ihr Handy erneut bimmelte.

»Hallo Freyja«, sagte sie.

»Hannah, ich brauche deine Hilfe.«

»Was ist denn los?«

»Ich … ich bin von der Treppe gestürzt und habe mir das Knie verdreht. Ich komme gerade vom Arzt. Es ist nichts Schlimmeres, aber … Ich brauche dich im Café, könntest du morgen schon früher da sein? Ich werde sicher ein bis zwei Wochen ausfallen.«

Hannah atmete tief ein. »O nein, das tut mir leid. Aber ja, ja natürlich. Ich kann einspringen.«

Innerlich fluchte sie, dann wurde wohl nichts aus ihren Plänen, nach Deutschland zu reisen, um ihren Vater zu besuchen. Während sie kurz mit Freyja redete, drifteten ihre Gedanken immer wieder zu dem Gespräch mit ihm zurück. Er hatte nicht gewollt, dass sie nach Lüneburg kam, vielleicht war eine Abreise auch zu überstürzt. Sie würde einfach die Testergebnisse abwarten und sobald Freyja wieder fit war, nach Deutschland fliegen.

Kapitel 16

Akureyri 1978

Hrísey war eine hübsche kleine Insel im Eyjafjord, die Straßen waren nicht geteert, sondern nur geschottert, die Wiesen erstrahlten in einem satten Grün und die wenigen Häuser waren bunt gestrichen. Kinder in selbst gestrickten Pullovern und kurzen Hosen rannten mit einem braunen, abgenutzten Fußball über die Straße und jagten einander. Kristján kannte alle, das hatte Monika schon auf dem Hinweg begriffen, umso mehr hatte es sie gefreut, dass er sie allen vorgestellt hatte. Natürlich hatte sie fast kein Wort verstanden. Aber sie hatte erkennen können, dass es ihm viel bedeutete. Und das machte sie glücklich. Zufrieden gingen sie nun Hand in Hand zum Boot zurück, denn der Tag neigte sich dem Ende zu. Leider. Wenn es nach ihr gegangen wäre, hätte sie für immer mit ihm hierbleiben wollen.

Seine Mutter hatte sie mindestens genauso herzlich aufgenommen, und zudem sprach sie perfekt Deutsch, denn sie stammte aus der Nähe von Kiel. Ihr Häuschen war klein, aber hübsch eingerichtet, auf der blau gestrichenen Bank in der Küche hatten Kissen mit gestrickten Überzügen gelegen. Die

Wand dahinter war in einem hellen Grünton gestrichen worden. Gekocht hatte sie Erbsen, Kartoffeln und natürlich den frischen Fisch auf ihrem kleinen Kohleofen.

»Monika ist Künstlerin«, hatte Kristján gesagt und Monika in Verlegenheit gebracht.

»Künstlerin?«, wiederholte Edeltraud überrascht.

Monika zuckte die Schultern. »Na ja, also ich versuche es zumindest. Bekannt bin ich nicht.«

Die rüstige Frau hatte nur gelacht. »Was nicht ist, kann ja noch werden. Würdest du denn etwas für mich malen?«

»Jetzt?« Monika machte große Augen.

»Ja, wieso nicht? Ich würde mich freuen.«

»O Gott«, gab sie verdattert zurück. »Was denn?«

Edeltraud zeigte auf einen Schrank, der in der Ecke stand. »Der könnte eine hübsche Verzierung gebrauchen, was meinst du, schaffst du das?«

»Aber klar doch«, mischte sich Kristján ein. »Ich laufe schnell zum Hafen und hole ihr Malzeug.«

Monika war überrumpelt, aber fühlte sich gleichermaßen geschmeichelt. »Also gut, dann verschönere ich mal ein paar Möbel.«

Und so hatte Monika sich Edeltrauds Einrichtung – zumindest stückweise – angenommen. Der herzliche Umgang, den Kristján mit seiner Mutter pflegte, tat ihr gut. So etwas kannte sie nicht.

Edeltraud war so taktvoll gewesen, sie nicht nach ihrer Beziehung zu fragen, aber vermutlich hatte sie ohnehin begriffen, was mit den beiden los war. Monika fühlte sich mit Kristján so innig verbunden, als würde sie ihn schon seit Jahren kennen.

Die Sonne stand tief am Himmel und färbte das Meer und die Wolken rosa, gelb und orange, als Monika das Rad spät am Abend in die Garage schob und durch den Hintereingang ins

Haus schlich. Der erlebnisreiche Tag mit Kristján hatte sie in euphorische Stimmung versetzt. Sie konnte es kaum erwarten, ihn wiederzusehen. Als sie das Haus betrat, empfing sie fast völlige Stille, das Ticken der Pendeluhr war das einzige Geräusch, das sie wahrnahm. Leise ging sie zur Treppe.

»Monika! Wo warst du den ganzen Tag?«, hörte sie plötzlich eine Stimme hinter sich, als sie im Begriff war, nach oben zu huschen.

Sie sah sofort, dass er sauer auf sie war. Oft genug hatte sie ihn so erlebt. »Papa, hallo. Wie war euer Tag?«

»Ich erwarte eine Erklärung von dir.«

Sie unterdrückte ein Seufzen. »Ich war unterwegs, ich habe gemalt.« Sie hielt die Tasche mit ihren Malutensilien in die Höhe.

»Warst du allein?«

»Nein.«

»Geht das vielleicht ein bisschen genauer?« Er tippte ungeduldig mit der Fußspitze auf den Boden.

»Was soll das, Papa?«

»Monika. Du hast einen Verlobten zu Hause. Ich hoffe, das ist dir klar.«

Sie biss die Zähne aufeinander. »*Mich* musst du nicht daran erinnern. Peter ist es, der beschäftigt und ablenkt ist, er ist sogar so eingespannt, dass er noch kein einziges Mal hier angerufen hat.« Sie schob ihre Unterlippe vor.

»Doch. Das hat er. Zweimal hat das Telefon heute Abend geschellt, aber du warst nicht da, und ich konnte ihm nicht einmal mitteilen, wo und mit *wem* du unterwegs bist. Was soll das, Monika? Du benimmst dich unmöglich.«

Alles in ihr zog sich zusammen. Peter hatte sie sprechen wollen. »Ich rufe ihn morgen zurück.«

Gernot trat auf sie zu und hielt sie am Arm fest. »Ich weiß genau, was los ist. Du treibst dich mit irgendeinem Arbeiterjungen herum.«

Sie schnappte nach Luft, brachte aber keinen Ton hervor.

»Ich warne dich, Monika. Überlege dir gut, was du aufs Spiel setzt.«

Sie wollte davon nichts hören. »Sei nicht albern«, versuchte sie sich rauszureden. »Ich habe gemalt. Sonst nichts.« Sie wandte sich ab und stürmte nach oben.

Die Lüge hallte bei jedem Schritt in ihr nach.

Karitas lag, in einem dicken Schmöker lesend, auf dem Bett, als Monika das Zimmer betrat. »Du bist wieder zurück?« Sie setzte sich mit einem Ruck auf, klappte das Buch geräuschvoll zu und schaute sie erwartungsvoll an. »Du musst mir unbedingt alles erzählen!«

»Es gibt nichts zu erzählen«, wich Monika aus.

Karitas ließ nicht locker. »Du hast diesen besonderen Glanz in den Augen. Sag, hat er dich geküsst? Ist noch mehr passiert?«

»Ich habe einen *genervten* Glanz in den Augen, weil mich mein Vater aufregt«, schimpfte Monika und stellte die Tasche mit den Malsachen vorsichtig in die Ecke, damit nichts umfiel oder auslief.

»Monika, mir kannst du nichts vormachen.« Karitas setzte sich auf und strich sich die Haare zurück.

Seufzend ließ sich Monika auf ihr Bett fallen. »Ich mache niemandem was vor.«

»Also, war es schön mit ihm?«

»Ich frage mich, wie mein Vater darauf kommt, dass ich etwas mit einem Arbeiterjungen angefangen hätte. Hast du was zu ihm gesagt?«

Karitas quietschte schockiert. »Ich? Nein! Bist du verrückt geworden? Ich habe gar nichts gesagt, nur dass du heute einen Tag in der Natur zum Malen verbringen wolltest.«

»Hm. Es ist trotzdem komisch. Wie kommt er dann darauf?«

»Eltern sind manchmal schlimmer als der KGB, glaub mir. Vielleicht hat Magnús was gesagt?«

»Aber warum sollte er?«

»Vielleicht ist er eifersüchtig? Außerdem wussten deine Eltern doch, dass Kristján dich mit Magnús' Wagen herumgefahren hat. Vielleicht dachten sie deswegen …?«

»Letzen Endes ist es egal, sie gehen mir auf jeden Fall auf die Nerven.«

»Gott, frag mich mal. Was glaubst du, warum ich mich so auf Kopenhagen freue?«

»Was ist eigentlich mit dem Sänger? Wie hieß er noch mal? Bjartur?«

Karitas stieß einen verträumten Laut aus. »Die Jungs spielen heute in Olafsfjörður.«

»Und du wolltest nicht hin?«

»Ich möchte ihm nicht hinterherlaufen.«

»Aber du findest ihn gut.«

»Ja, ich und alle anderen Mädchen auch.«

»Tja, so ist das mit Rockstars«, kicherte Monika. »Hast du einen Plan?«

Karitas Lippen verzogen sich zu einem breiten Lächeln. »Übermorgen fahren unsere Eltern zum Lachsfischen.«

»Wir etwa nicht?«

»Wenn es nach mir geht, nicht. Willst du dich etwa im Hinterland mit ihnen langweilen?«

»Auf keinen Fall.«

»Eben. Ich nämlich auch nicht.«

»Und was ist dein Plan?«

»Ich arbeite noch daran. Auf jeden Fall werden wir, wenn sie endlich weg sind, sicher nicht hier herumsitzen und Trübsal blasen.«

»Das klingt … sehr verboten. Karitas, denkst du nicht, sie werden was merken?«

»Die würden es nicht einmal merken, wenn wir hier eine Party schmeißen würden, ich bin gut in so was. Außerdem bin ich keine fünfzehn mehr. Wenn ich etwas unternehmen möchte, dann kann ich das sehr wohl tun. Sie dürfen es bloß *vorher* nicht wissen. Meine Mutter ist sehr eigen, wenn es um den Ruf ihrer Kinder geht.«

Monika lachte. »Ich bin gespannt, was du dir einfallen lässt.«

Am nächsten Tag wurden der Picknickkorb und Decken in die Autos gepackt. »In Island macht man das am Wochenende so«, erklärte Karitas mit einem tiefen Seufzer. »Seit ich klein bin, sind wir im Sommer jeden Sonntag rausgefahren, wenn das Wetter schön war.«

»Das ist doch toll.«

»Ja, wenn man Kind ist, schon. Normalerweise würde ich auch gar nicht mitkommen, aber jetzt, wo ihr zu Besuch seid, meint meine Mutter, dass wir immer alles als ganze Familie mitmachen müssen. Es ist so anstrengend.«

»Wir können ja mit Magnús fahren und vielleicht schon früher zurückkehren.«

»Das hatte ich ohnehin vor. Pack doch gleich noch deinen Badeanzug und ein Handtuch ein.«

»Du hast doch nicht etwa vor, in einem eurer eisigen Flüsse zu baden?« Monika musste ziemlich entsetzt dreinschauen, denn Karitas lachte herzhaft, als sie sie ansah.

»Nein, keine Angst, meine Liebe. Aber das Schwimmbad in Akureyri ist großartig, vielleicht können wir dort nachher noch hingehen.«

»Das klingt wunderbar, solange das Wasser warm ist.«

»Seid ihr so weit?«, ertönte Magnús Stimme hinter ihnen.

»Sind wir. Monika und ich müssen nur noch etwas von oben holen. Hier, du kannst den Korb nehmen.« Karitas deutete darauf und sagte noch etwas auf Isländisch zu ihm, das Monika nicht verstand. Er brummte etwas, lächelte sogleich wieder und strahlte Monika an. »Heute ist ein herrlicher Tag, ihr habt wirklich Glück mit dem Wetter, du und deine Eltern.«

»Dann müssen sie beim Fischen in den nächsten Tagen nicht so frieren«, kommentierte Karitas gut gelaunt.

»Ich weiß gar nicht, was sie daran finden«, meinte Monika. »Stundenlang in Gummistiefeln in einem Fluss zu stehen und zu warten, bis ein Lachs anbeißt.«

»Du solltest es mal versuchen«, meinte Magnús. »Es macht wirklich Spaß.«

Monika ging nicht weiter darauf ein, sie wollte ihm nicht erklären, dass ihre Interessen woanders lagen. Magnús war attraktiv, aber ein bisschen oberflächlich. Er hatte nicht diese innere Tiefe, die sie an einem Mann so anziehend fand. Und er hatte nicht begriffen, wie wichtig ihr die Malerei war, sondern sie als Hobby abgetan. Das konnte sie nicht vergessen. Dennoch zwang sie sich zu einem Lächeln. »Ja, vielleicht sollte ich das wirklich«, log sie. »Sollen wir losfahren? Dann haben wir einen kleinen Vorsprung vor unseren Eltern. Wie lange fahren wir überhaupt?«

»So weit ist es nicht, wir fahren nicht mal eine Stunde.«

An diesem Sommertag fühlte sich die Luft an wie ein flatterndes Chiffonkleid, mit einer leichten Brise, zarten Wolken und dem Geruch nach Gras, Meer und Algen. In der Nähe ratterte ein Auto über die Schotterstraße und wirbelte Unmengen von Staub auf. Magnús lag mit geschlossenen Augen auf dem Rücken im Gras. Karitas knabberte an einem Haferkeks, während die Eltern in der Sonne Karten spielten. Gänse flogen in einer Formation über sie hinweg, es war windstill. Das Meer lag ruhig und dunkelblau vor ihnen, der Himmel hob sich in einem klaren hellen Blau ab. Monika fand es immer wieder faszinierend, wie weit man sehen konnte, wenn das Wetter es zuließ. Sie schauten auf die hohen Berge auf der anderen Seite des Fjords, die weiten, grünen Wiesen und die kantigen Bergkuppen, auf denen nichts wuchs. »Ist das da hinten Hrísey?«, fragte sie und zeigte auf eine kleine Insel in der Ferne.

»Ja, das ist richtig. Du kennst dich ja gut aus in unserem Fjord«, lobte Magnús, der ein Auge öffnete und ihr seinen Kopf zuwandte. Er schien nicht zu wissen, dass sie gestern mit Kristján dort gewesen war. Monika war froh, dass auch ihr Vater das Thema nicht noch einmal angeschnitten hatte.

Am Morgen hatte sie pflichtbewusst mit Peter telefoniert, brav zugehört, als er ihr über seine Projekte und Chancen vorgeschwärmt hatte, die er nun wahrnehmen konnte, weil er tapfer im Büro die Stellung hielt. Ein paar Mal hatte Monika darüber nachgedacht, ihm von dem Kuss zu erzählen. Sie war hin- und hergerissen. Das Aufgebot war bestellt, sie und Peter waren schon so lange ein Paar. Doch nun verlangte ihr Herz nach jemand anderem. Mit einer Heftigkeit, die sie bis dahin nicht gekannt hatte. Für Peter hatte sie nie so gefühlt. Und nun verging kaum eine Sekunde, in der sie nicht an Kristján dachte. In der letzten Nacht hatte sie kaum ein Auge zugetan. Immer wieder hatte sie an den Tag mit ihm denken müssen. Und ohne dass sie es verhindern konnte, stahl sich jedes Mal ein Lächeln auf ihr Gesicht, wenn sie an Kristján dachte.

Monika hob ihre Hände, formte mit den Fingern einen Rahmen und schaute hindurch. »Das perfekte Motiv«, murmelte sie verträumt. Die kleine, lang gezogene Insel hob sich in einem satten Grün aus dem dunklen Fjord, die wenigen Häuser sahen aus der Entfernung wie kleine Farbtupfer aus. Vor der

Insel pustete ein Wal Luft aus, das Zischen hörte man bis zu ihnen. Möwen segelten dicht über der Wasseroberfläche auf der Suche nach Futter. Ein großer Trawler kam aus dem offenen Meer in den Fjord gefahren.

»Wann gibt es denn mal ein Bild von dir zu sehen?«, wollte Magnús wissen und stützte sich auf die Ellenbogen.

»Kunst und Eile gehen nicht zusammen«, erklärte sie mit einem tadelnden Unterton. Er sollte ruhig wissen, dass es ihr nicht gefiel, wenn man sie unter Druck setzte.

Magnús piekte sie lachend in die Seite. »Niemand drängt dich.« Die Spätnachmittagssonne fiel über sein kantiges Gesicht. Sie sah ihn von der Seite an. Er war wirklich gut aussehend und konnte äußerst charmant sein, aber sie spürte in seiner Nähe nicht dieses Kribbeln, diese innere Freude. Dennoch hatte er etwas Interessantes an sich, dem auch sie sich nicht ganz entziehen konnte. Sie verstand, warum er so beliebt bei den Mädchen war, auch wenn sie nicht mit weichen Knien und kokettem Augenaufschlag auf ihn reagierte.

»Ich finde es langweilig, hier herumzusitzen«, murmelte Karitas. »Können wir nicht langsam mal zurückfahren? Ich würde so gerne mit Monika schwimmen gehen.«

»Das ist eine ganz hervorragende Idee«, stimmte Magnús zu.

»Kommst du etwa mit?« Karitas' gespielt entsetztes nach Luft Japsen durchschnitt die Stille.

»Hast du was dagegen, Schwesterchen?« Magnús setzte sich auf. »Ich lasse mir doch nicht die Gelegenheit entgehen, mit zwei wunderschönen Frauen zu planschen.«

Er zwinkerte Monika zu. In seinem Blick lag eine Selbstgefälligkeit, die sie ärgerte. Aber es faszinierte sie auch zu beobachten, wie sehr er sich seiner eigenen Wirkung bewusst war. Er war kein Junge mehr, der auf der Suche nach der eigenen Männlichkeit war. Und Magnús hatte verstanden, wann er das

Leben genießen musste – eine Eigenschaft, die Peter vollkommen fehlte. Magnús war ein Mann, der wusste, was er wollte, und wenn sie ihrer Intuition glauben konnte, dann hatte er ein Auge auf sie geworfen. Es war für ihn nicht mehr als ein Flirt, das war Monika klar, aber ihr ging es nicht anders. Genau deswegen lächelte sie zurück. Mit Magnús zu schäkern war ungefährlich, denn er interessierte sie im Grunde nicht. Mit Kristján hingegen … Mit Kristján war ihr Herz in Gefahr. Der Gedanke, ihn *nicht* wiederzusehen, war unerträglich.

»Ich fände es gut, wenn Magnús mitkommt«, hörte Monika sich sagen. »Wir brauchen schließlich einen Fahrer«, ergänzte sie, als sie Magnús selbstgefälliges Grinsen bemerkte.

So rumpelten sie kurz darauf über die unbefestigte Straße zurück nach Akureyri, nachdem sie den Eltern erklärt hatten, dass sie genug vom Picknick hatten. Die holprige Landstraße schlängelte sich in nordöstlicher Richtung über einspurige Brücken, rauschende Flüsse und ein Gewirr von Feuchtwiesen, die der isländische Sommer in einem satten, dunklen Grün erstrahlen ließ. Gelbe Butterblumen und Löwenzahn bildeten ein Meer aus Blüten, das Monika immer wieder den Atem stocken ließ. Magnús fuhr kurz zu Hause vorbei und schnappte sich seine Badesachen, kurz darauf bezahlten sie den Eintritt fürs Schwimmbad und wechselten die Kleidung.

»Musste es sein, dass wir Magnús nun auch noch am Rockzipfel hängen haben?«, zischte Karitas, während sie sich ihren Badeanzug überzog.

»Was hätte ich denn sagen sollen?«

»Na, dass wir allein gehen wollen vielleicht?«

Monika zog eine Schnute. »Das wäre aber sehr unhöflich gewesen.«

»Jetzt werden wir ihn jedenfalls nicht mehr los.«

»Warum bist du eigentlich so genervt von ihm?«

»Hallo? Er ist mein großer Bruder! Natürlich möchte ich meine Ruhe vor ihm.«

»Das kann doch nicht alles sein?« Sie setzte die Badekappe auf. »Es sei denn …«

»Na gut, vielleicht ist Bjartur heute im Schwimmbad, und na ja, ich wollte nicht, dass Magnús mitbekommt, wenn ich mit ihm rede. Er kann ihn nämlich nicht leiden.«

»Wieso denn nicht?«

»Bjartur ist ein Sänger und Magnús hält ihn für einen Taugenichts.«

»Und du«, sagte Monika leise, »hast mir doch neulich erst gesagt, dass du überhaupt keinen Mann suchst?«

Karitas lächelte. »Im Grunde suche ich ja auch keinen …«

»Du bist verschossen in ihn, stimmt's?«

»Ja, es ist wahr.«

»Was wird dann aus Kopenhagen?«

»Ich bin längst an der Universität eingeschrieben, daran ändert sich nichts. Vielleicht könnte Bjartur ja mitkommen …«

»So weit reichen deine Zukunftspläne schon?«

»Ach«, sie winkte ab. »Ich träume nur ein bisschen.«

»Na komm, dann lass uns im Wasser weiterträumen. Ich werde Magnús beschäftigen, wenn du ein bisschen mit Bjartur *plaudern* willst.«

»Und wie willst du das anstellen?«, kicherte Karitas.

»Ich werde ein paar Bahnen mit ihm schwimmen, was hast du denn gedacht?« Monika lachte. »Wieso glaubst du eigentlich, dass dein Sänger hier ist?«

Karitas knuffte sie in die Seite und schnappte sich ihr Badetuch. »Weil er mir das gesagt hat.«

»Wann?« Aber Monika bekam keine Antwort, weil Karitas schon vorausgegangen war. Sie lief hinterher und holte sie nach einigen Schritten ein. Sie quietschte auf. »Da vorn ist er. Bis später.«

»Und wo ist Magnús?«

»Der ist bestimmt schon im Becken.«

»Dann mache ich mich mal auf die Suche. Wie lange muss ich aushalten?«

Karitas kicherte. »Solange du meinen Bruder ertragen kannst.«

»Ich gebe mir Mühe.«

Karitas gab ihr einen Kuss auf die Wange, dann flitzte sie los, um ein paar Meter später ihren Gang zu verlangsamen. Monika sah ihr nach. Sie schien diesen Bjartur wirklich zu mögen. Mit einem Lächeln auf den Lippen ging Monika zum Schwimmerbecken und hielt nach Magnús Ausschau. Sie entdeckte ihn nach ein paar Augenblicken. Mit kräftigen Zügen pflügte er durch das kristallklare Wasser. Sie wartete am Beckenrand, bis er bei ihr ankam.

»Ganz schön flott«, rief sie ihm zu, als er anschlug. Wassertropfen glitzerten auf seinem von der Sonne gebräunten Oberkörper, seine Augen funkelten, während er sich das nasse Haar aus dem Gesicht strich.

»Danke. Komm rein.« Er spritzte Wasser auf sie.

»Ihh«, schrie sie lachend auf, dann sprang sie mit einem Kopfsprung in die Bahn neben ihm. »Na los!«, forderte sie ihn auf, nachdem sie aufgetaucht war. »Oder bist du eine Schildkröte?«

Sie schwammen so lange, bis Monika vollkommen außer Atem war. »Ich kann nicht mehr, ich brauche eine Pause. Ich suche mir jetzt auch ein Plätzchen im heißen Pott.«

»Soll ich dich begleiten?« Wassertropfen liefen an seiner kantigen Wange herunter, die Sonne blendete Monika und sie musste blinzeln.

»Das geht schon. Wenn du noch schwimmen willst, bleib ruhig. Ich bin ganz außer Puste.«

Er schnalzte mit der Zunge. »Ein paar Hundert Meter gehen noch.«

»Sehr löblich, dann viel Spaß. Wir sehen uns ...« Sie tauchte unter den schwimmenden Abtrennungen hindurch und stieg an der Badeleiter aus dem Wasser.

Monika ging barfuß über den Beton und fröstelte, als der Wind zart über ihren nassen Körper strich. Etwas schneller lief sie zu einem der warmen Becken – es gab mehrere mit verschiedenen Temperaturen – und setzte sich in eines, an dem ein Schild mit der isländischen Aufschrift für 39 Grad hing. Außer ihr saßen noch zwei ältere Damen darin und schnatterten miteinander wie Vierzehnjährige. Monika nickte ihnen zu und nahm auf der anderen Seite Platz. Sie schloss die Augen, lehnte ihren Kopf an den Rand und entspannte ihre Muskeln im warmen Wasser.

»Bist du es wirklich?«, hörte sie eine dunkle, bekannte Stimme und blickte auf. Gegen die Sonne blinzelnd sah sie Kristjáns Konturen. Er hatte breite Schultern, ausgeprägte Brust- und Bauchmuskeln und eine schmale Taille. Auf seinen kräftigen Oberschenkeln schimmerten goldene Härchen. Ihr Herz begann schneller zu schlagen.

»Oh, was für eine Überraschung!«, entgegnete sie und richtete sich auf.

»Darf ich?«, fragte er, als er die Stufen nach unten ging.

»Bitte, ja. Setz dich gerne zu mir.«

»Wie schön, dich hier zu sehen. Ich gebe zu, ich hatte gehofft, dich vielleicht zu sehen.«

»Wirklich?« Sie ignorierte die Schmetterlinge in ihrem Bauch und lächelte.

Er beugte sich ein wenig zu ihr herüber und flüsterte in ihr Ohr. »Um ehrlich zu sein, ich war in ganz Akureyri unterwegs, weil ich dich gesucht habe. Das Schwimmbad war mein letztes Ziel.«

Sie schluckte, und das Verlangen, ihn zu küssen, wurde so groß, dass es sie größte Anstrengungen kostete, es nicht zu tun. »Ich habe die ganze Zeit an dich gedacht«, sagte sie leise und schaute zu ihm auf.

Sein eindringlicher Blick ließ ihr Herz stolpern. »Ich auch an dich.«

»Hast du noch nicht genug von mir?«, fragte sie und sah ihn unter halb gesenkten Lidern an.

»Noch nicht, Monika.« Er hob seine Hand, als ob er über ihre Wange streichen wollte, ließ sie dann aber wieder sinken. »Ich glaube, ich werde nie genug von dir bekommen. Du bist ein ganz besonderer Mensch.«

»Ich wünschte, ich könnte dich küssen«, murmelte sie und schaute in die Ferne.

»Ich auch.«

»Können wir uns nicht nachher sehen?«

Er zog die Brauen zusammen. »Wohin würde das führen?«

Monika spürte einen Stich in der Brust. »Ich ... ich weiß es nicht. Ich weiß nur, dass ich jede Sekunde des Tages an dich denken muss. Auch wenn ich versuche, es nicht zu tun.«

»Du hast einen Freund in Deutschland, nicht?«

Monika schluckte. »Ja«, sagte sie, ihre Stimme war nur ein Hauch. »Aber bei ihm habe ich nie das gefühlt, was ich in deiner Nähe empfinde.«

Kristján stieß einen Laut aus, der an ein gequältes Tier erinnerte. Er schwieg einen Moment, in dem Monikas Herz schnell wie ein Vogel in ihrem Brustkorb flatterte. Würde er sich jetzt von ihr verabschieden? Sie wusste, dass sie das nicht würde ertragen können.

Schließlich sprach er: »Ich weiß, dass es keine gute Idee ist. Aber komm um halb zehn an die Ecke zur Laugargata, ich hole dich ab, dann zeige ich dir etwas. Du musst keine Angst haben. Aber du musst wissen: Ich habe keine Ahnung, wie ich mich von dir fernhalten soll, Monika. Du bist wie ein Magnet, ich kann mich der Anziehung einfach nicht erwehren.«

Ein Schauder durchlief ihren Körper. »Kristján«, fing sie an, aber er unterbrach sie leise, aber in eindringlichem Tonfall.

»Spiel nicht mit mir, Monika. Ich werde jetzt gehen, ehe uns jemand sieht und über uns geredet wird. Wenn du heute Abend nicht kommst, dann wäre das die klügste Entscheidung.« Er atmete hörbar aus und schaute ihr in die Augen. »Aber ich hoffe, dass du da sein wirst.«

Ihr Herz schlug Kapriolen. Sie nickte, brachte aber kein Wort mehr hervor. Kristján stieg aus dem heißen Wasser und schaute sich nicht noch einmal um. Monika hingegen folgte ihm mit ihrem Blick, bis er aus ihrem Sichtfeld verschwunden war. Sie konnte sich immer noch entscheiden, nicht zu dem Treffen zu gehen. Sie schloss die Augen, zwei Herzen kämpften in ihrer Brust.

Kapitel 17

Húsavík 2018

Es war ein lauer Abend im Juni, am Mittag hatte es leicht genieselt, aber jetzt hatten sich die dunklen Wolken verzogen und waren weißen Schäfchenwolken gewichen.

»Du siehst toll aus«, hatte Nils gesagt, als er eine Woche nach ihrem letzten Telefonat aus dem Auto gestiegen war. Er hatte sich nicht davon abbringen lassen, nach Island zu reisen, um Max abzuholen. Hannah hatte entschieden, vorerst auf Island zu bleiben, auch um Freyja zu unterstützen. Ihr Vater war in Behandlung, alles war in die Wege geleitet. Sobald sie wusste, dass sie als Spenderin infrage kam, würde sie ihren Flug buchen und nach Deutschland reisen. Ihr Vater hatte vor einigen Tagen noch einmal angerufen und ihr fast schon verboten zu kommen. Er wollte, dass sie ihre Auszeit in Island genoss. Er hatte munter und zuversichtlich geklungen, was Hannah ein wenig beruhigt hatte.

»Danke«, erwiderte Hannah und ließ zu, dass Nils sie umarmte.

Es war vertraut und doch fremd zugleich.

»Papa, Papa«, rief Max und stürmte auf seinen Vater zu. »Da bist du ja!«

»Mein Großer. Du bist ja gewachsen! Ich habe dich kaum erkannt.« Er lachte und drückte seinen Sohn an sich.

Während Nils und Max miteinander spielten, machte sich Hannah daran, das Abendessen vorzubereiten. Jón hatte ihr vorhin ein paar Schellfischfilets gegeben, das machte er seit Neuestem manchmal, nachdem er mit dem Boot draußen gewesen war. Wenn sie ehrlich zu sich war, musste sie sich eingestehen, dass es ihr schmeichelte, dass er an sie dachte. Wenn es auch nur um Schellfisch ging.

»Hannah?«

Sie zuckte zusammen, als Nils ihren Namen sagte. In ihren Gedanken war sie weit weg gewesen und hatte kurz vergessen, dass er da war. »Was ist los?«

»Ich wollte fragen, ob ich dir helfen kann.«

Sie hob eine Augenbraue und sparte sich den Kommentar, dass ihm diese Idee früher kein einziges Mal gekommen war. »Spiel ruhig mit Max, er freut sich sehr, dich zu sehen.«

Weil Nils sich keinen Schritt rührte und sie weiter erwartungsvoll anblickte, fragte sie: »Oder stimmt was nicht?«

»Doch, doch, es ist alles bestens. Ich …«, er rieb sich den Nacken. »Ich wollte dir nur sagen, dass du sehr gut aussiehst. Du … die Erholung hier scheint dir sehr gutzutun.«

»Bitte was? Denkst du etwa, ich sitze den ganzen Tag zu Hause und liege auf dem Sofa?« Der Satz war schärfer herausgekommen, als sie beabsichtigt hatte. »Tut mir leid«, fügte sie etwas ruhiger hinzu. »Möchtest du vielleicht ein Glas Wein?«

Sie jedenfalls konnte eins vertragen, es kam schließlich nicht alle Tage vor, dass man Zeit mit seinem Bald-Ex-Ehemann unter einem Dach verbrachte.

»Das wäre nett«, erwiderte er.

»Wärst du so nett? Im Kühlschrank müsste irgendwo eine Flasche Weißwein sein.« Sie hob entschuldigend die Hände, weil sie gerade daran gewesen war, die letzten Gräten aus den schneeweißen Filets zu ziehen.

»Natürlich. Wo hast du Gläser?«

»Gleich hier, im Schrank über mir.«

Sie hörte, wie er den Kühlschrank öffnete, ein wenig herumkramte und dann eine Flasche herauszog. Das Geräusch des sich aus der Flasche lösenden Korkens durchbrach die Stille in der Küche, vom Wohnzimmer drang die Sirene eines Spielzeugfeuerwehrautos zu ihnen herüber. Nils stand neben ihr, öffnete vorsichtig die Schranktür und zog zwei Gläser heraus, in die er etwas Wein einschenkte. Dann hielt er ihr eines davon hin. »Bitte sehr, auf … uns.«

Alarmglocken schrillten in ihr, aber sie rang sich ein Lächeln ab und nahm den Wein entgegen. »Auf dass wir auch in Zukunft gut miteinander auskommen«, fügte sie hinzu und trank einen Schluck.

Dann kümmerte sie sich wieder um den Fisch. Nils stand regungslos neben ihr, sie spürte seine Nähe, roch sein Aftershave. Hannah atmete erleichtert aus, als er sich schließlich abwandte und zu Max zurückging.

Beim Abendessen unterhielten sie sich hauptsächlich mit Max, bis er keine Lust mehr hatte, am Tisch sitzen zu bleiben. Nils verteilte den Rest aus der Weinflasche in die Gläser. »Ich bringe ihn mal ins Bett, es ist besser, wenn er ausgeschlafen ist vor der Reise morgen.«

Hannah nickte. »Klar. Ich kann das auch machen, wenn du möchtest. Du kennst dich hier ja gar nicht aus.«

Nils legte ihr eine Hand auf die Schulter. »Keine Sorge, ich komme schon zurecht. Entspann dich ruhig so lange.«

Sie wollte etwas erwidern, aber hielt sich zurück. Sobald sie allein war, räumte Hannah rasch die Reste und das schmutzige

Geschirr ab, dann setzte sie sich ins Wohnzimmer und nippte an ihrem Wein.

»Er ist ganz schnell eingeschlafen.« Nils lehnte entspannt am Türrahmen und blickte zu ihr herüber. Die Abendsonne schien über sein Gesicht. Unvermittelt lächelte er. »Ihr habt es euch nett gemacht hier.«

»Es klingt beinahe so, als würde dich das überraschen. Du hast das Haus doch schon gesehen, als du das letzte Mal hier warst.«

»Ja, schon, aber … jetzt ist es ein richtiges Zuhause.«

Sie neigte den Kopf, eine stumme Herausforderung. »Hast du geglaubt, wir würden nicht bleiben?«

Er zuckte die Schultern und kam auf sie zu. Neben dem Sofa zögerte er kurz, dann ließ er sich neben ihr nieder. »Ich weiß nicht, was ich gedacht habe, ehrlich gesagt.«

Entweder war ihr der Wein zu Kopf gestiegen oder Nils war tatsächlich verunsichert. »Wir fühlen uns hier sehr wohl«, sagte Hannah und hörte selbst, dass ihre Worte wie ein Vorwurf klangen. Nils' leises Seufzen als einzige Reaktion genügte, dass sie es bereute, ihm einen Schlafplatz bei ihr auf dem Sofa angeboten zu haben. Hannah schloss gereizt die Augen.

Nils' Kuss traf sie völlig unvorbereitet. Eben hatte er noch stumm wie ein Fisch neben ihr gesessen, dann hatte er schon seine Lippen auf ihre gepresst.

Hannah schob ihn mit beiden Händen von sich, das Weinglas hatte sie vor Schreck fallen lassen. Auf ihrem Rock breitete sich ein nasser Fleck aus. »Verdammt, Nils. Was soll das denn?«

»Wir sind immer noch Mann und Frau, Hannah. Ich dachte, weil wir so einen schönen Abend hatten …«

Hannah sprang abrupt auf. »Die Betonung liegt auf *noch*, Nils. Wir sind noch verheiratet, weil wir im Trennungsjahr leben, schon vergessen?« Aufgebracht rannte sie in die Küche und holte mit zitternden Fingern ein Kehrblech und einen

Handfeger unter der Spüle hervor. Was hatte er sich nur dabei gedacht? Glaubte er, nur weil sie endlich wieder mit dem Leben zurechtkam, könnte es zwischen ihnen so weitergehen wie zuvor? Sie konnte es nicht fassen, Wut stieg in ihr auf. »Ich denke, es wäre besser, wenn ich jetzt ins Bett gehe. Allein«, sagte sie.

Nils saß auf dem Sofa, das Gesicht zwischen seinen Händen vergraben. »Ach, Hannah, das kannst du doch nicht machen.«

»Ich?« Ihre Stimme klang schrill. »Was fällt dir ein, mich einfach zu küssen!«

»Früher hast du es gemocht.«

»Seitdem ist viel passiert.« Zum ersten Mal fielen ihr die Falten auf, die sich um Nils Mund herum in sein hübsches Gesicht gegraben hatten.

»Können wir es nicht noch einmal versuchen?« Nils sah sie verzweifelt an. So hatte Hannah ihn während ihrer gemeinsamen Jahre nie gesehen.

»Ach, Nils. Wohin sollte das denn führen? Du sagst das jetzt aus einer Laune heraus, weil du siehst, wie gut es uns hier geht. Du weißt genau, was passieren würde, wenn wir zurück in Lüneburg sind. Du wärst bei deinem Orchester und ich allein.«

»Es muss doch nicht so sein, Hannah. Wir haben uns doch mal geliebt.«

Ja, dachte Hannah. Früher haben wir uns einmal geliebt. Jetzt war es anders. Er fehlte ihr nicht einmal mehr. »Können wir diese Diskussion vertagen?«, bat sie erschöpft. Es war schwer genug, dass sie die nächsten zwei Wochen ohne Max verbringen musste, sie konnte sich nicht auch noch mit Nils' seltsamen Avancen auseinandersetzen.

Sie stand auf und hob die Scherben des Weinglases auf. *Weg damit*, dachte sie. Wenn sich die Scherben einer Beziehung doch ebenso leicht entfernen lassen würden.

Als Nils am nächsten Tag die Autotür hinter sich zuschlug, atmete Hannah erleichtert auf. Der Abschied von Max war ihr jedoch sehr schwergefallen. Doch sie wusste, dass sie loslassen musste. Es war ja nur für die Ferien, daran musste sie sich wohl oder übel sowieso gewöhnen. Wenn die Scheidung erst einmal durch war, würde es häufiger vorkommen, dass Max mit seinem Papa allein verreiste. Sie rang sich ein Lächeln ab und winkte überschwänglich, bis sie den Mietwagen nicht mehr sehen konnte. Sie schluckte und blinzelte. Nein, sie würde verdammt noch mal nicht heulen. Hannah wusste, dass Max bei Nils in guten Händen wäre. Max liebte seinen Vater. Und Hannah musste sich nun um ihren eigenen Vater kümmern. Am Morgen hatte sie erfahren, dass die Blutergebnisse aus dem Labor gekommen waren.

Eine halbe Stunde später saß Hannah im Behandlungszimmer und schnappte nach Luft. Vor dem Fenster flatterte ein Schmetterling vorbei, die Sonnenstrahlen, die durchs Fenster hereinfielen, erwärmten den kleinen Raum.

»Es tut mir leid, Hannah, aber die Ergebnisse sind eindeutig«, hatte der Arzt gesagt. An die Umgangsformen hatte sie sich längst gewöhnt, ohne das förmliche Sie und die Sache mit den Nachnamen konnte man sich ohne Umschweife unterhalten.

Hannah hatte zunächst gehofft, dass sie das Isländisch des Arztes nicht richtig verstanden hatte. »Ich komme als Spenderin nicht infrage, weil …«, wiederholte sie deshalb, um sicherzugehen, dass sie nichts missverstanden hatte.

»Weil du nicht mit ihm blutsverwandt bist«, wiederholte er und schob sich die dunkel umrandete Brille ein Stück weiter nach oben.

Hannah wurde schwindelig, alles um sie herum drehte sich. »Da muss ein Fehler passiert sein. Vielleicht wurden die Proben vertauscht?«

Der verständnisvolle Blick des Arztes sprach Bände. »Ich fürchte nicht. Wir haben den Test zweimal durchgeführt, du bist nicht die leibliche Tochter und damit auch nicht Trägerin des Gens. Ich verstehe, dass du jetzt erst einmal Fragen hast.«

Fragen? Was sollte sie *fragen*? Und vor allem, wen?

Fassungslos saß Hannah auf dem Stuhl. Was sie soeben erfahren hatte, war unvorstellbar. Sie sollte nicht blutsverwandt mit ihrem Vater sein?

Ihre Kehle wurde eng, ihr Herz raste und in ihrem Kopf drehte sich alles. »Das kann nicht sein«, wiederholte sie immer wieder und knetete ihre Hände. Während die Neuigkeiten langsam in ihren Verstand sickerten, überlegte sie, was sie tun sollte.

Wusste ihr Vater davon? Hatte er ihr deshalb gesagt, dass Hannah sich keine Gedanken um eine Leberspende machen sollte?

Nein, das konnte sie sich nicht vorstellen.

Er wusste vermutlich nicht, dass ihm die Mutter ein Kuckuckskind untergeschoben hatte. Oder doch?

War sie vielleicht gar adoptiert? Das würde erklären, warum sie sich immer wie vom falschen Stern gefühlt hatte, wenn sie mit ihrer Mutter gestritten hatte. Aber nein, sie hatte Bilder von ihrer Mutter gesehen, auf denen sie eindeutig schwanger gewesen war. Hannah fuhr sich mit der Hand über das Gesicht, hatte keine Ahnung, was sie jetzt tun sollte. Das Gefühl der Fassungslosigkeit vibrierte in ihren Nervenbahnen. Monika war zwar ihre Mutter, aber Peter nicht ihr biologischer Vater. Wer dann? Und wusste Peter, dass er ein Kind großgezogen hatte, das nicht seins war?

»I-ich muss zur Arbeit«, stammelte sie und stand ruckartig auf. Nichts ergab mehr einen Sinn für sie.

Sie brauchte Ablenkung, sie konnte jetzt nicht darüber nachdenken, was das, was gerade passiert war, wirklich bedeutete. Sie wusste nur eins: Ihr ganzes Leben war auf einer Lüge aufgebaut.

Ohne sich zu verabschieden, stürmte Hannah aus der Praxis und sprang auf ihr Fahrrad. An den Weg zum Café konnte sie sich später kaum erinnern. Völlig aufgelöst tapste sie in die Küche und band sich eine Schürze um.

»Guten Morgen«, grüßte Freyja, die ihre Hände schon in einem Hefeteig vergraben hatte, ihr Knie ruhte auf einem Stuhl, sie saß am Küchentisch.

»Morgen«, gab Hannah zurück.

»Gott, Kind, du bist ja weiß wie eine Wand. Bist du krank?«

»Nicht direkt.« Sie hatte Freyja von der Diagnose ihres Vaters und ihrer Absicht der Leberspende erzählt, und so wie Freyja jetzt schaute, musste sie denken, dass Hannah schreckliche Neuigkeiten erhalten hatte. »Ich komme vom Arzt.«

»O nein. Du bist keine passende Spenderin? Aber Liebes, das ist doch noch kein Weltuntergang!«

»Ich weiß.« Hannah schniefte. »Aber … ich habe durch den Bluttest herausgefunden, dass mein Vater nicht mein Vater ist. Jedenfalls nicht mein biologischer.«

»Grundgütiger!« Freyja schlug die bemehlten Hände vor dem Mund zusammen.

»Du sagst es.«

Hannah atmete hörbar aus und rieb sich die Stirn. »Ich habe keine Ahnung, was ich jetzt machen soll. Meine Mutter anrufen und fragen: ›Hey Mama, kann es sein, dass du mit einem anderen Mann geschlafen hast und er mein Erzeuger ist?‹ Wohl kaum, oder?«

»Herrjemine, am besten setzt du dich erst einmal zu mir.«

»Hast du was Stärkeres? Ich glaube, ich brauche einen Schnaps.«

»Ich fürchte nicht. Ich könnte aber Jón fragen?«

»Nein, bloß nicht.«

»Na schön. Dann bekommst du einen Tee.« Freyja stand auf, humpelte zum Wasserkocher und stellte ihn an, dann schob sie Hannah, die immer noch erstarrt war, zum Tisch. »Setz dich.« Dann nahm sie wieder auf dem Stuhl gegenüber Platz. Hannah stützte die Ellenbogen auf dem Tisch ab und legte ihr Gesicht in ihre Hände. »Weißt du, eigentlich reden meine Mutter und ich nicht gerade viel miteinander.«

»Ich habe mich schon oft darüber gewundert, warum du kaum über sie sprichst.«

»Wir verstehen uns nicht so gut. Wir sind so unterschiedlich wie Ebbe und Flut.«

»Inwiefern?«

»Sie war immer die brave Hausfrau, während mein Vater sich um die Geschäfte gekümmert hat. Ihr Lächeln war so eingefroren wie ihre Gefühle. Das habe ich manchmal im Scherz so dahingesagt, weil ich nicht begreifen konnte, warum sie nie so liebevoll und lustig war wie die Mütter meiner Freundinnen. Heute weiß ich, dass es stimmt. Sie muss wahnsinnig unglücklich gewesen sein. Aber ich habe nie erfahren, wieso. Und in den letzten Jahren haben wir uns dann gar nicht mehr unterhalten. Ich meine, ja, die Ehe meiner Eltern war eine Farce, aber das kommt ja wohl in den besten Familien vor, kein Grund, sein Kind nicht zu mögen.« Sie lachte künstlich. »Sie haben nie gestritten, aber auch nicht zusammen gelacht. Beim Abendessen war das Einzige, was man hörte, das Klappern vom Besteck.«

»Das klingt ja schrecklich, du Arme.«

»Das war es auch. Aber es war nicht alles schlimm. Ich war trotz der oft lieblosen Art meiner Mutter kein trauriges Kind. Mit meinem Vater habe ich mich immer super verstanden, wir sind uns so ähnlich, verstehst du? Ich habe immer gedacht, meine Mutter wäre vielleicht eifersüchtig auf unsere Beziehung, weil ich mich mit ihm besser als mit ihr verstehe. Aber jetzt … es ergibt alles keinen Sinn. Ich bin ihr Kind – und nicht seins.

Ich habe keine Ahnung, ob er es weiß oder ob meine Mutter ihn hintergangen hat. Das ist alles so unwirklich, ich kann das gar nicht glauben.«

»Es tut mir leid, Hannah. Ich verstehe, dass du erschüttert bist.«

Hannah fuhr fort, sie redete sich geradezu in Rage. »Er ist zielstrebig, fleißig und strukturiert. So wie ich. Ich wusste immer, was ich werden wollte, schon seit ich ein Kind war. Mein Vater hat meine Träume immer unterstützt. Dass zu so einer Karriere viele Stunden des Übens gehören, ist klar. Meine Mutter wollte mich immer davon abhalten, sie sagte, ich solle doch mehr raus in die Natur gehen, mehr draußen spielen, mehr mit meinen Freunden unternehmen. Dass ich meine Kindheit verpassen würde, weil mein übertriebener Ehrgeiz alles Kindliche in mir ersticken würde. Aber ich habe immer am liebsten Musik gemacht, ich hatte nie das Gefühl, dass ich etwas aufgebe.«

»Sie konnte das nicht verstehen?«

»Manchmal hat sie mich angesehen, als ob sie mich … hasste.« Hannah erschauderte beim Gedanken daran. »Und manchmal lag eine so tiefe Sehnsucht in ihren Augen, dass ich gar nicht kapierte, was jetzt eigentlich los ist. Man wusste bei ihr nie, woran man war. Irgendwann habe ich mir gesagt, dass ich nicht verantwortlich bin. Aber als kleines Mädchen versteht man das nicht, da denkst du immer, was habe ich falsch gemacht. Erst später wurde mir klar, dass meine Mutter mit allem unzufrieden war.«

Freyjas mitfühlender Blick gab ihr den Mut, weiterzusprechen.

»Nach dem Abitur habe ich dann gleich im ersten Anlauf die Aufnahmeprüfung an der Musikakademie bestanden. Kurz darauf hat sie sich von meinem Vater getrennt. Auf den Tag genau zwei Wochen später. Sie hat ihm die Firma überschrieben und sich auszahlen lassen.«

»Und du glaubst, das hat mit dir zu tun?«

»Ich habe keine Ahnung. Es war, als hätte sie darauf gewartet, dass ich aus dem Haus bin, damit sie verschwinden konnte. Sie hat ihre Pflicht erfüllt, gewartet, bis ich flügge geworden war, dann hat sie das Leben, das sie so gehasst hat, hinter sich gelassen. Ob sie jetzt glücklich ist, weiß ich nicht.«

»Das tut mir so wahnsinnig leid, Hannah. Ich kann das gar nicht verstehen, aber es hatte sicher nichts mir dir, sondern nur mit der Ehe zu tun. Ich hätte alles gegeben, um ein Kind zu bekommen. Mein Stjáni und ich, wir haben uns so sehr ein Baby gewünscht. Wir haben alles versucht, was damals eben so möglich war. Aber es hat nicht sein sollen. Ich kann mir nicht vorstellen, dass jemand sein Kind nicht lieben kann.«

»Ja, heißt es nicht: Man liebt sein Kind, egal, was kommt? So habe ich immer gedacht und noch mehr, seit ich selbst Mutter bin. Ich würde alles für Max tun, ich liebe ihn wie nichts sonst auf der Welt. Umso mehr hat mich das Verhalten meiner Mutter verletzt. Vor allem, weil ich die Gründe nicht kenne, ich habe mich nie getraut, sie zu fragen. Meine Angst war zu groß, dass sie mir dann sagen würde, ich hätte ihr Leben zerstört oder so was. Heute könnte ich damit umgehen, denn ich weiß, dass ich nicht schuld bin an ihrem Unglück, aber damals … es war schrecklich für mich.«

»Wie traurig. Du hast Liebe verdient, und wenn du sie nicht gespürt hast, muss etwas gründlich schiefgelaufen sein. Jedes Kind hat Mutterliebe verdient.«

»Sie hat mir immer unterschwellig das Gefühl vermittelt, dass mein Dasein der Grund für ihre schlechte Stimmung war. Irgendwann habe ich aufgehört, um ihre Liebe zu kämpfen. Heute weiß ich nicht mal, ob es wirklich nur auf mich bezogen war. Ich denke sogar, dass meine Mutter einfach an nichts mehr

Freude hatte, da konnte nicht mal ein kleines Mädchen etwas dran ändern.«

»Ach, Hannah.« Freyja blickte betrübt auf ihre Hände.

»Ich habe gedacht, dass sie und mein Vater heiraten mussten. Du verstehst schon. Dass sie schwanger war und sie deswegen geheiratet haben. So alt bin ich zwar noch nicht, aber na ja, meine Großeltern waren immer schon sehr traditionell. Ich hatte akzeptiert, dass ich ein ungewolltes Kind bin, jedenfalls seitens meiner Mutter. Mein Vater hat mich immer geliebt und mir das auch gezeigt, wir haben ein enges Verhältnis. Und dann höre ich heute, dass er *nicht* mein Vater ist. Es ist so ungerecht, Freyja. Es ist so, als hätte mir meine Mutter das nun auch noch genommen! Ich weiß, dass es albern ist, was ich da sage, aber ich bin so erschüttert, ich weiß gar nichts mehr.«

Tränen rollten über Hannahs Wangen und hinterließen eine heiße Spur auf ihrer kühlen Haut.

Freyja stand auf und zog sie in ihre Arme. Sie ließ es geschehen.

»Lass es nur raus, du hast das Recht, wütend und traurig zu sein«, flüsterte Freyja ihr ins Ohr.

Hannahs Schultern bebten, sie schluchzte lautstark. Irgendwann versiegten die Tränen, sie bekam einen Schluckauf.

»Und jetzt hole ich uns den Tee und wir überlegen, was wir tun, hm?«, schlug Freyja vor.

Hannah nickte und wischte sich mit dem Handrücken über das Gesicht. Sie musste schrecklich aussehen. Während Freyja mit dem Geschirr klapperte, hörte Hannah Jón oben herumlaufen. Es war halb zehn, er würde sicher bald herunterkommen. Sie hatte nicht die Kraft aufzustehen, um sich frisch zu machen.

»So, da ist er. Apfel-Holunder, ich hoffe, du magst diese Sorte.« Freyja stellte zwei Tassen zwischen ihnen ab.

»Ja, vielen Dank.«

»Hast du überlegt, was du tun wirst?«

»Die einzige Person, die mir etwas dazu sagen könnte, ist meine Mutter. Aber ich kann nicht einfach bei ihr anrufen, verstehst du? Wir haben eigentlich nur noch wegen Max Kontakt, das heißt, sie ruft an, ich reiche den Hörer weiter. Nicht, dass sie sich viel für mich ...«

»Ich verstehe. Natürlich kannst du nicht einfach bei ihr anrufen. Sie würde vermutlich sowieso nur sagen, dass alles nicht sein kann.«

»Aber ich muss es wissen. Und mein Vater, o Gott, kann ich ihn jetzt überhaupt noch so nennen?«

»Natürlich, er wird immer dein Vater bleiben«, sagte Freyja beschwichtigend.

»Was ist, wenn er es erfährt? Vielleicht sieht er mich dann mit anderen Augen. Was, wenn er mich auch all die Jahre belogen hat? Es besteht natürlich die Möglichkeit, dass mein Vater wusste, dass ich nicht sein Kind bin – aber das glaube ich nicht. Welcher Mann würde das akzeptieren? Ich meine, wenn meine Mutter ihn betrogen hat? Würde er das wissen? Ich weiß nicht. Ich weiß gar nichts mehr. In meinem Kopf dreht sich alles nur noch.«

»Du kannst doch nichts dafür.«

»Nein, aber ... ich bin nicht sein Kind.« Hannah konnte die Tränen kaum zurückhalten.

»Nach allem, was du mir über ihn erzählt hast, liebt er dich, auch wenn er nicht dein biologischer Vater ist. Alles andere wäre ja auch furchtbar herzlos.«

»Jetzt kann ich es ihm sowieso nicht sagen, ich meine, er ist schwer krank. Egal, wie die Wahrheit aussieht: Wenn er es wusste, hätte er Angst, dass ich enttäuscht von ihm bin – und wenn er es nicht wusste, dann ... würde seine Welt zusammenbrechen. Das kann ich ihm nicht antun. Was soll ich nur tun? Was ist, wenn er nicht wieder gesund wird?«

»Hannah!«, fuhr Freyja sie an. »Du darfst jetzt nicht die Nerven verlieren. Vielleicht schläfst du erst einmal eine Nacht darüber, du bist völlig aufgebracht – zu Recht natürlich, aber du solltest jetzt nichts überstürzen.«

»Ich bin echt fertig mit den Nerven …«

»Nimm dir heute frei, geh spazieren, unternimm etwas Schönes.«

»Ich … ich habe keine Ahnung. Ich kann keinen klaren Gedanken mehr fassen. Was ist mit dem Café? Du kannst doch nicht, mit deinem Knie.«

»Vergiss das Knie, es geht schon wieder. Ich lasse die Gäste heute einfach ihre Bestellungen selbst am Tresen abholen.« Sie legte Hannah eine Hand auf den Arm. »Mach dir um mich jetzt bitte keine Gedanken, Liebes.«

Das Knarzen der Treppenstufen verkündete, dass Jón heute früher dran war als üblich. »Guten Morgen«, sagte er. Dann begriff er, dass etwas nicht stimmte. »Alles in Ordnung?«

»Wie wäre es, wenn du Hannah heute ein bisschen was von der Gegend zeigst?«, schlug Freyja vor.

Jón runzelte die Stirn. »Äh, sicher.«

»Das ist nicht nötig, vielen Dank«, sagte Hannah verlegen. Ihre Nase lief. Sie suchte nach einem Taschentuch, fand aber keines.

»Doch, Hannah. Nimm doch Hilfe an, wenn sie dir angeboten wird. Jón stellt auch keine lästigen Fragen, richtig?«

»Würde ich nie tun«, erklärte er mit einem schwachen Lächeln.

»Na schön«, gab Hannah sich geschlagen. Ihr fehlte die Kraft, weiter zu protestieren. Und alleine mit ihren Gedanken wollte sie jetzt auch nicht sein. »Ich … muss mir nur kurz das Gesicht waschen.« Sie schob den Stuhl zurück und stand auf.

Kurz darauf schlenderten Hannah und Jón zum Hafen hinunter, wo die Seile an den Masten einiger Segelschiffe im Wind klapperten, sanfte Wellen schwappten gegen die Mauern. Es wehte ein leichter Nordwind, doch die Sonne hatte heute genügend Kraft, dass es Hannah nicht fröstelte. Sie war froh, dass Jón ihr keine Fragen stellte. Es war sicher das Beste, etwas Zeit verstreichen zu lassen, ehe sie ihre Mutter kontaktierte. Sie wusste ohnehin nicht, wie sie dieses Thema am Telefon besprechen sollte. Sie stand noch immer unter Schock, hoffte, dass sich die Neuigkeiten auflösen würden wie der Nebel, der am Morgen so häufig über den Bergen hing. Leider war ihr viel zu bewusst, dass sich die Tatsache, dass ihr Vater nicht ihr Vater war, nicht einfach in Luft auflösen würde. Sie würde einen Weg finden müssen, damit umzugehen. Und wenn Peter nicht ihr Vater war, wer war es dann? Es war alles so unfassbar!

»So, da sind wir. Soll ich dir raufhelfen?« Hannah war so in ihren Gedanken versunken gewesen, dass sie kaum bemerkt hatte, dass Jón sein Boot angesteuert hatte. Die Entdeckungstour sollte wohl auf dem Wasser stattfinden.

»Was bedeutetet der Name?«, fragte Hannah und zeigte auf den Schriftzug, der auf die Seite des Boots gemalt war.

»Wir Isländer geben unseren Schiffen gerne Namen von unseren Bergen oder Vögeln.«

»Tatsächlich?«

»Ja, schau dich mal um. Hier drüben liegt ein Schiff, das heißt Kaldbakúr, das ist ein Berg. Daneben liegt eines, das heißt Mávur, also Möwe. Und *Kría* heißt übersetzt, glaube ich … Moment.« Er überlegte und kratzte sich am Kinn. »Ach ja, jetzt fällt es mir wieder ein. Küstenseeschwalbe.« Das Wort war schwierig, sein Akzent war stärker zu hören als sonst.

Geschmeidig sprang er an Bord, lief ins Steuerhaus und warf den Motor an. Dann ging er noch einmal an den Kai und löste die Taue, warf sie aufs Deck, sprang erneut hinterher und reichte ihr seine Hand. »Darf ich bitten?«

Hannah musste lächeln. »Sehr gern.« Sie legte ihre Finger in seine und schaute ihm einen Moment in die Augen. Das genügte, um ein Kribbeln in ihrer Magengegend auszulösen. Für eine Sekunde vergaß sie sogar, wie ihr Ausflug zustande gekommen war, und sie sprang mit einem Satz an Bord. Es war etwas zu schwungvoll, sie landete an seiner breiten Brust. »Entschuldigung«, murmelte sie und rückte ein Stück von ihm ab. Er ging nicht darauf ein, aber ihr entging das Funkeln in seinem Blick nicht. Er hatte es also auch gespürt. »Falls dir kalt wird, ich habe im Steuerhaus noch eine Jacke hängen.« Er schaute in den Himmel. Von Westen zogen dunkle Wolken auf.

»Meinst du, wir bekommen Regen?«

Er zuckte die Schultern. »Kann schon sein.«

»Wird das nicht gefährlich?«

»Wenn du nass sein als gefährlich empfindest?«, neckte er sie.

Hannah biss sich auf die Unterlippe. Irgendwie fand sie das momentan nicht besonders lustig.

»Hey!« Er trat neben sie und legte seine Hände auf ihre Schultern. »Ich habe es nicht böse gemeint. Wir werden dich schon trocken halten. Komm, du darfst auch gleich mal lenken.«

»Ich soll was?«

»Es ist definitiv einfacher als Autofahren.«

»Soll das eine Anspielung auf Frauen am Steuer sein?«

Jón schüttelte den Kopf. »Nein, Hannah. Das sollte es nicht. Und jetzt komm her.« Das dunkle Timbre seiner Stimme beruhigte sie ein wenig, sie fühlte sich wohl in seiner Gegenwart.

Hannah gab nach und trat neben ihm ins Steuerhaus. Es war sehr eng und klein und der Geruch von Diesel lag in der Luft. »Mh, ganz schön eng hier, oder?« Sie blickte zu ihm auf.

In seinen Augen entdeckte sie ein amüsiertes Funkeln, seine Augenbrauen waren von der Sonne heller geworden, sein Teint wie der eines echten Seemanns gebräunt. Weil sie immer noch keine Anstalten machte, sich zu rühren, nahm Jón ihre Hände und legte sie um das Steuerrad. Er ließ nicht los, schob sie vor seinen Körper und stellte sich hinter sie. Mit der rechten Hand drückte er den Gashebel nach unten, sodass sie langsam lostuckerten. Hannah war sich seiner Nähe sehr bewusst, sie wollte nicht seinen frischen Duft einatmen, sich nicht von seiner Wärme einlullen lassen. Aber nach dem schrecklichen Tag war es schön, sich anzuschmiegen, sich der Situation hinzugeben, zumindest ein wenig.

»So ist es gut«, raunte er neben ihrem Ohr, und sie wusste nicht, was er meinte – ihre Art zu steuern oder dass sie sich ein wenig an ihn lehnte.

»Siehst du, Hannah, es ist gar nicht so schwer.«

»Wo sollen wir hinfahren?«

Er lachte dunkel. »Wohin du möchtest, allerdings haben wir nicht genug Diesel im Tank, um bis nach Norwegen oder Grönland zu schippern. Vielleicht fahren wir einfach ein bisschen raus und gucken ein paar Wale an. Hättest du dazu Lust? Oder möchtest du angeln?«

»I-ich, ich weiß nicht«, stammelte sie. Am liebsten würde sie einfach so mit ihm stehen bleiben und gar nichts tun, solange er nur bei ihr war.

»Dann schauen wir mal, ob wir ein paar Buckelwale finden, da muss man ein bisschen Glück haben, die sind sonst mehr im Winter hier. Zwergwale werden wir auf jeden Fall sehen.«

»M-mh«, machte sie.

»Dir wird doch nicht schlecht, oder?«

Hannah schmunzelte. »Du meinst, ob ich seekrank werde oder ob mir deine Nähe Übelkeit verursacht?«

Sie spürte, wie er sich versteifte.

»Trete ich dir zu nahe?«, fragte er ernst.

»Es war ein Scherz, Jón.«

Er entspannte sich, dann strich er ihr eine Strähne aus dem Gesicht. Dabei berührte er ihre Wange. Ob das Streicheln Absicht war oder nicht, konnte sie nicht sagen, nur dass es sich wundervoll anfühlte.

»Also ist dir nicht schlecht? Keine weichen Knie, flaues Gefühl im Magen?«, hakte er nach. »Bei mir ist es nämlich ein bisschen so.«

Hannah stockte der Atem. »Tatsächlich?« Ihre Stimme klang nicht so sicher, wie sie gerne gehabt hätte.

»Tatsächlich. Allerdings nicht wegen des Meeres unter uns.« Er rückte noch ein Stückchen näher an sie heran. »Du bist der Grund.«

»Du lenkst mich vom Steuern ab«, brachte sie gerade noch so hervor, während sich ein heißes Ziehen in ihrer Mitte bemerkbar machte.

»Was, hast du Angst, bei dem vielen Verkehr einen Zusammenstoß zu provozieren?« Er gluckste leise.

Hannah drehte sich um, seine Pupillen waren geweitet, seine Lippen leicht geöffnet. Es wäre so einfach, sie müsste ihr Kinn nur ein Stück anheben … »Oh, hast du die gemalt?«, fragte sie, als sie die aufgemalten Vögel an der Wand im Steuerhaus entdeckte. Sie waren über die Jahre ein wenig verblichen.

»Ich? Nein.«

»Ich dachte nur … fährst du oft raus?«, fragte sie, weil sie plötzlich der Mut verlassen hatte, ihn zu küssen.

Jón legte eine Hand an ihre Wange. »Ich habe dich gesehen, Hannah. Ich sehe dich oft, wenn ich draußen bin. Du gehst gern spazieren.«

»Du beobachtest mich?«

»Wenn du es so nennen willst. Vielleicht bin ich auch einfach nur aufmerksam.«

»Wieso hast du überhaupt einen Kutter?«, lenkte sie vom Thema ab. Ihr war schrecklich heiß geworden. Jóns Nähe machte sie wahnsinnig. Wahnsinnig kribbelig und beinahe schwerelos.

»Er gehörte Freyjas Mann.«

Hannah blinzelte, dann begriff sie seine Worte. Gott, sie musste sich ein wenig zusammenreißen, ansonsten würde sie sich ihm gleich an den Hals werfen – auch wenn er nicht abgeneigt war, so würde es ihr ohnehin schon völlig durcheinander geratenes Leben nur noch mehr verkomplizieren.

Oder?

Sie war zu aufgewühlt und aufgeregt, um an diesem Tag klar denken zu können.

»Ach, dann ist es gar nicht deins?«, fragte sie, obwohl es sie nicht halb so sehr interessierte, wie endlich von seinen Lippen zu kosten. Wieso hatte sie das nicht längst getan? Er hatte einen wundervollen, sinnlichen Mund, der wie fürs Küssen gemacht schien.

»Freyja ist die Schwester meiner Mutter«, sagte er, als ob das alles erklären würde. Dann fügte er hinzu: »Stjáni und sie hatten keine Kinder, ich bin oft mit ihm rausgefahren. Durch Stjáni bin ich zur Kunst gekommen, er hat viel darüber gelesen und mich immer ermuntert zu tun, was mir Spaß macht.«

»Verstehe. Also war er auch ein Künstler?«

Jón ging nicht darauf ein. Er sah sie nachdenklich an. »Du weißt sicher, dass ich einen großen Teil des Jahres in New York lebe.«

»Warum sagst du mir das?« Ihr Puls schnellte in ungeahnte Höhen, als er noch einen Schritt näher trat, obwohl sie praktisch schon aneinanderklebten.

»Weil ich gern mit dir zusammen bin.« Es war eine Aussage, eine Tatsache. Keine Frage, keine Zweifel.

»Du hast eine seltsame Art, das zu zeigen.« Sie schaute ihn unter halb gesenkten Lidern an.

Ein Lächeln schlich sich in sein Gesicht. »Das kann sein«, meinte er. Seine Stimme klang rauer als sonst. Für einige Sekunden, die Hannah endlos schienen, schaute er sie mit diesem eindringlichen Ausdruck in den Augen an, der ihr die Hitze durch den Körper trieb. »Seit ich dich mit deinen roten Locken zum ersten Mal gesehen habe, wünsche ich mir, dich zu malen.«

Sie formte ein lautloses »O« mit den Lippen. Ging es nur darum?

»Guck nicht so erschrocken.« Seine Hand wanderte in ihr Haar und verschwand fast vollständig darin. »Das Grün deiner Augen ist außergewöhnlich, das habe ich dir neulich schon gesagt. Ich habe manchmal das Gefühl, dir ist nicht bewusst, wie schön du bist. Wie anziehend. Wie … perfekt.«

Sie zuckte die Schultern, weil sie nicht wusste, was sie dazu sagen sollte.

»Sagst du Ja?«, fuhr er fort.

Sie hatte vergessen, was er gefragt hatte. In ihren Ohren rauschte das Blut. »Wozu soll ich Ja sagen?« Ihre Stimme klang dünn.

»Darf ich dich malen?«

»I-ich weiß nicht«, stammelte sie. »Ich habe so was noch nie gemacht. Was muss ich tun? Was *müsste* ich tun?« Gleichzeitig fühlte sie sich geschmeichelt, sie hatte ihren Körper nie als etwas gesehen, das aus rein ästhetischen Gründen bewundert wurde. Vielleicht konnte sie sich selbst durch seine Augen besser sehen.

»Wenn es dir nicht gefällt, werde ich es niemandem zeigen«, versprach er.

Sie legte den Kopf schief, überlegte noch. Dann zog er sie an sich und küsste sie. Und sie küsste ihn zurück. Seine Lippen waren sanft und fordernd. Sie spürte, dass Jón ein Mann war, der wusste, was er wollte.

Und jetzt wollte er sie.

Hannah berauschte sich an seiner Nähe, seinem heißen Atem und seinen Händen, die auf einmal auf ihrer Taille lagen. Irgendwann lösten sie sich voneinander. Sie atmete schnell, Jóns Blick war erwartungsvoll. »Sag Ja«, bat er noch einmal. Und ehe er seine Lippen erneut auf ihre legte, schauten sie gemeinsam hinaus auf den weiten Atlantik und die Seevögel, die knapp über der Wasseroberfläche schwebten.

Kapitel 18

Akureyri 1978

Im Haus war es warm und nur das Plaudern der Eltern drang durch die Falttür an ihr Ohr. Der Flur war erfüllt von hellem Sonnenlicht. Staubkörnchen sanken in einem eleganten Tanz herab. Monika verabschiedete sich nicht, die Eltern würden hoffentlich gar nicht merken, dass sie fortging. Auf Zehenspitzen verließ sie das Haus, zog die Tür leise hinter sich ins Schloss und eilte die Straße hinab. Kristján wartete schon. Er lehnte an einem klapprigen Lada, dessen Farbe einmal Orange gewesen sein musste. Das Auto wurde nur noch von Rost zusammengehalten.

»Hallo«, sagte sie und blieb vor ihm stehen. Er trug eine braune Cordhose und ein blau-rot kariertes Hemd mit breitem Kragen. Die Sonne hing tief über dem Fjord und tauchte den Himmel in zartes Orange und Rosa. Es war kühl geworden. Monika zog die Strickjacke enger um ihre Schultern.

Sein Blick fühlte sich sehr intim an. Monikas Puls schnellte in ungeahnte Höhen, als sie in seine Augen sah. Dieses sinnliche Blau, das ihr den Atem raubte. »Du bist gekommen«, erwiderte er, als hätte sich die Frage jemals gestellt. Er wusste es, sie wusste es: Sie gehörten zusammen.

Kristján beugte sich zu ihr, sein Mund senkte sich auf ihren und er küsste sie mit einer solchen Sehnsucht, dass ihre Knie unter ihr nachzugeben drohten. Es war ein langer, betörender Kuss, der in ihr den Wunsch auslöste, sich an ihn zu schmiegen, ihr altes Leben hinter sich zu lassen und für immer mit ihm zu verschwinden. Sie wünschte sich, dass er sie nie mehr gehen ließ.

Irgendwann löste er sich von ihr. »Soll ich dir zeigen, wo ich lebe?«, fragte er mit belegter Stimme. Monika legte einen Finger an ihre vom Küssen geschwollenen Lippen. »Das würde mich sehr freuen.«

»Es ist nichts Besonderes«, erklärte er, während er die Wagentür für sie öffnete.

»Ich bin mir sicher, dass ich mich wohlfühlen werde.« Sie schaute zu ihm auf und lächelte.

Kristján lebte in einer kleinen Wohnung, in einem mit Muschelsand verputzten Haus, ein Zimmer, Bad und Küche, direkt unter dem Dach. Man erreichte die Wohnung über eine Außentreppe. Er schloss die Tür auf und ließ ihr den Vortritt. Direkt hinter der Tür lag der Wohnbereich, in dem ein durchgesessenes, mit rotem Samt bezogenes Sofa und ein Nierentisch mit abgenutzter Tischplatte standen. An der Wand war ein Regal befestigt, darin einige abgegriffene Bücher, die aussahen, als wären sie oft gelesen worden. Dahinter stand ein Bett. Sie konnte einen Blick in die winzige, dunkle Küche erhaschen, ein kleiner Flur führte vermutlich zum Bad. Es roch nach Putzmitteln, als ob er kurz zuvor noch für Ordnung gesorgt hatte. Kristján knipste eine Stehlampe an und vergrub die Hände in seinen Hosentaschen. »Kann ich dir etwas zu trinken anbieten?«, fragte er, dabei wirkte er unsicher.

»Vielleicht ein Glas Wasser. Du hast es sehr schön hier.«

»Ich weiß, es ist einfach …«, fing er an, aber Monika hob eine Hand und brachte ihn zum Schweigen.

»Und wenn es eine Nussschale wäre, in der du lebst, Kristján. Ich bin doch nicht deswegen hier.«

Sie sah, wie sich sein Mund öffnete und dann wieder schloss. Er schluckte schwer.

In jenem Moment sah Monika es deutlich vor ihr. Sie würde lieber hier mit ihm in dieser kleinen Wohnung bleiben, womöglich selbst in der Fischfabrik arbeiten, wenn sie dafür mit ihm leben und ihrem Traum vom Malen nachgehen konnte. Frei sein konnte. Plötzlich war ihr kommendes Leben nicht mehr ein gestaltloses Etwas, ungeformt, leidenschaftslos und einsam. Offen und hell lag es vor ihr. Und das hatte sie nur Kristján zu verdanken.

»Komm zu mir«, bat sie ihn sanft. Mit zwei langen Schritten war er bei ihr.

Ihr Herz klopfte so schnell, als drohe es aus der Brust zu springen.

»Gib mir deine Hand«, sagte sie, aber wartete nicht ab, sondern nahm sie und legte sie auf ihre Brust. »Spürst du das?«

Er atmete zischend ein. »Dein Herz rast. Meins auch.«

»Du machst das mit mir.«

»Und du mit mir.«

»Was brauchen wir mehr als uns?« Sie blickte zu ihm auf und las es in seinen Augen. Ihm ging es genauso.

»Ég elska þig«, sagte er rau, dann verschloss er ihren Mund mit seinen Lippen.

Ich liebe dich auch, dachte sie, aber ihr blieb keine Gelegenheit, ihm ihre Gefühle zu gestehen. Sie begann mit fliegenden Fingern sein Hemd zu öffnen, sie musste seine Haut spüren. Aber seine Hände griffen nach ihren und hielten sie sanft fest.

»Nicht«, sagte Kristján. »Ich möchte das nicht so.« Er sah sie an, und es lag etwas in seinem Blick, das sie nicht deuten konnte. Kurz fühlte sie sich zurückgestoßen.

»Was? Aber wieso denn nicht?«, fragte sie mit belegter Stimme.

Er legte ihr eine Hand an die Wange. »Du bist mehr für mich als das. Ich will nicht, dass du glaubst, es ginge mir nur darum.« Er sah sie zärtlich an.

»Das weiß ich doch.« Sie atmete erleichtert aus und liebte ihn umso mehr.

»Ich weiß nicht, wie ich ohne dich leben soll«, stieß er hervor und blickte zu Boden.

»Das musst du nicht.« Sie küsste ihn. »Wir finden einen Weg.«

Die Gewissheit und Überzeugung, dass sie ihr Leben mit ihm verbringen wollte, gab ihr die Sicherheit, die sie in diesem Augenblick benötigte, um darauf zu vertrauen, dass es richtig war zu warten. Sie liebte Kristján dafür, dass er der Vernünftige von ihnen war, dass er warten wollte, bis sie wirklich frei war.

Sie verbrachten beinahe die ganze Nacht miteinander. Zu später Stunde gingen sie spazieren, Hand in Hand, nur sie beide alleine, die Welt um sie schlief, obwohl die Mitternachtssonne längst wieder vom blauen Himmel strahlte. Immer noch fand Monika diese taghellen Sommernächte beeindruckend und berauschend zugleich. Es war windstill, es gab nur sie beide. Sie sprachen nicht viel, sie waren sich selbst genug. Irgendwann in den frühen Morgenstunden bat sie Kristján, sie zurückzubringen. So gerne sie einfach bei ihm bleiben würde, so sehr musste sie einiges regeln. Eine ganze Menge regeln. Sie fürchtete sich nicht vor der Entscheidung, aber sie hatte Angst vor der Reaktion ihrer Eltern und ihres Verlobten, der dann nicht mehr ihr Verlobter sein würde. Dennoch war sie fest entschlossen. Es ging um ihr Leben und es war an der Zeit, dass sie endlich die Entscheidungen traf, die nötig waren, um glücklich zu werden.

Kapitel 19

Húsavík 2018

Hannah saß in Jóns Atelier, das sich im obersten Stockwerk des gelben Leuchtturms befand. Überall standen Leinwände, bemalte und weiße. Auf dem Dielenboden reihte sich ein Klecks an den anderen, es roch nach Farbe und Terpentin. Hannah schaute hinaus auf die tosende See. Sie hatten es gerade noch in den Hafen geschafft, da hatte sich der Himmel über ihnen aufgetan. Eisiger Regen prasselte nun gegen die großen Scheiben, aber Hannah fror nicht, hinter ihnen brannte ein Feuer im geschlossenen Kamin, eine Heizung gab es nicht. Im Winter konnte es hier vermutlich ungemütlich werden.

»Fühlst du dich wohl?«, fragte Jón hinter ihr, während er die Farben vorbereitete.

Sie spürte in sich hinein, dann streckte sie ihren Arm aus und nahm ihr Glas zur Hand. Sie trank einen Schluck und genoss das warme Gefühl, das sich in ihrem Bauch ausbreitete. Sie war nicht betrunken, aber fühlte sich ein wenig beschwingt. »Dein Rotwein hilft auf jeden Fall«, gab sie zurück und stellte das Glas beiseite.

»Ich wollte dich nicht mit Alkohol betäuben oder so was.« Er rieb sich das Kinn und wirkte einen Augenblick verlegen.

Sie warf ihm einen Blick über die Schulter zu. »Das weiß ich doch.«

Jón kam auf sie zu, dann zog er sie an den Händen auf die Beine. »Eine Kleinigkeit habe ich dich aber noch nicht gefragt«, sagte er und starrte auf ihre Lippen.

»Und die wäre?«

»Würdest du dich für das Bild ausziehen?«

Sie japste nach Luft. »O Gott. Ein Aktbild?«

Er nickte. »Ich male dich, wie du auf das Meer hinausschaust. Keine Angst, Hannah. Es wird weder unanständig noch pornografisch. Und vor mir musst du dich auch nicht fürchten.«

Seltsamerweise gefiel ihr der Gedanke. Was er wohl in ihr sah? Wie sah er sie? Dass es billig oder anstößig werden würde, hatte sie ohnehin nie befürchtet, dafür war er zu talentiert und zu erfahren. »Na schön«, hörte sie sich sagen. Dann knöpfte sie ihre Bluse auf.

»Glaub mir, das wird schwieriger für mich als für dich.« Er grinste schief.

Sie schaute ihn unter halb gesenkten Lidern an. »Wird es das?«

Er schluckte schwer. »Absolut.«

»Vielleicht … vielleicht muss ich ja nicht die ganze Zeit ohne Kleidung bleiben, bis du mit der Arbeit fertig bist?«

Jón zog sie ruckartig an seine Brust, sein heißer Atem strich über ihre Lippen. »Dir ist bewusst, dass es etliche Stunden, Tage, manchmal Wochen dauert, bis so ein Bild fertig ist, oder?«

Sie nickte. Obwohl sie es nicht ausgesprochen hatten, war klar, dass es nicht nur um das Bild allein ging. »Werde ich jetzt zum Klischee?«, fragte sie. »Der Künstler und seine Muse?«

Zwischen seinen Brauen erschien eine steile Falte. »Das ist nicht fair, Hannah.«

»Ist es erlaubt zu fragen?«

»Was willst du von mir hören?«

Sie neigte ihren Kopf. »Ich weiß nicht.«

»Ich fühle mich zu dir hingezogen. Ich begehre dich seit dem ersten Tag, an dem ich dich sah. Daraus mache ich kein Geheimnis mehr.«

»Bis dahin hat es eine ganze Weile gedauert«, versuchte sie zu scherzen. Sie erkannte an seinem Blick, dass der Witz misslungen war, vielleicht auch, weil ein Körnchen Wahrheit darin lag. Hannah hatte nicht vergessen, dass ihr Leben momentan einem Scherbenhaufen glich. Aber in den letzten Stunden hatte sie es erfolgreich verdrängt. Offenbar gab es auch etwas, das Jón bedrückte, denn er sah mit einem Mal ganz und gar nicht mehr entspannt aus. Sein Blick war starr und leer geworden, seine Finger umklammerten einen Pinsel, als hinge sein Leben davon ab.

»Ich habe eine Vergangenheit«, flüsterte er und senkte die Lider. Es fiel ihm sichtlich schwer, darüber zu sprechen.

»Haben wir die nicht alle?«, versuchte Hannah in leichtem Ton einzuwerfen. Jón sah sie an, ein harter Zug lag um seinen sinnlichen Mund, der, wie sie nun wusste, herrlich schmeckte.

»Nach dem Sommer gehe ich wieder nach New York.«

Sie hielt den Atem an. Es ging nicht mehr nur um ein Bild, das war klar.

»Warum sagst du mir das jetzt?« Sie hatte die Augen weit aufgerissen, ihre Hände hielt sie vor ihrer Brust, weil sie sich plötzlich nackt und verletzlich fühlte.

»Weil ich nicht will, dass du dir falsche Hoffnungen machst.«

Hannah versteifte sich. »Hoffnungen? Glaubst du, ich bin auf der Suche nach einem neuen Ehemann? Ich bin noch nicht mal vom ersten geschieden.« Sie wandte sich ab und fuhr sich mit der Hand über das Gesicht. Und dann begriff sie. Es ging ihm wirklich nur um sein Aktbild. Wenn sie sich ihm hingab, würde sie zum Klischee werden. Sie war entsetzt. »O Gott, was mache ich hier eigentlich?«

Ein Eimer mit eiskaltem Wasser hätte keine ernüchterndere Wirkung haben können. Hannah fühlte sich gedemütigt. Mit bebenden Fingern knöpfte sie ihre Bluse wieder zu.

»Hannah«, stieß Jón hervor und streckte eine Hand nach ihr aus.

»Was?« Sie funkelte ihn an, in ihren Augenhöhlen brannte die Scham darüber, dass sie sich fast vor ihm entblößt und zum Narren gemacht hatte. Natürlich wollte er sie nur ins Bett bekommen.

»Es … es tut mir leid«, presste er hervor. Seine Lippen waren zu zwei schmalen Strichen geworden.

Sie hielt inne. »Was genau tut dir leid? Dass du meinen emotional aufgekratzten Zustand benutzt hast, um zu versuchen, mich ins Bett zu zerren?« Ihre Stimme bebte vor Wut.

»Es tut mir leid, ich wollte das nicht ausnutzen. Aber alles, was ich gesagt habe, ist wahr.«

»Du willst mich vögeln und malen, aber sonst keine Scherereien mit mir haben? Wie nett und ehrlich. Aber nein danke.«

Sein Adamsapfel hüpfte, die Kiefer mahlten, er sagte kein Wort. Sie sah eine Ader an seinem Hals pochen.

Keine Sekunde würde sie es länger in seiner Nähe aushalten.

Sie drehte sich weg, schloss die letzten Knöpfe, schnappte sich ihre Sachen und hastete die Stufen nach unten. Sie floh mit wackeligen Knien und verletztem Stolz aus dem Leuchtturm. Gott sei Dank hatte sie all das erfahren, ehe sie mit ihm geschlafen hatte!

Auf dem Rückweg spürte sie die eiskalten Regentropfen und den schneidenden Wind kaum, die Scham brannte heiß und loderte in ihr.

»Wie siehst du denn aus?«, rief ihr Dísa zu, die gerade Einkäufe aus dem Auto ins Haus schleppte. Sie hatte die Kapuze ihrer Jacke tief ins Gesicht gezogen.

»Nass«, kommentierte Hannah knapp.

»Scheißtag gehabt? Gibt es was Neues wegen deines Vaters?«

Hannah wollte antworten, aber ihre Stimme versagte. Stattdessen brach sie in Tränen aus. Es war einfach alles zu viel. Ihr Vater, der nicht ihr Vater war, Jón, der sie anziehend fand, aber doch nur benutzen wollte, Nils, der sie in ihrer Ehe nicht beachtet hatte und es nun bereute, sich getrennt zu haben, und natürlich Max, den sie schrecklich vermisste.

»O Gott, Süße. Komm mit rein. Ich mache dir einen Tee und dann kannst du mir erzählen, was los ist.«

Wie eine Marionette ließ sich Hannah ins Haus führen. Sie protestierte nicht, als Dísa ihr trockene Kleidung und ein Handtuch reichte. Eine Viertelstunde später saßen sie in der Küche, ihre Freundin hatte statt des Tees eine Flasche Rotwein geöffnet und ihnen zwei Gläser eingeschenkt.

»Fang am Anfang an«, bat Dísa und legte ihre Hand auf Hannahs.

Unter Tränen und Wut berichtete sie, was der Bluttest ergeben hatte.

Überraschenderweise reagierte ihre Freundin gelassen. »Das ist natürlich Mist. Jetzt musst du dir die Frage stellen, ob du überhaupt wissen willst, wer dein leiblicher Vater ist. Ich meine, diese Antwort könnte unter Umständen nicht so toll sein.«

»Das stimmt, daran habe ich noch gar nicht gedacht.«

»Dein Vater weiß es aber nicht?«

»Ich habe keine Ahnung, und ich möchte ihn derzeit auf keinen Fall damit belasten. Das könnte ihn komplett fertigmachen. Er muss erst mal gesund werden.«

»Das verstehe ich. Aber du hast auch ein Recht auf Informationen.«

»Ich muss erst einmal eine Nacht darüber schlafen, in meinem jetzigen Zustand schaffe ich das emotional nicht. Ich muss mich darauf vorbereiten, ich bin überfordert.«

»Das ist logisch, und es ist gut, wenn du dir ein bisschen Zeit nimmst, das in Ruhe zu durchdenken. Aber da ist doch noch mehr? Warum kommst du hier wie von der Tarantel gestochen auf deinem Fahrrad angerast?«

»Warum guckst du mich so seltsam an?«

Dísa wackelte mit den Augenbrauen. »Herzchen, deine Bluse war schief zugeknöpft.«

»O Gott.« Hannah schlug sich die Hand vor den Mund.

»Nichts, wofür du dich schämen musst. Wer ist der Glückliche?«

»Es ist nicht so, wie es aussieht. Ja, ich weiß, das klingt furchtbar abgedroschen.«

»Liebes, ich bin ganz Ohr.« Dísa trank einen Schluck.

»Ich war heute Morgen, nachdem ich von dem Ergebnis des Bluttests erfahren habe, total aufgelöst. Freyja hat also Jón gebeten, mich ein bisschen abzulenken.«

»Jón!«, rief Dísa mit großen Augen und lachte. »Ich wusste es! Wahnsinn.«

»Nein, nein, lass mich doch erst einmal alles erzählen.«

»Dann mach, ich bin so gespannt!«

Hannah atmete tief durch. »Also, wir sind mit seinem Fischkutter rausgefahren und ja, ich gebe es zu, da hat es schon zwischen uns geknistert.«

»Wie aufregend! Ihr habt auf dem Boot …?«

»Nein, haben wir nicht. Aber wir haben uns geküsst.«

»Und da ist zufällig deine Bluse aufgegangen«, stellte Dísa mit einem anzüglichen Grinsen fest.

»Natürlich nicht. Er hat mich gebeten, dass er mich malen darf.«

»Und dann seid ihr in der Kiste gelandet.«

»Nein, sind wir nicht. Dazu ist es gar nicht gekommen.«

»Oh, wie schade. Ich dachte, dass du endlich *das* Dornröschen bist, das Jón aus seiner Trauer erlöst.«

»Trauer?«

Dísa kniff die Augen zusammen. »Jetzt sag mir nicht, dass du das nicht weißt.«

»Was soll ich wissen? Mensch, sprich doch bitte nicht in Rätseln, das kann ich heute nicht mehr ertragen.«

Ihre Freundin richtete sich im Stuhl auf, ihr Gesicht wirkte mit einem Mal sehr ernst. »Hör zu, Hannah. Jón war schon mal verheiratet.«

»Tja, wer nicht«, sagte Hannah schnippisch. Sie dachte an Nils und ihre zerrüttete Ehe.

»Ja, der Unterschied ist, dass seine Frau und sein Kind in Reykjavík auf dem Friedhof liegen.«

Hannah riss die Augen auf. »Wie bitte?«

»Mensch, das kann doch nicht angehen, du bist jeden Tag da drüben im Café und du hast das noch nicht mitbekommen?«

»Entschuldige mal! Jón ist erstens keine Plaudertasche und zweitens ist das ja auch nichts, womit man hausieren geht.«

»Das ist mir klar, aber du musst ja nur mal auf Wikipedia gucken.«

Hannah schüttelte den Kopf. »Ich bin niemand, der stundenlang im Internet Leuten hinterherspioniert, ich habe zwar einmal kurz seinen Namen gegoogelt … aber das habe ich nicht gelesen.«

»Diese Tragödie ist jedenfalls kein Geheimnis.«

»Ich fasse es nicht«, stieß Hannah hervor. »Wie ist das passiert?«

»Es war ganz schrecklich. Weißt du, ich glaube eigentlich, dass ich nicht diejenige sein sollte, die dir seine Lebensgeschichte erzählt.«

»Ich bitte dich, eben hast du mir noch Wikipedia empfohlen!«

»Ja, schon gut. Ich weiß aber auch nicht alles. Er war ein junger Künstler, hat mit seiner Frau in Dänemark gelebt, er glaubte, dass er dort schneller erfolgreich sein würde. Die Künstlerszene war dort viel etablierter als bei uns. Aber das Geld und der Erfolg blieben aus, in dieser Zeit bekamen sie ein Kind.«

»Wann war das?«

»Es ist bald zehn Jahre her.«

»So ein Schmerz heilt wohl niemals«, murmelte Hannah betroffen.

Dísa nickte traurig. »Sie haben sich viel gestritten, über das fehlende Geld, darüber, dass er endlich was Anständiges arbeiten solle, anstatt der brotlosen Kunst nachzugehen. Sie wollte ihn verlassen, hat das Kind ins Auto gepackt und ist im Streit weggefahren. Mitten in der Nacht.«

Hannah wurde übel. »Sag, dass es nicht dann passiert ist.«

Dísa seufzte. »Leider doch. Die beiden sind in dieser Nacht verunglückt.«

Hannah legte sich eine Hand an die Stirn. »O Gott.«

»Und worüber habt ihr euch gestritten?«, fragte Dísa nach einer kurzen Pause.

»Er hat damit angefangen, dass er nach dem Sommer wieder nach New York gehen wird, als wollte er mich darauf hinweisen, dass es nichts zu bedeuten hätte, wenn wir jetzt miteinander schlafen. Als wollte er klarstellen, dass ich mir bloß keine Hoffnungen machen solle, dass eine Beziehung daraus entstehen würde.«

»Mh. Dann kann ich deine Reaktion verstehen, vor allem wenn du nicht wusstest, was der wahre Grund ist, dass er sich auf niemanden mehr einlässt. Aber Jón hat seit dem Tod seiner Frau keine auch nur angeschaut. Er lebt allein, er hatte bisher nicht mal Affären, soweit ich weiß jedenfalls. Ob das in New York auch so ist, kann ich dir nicht sagen. Paradoxerweise hat sich seine Kunst nach diesem schrecklichen Unglück so verändert, dass der Erfolg sich bald einstellte, nachdem er wieder mit dem Malen begonnen hatte.«

»Das ist ja furchtbar. Deswegen sind seine Bilder so … melancholisch.«

»Ja. Und dass er dich malen wollte, ist wohl eine kleine Sensation.«

Hannah schloss die Augen. »Und ich habe es nicht begriffen.«

»Wie solltest du? Er hätte es dir sagen müssen.« Dísa stieß zischend die Luft aus. »Männer! Die reden so viel, aber wenn es darauf ankommt, bringen sie kein Wort raus.«

»Was soll ich jetzt tun? Ich würde ihm gerne sagen, dass es mir leidtut. Aber ich bin auch irgendwie sauer auf ihn, immerhin habe ich ihm von mir sehr viel mehr erzählt.«

»Ich denke, du solltest erst einmal überlegen, was du wirklich von ihm willst.«

Hannah hatte sich diese Frage noch nicht bewusst gestellt. »Ich … ich weiß es nicht«, stotterte sie.

»Du solltest dir erst einmal darüber klar werden, Süße. Ich weiß, du hast ein gutes Herz, aber Jón ist zerbrechlicher, als er aussieht. Er hätte dich nicht geküsst, wenn du ihm nichts bedeuten würdest. Wenn du nicht auch etwas für ihn empfindest, solltest du ihn lieber ihn Ruhe lassen.«

Nachdem sie sich von Dísa verabschiedet hatte, stand Hannah lange vor ihrem Häuschen und starrte auf das Meer hinaus. Sanfte Wellen wogten in einem stetigen Rhythmus, während in ihrem Kopf die Gedanken kreisten und sich einfach nicht beruhigen wollten. Jón sollte Gefühle für sie haben? Und Dísa machte sich Sorgen, dass *sie* ihn verletzen könnte? Bis vor Kurzem war Hannah noch davon ausgegangen, dass sie diejenige sein könnte, die bei einer Affäre verletzt werden würde.

Kapitel 20

Akureyri 1978

Monika saß am Frühstückstisch und starrte in ihre Kaffeetasse, während sie die Monologe ihrer Eltern über sich ergehen ließ. Egal, wie oft sie es hörte, es wurde nicht besser. Innerlich bebte sie vor Zorn.

»Was denkst du dir eigentlich dabei?«, zischte ihre Mutter jetzt.

»Du führst dich auf wie ein leichtes Mädchen«, fügte ihr Vater mit gefährlich leiser Stimme hinzu, und Monika fragte sich, wer sie mit Kristján gesehen und dann verpetzt hatte.

»Wenn Peter davon wüsste«, fuhr ihre Mutter fort.

Monika wollte so vieles sagen, doch kein Wort kam über ihre Lippen. Dass ihre Eltern das Schlimmste annahmen und überhaupt kein Verständnis für sie aufbrachten, überraschte sie nicht. Mit einem Mal war die ganze Euphorie wie weggeblasen, nur der Gedanke, dass sie all das bald hinter sich lassen würde, hielt sie aufrecht. Sie war sich sicher, dass sie ihr altes Leben in Lüneburg keine Sekunde vermissen würde. Ach, wenn es nur schon so weit wäre. Aber jetzt war nicht der rechte Zeitpunkt, um ihren Eltern zu erzählen, dass sie die Verlobung lösen und fortgehen würde. Sie waren zu aufgebracht und würden ihr sowieso nicht zuhören.

»Und alles auf offener Straße«, wandte sich ihre Mutter jetzt an ihren Mann. »Mit einem Fabrikarbeiter!«

Gernot seufzte schwer und kratzte sich am Kinn. »Das muss aufhören, Monika. Ist das klar?«

Sie reckte ihr Kinn in die Höhe. »Ich bin volljährig, ich kann tun und lassen, was ich will.«

Heide schüttelte den Kopf. »Ich weiß einfach nicht, was wir bei dir falsch gemacht haben.«

Monika hielt es nicht mehr aus, sie schob ihren Stuhl zurück und stand auf. »Ich warte besser draußen. Später habe ich noch etwas mit euch zu besprechen, ich möchte das aber in Ruhe tun, nicht jetzt, vor dem Fabrikbesuch.« Ohne auf eine Antwort zu warten, verließ sie das Esszimmer. Sie hörte, wie ihre Eltern leise miteinander sprachen, es war klar, worum es ging. Sie hatte es so satt.

Monika hatte gerade den Türgriff in der Hand, als sie sah, wie Karitas die Straße entlanggerannt kam. Einen Bürgersteig gab es in diesem neu erschlossenen Wohngebiet in Akureyri nicht. Es war ein kühler Sommertag, die Wolken zogen rasch über den blassblauen Himmel. In der Nachbarschaft knatterte ein Motorrad. Karitas war außer Puste, als sie vor Monika stehen blieb. Sie stützte sich mit den Händen auf den Oberschenkeln ab und schaute zu ihr auf. »Die Prinzessin ist auch schon wach«, schnaufte sie.

»Du hättest mich gerne aufwecken können«, grummelte Monika, deren Laune nicht gerade die beste war.

»Du hast so selig geschlummert.«

»Ja, und jetzt habe ich das Frühstück in mich hineingeschlungen und muss gleich in die Fischfabrik, weil dein Vater sie uns zeigen will. Hoffentlich wird mir nicht schlecht.«

Karitas lachte. »Du musst ja nicht mit reingehen.«

»Ich habe das Gefühl, dass es gut wäre, wenn ich – bei der Stimmung meiner Eltern – ein bisschen die brave Tochter mimen würde. Eben habe ich mir wieder eine Standpauke anhören dürfen, wo ich mich gestern Abend herumgetrieben habe. Aber sag mal, was machst du da eigentlich?«

»Jogging.«

»Jogging?«, wiederholte Monika mit gerunzelter Stirn.

»Jetzt sag mir nicht, dass du davon noch nichts gehört hast? Das machen doch momentan alle.«

»Erkläre mir, wer *alle* sind.«

Karitas schüttelte den Kopf und richtete sich wieder auf. »Ihr Deutschen seid manchmal echt ein bisschen spät dran, was neue Entwicklungen angeht, kann das sein?«

»Und ihr habt zu viel amerikanischen Einfluss. So!« Monika musste selbst lachen.

»Ich halte mich jedenfalls fit.« Karitas klopfte sich mit der flachen Hand auf den Hintern.

»Willst du mir sagen, dass ich es nötig hätte?«

»Nein, meine Liebe. Das bestimmt nicht. Hast du es denn schon mal mit Jogging versucht? Es befreit Geist und Körper.«

»Ich wüsste nicht, warum ich wie eine Verrückte durch die Straßen rennen sollte.«

»Es wird von Ärzten empfohlen und soll sehr gesund sein. In den Staaten macht das jetzt jeder.« Sie wischte sich den Schweiß mit einem Frotteearmband von der Stirn, das sie am Handgelenk trug.

»Also wenn ich mir dich so anschaue, dann bin ich nicht so sicher, ob das wirklich gut für einen sein kann. Du bist knallrot im Gesicht.«

Karitas winkte ab. »Erzähl mir lieber, wo du letzte Nacht gesteckt hast. Und … wann trefft ihr euch wieder?«

Monikas Körper durchfuhr ein süßer Schauer und sie zuckte mit den Schultern. Kristján musste arbeiten, vielleicht konnten sie sich danach sehen, bis dahin würden aber noch endlose Stunden vergehen. »Ich weiß noch nicht.«

»Dann sehe ich dich nachher wieder zu Hause?«

»Wahrscheinlich.«

»Gut, dann viel Spaß in der Fabrik.«

Monika streckte Karitas die Zunge heraus, dann stieg sie in Magnús' Wagen. Der kam kurz darauf gut gelaunt aus dem Haus, zog eine Packung Winston aus der Jackentasche und zündete sich mit einem silbernen Feuerzeug eine Zigarette an. Er zwinkerte ihr zu, nahm ein paar Züge, dann stieg er in den Wagen. Der Geruch von Tabak vermischte sich mit dem Duft seines Rasierwassers. Monika lächelte. Nachdem sie schon wieder mit ihren Eltern aneinandergerasselt war, obwohl sie noch nicht mal etwas von ihren großen Plänen erzählt hatte, brauchte sie einen Verbündeten. »So, und du willst also mal in die Fußstapfen deines Vaters treten?«

Magnús schnalzte mit der Zunge. »Werde ich, und ich bin schon dabei, ich habe von der Uni ein paar spannende Wirtschaftstheorien mit ihm besprochen und die entwickeln wir jetzt in der Produktion weiter.«

»M-mh«, machte Monika, die sich zwar nicht für Geschäftliches interessierte, aber der sonst gerade kein anderes unverfängliches Gesprächsthema einfiel.

Er legte einen Gang ein und fuhr los. Dunkle Wolken zogen rasch über den Himmel, es sah nach Regen aus. »Geht es dir gut?«, fragte er, als er an einer Ampel anhielt.

»Ja, natürlich. Wieso?«

»Du wirkst heute so … nachdenklich.«

»Meine Eltern gehen mir manchmal ein wenig auf die Nerven.«

Er lachte. »Das kenne ich, aber jetzt sitzt du ja in meinem Wagen.«

Sie wusste nicht, was sie darauf sagen sollte. Deswegen nickte sie nur und schaute aus dem Fenster. Als sie wenig später an der Fabrik ankamen, stiegen ihre Eltern gerade aus dem Volvo seines Vaters. Sie kräuselte die Stirn. »Wie ging das jetzt so schnell?«

»Die haben wahrscheinlich eine Abkürzung genommen.« Er stieg aus und Monika nagte an der Innenseite ihrer Wange. Seltsam. Allerdings blieb ihr keine Zeit, lange darüber nachzudenken, denn ihre Mutter wedelte schon ungeduldig mit ihren manikürten Fingern.

»Ja, ich komme ja schon«, murmelte Monika und atmete tief durch. Sie nahm sich vor, wenigstens für ein paar Stunden jegliche Kommentare – und seien sie noch so verdrießlich – zu ertragen. Ohne Widerworte. Sie ahnte, dass das eine nicht ganz leichte Aufgabe werden würde.

Wenig später standen sie in weißen Kitteln in der Produktionshalle der Fabrik. Es war ungemütlich kalt und roch sehr stark nach Fisch. Monika unterdrückte ein Naserümpfen und reckte ihren Hals, um Ausschau nach Kristján zu halten. Sie konnte ihn allerdings nirgendwo entdecken.

In Gummi-Latzhosen und Wollpullovern gekleidete Menschen standen an hohen Arbeitstischen, die Füße steckten in kniehohen Gummistiefeln, sie trugen keine Handschuhe. Über ihnen brannten helle Lichter. Es war laut und nass. Fasziniert beobachtete Monika, in welcher Geschwindigkeit die Fische aufgeschlitzt, ausgenommen und filetiert wurden. Die fertigen Filets landeten in einer Kiste mit Eis vor ihnen, der Abfall in einer Kiste, die auf dem Boden hinter ihnen stand. Sie arbeiteten so geschickt und schnell, dass sie kaum mit dem bloßen Auge folgen konnte.

Immer wieder sah sie sich nach Kristján um, hörte kaum zu, was Sturlaugur über die Arbeit und die Neuerungen in der Produktion erzählte.

Auf dem Weg in Sturlaugurs Büro hielt sie Magnús am Ärmel fest. »Wo ist Kristján?«, fragte sie leise und blickte zu ihm auf.

Ein Muskel zuckte an seiner Wange. »Oh, der arbeitet nicht mehr hier.«

»Was? Seit wann?«

»Er ist ein Taugenichts, wie auch sein Vater schon einer war.«

Sie atmete scharf ein. »Soweit ich weiß, ist sein Vater ertrunken.«

»So kann man es auch nennen. Er ist besoffen ins Hafenbecken gefallen. Ein glorreicher Tod.«

Ihr gefiel nicht, wie Magnús über Kristján sprach. Sie hatte die Mutter kennengelernt, hatte Kristján seine eigene Geschichte erzählen hören, und sie konnte sich nicht vorstellen, dass er gelogen hatte. Ihr wurde flau im Magen, ein ungutes Gefühl beschlich sie. Monika bemerkte, dass ihre Mutter ihr einen neugierigen Blick zuwarf. »Das ist doch nicht wahr«, sagte sie leise zu Magnús.

»Was tut es zur Sache, Monika? Warum interessiert es dich überhaupt, wo er steckt?«

Sie sah etwas in seinen Augen aufblitzen, das sie nicht deuten konnte. Was wusste Magnús über sie? Hatte *er* etwa geplaudert und sie damit in Schwierigkeiten gebracht?

»Gar nichts, es ist gar nichts.« Sie drängte sich hastig an ihm vorbei und streifte mit der Schulter seinen Oberarm.

Die folgende Stunde zog wie im Nebel an ihr vorüber. Kaffee wurde von Sturlaugurs Sekretärin verteilt, Kekse gereicht und Lob gehudelt. Wie toll die Entwicklung sei, wie großartig das Filetieren lief, wie sauber und modern alles organisiert war. Monika wollte nur eins: weg.

Die nachfolgenden Minuten kamen ihr wie Stunden vor. In ihr toste ein Sturm, äußerlich versuchte sie sich nichts anmerken zu lassen. Sie hielt ihre Fassade nur mühsam aufrecht. Zu sehr quälten sie die in ihr brennenden Fragen, die sie an Kristján richten wollte. Was war nur passiert?

Als sie nach einer gefühlten Unendlichkeit wieder beim Haus ihrer Gastgeber ankamen, lief sie zur Garage, nahm sich das Fahrrad und radelte zu Kristján. Sie polterte gegen die Haustür. »Ich bin es, Monika«, rief sie. »Bist du zu Hause? Mach bitte auf.«

Es dauerte keine zehn Sekunden, da hatte er geöffnet. Er war blass und seine Schultern hingen nach vorne. »Hallo Monika. Was machst du hier?«

»Ich war in der Fabrik und du warst nicht da. Was ist los? Ich wollte nach dir sehen, und da haben sie mir gesagt, dass du dort nicht mehr arbeitest. Was haben sie dir angehängt?«

Monika wünschte sich, er würde sie in seine Arme ziehen, aber er rührte sich nicht.

»Ich habe meine Arbeit verloren.« Er konnte ihr nicht in die Augen sehen und Monika ahnte, dass es mit ihr zu tun hatte.

»Aber wieso? Was ist denn geschehen?«, fragte sie. Sie musste es genau wissen.

»Sie sagen, ich hätte gestohlen. Aber das stimmt nicht.«

Wut überkam Monika, das Wissen um ihre Machtlosigkeit brannte hinter ihren Augen. Sie konnte nichts für ihn tun, vermutlich war sie mit ihrem kopflosen Verhalten überhaupt erst schuld daran, dass er in diese missliche Lage geraten war. Dabei brauchte er die Stelle. Kristján bezahlte dafür, dass sie sich in ihn verliebt hatte, so viel war klar. Aber warum ließ Sturlaugur sich von ihren Eltern anstacheln?

»Das kann doch nicht sein.« Monika schüttelte wütend den Kopf. »Wenn es nicht stimmt, dann können sie dir doch gar nichts nachweisen.«

»Das müssen sie gar nicht. Wenn der Chef etwas behauptet, dann ist das Gesetz. So ist es nun mal.«

»Es ist wegen mir. Stimmt's? Sag es mir.«

Er nahm ihre Hand. Endlich. Erleichterung machte sich in ihr breit, während sie auf ihn zuging. Für einen Moment hatte sie gedacht, dass er ihr die Schuld geben würde, dass er sie dafür hassen würde, dass sie sich zu ihm hingezogen fühlte. »Ich finde eine neue Arbeit«, murmelte er in ihr Haar, als sie sich in seine starken Arme warf.

»Es tut mir so leid. Ich bin so wütend. Ich bin mir sicher, meine Eltern haben Sturlaugur gezwungen, sich etwas auszudenken. Sie wollen mir wehtun, Kristján. *Mir*, und dabei haben sie dir wehgetan. Es tut mir so leid!«

»Komm doch erst einmal rein«, sagte er und strich über ihren Rücken. »Oder möchtest du nicht?«

»Doch, doch, natürlich! Verzeih mir, ich bin nur völlig überrumpelt. Es tut mir so leid, dass das passieren musste! Es ist einfach nicht richtig.«

»Das Leben ist leider nicht immer so einfach.« Mit einem traurigen Lächeln zog er sie über die Schwelle und ließ die Tür hinter ihr ins Schloss fallen.

»Was willst du jetzt tun?«

»Ich werde mich woanders nach einer neuen Arbeit umsehen müssen.«

»Das tut mir so leid.«

Er schaute auf seine Hände, dann blickte er zu ihr auf. »Reden wir jetzt nicht davon, ich möchte unsere wertvolle Zeit nicht vergeuden.«

»Aber wir haben doch alle Zeit der Welt«, meinte sie, nahm seine Hand und schmiegte ihre Wange daran.

Er sagte nichts. »Deine Eltern werden dich bald suchen, oder?«

Sie schnaubte. »Die können mir gestohlen bleiben.«

»Sag doch so etwas nicht. Familie ist wichtig.«

»Du kennst sie nicht, Kristján. Heute hast du nur einen Vorgeschmack davon bekommen, wozu sie fähig sind.« Sie fröstelte.

»Sie wollen sicher nur das Beste für dich.«

Monika lachte bitter auf. »Auf wessen Seite bist du eigentlich? Du bist jetzt ohne Anstellung! Das ist ihre Schuld.«

Er zuckte die Schultern, hatte darauf aber auch keine Antwort.

»Bring mich weg«, flüsterte sie. »Weit weg.«

»Aber …«

»Nichts aber. Ich kann das nicht mehr ertragen. Ich brauche Ruhe, Zeit und dich. Nur dich.«

Er atmete hörbar aus.

»Bitte, Kristján«, flehte sie, als sie sein Zögern bemerkte. »Irgendwohin, wo wir allein sind. Nur wir beide.«

»Bist du sicher?« Die Unsicherheit in seinen Augen ließ ihr Herz schneller schlagen.

»Ich war mir noch nie so sicher. Ich will alles hinter mir lassen, ich will nicht an morgen denken, nicht daran, was *andere* für mich bestimmen wollen. Ich kann das nicht mehr. Ich bin einundzwanzig Jahre alt, ich kann meine eigenen Entscheidungen treffen!«

Er lächelte leise. »Du bist so wundervoll. Ich liebe deine Impulsivität, deine Energie und deine Stärke.«

Sie riss die Augen auf. »Ich bin nicht stark. Ich habe einfach nur lange genug gelitten. Ich *ertrage* das alles nicht mehr.«

Monika rückte enger zu ihm und hob ihren Kopf. »Küss mich endlich. Das ist alles, was ich brauche.«

Und das tat er. Kristján küsste sie mit einer Intensität, die sie auf Wolken schweben ließ. Sie wusste, mit ihm würde es immer so sein.

Kapitel 21

Húsavík 2018

Hannah hatte die Augen geschlossen, sie genoss es, den warmen Wasserstrahl auf ihre verspannten Muskeln rieseln zu lassen. Sie stand unter der Dusche und überlegte, wie sie das Chaos in ihrem Leben wieder in geordnete Bahnen lenken konnte. Ihr würden wohl eher Schwimmhäute wachsen, als dass sie die Antworten bekam, die sie so dringend benötigte. Seufzend öffnete sie die Augen, drehte den Hahn zu und fischte nach einem Handtuch, das an einem Haken neben der Duschkabine hing. Wasserdampf waberte durch den kleinen gefliesten Raum. Ohne Max war es still und leer im Haus. Sie vermisste ihn schrecklich.

Hannah wickelte sich ins Handtuch, öffnete das Fenster und sah zu, wie die heiße Luft nach draußen strömte. Sie wünschte, dass ihre Probleme ebenso einfach zu verscheuchen wären.

Sie ließ sich Zeit, föhnte ihre Haare, zog ein geblümtes Kleid und eine dünne Strumpfhose an, ehe sie sich auf ihr Fahrrad schwang und zum Café radelte. Das Wetter entsprach ihrem Gefühlsleben. Obwohl die Sonne oft durchblitzte, zogen immer wieder Wolken davor. Im Schatten war es kühl, kräftige Böen wirbelten ihre Locken durcheinander. Auf dem Meer bildeten sich kleine weiße Schaumkrönchen, unter dem weiten, trüben Himmel wirkte es wie ein flacher, aber endloser Teich. Sie ließ sich den Wind um die Nase wehen und genoss das kühle Gefühl auf ihren erhitzten Wangen. *Ich bin lebendig*, dachte sie, *ich bin ich, egal, wer mein Vater ist.* Die Erkenntnis durchzuckte sie wie ein Stromschlag. Die ganze Zeit hatte sie nachgedacht, wer der Mann sein könnte, dessen DNA in ihr steckte, und ob das Wissen darüber etwas verändern würde.

All die Wochen und Monate nach ihrem Karriereende und dem Ende ihrer Ehe mit Nils hatte sie sich gefragt, wer sie eigentlich war, wenn die Musik nicht mehr zu ihr gehörte, über die sie sich definiert hatte. Und dann hatte die Information, dass ihr Vater nicht ihr biologischer Vater war, ihr vollends den Boden unter den Füßen weggezogen. Noch eine Konstante in ihrem Leben, die plötzlich nicht mehr war. Aber jetzt hatte sie begriffen, dass es für sie nichts änderte, dass Peter Leopold nicht ihr leiblicher Vater war. Blutsverwandtschaft war nicht das Wesentliche, Gefühle waren das Wichtigste. Natürlich hatte sie keine Ahnung, wie er darüber denken würde, wenn er es erfuhr, aber sie konnte sich nicht vorstellen, dass er all die Jahre, all die Liebe vergessen oder verlieren würde, wenn er die Wahrheit herausfand. Es bestand natürlich immer noch die Möglichkeit, dass er es immer schon gewusst hatte, aber das glaubte Hannah nicht. Was sie jedoch sicher wusste: Jetzt war nicht der richtige Zeitpunkt, um mit ihm darüber zu sprechen.

Am meisten verletzte Hannah, dass sie die Lügen ihrer Mutter ausbaden musste. Was hatte die sich eigentlich dabei gedacht? Hannah war noch immer fassungslos, aber hatte sich nach reiflicher Überlegung dafür entschieden, das Thema nicht am Telefon zu besprechen. Vielleicht wollte sie auch gar nicht wissen, *wie* und mit *wem* sie entstanden war. Noch nicht. Nicht jetzt. Möglicherweise niemals.

Gedankenverloren stellte sie ihr Rad hinter dem *Kaffihús Viti* ab, im Haus regte sich nichts, aus dem Schornstein stieg eine kleine Rauchfahne. Sie schloss auf und ging hinein, der vertraute Geruch von Holz, Kaffee und Gebäck stieg ihr in die Nase. In der Küche klapperte es. Hannah hatte nicht gedacht, dass es ihr so viel Freude bereiten würde, Rezepte auszuprobieren und mit wachsender Erfahrung sogar nach ihrem Geschmack abzuwandeln und etwas Neues zu kreieren. Mit einem »Guten Morgen« trat sie in die Küche, Freyja schlug gerade ein paar Eier in einer Schüssel auf.

»Guten Morgen«, gab diese mit einem Lächeln zurück.

Von oben hörte Hannah schwere Schritte. Jón ging ihr aus dem Weg. Er war nicht wie sonst zum Frühstück aufgetaucht, sondern direkt in sein Atelier verschwunden. Die Botschaft war klar: Er wollte sie nicht sehen.

»Du schaust blass aus, Kind«, meinte Freyja, die gerade drei Baiserböden mit einer Creme bestrich. Neben ihr stand eine Schale mit Erdbeeren, Blaubeeren und Himbeeren. Damit würde sie die Torte zum Abschluss dekorieren.

»Ich schlafe nicht so gut momentan«, gab Hannah ausweichend zurück.

»Weißt du, ich bin eigentlich keine von denen, die jedem seine guten Ratschläge aufdrückt.«

Hannah spürte, wie sich ihre Mundwinkel nach oben bogen. »Ich höre da ein ›aber‹ heraus.«

»Ja, es ist so, ich habe in diesem Fall ein Aber. Jón ist ein guter Junge. Er ist für mich wirklich ein bisschen wie ein Sohn. Seit seine Eltern aus beruflichen Gründen vor einigen Jahren nach England gezogen sind, ist unser Verhältnis noch enger geworden, er ist mehr als nur ein weit entfernter Neffe für mich.«

Es folgten einige Sekunden, in denen niemand etwas sagte. Hannah fragte sich gerade, ob das alles gewesen war, dann fuhr Freyja fort. »Ich weiß ja nicht, was zwischen euch vorgefallen ist, aber … ich finde es schade, dass ihr nicht mehr miteinander sprecht.«

Freyja musste mitbekommen haben, wie Hannah aus dem Leuchtturm geflüchtet war. Hitze flammte in ihren Wangen auf. Es war ihr unangenehm, sehr sogar, gleichzeitig war sie noch immer zwiegespalten, was Jón anging. Sie wusste nicht, wie sie sich verhalten sollte.

»Im Grunde ist es nichts«, meinte Hannah mit einem Schulterzucken. Was sollte sie sonst sagen? Dass sie sich geküsst hatten und er ihr klargemacht hatte, dass er nichts Ernstes wollte? Hannah war nicht davon überzeugt, dass es, wie Dísa sagte, an seiner Trauer lag. Obwohl sein Verlust natürlich tragisch und furchtbar war, so glaubte sie nicht, dass nur das für sein Verhalten ihr gegenüber verantwortlich war. Jón schien jedoch definitiv nicht bereit, sich auf etwas Neues einzulassen, das hatte er deutlich ausgedrückt. Seine harschen Worte hatten Hannah verletzt und doch konnte sie nicht sicher sagen, was sie eigentlich von ihm erwartet hatte. Eine Liebeserklärung nach so kurzer Zeit? Prinzipiell war es ja in Ordnung, dass er ihr die Wahrheit über ihre gemeinsame Perspektive gesagt hatte, aber Hannah hatte sich zurückgestoßen gefühlt. Sie war sich gar nicht klar darüber, ob sie überhaupt etwas Dauerhafteres mit Jón in Betracht gezogen hätte, hätte es zur Auswahl gestanden. Das Ganze war einfach zu verwirrend, um es in Worte zu fassen.

»Jón hatte es nicht leicht. Aber er ist ein guter Junge und ich hatte wirklich den Eindruck, dass er in deiner Nähe ein bisschen aus sich herauskommt.« Freyja seufzte und setzte die Böden aufeinander.

»Mhh«, machte Hannah.

»Könntest du nicht vielleicht auf ihn zugehen, den ersten Schritt machen?«

»Ich? Was soll ich denn tun? Ich glaube, du hast da eine völlig falsche Vorstellung von allem.«

Freyja blickte auf und wischte sich die Hände an ihrer Schürze ab. »Als du hier angekommen bist, habe ich gedacht: Mensch, sieh mal einer an. Ein Mädchen, das genauso melancholisch ist wie unser Jón. Ich dachte, dass ihr euch gegenseitig vielleicht wieder die Sonne zeigen könnt. Mir war gleich klar, dass es zwischen euch knistert.«

Hannah wusste nicht, was sie darauf erwidern sollte. »Am Anfang wusste ich nicht mal, wer er ist, geschweige denn, was er erlebt hat«, war alles, was sie hervorbrachte.

»Brauchst du denn Bewerbungsunterlagen für die Menschen, die in dein Leben treten, damit du sie danach einsortieren kannst?«

Hannah schnappte nach Luft. »Wie bitte?«

»Ich weiß, vielleicht trete ich dir da jetzt zu nahe, meine Liebe. Vielleicht sind wir Isländer da anders.«

»Ich habe keine Ahnung, was du meinst.«

»Du lässt dich von deinem Kopf lenken. Nicht von deinem Herzen.« Freyja sah sie eindringlich an.

Hannah spürte Wut in sich aufsteigen. »Jetzt soll ich an allem schuld sein? Also erst mal ist überhaupt nichts passiert, wir haben uns nur geküsst.«

Freyjas Gesicht hellte sich auf. »Ihr habt euch geküsst? Das ist ja wunderbar!«

Hannah atmete hörbar aus. »Vielleicht wäre es einfacher gewesen, wenn ich gewusst hätte, *warum* er so verschlossen ist. Ich dachte einfach, er ist ein verschrobener Künstler. Ich hatte keine Ahnung, dass er seine Familie verloren hat.«

»Glaubst du, dass es etwas verändert hätte, wenn du es gewusst hättest? Liebe aus Mitleid will er ganz bestimmt nicht.

Wenn du Gefühle für ihn hast, hat das ja im besten Fall mit ihm und nicht mit seiner Vergangenheit zu tun.«

Hannah blickte zu Boden. »Nein, vermutlich hätte es nichts geändert. Ich weiß es nicht. Der Punkt ist doch der: Niemand von uns ist offenbar bereit, sich auf eine neue Beziehung oder überhaupt etwas einzulassen. Ende der Geschichte.«

»Ich hatte dich für weniger ängstlich gehalten, Hannah, es muss ja nicht gleich von Anfang an klar sein, was man voneinander will, bevor man es wenigstens versucht, wenn man sich mag.«

»Das ist nicht fair! Warum soll es an mir liegen?«

»Nein, das ist es nicht. Das *Leben* ist nicht fair. Aber was weiß ich schon, ich bin nur eine alte Frau.«

»Ach, Freyja.« Hannah ließ die Arme herunterhängen, sie fühlte sich ausgelaugt und kraftlos. Sie hatte genug davon, immer zu kämpfen.

»Ich habe auch einen großen Verlust erlebt, weißt du? Das war, bevor ich Stjáni kennengelernt habe.«

»Du warst schon mal verheiratet?«

»Nein. Verheiratet waren wir nicht. Dazu ist es nicht gekommen. Mein Mann, Stjáni, er hatte auch jemanden verloren. Wir waren wie zwei Ertrinkende, die sich an ein Floß geklammert haben. Er hat meinen Schmerz verstanden, aber er hat mich nie so geliebt wie die andere. Aber unsere Ehe basierte auf Vertrauen und Respekt, und das ist etwas, das einen über die Jahre zusammenhält. Aber bei dir und Jón, das ist mehr. Da ist so viel Energie zwischen euch. Ich kann nur so viel sagen, ich bin mir sicher, dass du es bereust, wenn du deine Gefühle abschaltest.«

Hannah atmete tief durch. Sie hatte keine Ahnung gehabt, dass Freyja ihre große Liebe verloren hatte. Fast ein wenig beschämt, dass es sich bei ihren Gesprächen in den letzten

Wochen nur um sie gedreht hatte, fragte Hannah nach. »Und du? Wie konntest du dich auf eine neue Beziehung einlassen?«

»Ich habe ihn respektiert und die Liebe ist über die Jahre gewachsen. Aber es war nie diese tiefe, stürmische Liebe, die ich mit Haukur erlebt habe. Meine Ehe mit Stjáni war trotz allem sehr innig und liebevoll, alleine bleiben wollte ich auch nicht für den Rest meines Lebens. Ich war jung. Er war jung. Wir wollten beide neu anfangen.«

»Es tut mir leid, dass du einen so schweren Verlust erleben musstest, Freyja.«

»Es ist lange her, ich habe meinen Frieden damit gemacht. Der Grund, warum ich dir das erzähle: Ich weiß nicht, wie es in Jón aussieht. Ich kann nur das bewerten, was ich mit meinen Augen und Ohren mitbekomme. Und ich habe gesehen, wie er dich anschaut, wie er sich bewegt, wenn er in deiner Nähe ist. Ich kenne den Jungen schon sein ganzes Leben. So wie dich hat er nicht mal seine Frau angeschaut. Aber er hat Angst, meine Liebe. Und das verstehe ich.«

Hannah musste schlucken. »Was willst du mir damit sagen?« Ihre Stimme klang atemlos.

»Das musst du selbst herausfinden. Bist du bereit, wieder zu leben, oder willst du noch länger die Pause-Taste drücken?«

»Liegt es denn nicht auch an ihm?«

»Jón glaubt, du gehst nach einem Jahr wieder weg, er verkraftet es nicht noch einmal, jemanden zu verlieren. Wirst du denn bleiben?«

»Das ist doch absurd, Freyja, er hat *mir* gesagt, dass *er* nur noch den Sommer über hier ist.«

»Hat er das? Und warum denkst du, dass er dir das gleich mal als Erstes gesagt hat?« Die weisen Augen der Isländerin durchbohrten sie förmlich.

Hannah raufte sich die Haare. »O Gott, ich weiß einfach nicht, wo mir der Kopf steht. Die Sache mit meinem Vater kommt ja auch noch dazu! Ich weiß einfach nicht, was ich tun soll.«

»Genau, der Kopf, Hannah. Hör doch endlich mal in dich hinein, was dein Herz dir sagen will.«

»Aber Jón war doch derjenige, der zu mir gesagt hat, dass er nach dem Sommer wieder nach New York geht«, verteidigte sie sich erneut und verschränkte die Arme vor der Brust.

»Hannah«, Freyja lachte. »Er hat so große Angst vor Gefühlen, dass er sich schon beim Gedanken, sich noch einmal zu verlieben, beinahe in die Hosen macht.«

Hannahs Augen weiteten sich. »Das war jetzt sehr deutlich ausgedrückt.«

»Anscheinend könnt ihr beide es sonst nicht verstehen, außer man stößt euch wie Rindviecher mit der Nase in den Trog.«

»Hast du etwa mit ihm geredet?« Ihr Herz schlug schneller.

»Ich habe es versucht, aber er hört mir nicht zu.«

»Warum überrascht mich das nicht?« Gegen ihren Willen musste Hannah schmunzeln, ein warmes Gefühl breitete sich in ihrer Magengrube aus. Was hatte Freyja gesagt? Dass sie auf ihr Herz hören sollte? Sie musste erst einmal lernen, was dieses blöde Herz von ihr wollte.

»Wie wäre es, wenn *du* ihm einen Kaffee und sein Frühstück in den Leuchtturm bringst?«, schlug sie vor.

»Denkst du, das ist eine so gute Idee?«

»Er arbeitet momentan wie ein Besessener. Ich bin mir nicht sicher, ob es gut oder schlecht ist, dass er nur noch in seinem Atelier ist.«

»Weißt du zufällig, wann er nach Tokio geht, um seine Bilder auszustellen?«

Freyja lächelte. »Frag ihn doch selbst.«

»Du bist irgendwie fies«, meinte Hannah und schnitt eine Grimasse.

»Nenn es, wie du willst, meine Liebe. Jetzt spreche ich als Chefin: Bring ihm bitte Kaffee und Frühstück.« Sie zwinkerte.

»Kann er sich das nicht selbst holen?«

Freyja stöhnte gequält.

»Schon gut, ich habe es verstanden.« Hannah winkte ab und gab sich geschlagen.

Als sie die Treppen zum Atelier hinaufstieg, hörte Hannah das Blut in ihren Ohren rauschen. Sie hatte Brot und Kaffee für Jón auf einem Tablett dabei. »Hallo?«, rief sie, um ihr Kommen anzukündigen. »Freyja hat mir befohlen, dir Frühstück zu bringen.« Er sollte ja nicht denken, dass sie ihm hinterherlief.

»Ja, Moment«, hörte sie seine Stimme von oben, dann wurde etwas über den Boden gezogen, ein schrammendes Geräusch drang durch die Stille im Leuchtturm. Es roch nach Terpentin, Ölfarben, Holz und Staub.

Sie ging weiter Stufe um Stufe hoch, und als sie oben eintraf, war sie außer Atem – was auch daran liegen konnte, dass sein Anblick sie aus der Fassung brachte. Er war barfuß, trug eine ausgewaschene Jeans, die über und über mit Farbklecksen übersät war, und ein graues Shirt, das ebenso bunt betupft war. Jetzt gelang ihr ein Lächeln, sie sah ihn direkt an und der Blick aus seinen blauen Augen nahm ihr für einen Moment die Luft. Ihr ohnehin schon pochendes Herz überschlug sich beinahe. »Hier, bitte«, hörte sie sich sagen. »Wo soll ich es hinstellen?«

»Gerne da drüben«, erwiderte er und zeigte auf einen schmalen Tisch, von dem aus man einen hervorragenden Blick hinaus aufs Meer hatte. Die Wellen wogten in einem sanften Rhythmus, tiefblau und unendlich erstreckte es sich vor ihnen. »Das ist nett von dir«, fügte er hinzu.

Mit unsicheren Schritten brachte sie das Friedensangebot hinüber und stellte es ab. Als sie sich umdrehte, bemerkte sie, dass er sie beobachtete.

»Wie läufts?«, fragte sie, weil ihr nichts Besseres einfiel, und strich sich mit fahrigen Bewegungen durchs Haar.

Er runzelte die Stirn, ganz so, als ob er die Antwort nicht geben konnte, weil ihm selbst nicht klar war, wie sie ausfallen würde. »Stecke gerade mittendrin«, meinte er schließlich. »Ich weiß noch nicht, ob es mir gelingt, das zu malen, was ich ihm Kopf habe.«

»M-mh«, machte sie, weil ihr auch darauf keine passende Erwiderung einfiel. Es war zum Schreien, dass sie anscheinend in seiner Gegenwart keinen einzigen klaren Gedanken fassen konnte.

Und dann wurde ihr klar, dass das seit der ersten Begegnung so gewesen war. Sie hatte es immer darauf geschoben, dass es seine Art war, die sie verunsicherte, aber das stimmte nicht. Es war er selbst, seine Aura, seine Präsenz, sein Wesen, das diese seltsamen Gefühle in ihr weckte.

Möglicherweise hatte Freyja recht und sie musste endlich aufhören, mit dem Kopf zu entscheiden, was zu tun war.

Einen Moment lang standen sie sich gegenüber, wie zwei Krieger, die auf das Signal zum Angriff warteten. Hannah verharrte in dieser Regungslosigkeit, weil sie nicht gehen wollte. Sie wollte bei ihm sein, aber mit Worten war sie nie gut gewesen.

»Wenn mein Leben eine Melodie wäre«, sagte sie leise, als ob sie Angst hatte, dass es jemand außer ihnen hören könnte, »dann würde ich an dieser Stelle wissen, was zu tun ist. Weißt du, Melodien unterliegen gewissen Bildungsgesetzen, die stark voneinander abweichen können. Musik ereignet sich in der Zeit, eine Folge von bestimmten Tönen wird erst dann zu einer harmonischen Struktur, wenn sie nicht nur der Höhe nach, sondern auch in der richtigen Abfolge angeordnet werden. Das nennt man eine rhythmische Struktur. Mein Leben hatte eine Struktur – dann war sie fort und ich habe alles versucht, um *meine* Melodie endlich wieder zu hören. Es ist mir nicht gelungen. Bis …« Sie stieß die Luft aus und schaute ihn an. »Gott, was rede ich nur für einen Unsinn.«

»Nein«, unterbrach er sie. »Sprich weiter.«

Sie schluckte und räusperte sich. »Die maßgebliche Eigenschaft einer guten Melodie ist die Möglichkeit ihrer Wiedererkennung. Es geht bei allen Komponisten um ein ganz bestimmtes Thema, das sie in ihrer Musik ausdrücken. Glaub mir, Jón. Ich kenne sie fast alle. Ich habe geübt, ich habe gespielt, ich habe es geliebt. Mein ganzes Leben fand in einem geschützten Stück statt, dessen Noten ich *blind* kannte. Dann wurde es still um mich. Ich konnte es nicht mehr ertragen, Musik zu hören. Aber auf einmal sind wieder Töne in meinem Kopf.« Einen Atemzug lang starrten sie sich nur an. »Wenn ich an dich denke, dann formt sich eine neue Melodie. Und das macht mir so viel Angst, weil ich nicht weiß, wie das Stück weitergeht.«

Die Stille im Raum wurde ohrenbetäubend. Sie hörte auf zu atmen, als Jón mit zwei langen Schritten den Raum durchquerte, ihr Gesicht umfasste und sie küsste. Der Druck seiner Lippen war so überraschend, dass Hannah nicht versuchte, ihn aufzuhalten oder sich abzuwenden. Sie war gebannt von seinem Kuss und der Hitze, die er ausstrahlte. Ihr wurde schwindelig.

Er löste sich von ihr und lehnte seine Stirn gegen ihre. »Bei dir fühle ich mich verloren und gefunden«, murmelte er. »Beides gleichzeitig. Stark und verletzlich. Zerbrochen und wieder zusammengesetzt. Das macht mich fertig, Hannah. Ich hatte mich damit abgefunden, *nichts* mehr zu fühlen. Und dann bist du hier aufgetaucht.«

Hannahs Kehle wurde eng. Der Ausdruck in seinen Augen verband sie so intim, als lägen sie nackt nebeneinander, und doch sah sie ihre eigenen Ängste darin gespiegelt. Niemand von ihnen würde es überstehen, noch einmal zu zerbrechen. Wenn sie sich gegenseitig verletzen würden … nicht denken,

Hannah. Fühlen! Und sie fühlte es. Sie brauchte ihn. Er brauchte sie.

»Küss mich noch einmal«, war alles, was sie sagen konnte. Der Sommer auf Island würde nicht ewig dauern. Trotzdem konnte sie sich nicht umdrehen und weggehen.

Kapitel 22

Akureyri 1978

Monika schlich sich wie eine Diebin zurück ins Haus ihrer Gastgeber. Ihr Herz pochte wie verrückt und doch war sie sich so sicher wie noch nie. Sie tat das Richtige, etwas, das längst überfällig war. Ihr Herz quoll über vor Liebe für Kristján, er ließ sie all die Zwänge und lästigen Pflichten vergessen. Er zeigte ihr die Sonne nach einer ewigen Dunkelheit. Sie verspürte nicht einmal den leisen Stich eines schlechten Gewissens, weil sie ihren Eltern nicht sagte, was sie vorhatte. Die waren selbst schuld, hatten sie doch bislang nichts für ihre Wünsche, ihre Träume oder Sehnsüchte übriggehabt. Monika hatte genug davon, sie würden schon früh genug davon erfahren, was sie vorhatte. Sie blieb kurz stehen und lauschte in die Stille, aber da war nichts. Erleichtert atmete sie aus.

Leise tapste sie über die Stufen nach oben, packte hastig ein paar Kleidungsstücke in eine Tasche und schnappte sich ihre Malsachen.

»Was ist denn hier los?«, hörte sie Karitas Stimme hinter sich und zuckte zusammen.

»Mein Gott, Karitas. Warum erschreckst du mich so?«

»Was verbreitest du hier für eine Hektik? Was machst du da überhaupt?«

»Dann hast du es also noch nicht gehört?«

»Was gehört?« Sie runzelte die Stirn und schloss die Zimmertür hinter sich.

»Kristján wurde entlassen. Er ist jetzt arbeitslos.«

»Oh.«

»Ja, genau. Sie haben ihm was angehängt und das nur, weil meine Eltern etwas gegen ihn haben. Irgendjemand hat uns zusammen gesehen und verraten. Meinst du, dass es Magnús war?«

»Magnús? Kann ich mir nicht vorstellen, warum sollte es ihn interessieren? Er kümmert sich größtenteils doch nur um sich selbst. Nein«, Karitas schüttelte den Kopf. »Das glaube ich nicht, aber Akureyri ist klein, hier kennt jeder jeden und alle wissen, dass du das deutsche Mädchen im Urlaub bist. Natürlich interessiert es die Leute hier brennend, wenn sie dich mit jemandem aus dem Dorf sehen. Aber was ist mit Kristján? Entlassen sagst du? Aus einem fadenscheinigen Grund heraus? Das kann ich kaum glauben.«

»Willst du etwa sagen, dass ich lüge?«

»Nein, nein. Natürlich nicht. Aber mein Vater würde nie jemanden rauswerfen, jedenfalls nicht ohne einen triftigen Grund und ganz sicher nicht einfach aus einer Laune heraus.«

»Tja, es scheint, du täuschst dich. Denn Kristján hat ganz sicher nichts gestohlen.«

»Trotzdem erklärt das nicht, was du hier machst. Packst du etwa? Ihr reist doch erst in ein paar Tagen ab.«

»Karitas, ich gehe.«

»Wie, du gehst? Wohin?« Sie runzelte die Stirn.

»Ich brenne durch.«

Die Isländerin schnappte nach Luft. »Du brennst durch?«

»So ist es. Ich habe es so satt, mein Leben, meine Familie. Bei Kristján kann ich sein, wie ich wirklich bin.« Monika sprach hastig, schnell und atemlos. Sie sah Karitas in die Augen. Monika wusste, in ihr brannte ein Feuer, das nicht verlöschen konnte, egal, was irgendjemand zu ihr sagen würde.

Karitas legte sich eine Hand auf die Brust. »Oh, ich verstehe dich so gut.«

»Dann wirst du nichts verraten?« Monika atmete erleichtert aus, ihr war nicht klar gewesen, dass sie bis dahin die Luft angehalten hatte.

»Nein, natürlich nicht. Ich habe dich nicht gesehen und weiß von nichts. Aber glaubst du nicht, dass sie gleich darauf kommen, mit wem du verschwunden bist?«

Monika stöhnte. »Das ist mir so was von egal.«

»Also meinen Segen hast du.« Karitas kicherte. »Tu nichts, was ich nicht auch tun würde.«

»Tschüss, Karitas.« Sie umarmte ihre Freundin.

»Bis bald.«

»Ich weiß nicht, wann wir uns wiedersehen.«

»Ihr könnt euch nicht für immer verstecken.«

»Das werden wir sehen.«

Monika lächelte schief, nahm ihre wenigen Habseligkeiten und verließ das Haus eiligen Schrittes. Am Ende der Straße wartete Kristján mit seinem klapprigen Lada. Sie warf ihre Sachen nach hinten, stellte die Malutensilien vorsichtig hinter den Beifahrersitz. Sie sah ihn an, wie er an den Wagen gelehnt dastand. Wie er sie ansah. Ihr Herz machte einen wilden Hüpfer, und sie fühlte sich wie ein Vogel, der nach Jahren der Gefangenschaft endlich seine Flügel ausbreiten konnte. Mit ihm zusammen. Sie lächelte ihn sehnsüchtig an, wollte ihn berühren, jetzt, jeden Tag, für immer. »Von mir aus kann es losgehen.«

»Du bist dir sicher?«

»Mehr als das.« Sie drückte seine Hand und lehnte sich neben ihn ans Auto.

»Gut, dann lass uns verschwinden.« Seine Augen suchten ihr Gesicht nach einer Antwort ab, die sie ihm gerne gab.

»Ich liebe es, wenn du das sagst.«

Sie fuhren etwa zwei Stunden auf schmalen, geschotterten Straßen, die sich an den Bergen entlangschlängelten. Es hatte schon eine Weile nicht geregnet, der Wagen zog eine dicke Staubwolke wie einen Umhang hinter sich her. Im Norden war die Landschaft felsiger und rauer, auf den Wiesen blühten überall Butterblumen. Hier und da begegneten sie ein paar Schafen, manchmal trollten sie sich auf ihrem Weg, dann musste Kristján hupen, damit sie verschwanden. Monika lachte jedes Mal laut auf wie ein Kind. Sie hatte das Fenster heruntergekurbelt und den Arm in den Rahmen gelegt. Der Wind fuhr ihr ins Haar und sie fühlte sich frei, wild und zu Hause mit Kristján. Er sah sie immer wieder von der Seite an, als könne er nicht glauben, dass sie wirklich bei ihm war. Der Himmel war verhangen, doch nach einigen Kilometern teilten sich die Wolken und gaben den Blick auf die Sonne frei. Monika schaute in den Außenspiegel und sah, wie der Himmel hinter ihnen immer weiter aufriss, die Sonnenstrahlen breiteten sich wie ein Fächer aus. Ihre Mundwinkel bogen sich nach oben. Was für ein Omen für ihren Neuanfang! Für ihre Zukunft mit Kristján. Er fuhr konzentriert und sprach nicht viel. Sie fühlte sich dennoch oder vielleicht gerade deswegen, weil man nicht ständig jede Stille mit Worten füllen musste, wohl neben ihm. Sie spürte, dass die Aufregung über den Neuanfang auch sein Herz zum Flattern brachte, und das genügte ihr vollkommen. Sie hatte eine große Entscheidung getroffen, gegen Peter, gegen ihre Eltern, und war einfach so mit ihm gegangen. Sie beide waren jetzt ungebunden, hatten sich von allem in der Welt losgesagt außer voneinander: von Job,

Eltern, Verpflichtungen. Aber die Angst, die sich nun eigentlich in Monika regen sollte, blieb aus. Da war nur ein Gefühl von unendlicher Befreiung und Glück, jetzt hier zu sein, mit ihm, ohne vorgefestigte Zukunft. Sie würden sich ihren eigenen Weg schaffen, mit ihrer beider Hände Arbeit.

Irgendwann drosselte Kristján die Geschwindigkeit und bog nach rechts auf einen unbefestigten Weg ab, es ging etwas bergauf. Das Gras war hochgewachsen, sie konnte nichts und niemanden entdecken. Nach wenigen Metern stellte er den Motor ab und zog die Handbremse an.

»Da sind wir«, verkündete er mit einem Lächeln.

»Hier?« Sie sah sich um, aber konnte nichts außer der Natur um sie herum ausmachen. Dunkle Felsen, sattgrünes Gras und tausende Butterblumen wechselten sich ab. Hier und da flog ein Vogel aus dem hohen Gras, ansonsten befanden sie sich in völliger Einsamkeit. Noch vor ein paar Tagen hätte Monika sich nicht vorstellen können, dass sie das einmal schätzen würde, nun aber tat sie genau das. Sie freute sich auf die Zweisamkeit mit dem Mann ihres Lebens.

»Wir müssen noch ein paar Meter gehen, komm, ich nehme unser Gepäck.« Er zog den Schlüssel ab und stieg aus. Monika tat es ihm gleich, stieg aus und streckte sich erst einmal. Eine zarte Brise zerwühlte ihr Haar und strich über ihr Gesicht. Sie atmete tief ein, aus der Ferne vernahm sie ein leises Rauschen.

Kristján nahm einen Teil des Gepäcks an sich. »Den Rest hole ich gleich.«

»Ich kann doch auch etwas tragen.«

»Nein, ich mache das schon. Komm, ich zeige dir erst einmal unser Sommerhaus.«

»Ich freue mich wahnsinnig darauf!«

Sie lief lachend neben ihm her, ließ ihre Finger über das hüfthohe Gras gleiten und genoss die Ruhe. Man hörte nichts außer dem Wind und dem Wasser.

Als sie zum Flüsschen kamen, blieb sie stehen und ihr Mund klappte auf. »Da sollen wir rüber?«

Kristján lachte. »Da schau, hier ist eine Brücke.«

Monika blinzelte gegen die Sonne. Tatsächlich, jetzt sah sie es auch. Es waren eher ein paar lose Planken, die man über den Fluss gelegt hatte. Ein Wunder, dass die Dinger überhaupt noch da waren. Beim Näherkommen entpuppte sich der Bach als reißender Fluss, ein paar Hundert Meter weiter zum Berg hin rauschte ein Wasserfall hinab. »Das ist aber sehr optimistisch, die Bretter als Brücke zu bezeichnen.«

»Ich trage dich gern rüber, wenn du dich nicht traust.« Kristján war im Begriff, das Gepäck abzustellen, aber sie widersprach.

»Nicht doch, ich schaffe das schon. Nach dir, bitte.«

»Na gut, warte, bis ich drüben bin.«

Mit drei Sätzen war er auf der anderen Seite, sie bewunderte ihn für seinen sicheren Tritt. Ihr wurde mulmig zumute. Andererseits – was sollte schon passieren? Wenn sie hineinfiel, würde sie höchstens ein bisschen nass werden.

Oder sie brach sich ein Bein.

Das gliche hier draußen einer Katastrophe, hier wohnte sicher weit und breit keine Menschenseele. Dass es weder Strom noch Telefon gab, war selbstredend.

Eigentlich perfekt … Sie spürte, wie sie wieder zu lächeln begann. Das war ein Abenteuer ganz so, wie es ihr Herz begehrte.

»Monika, na komm schon«, forderte er sie mit einem aufmunternden Kopfnicken auf. Er hatte das Gepäck abgestellt und seine Arme ausgebreitet. »Oder soll ich dich doch tragen?«

»Kommt nicht infrage.« Sie wollte keine Schwäche zeigen, also nahm sie all ihren Mut zusammen und wagte einen vorsichtigen Schritt auf das Brett. Ihr Herz klopfte schnell, sie wackelte gefährlich und versuchte ihr Gleichgewicht zu finden, was mit dem reißenden, eiskalten Wasser unter ihr gar nicht so leicht war.

»Ja, so ist es gut«, ermutigte Kristján sie. »Einen Schritt nach dem anderen.«

Irgendwie gelang es ihr, über die wackeligen Bretter zu balancieren, ohne zu stürzen. Mit einem erleichterten Seufzer sprang sie in seine Arme und riss ihn damit um. Sie landeten im Gras und lachten. Monika strich ihm das Haar aus der Stirn und küsste ihn stürmisch. »Wofür war der denn?«, fragte Kristján wenig später atemlos.

»Ich danke dir, dass du mir deine Welt, dein Island zeigst.«

»Ich hoffe, es wird auch deine Welt.« Sie schauten sich tief in die Augen und ihr Herz drohte vor Liebe für diesen wundervollen Mann zu zerbersten.

»Das wird sie, ganz sicher!«

Monika hatte nicht viel Komfort erwartet, aber das Sommerhaus als Haus zu bezeichnen, war etwas gewagt gewesen. Es war eine notdürftig zusammengezimmerte Hütte, der Geruch von Staub lag in der Luft. Wahrscheinlich war schon lange niemand mehr hier gewesen. Zwei Räume, ein großes Wohnzimmer, in dem auch ein Bett stand, und eine Küche mit einem gusseisernen Ofen. Wie auch immer dieses monströse Ding hier hereingekommen war, es würde sicher niemandem mehr gelingen, es an einen anderen Ort zu bringen. Sie gingen wieder ins Wohnzimmer, dort stand ein altes Sofa, aus einem Polster ragte eine Sitzfeder heraus. Das Bett in der Ecke sah selbst gezimmert aus. Auf dem Nachttisch stand eine Öllampe, die Wände waren nicht gestrichen.

»Lassen wir erst einmal frische Luft herein«, schlug Kristján vor, dem ihre Zurückhaltung wahrscheinlich aufgefallen war. Monikas Gewissen regte sich, sie war glücklich und dankbar, dass sie hier mit ihm sein konnte. Natürlich würde sie sich an alles gewöhnen, gar keine Frage.

»Das klingt nach einer ganz großartigen Idee.« Sie ging zum Bett und drückte mit der Hand auf die Matratze. Sie war dünn und klumpig und mit fadenscheinigem Drillich überzogen, der an einigen Stellen fleckig war. Monika wollte lieber nicht wissen, wie alt das Ding schon war.

»Hast du Hunger?«, hörte sie ihn fragen und wirbelte herum.

»Ach, es geht. Ein bisschen vielleicht.«

»Ich habe Vorräte mitgebracht, außerdem gibt es Lachse im Fluss.«

»Frischer Fisch? Das klingt wundervoll.«

»Ich hole die Angelsachen, dann werde ich mein Glück versuchen. Vielleicht möchtest du auch Kaffee?«

»Ja, aber woher bekommen wir Wasser?«

Er grinste. »Du bist eben drübergelaufen.«

»Oh. Ich verstehe.«

»Es ist klar und sauber, und es schmeckt köstlich. Komm mit.« Er ging zu ihr und zog sie an der Hand mit nach draußen. Beim Fluss sank er auf die Knie, ließ die Hände voll Wasser laufen und trank daraus. Mit dem Ärmel wischte er sich den Mund ab. »Wunderbar. Das ist das Beste.«

Monika lachte. Sie sank neben ihm auf die Knie und versuchte, es ihm nachzutun, aber die Haare fielen ihr immer wieder ins Gesicht.

»Warte, ich helfe dir.« Er schöpfte erneut Wasser in seine Hände und hielt sie ihr vor den Mund.

Gierig trank sie. Es schmeckte ausgezeichnet. Kühl und samtig rann das Quellwasser ihre Kehle hinab.

»Danke«, sagte sie und wischte sich verstohlen über den Mund. »Zum Baden ist es definitiv zu kalt.«

»Ach, es geht schon. Ich hole mal unsere Sachen, kommst du kurz zurecht?«

»Aber klar doch.«

Monika legte sich einen Augenblick ins Gras und schloss die Augen. Ihr Brustkorb schien mit jedem Atemzug weiter zu werden, sie atmete den Geruch der Freiheit.

Nachdem Kristján den Ofen angefeuert hatte, versuchte er sein Glück beim Fischen. Monika hatte eine angeschlagene Emailletasse in der Hand und nippte hin und wieder am starken Kaffee. Milch hatten sie keine, aber das war ihr egal. Sie genoss es, seine geschmeidigen Bewegungen zu verfolgen. Sein glänzend aschblondes Haar schimmerte in der Sonne. Er strahlte diese unfassbare Ruhe und Selbstzufriedenheit aus, die sie seit der ersten Sekunde an ihm bewundert hatte. Trotz aller Schwierigkeiten im Leben hatte er sich seine Träume bewahrt. Vielleicht konnte sie ihm dabei helfen, wenigstens etwas davon zu realisieren. Sie dachte an das Boot, mit dem sie hinausgefahren waren. Monika lächelte in sich hinein.

»Was ist?«, fragte er und schaute mit einem Lächeln zu ihr.

»Ich habe gerade gedacht, wie unfassbar glücklich ich bin, dass wir uns begegnet sind.«

»Das bin ich auch.« Sie schwiegen einen Augenblick, dann fügte er hinzu: »Ich wäre allerdings noch glücklicher, wenn endlich ein Fisch anbeißen würde.« Er verzog seine Lippen zu einem schiefen Grinsen.

»Wer ist jetzt ungeduldig?«, neckte sie ihn und trank noch einen Schluck Kaffee.

Es dauerte eine Weile, aber nach zwei Stunden hatte Kristján zwei mittelgroße Lachse für sie gefangen und ausgenommen und war daran, sie in einem Topf auf dem alten Herd zu kochen. In einem zweiten blubberten Kartoffeln.

Monika setzte sich an einen Stuhl am Fenster, nahm ihren Skizzenblock und die Kohlestifte zur Hand und fing an zu zeichnen. »Es ist ungewohnt für mich, dass ein Mann alles für mich tut«, meinte sie nach einer Weile.

Kristján schüttelte den Kopf, als ob der das nicht fassen könnte. »Dann ist es ja nur gut, dass ich jetzt bei dir bin. Das Essen ist gleich fertig.«

»Gut, dass du Kartoffeln mitgebracht hast«, sagte sie und schaute ihn noch einmal an. Ja, ihre Zeichnung wurde ihm gerecht. Seine kantigen Wangen, die gerade Nase, das energische Kinn und die vom Wind zerzausten Haare. Er hatte nie verwegener und glücklicher ausgesehen. »Ich glaube, das wird die beste Mahlzeit meines Lebens«, sagte sie mit einem glücklichen Seufzer.

Er lachte. »Ich weiß nicht. Aber ich denke, verhungern müssen wir nicht. Jedenfalls nicht so bald.«

Ein Schatten huschte über sein Gesicht, aber Monika wollte nicht an Probleme denken, die noch auf sie zukommen könnten. Sie konnten später über diese lästigen Dinge wie Geld und Arbeit sprechen. Sie schaute aus dem Fenster und bemerkte, dass sich der Himmel zugezogen hatte. Dicke, graue Wolken verdeckten die Sonne, der Wind hatte aufgefrischt. »Wie schnell sich das Wetter hier ändert«, stellte Monika fest.

»Ja, das hat schon viele Menschen, die der Natur nicht demütig genug gegenüberstehen, das Leben gekostet.«

Die ersten Regentopfen platschten auf die Erde. »Wie gut, dass wir ein Dach über dem Kopf haben.«

»Du sagst es.«

Er deckte den Tisch mit angeschlagenen Tellern, die nicht zusammenpassten. Das Besteck war ein wenig verbogen. Kristján filetierte den Fisch für sie, befreite ihn von den letzten Gräten und pellte eine Kartoffel, die er mit einem Klecks Butter neben ihren Fisch legte.

»Vielen, vielen Dank. Das sieht köstlich aus«, lobte sie, legte ihren Zeichenblock beiseite und gab ihm einen Kuss auf die Wange.

Nachdem er sich auch etwas genommen hatte, wünschten sie sich guten Appetit und aßen. Der Lachs schmeckte süß und saftig. Die Kartoffeln hingegen waren mehlig und schmeckten muffig, aber daran wollte sie sich nicht stören. Nun prasselte der Regen auf die Hütte nieder, das Rauschen des Flusses schwoll an. Monika schaute ängstlich nach draußen. »Ist es gefährlich, wenn wir hierbleiben?«

»Nein, im Sommer ist das kein Problem, der Fluss kommt nicht bis zu uns. Im Winter kann man allerdings nicht hierbleiben, denn manchmal rollen die Lawinen an das Haus heran. Bis jetzt hatten wir Glück und es ist nichts passiert, aber das Risiko sollte man nicht eingehen. Außerdem ist es im Winter wirklich zu kalt hier.«

»Das kann ich mir vorstellen«, war alles, was Monika dazu sagen konnte. An den Winter hatte sie noch gar nicht gedacht. Aber er hatte ja auch eine Wohnung, sie waren ja nur hier rausgefahren, damit sie dem Ärger und ihren Eltern entkamen. Ob sie sie schon suchten?

Vermutlich tobte ihre Mutter wie eine Furie und ihr Vater rauchte einen Zigarillo nach dem anderen, während sie sich über ihre missratene Tochter aufregten. Sie vermisste sie kein Stück. Regen und Wind nahmen nicht ab, auch nachdem sie aufgegessen hatten, pfiffen die Böen ums Haus und Regengüsse peitschten gegen die Wände und Fenster. Monika wollte sich, wo sie schon weder beim Kochen noch Angeln behilflich gewesen war, nützlich machen. Sie stand auf und räumte die Teller ab.

»Lass nur«, sagte Kristján, hielt ihre Hand fest und zog sie auf seinen Schoß.

Er strich eine Strähne aus ihrem Gesicht. »Wie schön du bist.«

Sie blickte ihm tief in die Augen und die Schmetterlinge in ihrem Bauch flatterten wild umher. »Es ist wunderbar, dass wir hier sein können«, erwiderte sie und schmiegte sich an seine breite Brust.

»Ist dir kalt?«, fragte er sanft.

»Ein bisschen«, log sie.

»Ich kann den Ofen noch ein wenig mehr anfeuern.«

»Ich hätte da eine andere Idee …« Sie schaute ihn unter halb gesenkten Lidern an.

»Monika …«, stieß er hervor, als sie eine Hand unter sein Hemd gleiten ließ.

Seine Muskeln spannten sich unter ihrer Berührung an, seine Haut fühlte sich glatt und heiß an.

Sie küsste ihn, er erwiderte ihren Kuss und vergrub seine Hände in ihrem Haar. Sanft teilte seine Zunge ihre Lippen und erforschte ihren Mund. Er hob sie auf seine Arme und brachte sie zum Bett. Monika merkte nicht mehr, dass die Matratze alt und durchgelegen war, alles, was zählte, war seine Nähe, seine Haut auf ihrer, seine Zärtlichkeiten und wilden Küsse. Sie wollte ihn spüren, eins mit ihm werden, aber Kristján zögerte.

»Was ist? Habe ich etwas falsch gemacht?«, fragte sie irritiert. Ihre Brust hob und senkte sich schnell, die Lippen fühlten sich vom Küssen heiß und geschwollen an.

»Nein, du bist perfekt. Aber … die Umstände, *Ástin mín*. Ich möchte es nicht so, nicht hier. Ich möchte dich zu einer ehrbaren Frau machen.«

Meine Liebe. Es gefiel ihr, wenn er sie so nannte. Sie lachte. »Aber Kristján, wir sind doch erwachsen.«

Eine Falte tauchte zwischen seinen Augen auf. »Wir sind vielleicht alt genug, ja. Aber du bist mir mehr wert, als dass ich dich erst entführe und dann ausnutze.«

»Es ist doch kein Ausnutzen, wenn wir beide es wollen.«

»Ich möchte noch nicht mit dir schlafen. Nicht so. Nicht so überstürzt. Kannst du mich nicht verstehen? Wenigstens ein bisschen?«

Sie schaute voller Liebe zu ihm auf, bemerkte, wie angespannt er war. Sie rechnete es ihm hoch an, denn es schien ihn größte Beherrschung zu kosten. Monika legte eine Hand an seine raue Wange. »In Ordnung.«

»Ich möchte, dass wir als Paar zusammenleben, ich bin da altmodisch. Aber so hat mich meine Mutter nun mal erzogen.«

»Altmodisch ist es schon, aber auch irgendwie romantisch. Wir warten aufeinander, das ist es doch, was du mir sagen willst, nicht? Bis ich frei bin.«

»Ja«, sagte er und atmete erleichtert aus. »Du bist immer noch verlobt. Ich möchte, dass du ganz sicher bist, dass du die Verlobung lösen willst, ehe wir miteinander, du weißt schon. Ich hoffe, dass es dir mit uns so ernst ist wie mir.«

»Natürlich ist es das!«

»Ich kann nicht mit dir schlafen, wenn du noch den Ring eines anderen trägst.«

Schuldbewusst schloss Monika für eine Sekunde die Lider. »Du hast recht. Es tut mir leid, das war wirklich dumm von mir. Warte, ich nehme ihn gleich ab.«

Sie zog am Ring, aber er hielt ihre Hand fest. »Es genügt nicht, wenn du den Ring vom Finger streifst, *Ástin mín*. Du musst mit deinem Verlobten reden und ihm sagen, dass du ihn nicht heiraten wirst. Erst dann kann unser gemeinsames Leben wirklich beginnen.«

»Das werde ich tun. Aber lass uns jetzt nicht darüber sprechen. Können wir erst einmal ein paar Tage unsere Liebe genießen? Ich brauche Abstand. Ich brauche dich.«

Kapitel 23

Húsavík 2018

Als Hannah vom Leuchtturm zurückkehrte, war sie überglücklich und fühlte sich so lebendig wie schon lange nicht mehr.

»Der Strom ist schon wieder raus«, schimpfte Freyja, als Hannah die Küche betrat. Ihr Knie schien sich wieder beruhigt zu haben, jedenfalls merkte man ihr außer ein wenig Humpeln nichts mehr an.

»Wir treffen uns heute zum Abendessen«, sagte Hannah beiläufig und hoffte, dass es nicht allzu aufgeregt klang, obwohl ihr Herz immer noch wie verrückt gegen ihren Brustkorb hämmerte.

»Oh, das ist doch schon mal ein Fortschritt.« Freyja grinste verschmitzt.

»Ja.«

»Könntest du bitte nach oben gehen und nach der Sicherung schauen?«, erinnerte Freyja sie noch einmal und zeigte auf die Küchenmaschine, die nun nutzlos herumstand.

»Klar, mache ich.« Hannah wunderte sich, dass Freyja nicht mehr wissen wollte.

Sie konnte es selbst noch nicht glauben, aber es fühlte sich gut an. Sehr gut sogar. Jón hatte recht, sie mussten nichts überstürzen, sie waren keine Teenager mehr, ganz im Gegenteil. Sie hatten beide viel erlebt und es war sinnvoll, dass sie sich Zeit gaben, einander näher kennenzulernen. Deswegen hatten sie sich verabredet, er hatte sie zu sich eingeladen. Sie hatten ein Date.

In ihrem Bauch kribbelte es, wenn sie an den Moment im Leuchtturm zurückdachte. Gedankenverloren ging sie nach oben und knipste das Licht im Abstellraum an. Sie war überrascht, dass dieser auf einmal sehr aufgeräumt wirkte, die Umzugskartons waren weg, nur noch der bemalte Schrank stand in seinem dunklen Verlies.

Hannah legte die Sicherung ein und nahm sich einen Moment Zeit.

Da war etwas, da war sie sich ganz sicher, das sie bislang nicht zusammengebracht hatte. »Denk nach, Hannah«, murmelte sie und strich über die Malereien, die ihr so seltsam vertraut vorkamen. Das Meer, ein Boot und Vögel, die es umkreisten.

Nicht nur Vögel: Küstenseeschwalben. Und sie waren auf eine Art und Weise gemalt, die zwar noch nicht ausgereift, aber sehr markant war.

Die Erkenntnis ließ sie taumeln.

Konnte das sein? Nein, das waren sicher nur Parallelen. Schließlich hatte ihre Mutter das Motiv aus Island. Sie sah sicher nur Gespenster. Wie sollten diese Kisten überhaupt hierherkommen? Soweit sie wusste, war die Familie zwar immer in den Norden gefahren, aber nach Akureyri, nicht nach Húsavík.

Sie löschte das Licht, schloss die Tür hinter sich und ging wieder zu Freyja in die Küche. »Sag mal, also mir ist das zufällig aufgefallen. Da oben in der Abstellkammer steht ein bemalter Schrank, und bei dir im Haus auf dem Dachboden habe ich ähnliche Zeichnungen auf einer Truhe gesehen.«

»Das alte Zeug, ich weiß auch nicht, warum ich die Dinger aufgehoben habe, vermutlich, weil Stjáni so daran hing. Sie sind sicher nichts wert.«

»Das ist gar nicht mein Punkt. Wer hat sie bemalt? War Stjáni auch ein Künstler?« Sie hatte Jón die Frage schon einmal gestellt, aber er hatte sie nicht wirklich beantwortet. Sie musste es wissen, der Verdacht in ihr war so stark, sie spürte, dass sie dem Rätsel ihrer Herkunft auf der Spur war. Die ganze Zeit hatte sie es quasi vor der Nase gehabt und nicht begriffen.

Freyja lachte. »Nein, er war durch und durch ein Fischer.«

»Hm.« Die Gedanken in ihrem Kopf überschlugen sich.

»Wieso fragst du das? Stimmt was nicht? Du wirkst sowieso ein bisschen … ramponiert.« Hannah wurde rot, ja, es konnte schon sein, dass es mehr als nur ein paar Küsse mit Jón gewesen waren, aber sie hatte jetzt nicht die Ruhe, das zu erklären. Etwas anderes brannte ihr unter den Nägeln.

»Ich weiß, es klingt total bescheuert. Aber mir kommt das Motiv so bekannt vor. Meine Mutter hat jahrelang immer nur diese Küstenseeschwalben gemalt.«

Freyja hielt mitten in der Bewegung inne und wurde blass. »Wie sagtest du noch mal heißt deine Mutter?«

»Ich habe das noch gar nicht gesagt, ich rede nicht so gerne über sie, wie du weißt. Wir haben kein gutes Verhältnis. Sie heißt Monika Leopold.«

»Monika«, wiederholte Freyja tonlos.

»Was ist los? Kennst du sie?« Hannah würde übel.

»Nein. Ich nicht.«

»Ich wusste, dass das zu nichts führen würde. Es tut mir leid. Ich hätte nicht fragen sollen.«

»Hannah, ich bin mir nicht sicher, aber … vielleicht solltest du mit deiner Mutter sprechen und den Namen Kristján erwähnen.«

»Kristján?«

»Ja, mein Mann hieß so, Stjáni ist die Koseform, ich habe ihn eigentlich nur so gerufen.«

»O mein Gott!« Hannah schlug sich die Hand vor den Mund. »Was soll das bedeuten?« War Stjáni ihr Vater? Aber wie sollte das möglich sein? Hannah hatte keine Ahnung, und alles um sie herum schien sich im Kreis zu drehen.

»Ich … ich weiß es nicht«, murmelte Freyja.

»Habt ihr immer schon in Húsavík gelebt?«

»Ich ja, aber er kommt eigentlich von einer kleinen Insel im Eyjafjord, Hrísey.«

Freyja nahm sich ein Glas und füllte Wasser hinein. Sie sah genauso schockiert und überrumpelt aus, wie Hannah sich fühlte. »Ich würde sagen, dass du dringend mit deiner Mutter sprechen solltest.«

Freyjas Gesichtsausdruck machte Hannah klar, dass sie mehr wusste, als sie sagte. Aber vermutlich hatte Freyja recht: Wenn ihr jemand Antworten geben musste, dann ihre Mutter. Hannah grauste es vor diesem Gespräch, sie wusste nicht, wie und wo sie es anfangen sollte. Telefonisch? In Deutschland? Aber würde ihre Mutter überhaupt mit ihr sprechen? Hannah war überfordert.

Der Rest des Tages fühlte sich für Hannah an, als wäre sie ein Passagier auf einem fremden Schiff, das in die falsche Richtung dampfte. Sie bediente Kunden, sie redete, aber hatte schon nach einer Sekunde vergessen, worüber sie gesprochen hatte. Sie fuhr kurz nach Hause, um sich nach dem Arbeitstag frisch zu machen, aber ehe sie irgendetwas anderes tat, stieg sie auf den Dachboden und sah sich die Kisten genauer an. Vorsichtig zog sie die Laken herunter und wischte mit den Fingern über die Maserung. Es roch nach Staub und abgestandener Luft, sie nahm es kaum wahr, so heftig schlug ihr Herz gegen ihre Rippen. Es war ganz klar, was sie hier vor Augen hatte, unter ihren Fingerkuppen fühlte. »Wieso habe ich das nicht gleich begriffen?«, fragte sie sich zum wiederholten Male.

Die einzige Erklärung, die sie dafür hatte, war die, dass sie ihre Mutter nie mit Húsavík in Verbindung gebracht hatte. Und vor allem hatte sie ganz andere Dinge im Kopf gehabt. Ihre eigenen Probleme hatten im Vordergrund gestanden, und von der Sache mit ihrem Vater hatte sie zu Anfang natürlich keine Ahnung gehabt. Aber jetzt sah sie es vor sich, und die Wahrheit lag so dicht vor ihren Augen, dass sie immer wieder zu verschwimmen schien.

Oder die Malereien sind doch nicht von ihr, überlegte sie. Es gibt bestimmt unzählige Künstler, die dieses Motiv verwendeten. Hatte nicht Jón neulich gesagt, dass auf Island viele Schiffe Vogelnamen trugen? Vielleicht war das bei Malern genauso, dass sie gerne die Natur als Motiv nahmen. Ja, natürlich, es war sicher alles nur ein Hirngespinst ihrer Verzweiflung und Erschöpfung.

Hannah klappte den Deckel einer Truhe auf. Er war schwer und knarzte.

Die Truhe war leer.

Erst jetzt bemerkte sie, dass sie den Atem angehalten hatte. Was hatte sie gedacht? Dass sie eine persönliche Nachricht ihrer Mutter finden würde à la »Ja, er ist dein Vater«? Sicher nicht.

Enttäuscht wollte sie die Truhe wieder schließen, als sie etwas entdeckte. Auf dem Boden lag ein Bogen Papier, er war verblichen, etwas rissig, als ob das Blatt oft durch die Hände eines Betrachters geglitten war.

»Das gibt's doch nicht«, stieß sie hervor und nahm es heraus.

Sie drehte es um und entdeckte ein Porträt. Jemand hatte ein Männergesicht im Profil mit Kohle gezeichnet. Wenige, aber kräftige Striche ergaben das markante Gesicht eines jungen Mannes. Sein Blick war in die Ferne gerichtet, er wirkte stolz und selbstbewusst. Hannah schluckte, als sie am rechten unteren Rand ein M mit einem Punkt entdeckte. Woher hatten Stjáni und Monika sich gekannt? Falls das Bild überhaupt von ihrer Mutter stammte. Es sah ihr so gar nicht ähnlich, dass sie Menschen zeichnete.

Oder hatte sie sich einfach nur verändert?

Warum?

Was war passiert? Freyja hatte ihr erzählt, dass Kristján, den sie Stjáni genannt hatte, nie über Monika hinweggekommen sei. Konnte es sein, dass es Monika ebenso ergangen war? Dass sie deshalb so verbittert war, weil sie ein Leben geführt hatte, das sie hasste? War sie von Kristján schwanger gewesen? Hatte der das Kind nicht haben wollen? Hatte er sie nicht haben wollen? Der Gedanke schmerzte so sehr, dass Hannah sich auf den staubigen Boden setzen musste. Was war nur geschehen damals? Alles, was sie von Freyjas Mann gehört hatte, deutete darauf hin, dass Kristján Kinder gewollt hatte. Was hatte ihn und ihre Mutter auseinandergebracht?

Hannah hatte das Gefühl, dass ihr neues Wissen über die Vergangenheit sie nur noch mehr verwirrte. Es taten sich immer neue Rätsel auf. Mit einem Seufzen legte sie die Zeichnung zurück und schlug den Deckel wieder zu.

»Diese Rätsel werde ich jetzt nicht lösen.« Resigniert stieg sie vom Dachboden, gönnte sich eine lange Dusche und zog sich um, ehe sie – mit einer Flasche Wein im Korb auf dem Gepäckträger – zu Jón radelte.

Es fühlte sich seltsam an, die Tür zum Café am Abend aufzuschließen. Sollte sie klopfen? Rufen? Einfach nach oben gehen?

Über sich selbst lachend, schüttelte sie den Kopf und stapfte los. Als sie auf der Hälfte der Treppe angekommen war, rief sie: »Hallo, ich bin da.«

»Gut, komm rein, ich bin in der Küche«, erhielt sie als Antwort.

Hannah zog ihre Schuhe aus und tapste über den Dielenboden ins Wohnzimmer. Die Sonne stand tief und färbte den Himmel und das Meer rötlich. Möwen segelten am Leuchtturm vorbei, während unter ihnen die Brandung an den schwarzen Strand rauschte. Sie hatte eiskalte Hände, was nicht allein am gekühlten Weißwein lag. Sie war nervös und gleichzeitig sehr froh, dass sie für ein paar Stunden Abstand zu dem Thema ihrer Herkunft bekommen würde.

»Traust du dich nicht?«, ertönte Jóns dunkle Stimme hinter ihr und sie fuhr herum.

»Entschuldige, ich war von der Aussicht gefesselt.«

»Ist sie so anders als aus dem Café?« Er lächelte und trat vor sie. »Für mich?« Sanft nahm er die Weinflasche aus ihren Händen und stellte sie auf den Couchtisch.

»Für uns«, erwiderte sie und schaute zu ihm auf. »Du hast viel größere Fenster.«

»Ja, das stimmt. Deswegen wohne ich hier oben. Die Aussicht hat mir immer Kraft gegeben. Gefällt es dir?«

Sie nickte. »Ich liebe es. Es ist sehr gemütlich.«

»Wie schön, dass du gekommen bist«, sagte er und senkte seine Lippen auf ihre. Sanft strichen sie über ihren Mund und liebkosten sie.

Seine Hände wanderten an ihrem Rückgrat entlang und vergruben sich in ihrem Haar. »Ich liebe deine Haare«, murmelte er und bedeckte ihren Hals mit Küssen. »Bist du hungrig?«

Sie legte ihren Kopf in den Nacken. »Ich kann nicht denken, wenn du das tust.«

»Oh, das ist gut, dann höre ich nicht auf.«

Bald verschränkte er seine Finger mit ihren und zog sie mit sich in die Küche. Sie war winzig, aber hübsch eingerichtet. Helle Fronten, eine Marmorarbeitsfläche, ein großer Kühlschrank, an dem einige Zettel mit Magneten befestigt waren, und ein Herd, der aussah, als würde er nicht oft benutzt werden. Auf dem

Boden lagen die gleichen Dielen wie überall sonst im Haus. Auf einem Brett sah Hannah Tomaten, die bereits in Scheiben geschnitten waren. In einem Topf köchelten Kartoffeln, jetzt erst sah sie, dass eine Lammkeule im Ofen schmorte.

»Hätte ich das gewusst, hätte ich Rotwein besorgt«, sagte sie.

»Gut, dass du nicht alles weißt.« Er tippte mit dem Zeigefinger auf ihre Nasenspitze.

»Hey!«

»Selber hey.«

»Kann ich dir helfen?«

»Du kannst dir zu einem Getränk *ver*helfen.«

»Du bist ja zu Scherzen aufgelegt heute.«

Er legte den Kopf schief, dann zog er sie an sich. »Glaub mir, so gut wie heute mit dir ging es mir lange nicht mehr.«

Ein Glücksgefühl durchströmte sie, als sie das Strahlen in seinen Augen sah. Sie wünschte, sie könnte sich so unbeschwert freuen, wie es sein sollte, wenn man jemanden neu kennenlernte. Aber es war ihr nicht möglich, alles andere, was in ihrem Leben vor sich ging, auszublenden.

»Was ist los?« Zwischen seinen Augen hatte sich eine steile Falte gebildet.

»Ich wünschte, ich könnte ›nichts‹ sagen, aber irgendwie ist alles zu kompliziert.«

»Oh. Du hast also doch … Zweifel?«

»Mit uns? Nein, nein, das ist es nicht. Ich … Nein, das ist es wirklich nicht.«

»Willst du mir verraten, was los ist? Geht es um deinen Vater?«

»Ja, schon. Ich habe heute etwas herausgefunden, das mich … erschüttert, um ehrlich zu sein.«

»Magst du mir sagen, was es ist?«

»Ich möchte nicht die Stimmung verderben.«

»Hannah«, sein Tonfall klang streng. »Wir sind alt genug, um zu wissen, dass das Leben nicht nur aus Sonnenschein besteht.«

»Da hast du recht. Ich werde im nächsten Jahr vierzig.«

Er hob eine Augenbraue. »Da habe ich mir also eine alte Schachtel geangelt?«

»Du hast dir gar nichts geangelt. Wer ist denn heute zu dir in den Leuchtturm gekommen?«

»Weil Freyja dich geschickt hat.«

»Ja, aber glaubst du, ich lasse mich zu etwas zwingen?«

Er lachte. »Nein, wohl kaum, und das ist gut so.« Sein Blick wurde ernst. »Trotzdem bin ich froh, dass du heraufgekommen bist.«

»Damit du nicht verhungern musst«, scherzte sie.

»Du weißt, dass es mir nicht darum ging.«

»Ja, ich weiß. Ich … es ist nur so, ich kann es selbst noch nicht glauben, dass ich … na ja, dass wir …«

»Hannah, wir müssen dem Ganzen kein Label verpassen, wenn du das nicht möchtest.«

»Willst du denn?«

»Ich würde dich gern kennenlernen. Ich mache keinen Hehl daraus, dass ich so meine Probleme mit dem Leben habe.«

Sie wusste, was er meinte. »Du hast gesagt, wir haben Zeit.«

»Ich hoffe es. Manchmal … ich habe mich oft gefragt, warum das alles passieren musste. Aber … ich versuche jetzt, mich das nicht mehr so oft zu fragen, weißt du?«

»Ja. Es gibt Fragen, auf die bekommen wir keine Antworten, egal, wie lange man danach sucht.«

»Es einfach als Unglück zu akzeptieren, fällt mir schwer.«

»Das kann ich verstehen.«

»Das Paradoxe daran ist, dass ich erst erfolgreich wurde, nachdem ich meine Trauer in die Malerei eingebracht habe. Ich brauchte den Schmerz, um der zu werden, der ich heute bin. Das heißt nicht, dass ich es nicht ändern würde, wenn ich könnte. Ich würde alles dafür geben, dass es umgekehrt wäre und sie beide noch ...« Er brach ab und schaute sie an. In seinem Blick erkannte Hannah seinen Schmerz. Sie musste schlucken.

»O Jón, ich wünschte, ich könnte dir helfen.«

»Aber das tust du doch, Hannah.« Er sah sie lange an und das traurige Schimmern in seinen Augen verriet ihr, wie dankbar er war, dass sie hier war, dass er seinen Schmerz mit ihr teilen konnte.

»Ich bin froh, dass du das so siehst.«

Was wird nach dem Sommer?, dachte sie. Was wird nach meinem Jahr auf Island? War es klug, sich in Jón zu verlieben?

Zu spät, stellte sie fest.

Es war zu spät.

Vielleicht hatte sie sich schon in ihn verliebt, als sie ihn das erste Mal gesehen hatte, wie er in ihrem Flur gestanden und sie beäugt hatte, als wäre sie eine Verrückte.

»Ich muss nach Lüneburg, um mit meiner Familie zu sprechen«, sagte sie unvermittelt. »Es gibt so vieles, was ich regeln muss.«

»Möchtest du, dass ich dich begleite?«

»Was ist mit Tokio?«

»Das kann warten.«

»Wieso?«

»Weil ich jetzt Wichtigeres zu tun habe.«

»Es ist lieb von dir, aber das muss ich allein klären. Aber ich verspreche dir, ich komme wieder.«

»Verstehe.«

»Bitte, sei nicht sauer auf mich.«

»Das bin ich nicht. Ich verstehe es wirklich.«

Sie schluckte, weil die Gefühle sie auf einmal zu übermannen drohten. »Was wird aus uns?«, fragte sie.

»Lassen wir es auf uns zukommen.« Dann trat er ganz nah an sie heran und küsste sie. Hannah klammerte sich an ihn wie eine Ertrinkende, fuhr mit den Händen in sein Haar. All die aufgestauten Emotionen brachen auf einmal aus ihr hervor. Sie hörte auf zu denken, sie hörte auf, alles richtig machen zu wollen. Sie fing an zu fühlen.

Jóns Hände strichen über ihre neu gewonnenen Kurven, sein Mund stellte Dinge mit ihr an, die sie Sterne sehen ließen. »Ich will dich spüren«, murmelte er an ihrem Ohr und löste sich von ihr, um ihr in die Augen zu sehen.

Als Antwort küsste sie ihn und fing an, ihn auszuziehen. Sanft schob er sie in sein Schlafzimmer. Er nahm ihr Gesicht zwischen seine Hände und schaute ihr tief in die Augen. »Dass ich dich gefunden habe«, murmelte er mit belegter Stimme, »kann ich noch immer nicht glauben.« Und dann senkte er seine Lippen erneut auf ihre. Hannah ließ ihre Finger unter sein Hemd gleiten und schmiegte sich an ihn. Aus einem zärtlichen Kuss wurde schnell mehr, niemand von ihnen wollte länger warten. Im Raum war es still, außer ihren hastigen Atemzügen und dem Rascheln der fallenden Kleider. Sie ließen sich Zeit, lernten einander kennen, Zentimeter für Zentimeter. Kuss für Kuss.

Kapitel 24

Akureyri 1978

Nach einem weiteren Regentag war der Boden rund um das Sommerhaus aufgeweicht, aber der Himmel endlich wieder klar. Sonnenstrahlen wärmten ihr Gesicht, als sie nach einem einfachen Frühstück hinaustraten und sich umarmten.

»Hättest du Lust auf ein Bad?«, raunte Kristján an ihrem Ohr.

»Ein Bad? In dem eiskalten Wasser?«

»Ich habe noch eine Überraschung.«

»Was denn? Einen Boiler?«

Kristján lachte. »Nein, nicht ganz so modern. Hast du schon mal in einer heißen Quelle gebadet?«

»In einer heißen Quelle? Nein.«

»Es gibt eine, gar nicht weit von hier, komm mit.«

»Das hast du ja ganz schön lange für dich behalten.« Sie knuffte ihn in die Seite.

»Man muss immer noch ein Ass im Ärmel haben«, scherzte er und zog sie mit sich.

Es war matschig, das Waten durch das hohe Gras anstrengend. Schon nach ein paar Metern atmete Monika schwer. »Puh, du hast ja ein ganz schönes Tempo drauf.«

»Komm, spring auf meinen Rücken, ich trage dich.«

»Das kann ich doch nicht machen!«

»Wieso nicht?« Er runzelte die Stirn.

»Ich bin eine selbstständige Frau, ich lasse mich doch nicht von einem Mann durch die Gegend tragen.«

Er zuckte die Schultern. »Es ist doch nicht schlimm, wenn man sich helfen lässt.«

Sie schwieg einen Augenblick und dachte darüber nach. »Du tust es nicht, um mir zu zeigen, wie stark du bist? Dass ich die Schwache bin?«

»Monika, was redest du bloß?«

»Ach, nichts«, sagte sie und spürte, dass sie rot wurde. »Ich führe bloß so oft Diskussionen darüber, dass Frauen nicht alles schaffen können, was Männer auch können.«

Er guckte erwartungsvoll.

»Willst du mir jetzt nicht sagen, dass das Quatsch ist und dass Männer klüger und bessere Denker sind?«

Kristján schüttelte den Kopf. »So ein Gespräch habe ich noch nie im Leben geführt.«

Plötzlich musste Monika lachen. »Ist die Emanzipationswelle an dir vorübergezogen?«

»Ich weiß nicht, was das soll. Auf Island haben Frauen seit jeher an der Seite ihrer Männer gekämpft, später, wenn die Männer auf See waren, haben sie Häuser repariert, Schafe geschlachtet und die Kinder großgezogen. Ich wüsste nicht, warum sie daher in anderen Dingen nicht auch so gut sein sollten wie die Männer. Also, was willst du mir sagen, Monika? Dass du dich nicht von mir tragen lassen willst, weil du glaubst, das würde dich unbedeutend werden lassen? Weißt du was?

Dann lauf doch einfach selbst.« Er zog die Mundwinkel nach oben und seine Augen funkelten amüsiert.

Ihr Kiefer klappte nach unten. »Oh.«

»Na, was ist, wollen wir jetzt baden oder nicht?« Kristján zeigte mit dem Kopf nach vorne. »Kommst du?« Dann marschierte er weiter.

Monika beklagte sich nicht noch einmal, dass es zu anstrengend oder zu mühsam sei, durch das hohe Gras und die Feuchtwiesen, Pfützen und kleinen Bäche zu laufen, bis sie irgendwann an einer Felswand ankamen.

Sie schwitzte und wischte sich die Stirn mit dem Handrücken ab, ihre Füße waren kalt und nass, die Schuhe vermutlich komplett ruiniert.

»Was ist? Haben wir uns verlaufen?«

Er lachte. »Nein, wir sind da.«

»Wo ist die Quelle denn?«

Kristján zog sich den Wollpullover über den Kopf, dann das Hemd. »Wir müssen hier rein.« Da entdeckte sie einen Höhleneingang.

»O Gott, das sieht gruselig aus.«

»Es ist vielleicht ein bisschen dunkel, aber wenn sich deine Augen erst einmal daran gewöhnt haben, ist es ganz wunderbar. Durch den Eingang kommt genug Licht, glaub mir. Das Wasser ist herrlich warm.«

»Ist es tief? Und … gibt es Tiere dadrinnen?«

Sie schämte sich ein wenig dafür, dass sie so ängstlich und vor allem ahnungslos war.

»Fische gibt's keine, zu warm. Und Bären haben wir auf Island auch nicht, falls es das ist, was dir Sorgen bereitet. Das größte Raubtier ist der Polarfuchs.«

»Mit dem werden wir fertig.«

Er lachte und knöpfte die Hose auf. »Oder willst du nicht mehr?«

»Doch, doch«, beeilte Monika sich zu sagen und drehte sich weg, während sie anfing, sich auszuziehen. Es war ein bisschen albern, hatten sie doch schon zwei Nächte im selben Bett verbracht, aber hier draußen fühlte sie sich verletzlicher ohne die schützende Schicht ihrer Kleidung.

Kristján schien nichts zu bemerken. Er verschwand in der Höhle.

»Hey, warte doch.«

»Komm rein, der Wind ist frisch da draußen.«

»Bin gleich da.« Sie tapste vorsichtig mit ihren eisigen Füßen über das feuchte Gras und wagte sich in die Höhle. Es war wirklich stockfinster im ersten Moment, aber Dampf, der vom warmen Wasser aufstieg, machte es behaglich warm.

»Soll ich vorgehen?«, fragte er.

»Ja, bitte. Ich weiß gar nicht, wo ich hintreten muss.«

»Sieh es als Naturschwimmbad«, neckte er sie und ließ sich vorsichtig ins Wasser gleiten. Er stieß ein Zischen aus. »Es ist am Anfang ein bisschen heiß, vor allem wenn die Füße kalt sind. Aber das Beste ist, man geht einfach rein, nachdem man sich vergewissert hat, dass es wirklich nicht zu heiß ist. Es gibt auch Quellen, da kocht das Wasser.« Kristján tauchte unter.

Monika machte große Augen, ihre Augen gewöhnten sich langsam an die Umgebung. Die Wände der Grotte waren schwarz und felsig, wie die meisten Steine Islands, sie nahm an, dass es Lavagestein war. Wassertropfen rannen über die raue Oberfläche, Dampf stieg vom Wasser auf. Da tauchte Kristjáns Kopf wieder auf, er schüttelte sich leicht, dann lachte er. »Es ist wunderbar, komm rein.«

Sie zögerte kurz, dann tapste sie Zentimeter für Zentimeter weiter zum Wasser hin. Vorsichtig hielt sie einen Zeh hinein. »Ach du meine Güte! Das *ist* kochend heiß.«

»Nur weil dir kalt ist. Komm rein, es wird nicht besser, wenn du noch mehr auskühlst.«

»Na gut.« Monika lächelte, als sie bemerkte, dass sie beide tatsächlich nackt waren und das überhaupt keine Verlegenheit mehr bei ihr hervorrief. Kristján betrachtete sie schüchtern, warf ihr aber keine lüsternen Blicke zu. Die Mischung aus Aufmerksamkeit und Zurückhaltung gab ihr ein gutes Gefühl. Sie war sicher bei ihm. Geborgen und geliebt.

»Es ist wunderbar«, seufzte sie, als sie endlich hineinglitt. Auch wenn es wirklich etwas heiß war. Aber sie gewöhnte sich schnell daran. Nach ein paar Minuten ließen sie sich auf dem Wasser treiben, das nicht, wie anfangs gedacht, schwarz und düster war, es war hellblau und milchig. Das Licht, das vom Eingang her in die Höhle fiel, tauchte alles in ein unwirkliches Licht. Wie schade, dass sie keine Kerzen dabeihatten, es war wirklich romantisch. Sie waren allein, das Wasser war ein Traum, Kristján war bei ihr …

»Das ist die schönste Zeit meines Lebens«, sagte sie und schwamm zum Rand.

»Für mich auch«, ertönte seine Stimme hinter ihr.

Monika wandte sich um und schlang ihre Arme um seinen Hals. »Ich liebe dich.«

»Ég elska þig«, erwiderte er und küsste sie.

Monika spürte sein Verlangen, sie fühlte die Kraft, die von seinen Muskeln ausging, und wünschte sich nichts mehr, als dass es für immer so bleiben würde.

»Lass uns zurückgehen«, bat er irgendwann schwer atmend.

Sie war enttäuscht, aber nickte. »Ja, sonst weichen wir noch auf.«

Er half ihr aus dem Wasser, sie bewunderte seinen Körper, seine glatte Haut, die von der harten Arbeit gestählten Muskeln. Aber das Schönste war die Art, wie er sie ansah. So hatte sie noch niemand angeschaut.

Sie schüttelten sich, rieben sich die Haut mit ihren Händen ab, ehe sie ihre Kleidung wieder anzogen. Socken und Schuhe waren immer noch eisig, aber nach dem warmen Bad störte es sie nicht mehr. Hand in Hand schlenderten sie durch den Sonnenschein, sogen die klare Luft in ihre Lungen und schmiedeten Zukunftspläne. Doch kurz bevor sie das Sommerhaus erreichten, spürte Monika, dass etwas anders war. Sie entdeckte zwei Gestalten, die ihr allzu vertraut vorkamen. Kristján versteifte sich. Sie waren nicht mehr allein.

»Ich werde nicht mit ihnen sprechen«, sagte sie zu Kristján.

»Irgendwann musst du es tun«, flüsterte er und drückte ihre Hand aufmunternd.

»Monika!«, rief ihr Vater ihr zu.

Sie antwortete nicht, aber innerlich tobte sie bereits. Doch sie wusste, das würde jetzt zu nichts führen, sie musste Herrin der Lage bleiben. Ihr Vater und Sturlaugur kamen auf sie zu.

»Woher wussten sie nur, dass wir hier sind?«, wandte sie sich leise an Kristján.

»Akureyri ist klein, es ist kein Geheimnis, dass meine Familie ein Sommerhaus besitzt. Und du sagtest ja, dass man uns gesehen hat … es war wohl nicht schwer, eins und eins zusammenzuzählen.«

»Verdammt.«

»Monika, was ist nur in dich gefahren, spinnst du eigentlich? Du kommst jetzt sofort mit!«, rief ihr Vater. Er kam ein paar Schritte auf sie zu und wollte sie packen, nur Kristjáns Größe schien ihn zögern zu lassen.

Sie schüttelte den Kopf. »Auf keinen Fall.« Sie hielt Kristjáns Hand fester.

»Wir können uns nicht ewig verstecken«, sagte Kristján so leise, dass nur sie es hörte. »Wir müssen uns den Tatsachen stellen, ich liebe dich.«

»Ich liebe dich auch.«

Sie wollte noch so viel mehr zu ihm sagen, aber plötzlich wurden sie auseinandergerissen. Ihr Vater zerrte sie von Kristján weg. Sturlaugur hielt ihn fest.

»Lass mich los!«, schrie Monika ihren Vater an, aber der packte sie nur fester. Schmerzhaft bohrten sich seine Finger in ihr Fleisch, während er sie den Weg entlang zum Auto eher zerrte, als dass er sie selbst gehen ließ.

»Wir reden zu Hause!«, war alles, was er zwischen zusammengepressten Zähnen hervorbrachte.

Monika wehrte sich noch immer, schaute zurück und sah, wie Kristján gegen Sturlaugur ankämpfte. Sturlaugur redete auf Isländisch auf Kristján ein.

»Wenn ihr ihm wehtut«, drohte sie ihrem Vater, »vergesse ich mich.«

Ihr Vater schwieg beharrlich, riss die Autotür auf und schob sie hinein.

Monika schaute sich noch einmal nach Kristján um, zum Glück ging es ihm, soweit sie es überblicken konnte, gut, aber die Männer diskutierten heftig. Sturlaugur schubste Kristján von sich, dieser taumelte und fiel zu Boden. Sturlaugur brüllte etwas auf Isländisch, das sie nicht verstand. Dann wandte er sich ab und eilte zum Auto. Sturlaugur setzte sich hinter das Steuer und gab Gas. Mit durchdrehenden Reifen und hoher Geschwindigkeit schossen sie davon.

»Das wird dir noch leidtun!«, brüllte Monika ihren Vater an. Er reagierte nicht. Hilflos und wütend kauerte sie auf dem Rücksitz und sah sich noch einmal nach Kristján um, aber er war längst nicht mehr zu sehen. Monika schloss für eine Sekunde die Augen. Er liebte sie und sie liebte ihn. Sie würden einen Weg finden, zusammen zu sein.

Kapitel 25

Keflavík 2018

Dunkle Wolken zogen über den Himmel, ein böiger Wind fegte über die von Moos bewachsenen Landschaften auf dem Weg zum Flughafen. Hannah war glücklich und gleichzeitig auch ein wenig wehmütig, dass sie gerade jetzt Jón zurücklassen musste, um nach Lüneburg zu reisen. Natürlich wollte sie es tun – und doch, sie vermisste ihn jetzt schon. In den letzten Tagen hatten sie sich besser kennengelernt, viel geredet und beinahe genauso viel Zeit mit Zärtlichkeiten verbracht, die er genauso zu brauchen schien wie sie.

»Ich weiß, es ist ein blöder Zeitpunkt«, sagte Hannah, als sie in Keflavík aus Jóns Auto ausstiegen. »Aber ich muss es tun.«

»Das verstehe ich, meine Liebe. Es ist gar kein Problem.«

»Außerdem braucht mein Noch-Ehemann dann nicht noch einmal nach Island zu fliegen, ich nehme Max auf dem Rückweg gleich mit.«

Jóns Schlucken entging ihr nicht, doch im nächsten Moment lächelte er. »Das ist doch wunderbar.«

Es gab ein Thema, über das sie noch nicht gesprochen hatten, denn die Gefühle füreinander waren noch zu frisch, als dass man ihnen einen Stempel hätte aufdrücken können. Klar war jedoch, dass Max in ihr Leben gehörte, und sie wusste nicht, wie Jón damit zurechtkommen würde – ob er es überhaupt wollte. Wie sollte es weitergehen, wenn ihr Sabbatical vorbei war? Sie wusste es nicht. Und jetzt war nicht der rechte Zeitpunkt, um darüber zu sprechen. Jetzt wusste sie nur, dass ihr Herz fast stehen blieb bei dem Gedenken, sich von ihm zu trennen.

»Ich werde dich vermissen«, sagte sie und rang sich ein Lächeln ab.

Er stieg aus, umrundete den Wagen und zog sie in seine Arme. »Ruf mich an, okay?«

»Das mache ich, außerdem bin ich in ein paar Tagen zurück.«

»Ich komme dich abholen.« Er räusperte sich. »Euch, meine ich.«

»Das wäre schön«, entgegnete sie und küsste ihn zum Abschied. Sie legte ihre Hände in seinen Nacken und zeigte ihm mit ihren Lippen, was sie für ihn empfand. Ihre Mitte zog sich sehnsuchtsvoll zusammen, während sie sich an ihn schmiegte. All das, was sie mit Worten nicht sagen konnte, schienen ihre Körper auch so zu verstehen. Sie wollte nicht gehen, und doch musste sie es tun. Sie wollte für immer bei ihm bleiben, und doch hatte sie Angst davor, es auszusprechen. Mit einem leisen Seufzen löste sie sich irgendwann von ihm. »Ich fürchte, ich muss jetzt gehen.« Sie blickte zu ihm auf, der hungrige Ausdruck in seinen Augen spiegelte ihr eigenes Empfinden wider. Er hielt ihre Hände in seinen.

»Ich weiß.« Seine Stimme klang belegt.

Sie stellte sich noch ein letztes Mal auf die Zehenspitzen und küsste ihn. »Vergiss mich nicht.«

»Das könnte ich nicht mal, wenn ich es wollte.«

Hannah lächelte wehmütig, dann schnappte sie sich ihren Koffer und ging, ohne sich noch einmal umzudrehen, davon.

Als sie in Lüneburg ankam, war es, als wäre sie nie fortgewesen. Die Bäume, überall Bäume, sie hatte vergessen, wie viel Wald es rund um Lüneburg gab. *Komisch*, dachte sie. *Wie schnell man sich an etwas Neues gewöhnt*. Im nächsten Atemzug begriff sie, dass sie es nicht einen Tag vermisst hatte, seit sie nach Island gegangen war. Im Gegenteil, die Luft hier war stickig, heiß und roch nach Abgasen. Schweißperlen sammelten sich zwischen ihren Brüsten, als sie aus dem klimatisierten Taxi stieg, ihren Koffer gereicht bekam und die Stufen zum Haus ihrer Großmutter erklomm. Sie kam direkt von ihrem Vater, dem es den Umständen entsprechend gut ging. Er hatte sich gefreut, sie zu sehen, aber sie auch ein wenig geschimpft. Aber er war natürlich froh, dass sie gekommen war, um ihn zu unterstützen. Seine Schwester kam als Spenderin infrage, alles war bereits in die Wege geleitet worden. Hannah hatte nichts über ihre Entdeckung erzählt, sie wollte ihn nicht so kurz vor diesem großen Eingriff beunruhigen oder gar schockieren. Sie brauchte zudem erst einmal ein paar Antworten von ihrer Mutter.

Hannah drückte den Klingelknopf, nach kurzer Zeit wurde die Tür schwungvoll aufgerissen. »Da bist du ja!«, rief ihre Großmutter. »Wie schön!«

»Hallo Oma.« Sie stellte den Koffer ab und sie umarmten sich.

»Du siehst ja gut aus.« Mit einem Lächeln im Gesicht schob sie ihre Enkelin ins Haus. »Lass uns ein bisschen im Garten sitzen, im Schatten kann man es aushalten.«

»Gern.«

Fünf Minuten später saßen sie mit selbst gemachter Limonade unter dem alten Apfelbaum, der so viele Früchte trug wie lange nicht mehr. Es war bis jetzt ein heißer und sehr trockener Sommer gewesen. »Jetzt, wo ich hier bin, kann ich es kaum mehr aushalten, Max endlich wiederzusehen.«

»Wann kommen sie den aus der Eifel zurück?«

»Übermorgen erst.«

»Die paar Tage wirst du auch noch überleben.«

»Mir bleibt ja nichts anderes übrig. Ich muss mich gleich mal frisch machen, ich bin total durchgeschwitzt. Eben war ich noch bei Papa, er ist ja ganz guter Dinge. Ich hoffe, dass das auch wirklich so ist und er nicht nur vor mir so getan hat, als sei er zuversichtlich. Er ist natürlich ein wenig nervös vor der Operation. Hast du ihn in letzter Zeit gesehen?«

»Er ist schmal geworden, aber … er wird es schaffen. Er hat unfassbares Glück, dass seine Schwester infrage kommt.«

»Oma«, fing Hannah an und umklammerte das Limonadenglas noch fester. »Ich … ich muss dir was sagen.«

»Hannah, was ist los?«

»Ich habe mich auch testen lassen. Ich dachte, als Tochter käme ich wohl am ehesten infrage.«

Oma wurde blass. »Hannah!«

In dem Moment begriff Hannah, dass ihre Oma es längst wusste. Sie kniff die Augen zusammen. »Sag mir, dass deine Reaktion nicht das bedeutet, was ich glaube!«, sagte sie ganz leise.

»Ich habe keine Ahnung, wovon du redest.« Oma straffte sich und Hannah glaubte ihr kein Wort.

»Ich bin nicht seine Tochter. Jedenfalls nicht seine biologische«, erklärte sie ihr dennoch.

Die Luft entwich zischend aus Omas Lungen. »Dann ist es jetzt also raus.«

Hannah schluckte. Omas beinahe schon gleichgültige Art schockierte sie. »Meine Güte, wie kannst du das so … emotionslos aufnehmen? Ich kann das gar nicht fassen. Wie lange weißt du es schon?«

Oma senkte den Blick. »Ich wusste es nicht. Nicht mit Sicherheit jedenfalls.«

Hannah setzte ihr Glas geräuschvoll auf den Gartentisch. »Aber eine Ahnung hast du schon länger gehabt? Du musst mir erzählen, was du weißt!«, forderte sie.

Oma ließ ihren Blick aus den scharfen Augen durch den Garten schweifen. Mit einem Mal sah sie nicht mehr alt und gebrechlich aus, sondern wie eine Königin, die ihr Reich verteidigte. »Du weißt nichts von den Opfern, die man bringt, um seine Lieben zu schützen. Wie solltest du auch? Du wurdest immer vor allem bewahrt.«

Hannah sog scharf die Luft ein. »Na wunderbar! Wie schön. Du wusstest es also, aber hast meine Mutter gedeckt. Ein feines Team seid ihr. Habt ihr euch etwa deswegen immer gestritten?«

»Du hast keine Ahnung, in welchem Wespennest du da bohrst, Hannah. Vertrau mir, wenn ich dir sage, dass die Wahrheit manchmal schlimmer ist, als jede Lüge es je sein könnte.«

Hannah sprang auf. »Ich verstehe kein Wort von dem, was du da faselst. Dann weißt du, wer mein Vater ist? Sag mir, wer es ist!«

»Woher soll ich das wissen?«, blaffte Oma. Hannah schüttelte den Kopf. Dass ihre Oma jetzt auch noch die Frechheit besaß zu lügen!

»Tu doch nicht so! Du weißt weit mehr, als du in den letzten neununddreißig Jahren, in denen ich auf der Welt bin, gesagt hast.« Hannah stand wütend auf.

»Setz dich wieder hin!«

»Ich kann mich jetzt unmöglich *hinsetzen* und diese verdammte Limonade mit dir trinken.«

Oma schlug mit der flachen Hand auf den Tisch, das Glas klirrte. »Du wirst irgendwann auch noch begreifen, dass vieles möglich ist, wenn man seine Familie beschützen will.«

Hannahs Nacken prickelte. Sie schloss die Augen, während sie sich auf den Stuhl zurücksinken ließ. Oma war immer eine Festung gewesen, ein Bollwerk gegen die Gemeinheiten ihrer Mutter. Jetzt begriff sie, dass alles nur Fassade war. Die eine war nicht besser als die andere.

»Ich denke, es ist an der Zeit, dass ich dir etwas zeige«, brachte ihre Großmutter schließlich mit gepresster Stimme hervor.

Hannah schluckte und überlegte, ob sie bereit dafür war. Aber ja. Sie brauchte Antworten. Dringend. »Ich möchte alles hören.«

Oma nickte, stand auf und ging mit schleppenden Schritten ins Haus. Hannahs Herz hämmerte hart gegen ihren Brustkorb, sie konnte sich keinen Zentimeter rühren. Was würde Oma wohl gleich zutage fördern? Sie war gelähmt vor Angst. Angst vor dem, was sie gleich erfahren würde.

Sie musste nicht lange warten, Oma kehrte mit einem kleinen Stapel zurück. Sie knallte das vergilbte Papier auf den Gartentisch.

Briefe.

Briefe?

»Was soll das?«, zischte Hannah und zeigte darauf.

Oma zuckte die Schultern. »Schwarz auf weiß. Ich bin nicht immer unschuldig geblieben in meinem Leben, aber ich habe es für meine Familie getan, für deine Mutter und dich. Und auch für Peter, der mir immer ein lieber Schwiegersohn war. Deine Mutter hat keine Ahnung, dass diese Briefe existieren.«

Monika hatte keine Ahnung? Wie war das möglich?

Hannah erbebte vor Wut. »Was? Ich verstehe gar nichts. Damit hast du dir jetzt die Absolution verdient, oder wie? Rede!«

Heide fasste sich an den Hals und seufzte schwer. »Ich habe die Briefe nicht gelesen, ich weiß nur, dass deine Mutter einen Liebhaber hatte, bevor sie geheiratet hat.«

»Liebhaber?« Das Wort hörte sich aus Hannahs Mund seltsam an. Sie konnte sich ihre Mutter beim besten Willen nicht frisch verliebt vorstellen.

»Es war der Sommer vor ihrer Hochzeit«, sagte Oma leise.

Hannah schluckte. Dann war sie damals noch nicht mit Peter verheiratet gewesen.

Hannah schloss die Augen. Es tat weh, in ihr war ein tiefer, grollender Schmerz. »In Island?«, fragte sie tonlos, obwohl sie die Antwort bereits kannte.

Oma nickte. »Ja. Wie immer sind wir nach Island zu unseren Freunden geflogen. Alles war gut, bis sie diesen Fabrikarbeiter kennenlernte.«

»Wie hieß er?«

Oma überlegte, dann sagte sie: »Kristján.«

Hannahs Magen zog sich zusammen. Obwohl sie die Antwort geahnt hatte, traf sie sie doch wie ein Schlag. Kristján war tot, sie würde ihren leiblichen Vater nie kennenlernen.

Oma fuhr indes fort. »Deine Mutter hat kalte Füße bekommen, sie hat sich in etwas verrannt, das ohnehin niemals gut gegangen wäre. Sie und ihre dämliche Malerei, und dann kam dieser Isländer daher.« Oma schnaubte abfällig.

Hannah runzelte die Stirn. Kein Wort kam über ihre Lippen.

»Deine Mutter wollte Künstlerin werden. Also Hobby, von mir aus, aber damit kann man doch nicht seinen Lebensunterhalt verdienen.« Oma lachte bitter. »Sie wollte holterdiepolter alles für diesen dahergelaufenen Taugenichts aufgeben. Peter verlassen, Deutschland den Rücken kehren. Das konnte ich nicht zulassen. Das konnten wir nicht zulassen.«

Hannah atmete tief ein. Zum ersten Mal sah sie ihre Mutter in einem anderen Licht. Aber das erklärte noch lange nicht, warum sie Hannah oft so kalt behandelt hatte.

»Dann ist Kristján also mein Vater?«

Heide zuckte die Schultern. »Ich nehme es an.«

»Du nimmst es an?« Ihre Stimme klang schrill. »Wie konntest du nur zulassen, dass meine Mutter nicht mit ihm zusammenbleiben konnte? Und was ist mit mir? Hätte ich nicht die Wahrheit verdient?«

»Verdammt noch mal, Hannah!«

Hannah schnaubte. Sie warf einen Blick auf die Briefe. Sie waren ungeöffnet. »Wieso hat meine Mutter sie nicht gelesen? Was habt ihr ihr erzählt, dass sie von ihm nichts mehr wissen wollte? Ihr habt eine verbitterte unglückliche Frau aus ihr gemacht. Ihr seid schuld.«

Heide hob eine Braue. »Ja, es ist richtig. Wir haben die beiden auseinandergebracht. Ich habe die Briefe abgefangen. Monika hat Peter geheiratet. Wir haben das getan, was wir für richtig hielten. Ich habe immer gehofft, dass es einfach schnell geklappt hat mit dem Schwangerwerden.«

»Mein Gott, Oma.« Hannah schlug sich eine Hand vor den Mund.

Sie senkte den Blick. »Damals glaubte ich, dass es nötig war.«

»Und wofür das alles? Der Preis war zu hoch, meine Mutter war ihr Leben lang unglücklich.«

»Glaubst du, das weiß ich nicht?«

»Wieso habt ihr ihr die Briefe nie gegeben?«

»Wir haben den richtigen Moment verpasst. Was sollte es jetzt noch ändern, so viele Jahre später?«

»Ich kann das alles gar nicht glauben. Ihr habt Schicksal gespielt. Das stand euch nicht zu!«

»Sie wäre mit diesem Fabrikarbeiter nicht glücklich geworden. Was hätte er ihr schon bieten können? Wir wollten nur das Beste für deine Mutter.«

Hannah stand auf. »Endlich verstehe ich, warum meine Mutter nie mit dir auskam. Es widert mich an. Als ob Geld alles ist, was zählt.«

»Das sagst du nur, weil du nicht weißt, wie es ist, keins zu haben. Willst du die Briefe nicht lesen?«

»Ich?«, rief sie schockiert. Dass Oma es noch immer nicht begriffen hatte! »Schlimm genug, dass ihr das Leben meiner Mutter und irgendwie auch meins versaut habt, ich werde sicher nicht *ihre* Post lesen. Ich fahre jetzt zu ihr und kläre die Lüge ihres Lebens auf. Was habt ihr ihr erzählt? Dass Kristján kein Interesse an ihr hat? Nein, sag nichts. Ich will es nicht von dir hören, die schon viel zu viele Lügen erzählt hat. Ich nehme an, es ist okay, wenn ich mir dein Auto ausleihe?« Hannahs Stimme klang unnatürlich hoch.

»Hannah, bitte warte.« Oma warf ihr einen flehentlichen Blick zu.

»Nein. Ich kann nicht mehr warten. Weißt du, wieso? Weil Kristján tot ist! Für das Glück meiner Mutter ist es zu spät.« Hannah empfand Mitleid mit ihrer Mutter, auch wenn sie noch immer traurig war, dass Monikas Unglück offenbar dafür gesorgt hatte, dass sie ihre eigene Tochter niemals lieben konnte.

Auf dem Weg ins Wendland, wo ihre Mutter lebte, war Hannahs Kopf wie leer gefegt. Sie fuhr mechanisch durch die dünn besiedelten Gebiete der sandigen Geest, durch dichte Kiefernwälder, an unzähligen Seen vorbei, bis sie ihr Ziel erreicht hatte.

Irgendwann stand sie vor dem windschiefen Haus ihrer Mutter, der Garten war verwildert, Blumen in allen Farben des Regenbogens blühten dort. Mit weichen Knien und den Briefen in der Hand ging sie zur Haustür und klingelte.

Es dauerte einen Moment, bis geöffnet wurde.

Ihre Mutter schaute sie sekundenlang an, als müsste sie erst begreifen, dass es wirklich ihre Tochter war, die vor ihr stand. Sie hatte um Augen und Mund tiefere Falten bekommen.

»Hallo Mama«, sagte Hannah leise.

»Hannah, was machst du hier?«

Sie schluckte den Kommentar, dass ein »schön dich zu sehen« nett gewesen wäre, herunter. Ihre Mutter wirkte überrumpelt, vielleicht auch ein bisschen nervös. Das war Hannah auch. Es war nie einfach gewesen, mit ihrer Mutter zu sprechen. Jetzt wurde es sicher nicht leichter, nicht bei den Themen, die ihr auf der Seele brannten. Hannah holte tief Luft.

»Ich muss mit dir reden, darf ich reinkommen?«, bat sie ihre Mutter.

»Natürlich. Bitte.« Ihre Mutter öffnete und trat beiseite. Im Haus war es dunkel und kühl, es roch muffig und nach abgestandener Luft. Hannah erschauderte.

»Sollen wir uns vielleicht lieber in den Garten setzen?«, schlug sie vor.

»Weißt du, eigentlich habe ich gar nicht so viel Zeit«, antwortete Monika ausweichend.

Hannah wollte »Was hast du schon zu tun?« rufen, stattdessen sagte sie: »Es geht um … Papa.« Das letzte Wort war ihr schwergefallen.

»Ich weiß, dass er krank ist.«

Gott, diese Frau war wirklich nur schwer zu erreichen. Kaum zu glauben, dass das einmal anders gewesen sein sollte. Sie konnte sich ihre Mutter beim besten Willen nicht als Rebellin vorstellen, die ihr Leben in vollen Zügen genoss.

»Ja, das ist er«, sagte Hannah. »Willst du nicht wissen, wie es Max geht? Wie es uns auf Island gefällt?«

Bei dem Wort Island zuckte ihre Mutter kaum merklich zusammen, als ob ihr allein der Gedanke daran körperliche

Schmerzen bereiten würde. »Ach, Hannah.« Dann sah sie die vergilbten Briefe in der Hand ihrer Tochter.

»Was hast du da?«

»Ich war bei Oma«, sagte Hannah leise. »Sie sind für dich.«

Ihre Mutter griff mit der rechten Hand an den Türrahmen und schwankte leicht. Ihre Fingerknöchel traten weiß hervor. »Was ist das?!«, wiederholte Monika mit zitternder Stimme.

»Sie … sie sind von Kristján. Oma hat sie dir all die Jahre vorenthalten. Ich weiß nicht, was sie dir erzählt haben, aber ich kann diese Ungerechtigkeit nicht ertragen. Egal, wie unser Verhältnis ist, Mama.«

Monika holte tief Luft. »Was? Von Kristján?« Ein Hoffnungsfunke glomm in ihren Augen auf.

»Er … ich habe seine Frau auf Island kennengelernt. Er lebt nicht mehr.«

Das Schimmern erlosch so schnell, als ob es nie da gewesen wäre. »Was willst du von mir?« Monikas Stimme klang auf einmal kühl. Beherrscht. So verschlossen wie immer.

»Ich suche nach Antworten, Mama. Ist Kristján mein Vater?«

Monikas Lippen wurden zu einem schmalen Strich. Sie hatte ihre Augen weit aufgerissen. »Gib die her. Hast du sie etwa gelesen?«

»Natürlich nicht! Warum bist du nur immer so kalt zu mir? Siehst du nicht, wie weh mir das tut?«

Monika schaute sie an. Der Schmerz, der in den Augen ihrer Mutter zu sehen war, traf sie selbst ins Mark. »Du hast keine Ahnung, Hannah. Nicht die geringste«, war alles, was Monika sagte.

»Dann klär mich, verdammt noch mal, endlich auf! Habe ich nicht ein Recht, etwas über meine Herkunft zu erfahren?«, rief Hannah und warf die Arme hilflos in die Luft. Es machte sie rasend, wie ihre Mutter sie von sich fernhielt. Und unendlich traurig. »Weiß Papa, dass ich nicht sein Kind bin?«

Die Stille, die sich zwischen ihnen ausbreitete, schrie gegen den Himmel. Die Luft vibrierte.

Schließlich atmete Monika aus. »Ich kann dir keine Antworten geben.«

Hannahs Mund klappte auf. Sie war fassungslos. Auch jetzt schwieg ihre Mutter beharrlich? Warum zur Hölle?

»Kannst du nicht oder willst du nicht?«, blaffte Hannah.

»Ist das nicht einerlei?« Monika gab sich unbeteiligt, aber Hannah wusste, dass sie log. Sie hatte zu viel gesehen, zu viel verstanden. Ihre Mutter hatte einen Schutzwall um sich herum aufgebaut und schloss seit vielen Jahren alle von ihrem Gefühlsleben aus. Auch ihre Tochter. Aber Hannah wollte das nicht mehr länger hinnehmen.

»Nein, das ist es nicht. Vielleicht würde das ja auch gleich die Frage beantworten, warum du mich immer mit diesem hasserfüllten Blick angesehen hast? Wenn ich ein Kind von dem Mann wäre, den du geliebt hast, hättest du mich dann nicht auch lieben müssen?« Hannahs Herz hämmerte gegen ihren Brustkorb, ihre Unterlippe zitterte.

»Ich habe es versucht. Glaub mir.« Presste Monika hervor.

Sie hatte versucht, sie zu lieben? Hannahs Augen brannten, eine Träne löste sich aus dem Augenwinkel. Ihr Herz, das sich mühsam von den Strapazen der letzten Monate erholt hatte, bekam einen neuen Sprung, durch den die Wut auf all die ungelösten Rätsel ihrer Mutter herausrann. »Dann nimm doch die Scheißbriefe und leide weiter vor dich hin! Ich habe es satt, um deine Liebe zu kämpfen. Ich kann einfach nicht mehr. Mein ganzes Leben habe ich mich gefragt, was ich falsch gemacht habe. Dabei war es nicht mein Fehler! Ich bin nur dein Kind! Ich bin immer noch dein Kind. Aber weißt du, was? Ich will nicht mehr. Dann suhle dich doch weiter in deinem Elend und mache andere Menschen für dein Unglück verantwortlich.«

Als ihre Mutter die Briefe nicht nahm, warf sie sie ihr vor die Füße.

Ohne ein weiteres Wort drehte sie sich auf dem Absatz um und rannte über den staubigen Boden zurück zu Omas Mercedes. Sie bebte vor Wut und Enttäuschung, doch sie wusste, die Wut würde mit jedem Kilometer, den sie zwischen sich und ihre Mutter brachte, abebben. Am Ende würde nur diese trostlose Leere in ihr zurückbleiben, weil sie einfach nicht begreifen konnte, warum sie es nicht wert war, von ihrer Mutter geliebt zu werden. Hannah legte ihre Hand auf den Türgriff, zögerte eine Sekunde, ehe sie die Tür aufriss und einstieg. Nein, ihre Mutter hatte alle Chancen der Welt gehabt. Sie war fertig mit ihr, auch wenn es wehtat. Hannah atmete tief ein, dann startete sie den Motor und fuhr los.

Kapitel 26

Akureyri 1978

Die Fahrt zurück nach Akureyri hatte Monika wie erstarrt auf der Rückbank gesessen. Sie war noch nicht bereit gewesen, ihr Paradies mit Kristján aufzugeben, auch wenn sie wusste, dass er recht hatte. Sie musste Peter sagen, dass sie ihn verlassen würde, und ihren Eltern klarmachen, dass sie ihr Leben in Deutschland aufgab, um mit Kristján alt zu werden.

Monika zuckte zusammen, als sie am Haus der Gastgeber eintrafen. Ihre Mutter sah schlimm aus, ihre sonst so sorgfältig gekämmten Haare wirkten durcheinander, ihre Augen waren rot gerändert, dunkle Schatten lagen darunter. Karitas saß auf dem Sofa, sie war blass, aber wich Monikas Blick nicht aus. Sie hat mich nicht verraten, dachte Monika erleichtert. Aber wer dann? Bryndís nahm sie als Einzige in die Arme. »Wie gut, dass dir nichts passiert ist.«

Monika antwortete nicht. Sie wusste nicht, was sie sagen sollte, in ihrem Kopf herrschte Chaos. Obwohl es so einfach war, war es doch so schwer.

Monika wollte bitter auflachen, als Bryndís Käse, Brot und Gebäck auf den Tisch brachte. Als sei jetzt die Zeit, gemütlich Kaffee zu trinken und zu plaudern! Der wässrige Blick ihrer Mutter hielt sie jedoch davon ab.

Sturlaugur und ihr Vater kehrten erst jetzt ins Haus zurück, sie hatte es gar nicht bemerkt, es war ihr auch egal gewesen. Die ganze Rückfahrt über hatte niemand ein Wort gesagt. Monika hatte mit allem gerechnet, aber nicht mit dieser Grabesstille. Aber gut, sie hatte ebenfalls nichts zu sagen. Sie wünschte, sie wäre bei Kristján. Seine Nähe fehlte ihr, die Geborgenheit, die sie in seinen Armen empfand.

Sie widersprach nicht, als man sie aufforderte, sich etwas Trockenes, Sauberes anzuziehen. Ging wie ein Geist nach oben und zog sich ein Kleid und eine Strumpfhose an, ehe sie an die Kaffeetafel zurückkehrte. Man hatte ihr bereits aufgetan und eingeschenkt. Nur das Ticken der Uhr und die Atemzüge der Menschen im Raum durchbrachen die Stille.

Es war, als sei jemand gestorben, und für Monika war es auch so, zumindest teilweise. Ihr altes Leben war gestorben, sie fühlte sich gleichzeitig wie neugeboren. Obwohl sie wusste, dass niemand ihre Freude darüber teilen würde, musste sie lächeln.

»Glaubst du, jemand hier findet das lustig?«, polterte ihr Vater jetzt los.

Heide zuckte zusammen, Monika straffte ihren Rücken.

»O nein, Papa. Das glaube ich keineswegs.« Sie reckte ihr Kinn selbstbewusst nach vorne.

»Was hast du dir bloß gedacht? Mit so einem Nichtsnutz davonzulaufen?«

Monika atmete scharf ein. »Das geht zu weit.«

»Nein, *du* gehst zu weit. Aber damit ist jetzt Schluss. Wir reisen ab.«

Sie konnte sich ein Auflachen nicht verkneifen. »Das finde ich ganz wunderbar. Dann kann ich nämlich die Verlobung lösen, ehe ich wiederkomme.«

Heide ließ ihre Tasse fallen. Sie knallte mit einem Scheppern auf die Untertasse, Kaffee schwappte über. »Das wirst du nicht«, sagte sie jetzt, ihre Lippen zu einem grimmigen Strich zusammengepresst.

»O doch. Und ihr könnt mich nicht davon abhalten.« Ihr Herz klopfte wild, ihre Hände waren feucht.

Monikas Vater rückte sich die Hornbrille gerade. »Das wäre reichlich dumm von dir, Monika.«

»Ach ja? Und wieso? Ich kehre nach Island zurück und heirate Kristján. Wir wollen zusammenleben.«

Heide atmete schwer, ihre Lippen bebten, aber sie brachte kein Wort hervor.

»Ich hätte dich nicht für so dumm gehalten, Monika.« Ihr Vater schüttelte den Kopf.

»Dumm?«, wiederholte sie mit erhobener Stimme. »Ja, das war ich. Viel zu lange. Ich habe mein Leben für euch gelebt, immer nur das gemacht, was *ihr* wolltet. Damit ist jetzt Schluss.«

»Ich denke, es ist das Beste, du gehst nach oben und denkst darüber nach, was du getan hast«, sagte ihre Mutter auf einmal sehr gefasst.

»Was, willst du mir Hausarrest geben, als wäre ich zehn?«

»So ist es. Wir haben hier unten Dinge zu besprechen.«

»Ach ja? Was denn? Wollt ihr mir vielleicht Fußfesseln anlegen?«

»Manchmal denke ich, das wäre besser gewesen.« Heide fasste sich an die Schläfen, als würde sie eine fürchterliche Migräne plagen. Monika konnte nur abfällig lachen.

»Ja, euch geht es nur um die Tradition, das Geld … Wisst ihr, was? Mir bedeutet das alles nichts. Ich liebe Kristján und daran könnt ihr nichts ändern.« Sie sprang so energisch auf, dass der Stuhl mit einem Krachen umkippte.

Weil sie nicht wusste, wo sie sonst hinsollte, rannte sie tatsächlich nach oben, knallte die Tür hinter sich zu und warf sich aufs Bett.

Sie wollte zu Kristján, aber der war sicher noch im Sommerhaus. Monika weinte ins Kissen, schlug darauf ein, sie wollte schreien, aber hielt sich zurück. Gleichzeitig fragte sie sich, warum sie nicht einfach wieder davonlief und zu Kristján ging. Sie bereute nichts. Nicht eine Sekunde. Sie ärgerte sich nur, dass sie mit ihrem Vater in dieses Auto eingestiegen war, auch wenn ihr klar war, dass sie keine Wahl gehabt hatte. Monika musste tatsächlich einiges regeln – einen Schlussstrich ziehen. Wenn ihre Eltern sie dann verstießen, bitte schön, ihr war es einerlei. Peter gegenüber wollte sie fair sein und ihm reinen Wein einschenken. Ja, das würde sie tun, und dann konnte ihr neues Leben mit Kristján beginnen. Sie wischte sich über die Wangen und richtete sich auf, während sie darauf wartete, dass etwas passierte. Aber nichts geschah, sie wusste nicht, wie lange sie die Wand angestarrt hatte, bis es irgendwann sachte an der Tür klopfte. Monika hob den Kopf, Karitas steckte ihren Kopf herein. »Darf ich?«

»Es ist dein Zimmer.« Sie atmete tief ein. »Also bitte. Schicken sie dich als Botschafterin?«

Karitas schloss die Tür leise hinter sich. »Nein. Ich wollte nach dir sehen. Geht es dir gut?«

»Wie sieht es denn aus? Nein. Aber irgendwie doch.«

»Du liebst ihn, hm?« Karitas wirkte traurig.

»Ja. Das tue ich. Ich habe das nie für möglich gehalten. Aber es war Liebe auf den ersten Blick, es ist stärker als alles, was ich je für einen Menschen empfunden habe.«

Karitas seufzte.

»Du glaubst mir nicht?«, fragte Monika leise.

»Doch, das tue ich. Aber … ich weiß nicht, wie ich es sagen soll.«

Monika richtete sich auf und wischte sich die Tränen aus dem Gesicht. »Was ist es?«

»Ich habe es eben gehört, deswegen bin ich gleich zu dir gekommen.«

»Was?«

»Sie haben Kristján Geld geboten, wenn er dich in Ruhe lässt.«

»O Gott. Sie sind so schlimm.«

»Er …« Monika sah an Karitas Gesichtsausdruck, dass etwas nicht stimmte. Ihr wurde flau im Magen.

»Er was?«, fragte Monika und hielt den Atem an.

»Er hat es angenommen.«

Monika wurde schwarz vor Augen. Sie bekam keine Luft mehr. Es war, als hätte sie vergessen, dass auf das Einatmen das Ausatmen folgte. »Sag das noch mal«, krächzte sie. Sie wusste, dass Kristján das niemals tun würde. Karitas musste lügen.

Aber hatte Monika nicht gesehen, dass Sturlaugur und Kristján gestritten hatten? Was war dann passiert? Nein, Kristján würde sie nie verraten. Niemals. Schon gar nicht für Geld.

»Ich habe es nur gehört, weil die Tür nicht geschlossen war.«

»Nein!«, sagte sie fest entschlossen. »So ist er nicht. Ich muss zu ihm!« Sie hätte gar nicht erst herkommen sollen, wieder einmal hatte sie etwas falsch gemacht. Dass ihre Eltern auf so eine abscheuliche Idee kamen, überraschte sie kaum noch. Wut schnürte ihr die Kehle zusammen. Es reichte! Ein für alle Mal!

Monika sprang auf und rannte aus dem Haus. Es war ihr egal, wie sie aussah. Sie lief zu Kristjáns Wohnung, bis sie atemlos vor der Tür stand und feststellte, dass er nicht da war.

»Kristján«, rief sie erneut. »Mach auf, ich bin es, Monika.«

Aber nichts geschah. Er war wirklich nicht da. Vielleicht war er noch gar nicht vom Sommerhaus zurückgekehrt.

Oder er hatte das Angebot ihrer Eltern doch angenommen und wollte sie nicht sehen.

Oder beides?

Oder gar nichts davon.

Monika konnte und wollte das, was Karitas ihr verkündet hatte, nicht glauben. Dennoch … erste Zweifel nagten an ihr. Es war zu viel für sie. Die Ereignisse der letzten Tage, der letzten Wochen hatten an ihren Nerven gezehrt. Sie fing an zu zittern, spürte, dass heiße Tränen über ihre Wangen liefen.

Schluchzend ließ sie sich auf den Boden gleiten, den Rücken hatte sie an die Hauswand gelehnt.

Karitas log. Sie musste lügen. Das sagte sie sich immer wieder, und je länger sie dort saß, desto größer wurde die Unsicherheit.

Kapitel 27

Lüneburg 2018

Es roch nach Desinfektionsmitteln und Krankheit. Obwohl ihr Vater in einem hübschen Privatzimmer mit Blick ins Grüne lag, täuschte nicht einmal das indirekte warme Licht darüber hinweg, dass sie sich in einem Krankenhaus befanden.

»Ich bin so froh«, sagte Hannah und nahm seine Hand. »Das ging wahnsinnig schnell.«

»Ich auch. Na ja, es ist schon etwas im Gespräch gewesen, aber ich wollte dich nicht beunruhigen.«

»Ach Papa. Zum Glück bin ich jetzt da. Alles wird gut.«

»Natürlich, mein Schatz. Das habe ich dir doch gesagt.«

Hannah lächelte schwach. Sie versuchte, den Kloß im Hals loszuwerden, und schluckte. »Es ist ein wahnsinniges Glück, dass Sabine infrage kommt«, sagte sie noch einmal.

»Na ja«, meinte er. »Sie ist meine Schwester, es ist wunderbar von ihr, dass sie es machen will, aber es macht mir auch Angst. Trotzdem bin ich glücklich, dass ich nicht länger warten muss.«

»Ich war gestern bei Mama«, fing sie an und blickte vorsichtig zu ihm auf.

»Du siehst unglücklich aus, Kind.«

»Ich, ach. Entschuldige, ich wollte dich jetzt nicht damit belasten.«

»Du belastest mich nie, Hannah. Was ist los?«, fragte ihr Vater besorgt nach.

»Ich habe nie verstanden, warum sie immer so kalt zu mir war. Und na ja, zu dir war sie auch oft abweisend. Glaub nicht, dass ich das als Kind nicht gemerkt habe.«

»Ich habe deine Mutter geliebt.«

»Ihr habt euch immer nur gestritten oder angeschwiegen.«

»Ich weiß. Ich wünschte, es wäre anders gewesen«, presste er leise hervor.

»Was meinst du damit?« Ihr Herz klopfte schneller, die Hände wurden feucht. »Nein, nein, vergiss es, Papa. Ich … das ist kein gutes Thema jetzt. Ich meine, du liegst im Krankenhaus, du wirst bald operiert …«

»Nein, Hannah ist schon gut. Im Sommer, bevor wir geheiratet haben …« Er räusperte sich. »Ich habe mich nicht mit Ruhm bekleckert, habe meine Karriere vorgezogen und deine Mutter oft allein gelassen.«

»Du bist eben pflichtbewusst.«

Er lächelte traurig. »Manchmal vielleicht ein bisschen zu sehr. Wie du.«

Hannahs Herz wurde schwer. »Vielleicht. Ja.«

»Als sie wiederkam, war sie völlig verändert. Ich habe sie kaum wiedererkannt. Vorher war sie fröhlich und kämpferisch. Eine Idealistin.«

Hannah hatte es geahnt, das, was er sagte, bestätigte es nur. »Hat sie erzählt, was damals vorgefallen ist?«

»Nein. Als sie nach Hause kam, hat sie mich umarmt und sich bei mir dafür entschuldigt, dass sie sauer auf mich gewesen ist.«

Hannah stutzte. Dann hatte er also tatsächlich keine Ahnung. »Oh.«

»Ja, ich habe mich natürlich gefreut. Ich habe erst später begriffen, dass auf Island etwas passiert sein muss, das sie mir verschwieg. Etwas, das sie letzten Endes völlig veränderte. Na ja, mit ihren Eltern ist sie nie klargekommen, ich dachte, es lag daran.«

»Aber das war es nicht?«

»Hannah, wo kommt das jetzt gerade alles her?«

Es war nicht ihre Sache, das Geheimnis ihrer Mutter aufzuklären. Schon gar nicht jetzt. Sie lächelte und atmete ein. »Papa, ich habe jemanden kennengelernt.«

»Wie schön. Wer ist es?«

»Er lebt über dem Café, in dem ich arbeite.«

»Ich hätte nie gedacht, dass aus dir mal eine Bäckerin wird.« Ihr Vater musste schmunzeln.

»Ich weiß. Ich auch nicht.« Sie lächelte.

Er drückte ihre Hand. »Ich bin jetzt so alt und habe endlich kapiert, dass alles, was zählt, ist, dass man glücklich ist. Macht er dich denn glücklich?«

Ihre Lippen verzogen sich zu einem Lächeln. »Er tut mir gut. Ich glaube, ich habe mich verliebt. Alles Weitere müssen wir sehen.«

»Ich freue mich sehr. Nils tut mir natürlich leid.«

»Ja, mir auch. Aber ich bin mir sicher, er bleibt nicht lange allein.«

Es klopfte. Eine Krankenschwester kam herein. »Herr Leopold, wir hätten dann noch einige Voruntersuchungen und Vorbereitungen für morgen zu treffen.«

»Ja, ich bin so weit«, antwortete er.

»Ich hab dich lieb, Papa. Ich bin morgen da, wenn du aufwachst.« Hannah gab ihm einen Kuss auf die Stirn

»Danke, mein Schatz.«

Sie blinzelte die Tränen weg und verließ sein Zimmer. Sie hoffte, dass morgen alles gut gehen würde.

Hannah blinzelte, als sie am nächsten Abend aus dem Krankenhaus kam. Alles war gut gegangen, ihr Vater war noch erschöpft von der Narkose, aber ansonsten ging es ihm gut. Sie war unglaublich erleichtert und dankbar. Jetzt musste sein Körper die Organspende nur noch annehmen, aber auch da war sie zuversichtlich, immerhin kam die Spende von einer direkten Blutsverwandten.

Hannah nahm sich ein Taxi und fuhr zu Nils. Zu ihrem alten Zuhause.

Es fühlte sich komisch an, dort aus dem Taxi auszusteigen. Vertraut und doch fremd. Gleichzeitig sah Hannah die Wahrheit endlich so klar, dass sie froh war, nach Lüneburg gekommen zu sein. Ihre Heimat lag jetzt woanders.

»Hey«, sagte jemand hinter ihr.

»Mamaaa!«, rief Max.

Hannah wirbelte herum und breitete ihre Arme aus. Ihr Sohn rannte auf sie zu. Sie umarmte ihn und küsste ihn auf den Scheitel. »Ihr seid ja schon da!«

»Wieso bist du nicht reingegangen?«, fragte Nils. Er sah erholt aus, sein Gesicht war gebräunt, ebenso wie die Unterarme, die aus dem hochgekrempelten Hemd hervorschauten.

»Es fühlte sich nicht richtig an.« Sie neigte den Kopf.

Nils schaute sie traurig an. »Verstehe.«

Er zog den Schlüssel aus der Hosentasche und schloss die Haustür auf. »Bitte.«

Hannah ging voraus, drinnen stellte sie ihren Sohn auf die Füße. Er lief sofort nach oben, weil er ihr unbedingt sein neustes Spielzeug, eine Tyrannosaurus-Rex-Figur, zeigen wollte.

Schweigen breitete sich zwischen Hannah und Nils aus, bis er auf sie zutrat. Er nahm ihre Hand, zögerte. Dann sagte er: »Können wir es nicht noch einmal versuchen?«

Hannahs Hals wurde eng. Sie sehnte sich nach der klaren, kühlen Luft Islands – und vor allem nach Jón. Ihr Herz gehörte jetzt einem anderen.

»Wir sollten die Scheidung endlich durchziehen«, antwortete sie.

Er seufzte. »Dann ist es endgültig?«

Sie nickte. »Es tut mir leid.«

»Mir auch.«

Nils umarmte sie, und sie ließ es geschehen. »Können wir trotzdem gemeinsam essen?«

»Natürlich, wir werden immer Max' Eltern sein.«

Kapitel 28

Akureyri 1978

Monika hatte keine Ahnung, wie lange sie dagesessen und auf Kristján gewartet hatte. Jeder Knochen in ihrem Körper schmerzte, als sie langsam aufstand. Kein Vergleich zu ihrem zerbrochenen Herz. Sie wollte sich aufraffen, ihre Schultern nach hinten ziehen, aber es gelang ihr nicht. Sie war erschöpft, am Ende – und allein.

Wo steckte Kristján bloß? Vielleicht saß er noch immer im Sommerhaus und freute sich darauf, sie wiederzusehen. Ahnte nichts von den Lügen, die über ihn verbreitet wurden. Die Hoffnung gab ihr ein wenig Kraft, noch nicht aufzugeben. Aber sie musste dringend mit ihm sprechen, nur, wem konnte sie noch vertrauen?

Monika überlegte den ganzen Heimweg über, an wen sie sich wenden könnte. Als sie das Haus ihrer Gastfamilie erreicht hatten, hatte sie eine Entscheidung getroffen.

»Magnús«, sie klopfte leise an seine Tür. »Ich bin es, Monika. Kann ich mit dir reden?«

Sie hatte ihn nur einmal gesehen, seit sie zurück waren. Er hatte sie kurz begrüßt, aber sie sonst in Ruhe gelassen.

»Komm rein«, hörte sie, woraufhin sie die Hand auf die Klinke legte und sie herunterdrückte.

»Kann ich dich um etwas bitten?«

Er saß an seinem Schreibtisch und arbeitete, Fachbücher lagen aufgeschlagen vor ihm, er machte Notizen auf einem Block. »Worum geht es?«

»Du bist auch in den Semesterferien fleißig?«

Er hob eine Augenbraue. »Es interessiert mich einfach.«

»Ich weiß, es ist vielleicht zu viel verlangt, aber ... kannst du mich zu Kristján bringen?«

»Willst du wieder weglaufen?«

Sie schluckte. »Nein. Ich muss etwas mit ihm klären.«

»Monika, ich weiß nicht, ob das so eine gute Idee ist.«

»Bitte, Magnús.«

»Außerdem weiß ich gar nicht, wo er steckt.« Er senkte den Blick einen Moment zu schnell. Monika spürte instinktiv, dass er log.

»Das stimmt nicht«, stellte sie fest.

Magnús seufzte. »Monika«, fing er an, aber sie unterbrach ihn.

Sie stürzte zu ihm und nahm seine Hand. »Bitte, Magnús. Bitte. Ich muss mit ihm reden. Nur fünf Minuten. Du weißt, wo er ist. Ist er zurück?«

»Du bist so zerbrechlich, Monika.« Er lächelte nicht.

»Du hast also auch davon gehört, was meine Eltern getan haben.« Er musste wissen, dass sie Kristján Geld geboten hatten, wenn er sie in Ruhe ließ.

»Ich weiß nicht, was du meinst.«

»Natürlich weißt du es«, sagte sie und trat einen Schritt zurück. »Du ... willst mir nicht helfen.«

Magnús stand auf. »So ist es nicht.«

»Dann bring mich zu ihm. Bitte. Ich bitte dich von ganzem Herzen.«

Er atmete hörbar aus. »Na gut. Aber … ich sage dir gleich, dass das keine gute Idee ist.«

»Das lass mal meine Sorge sein.«

Wenige Minuten später stiegen sie in Magnús' Cortina, sie fuhren zum Hafen. Monika dachte, dass Kristján vielleicht mit dem Boot zugange war, aber stattdessen zeigte Magnús auf die Hafenkneipe.

»Dort?«

Er nickte. »Willst du es dir nicht noch mal überlegen?«

»Nein.« Sie musste es wissen, nahm all ihren Mut zusammen und marschierte los.

Die Tür flog mit einem lauten Krachen an die Wand, und sie stürmte hinterher. Alles, was Monika wahrnahm, war der Geruch von billigem Alkohol, Tabak und Schweiß. Es war dunkel in der schäbigen Kneipe. Dann entdeckte sie Kristján. Er saß allein in einer Ecke.

Dass Magnús hinterhergekommen war, hatte sie bemerkt, aber es war ihr egal.

Monika trat mit bebenden Lippen und hämmerndem Herzen zu Kristján an den Tisch. Vor ihm stand eine Flasche mit einer klaren Flüssigkeit. Schnaps. Natürlich. Im Profil waren seine Züge messerscharf, die Kiefer waren aufeinandergepresst.

Ihr wurde schlecht.

»Kristján«, stieß sie hervor. Es klang mehr wie eine Bitte als eine Anrede.

Müde hob er den Kopf, seine Augen waren glasig. Er war betrunken.

»Stimmt es?«, war alles, was sie zu sagen hatte.

»Sag du es mir«, gab er mit schwerer Zunge zurück.

In der darauffolgenden Pause konnte Monika ihren eigenen, rasenden Herzschlag hören. Tonlos gab sie zurück:

»Da du offenbar weißt, worum es geht, nehme ich an, dass das Angebot großzügig ausgefallen ist?«

Er schnalzte mit der Zunge.

Monikas Gedanken überschlugen sich, *lass es nicht wahr sein, lass mich nicht allein*, dachte sie verzweifelt. Aber sie konnte es nicht aussprechen. Sie brachte es nicht über sich, es noch einmal zu tun. Sie hatte es satt, andere um ihre Liebe anzubetteln.

Für Peter war sie die Eintrittskarte in die obere Gesellschaft gewesen. Für Kristján offenbar der Schlüssel zu einem kleinen Vermögen.

»Wie viel?«, fragte sie.

»Monika …« Die Art, wie er ihren Namen sagte, jagte ihr Angst ein. *Nein, sag es nicht*, dachte sie. Ganz egal, wie viel es war. *Sag es nicht.*

Er hatte das Geld gewählt und sie dafür verraten.

Der Boden schwankte unter ihren Füßen, etwas in ihr zerbrach endgültig.

Die Wahrheit tat so weh, dass sie taumelte. Sie spürte Magnús hinter sich, er hielt sie an den Schultern fest. »Komm, lass uns gehen.«

Monika schaute Kristján ein letztes Mal an. Ihre Blicke trafen sich. Sie las einen großen Schmerz in seinen Augen, der sie zögern ließ. Doch dann wandte er sich ab, und ihr Herz zerbrach erneut.

Sie schluchzte auf, dann schlug sie sich die Hand vor den Mund.

»Bring mich weg«, flüsterte sie, während die Tränen über ihr Gesicht rannen.

Magnús führte sie zum Wagen, dann fuhr er sie zurück.

Niemand hatte mitbekommen, dass sie fort gewesen war.

Sie legte sich ins Bett und weinte lautlos.

Kapitel 29

Húsavík 2018

Wenn Hannah früher im Wetterbericht gehört hatte, dass der Meteorologe über ein Islandtief sprach, hatte sie sich oft gefragt, warum das schlechte Wetter häufig hier seinen Ursprung nahm. Nun, da sie schon ein paar Monate auf Island verbracht hatte, verstand sie es besser. Heute war wieder so ein Tag, an dem die Welt unterzugehen schien. Sie kannte Sommergewitter von zu Hause, aber das hier war etwas ganz anderes. Es war windig, dicke Wolken wurden über den dunklen Himmel getrieben, und Regenschauer platschten immer wieder auf die Erde. Sie war froh, dass sie die Fahrt von Keflavík in den Norden hinter sich gebracht hatte und heil angekommen war. Sie hatte ihren Wagen vor der Abreise am Flughafen geparkt und Jón war mit einem Bekannten zurück nach Húsavík gefahren. Sie hatte ihn bei dieser Fahrt vermisst, er war mit den Witterungsumständen auf Island viel vertrauter als sie. Hannah hatte teilweise nicht schneller als mit vierzig Stundenkilometern fahren können. Die Fahrt hatte fast den gesamten Tag gedauert. Erschöpft, aber zufrieden stellte sie den Motor ab. »So, mein Süßer, wir sind endlich da.«

Sie drehte sich um, Max war eingeschlafen. »Na super«, murmelte sie. Die letzten zehn Stunden hatte er sich eine Biene-Maja-Episode nach der anderen auf dem Tablet angesehen, kurz vor dem Ziel hatte die Müdigkeit gesiegt. Ihre Mundwinkel zuckten, er sah einfach zu niedlich aus. Der Kopf lehnte entspannt an den Stützen des Kindersitzes, die Hände umklammerten sein Schnuffeltuch und er schnarchte ganz leise.

»Wie kriege ich dich jetzt ins Haus?«, überlegte sie, dann klopfte jemand gegen die Scheibe.

Sie schrie leise auf, als sie eine vermummte Gestalt sah, erst nach ein paar Wimpernschlägen begriff sie, dass es Jón war. Sie öffnete die Tür und gab ihm einen langen, intensiven Kuss, in den sie all ihre Sehnsucht legte, die sie die vergangenen Tage geplagt hatte. »Hey, das ist ja eine Überraschung.«

»Wow, was für ein Willkommensgruß.« Wasser tropfte von ihm auf sie, und obwohl sie noch im Wagen saß, war sie bereits fast bis auf die Haut durchnässt.

»Nimm das Wetter bitte nicht persönlich«, scherzte er.

»Auf keinen Fall.« Sie lachte. »Kannst du mir helfen, Max reinzubringen? Er schläft.«

»Klar, das mache ich.«

»Pass auf, du trägst ihn und ich halte eine Jacke über euch. Meinst du, das wird gehen?«

Fünf Minuten später lag Max in seinem Bettchen, er hatte nur einmal die Augen kurz aufgemacht, sich dann umgedreht und weitergeschlafen. Hannah war von Kopf bis Fuß durchnässt. Sie tapste leise aus seinem Zimmer und ging nach unten, wo Jón gerade Jacke und Schuhe ausgezogen hatte.

»Ich tropfe alles nass«, sagte sie lachend.

»Willkommen zu Hause«, meinte er mit einem Augenzwinkern. »Wie war es in Lüneburg?«

»Es ist so viel passiert, aber lass uns später darüber reden.« Sie trat vor ihn, stellte sich auf die Zehenspitzen und küsste ihn. Seine Lippen fühlten sich warm und verheißungsvoll auf ihrem kalten Mund an.

»Du zitterst ja«, stellte er fest und rieb über ihren Rücken. »Du musst vor allem erst mal raus aus den Klamotten, sonst erkältest du dich.«

Hannah grinste. »Kann es sein, dass sich da jemand freut, dass ich gleich nackt sein werde?«

Jón hob die Augenbrauen. »O ja, das kannst du laut sagen. Ich habe dich vermisst.«

»Wie wäre es mit einer heißen Dusche?«, schlug sie unter halb gesenkten Lidern vor und ging zum Badezimmer.

»Das klingt gut …«

»Kommst du, oder brauchst du eine gesonderte Einladung?« Sie hob ihre Hand und forderte ihn mit ihrem gekrümmten Zeigefinger dazu auf, ihr zu folgen.

»O, du meinst das …«

»Ja, genau. Du darfst mir den Rücken einseifen«, versprach sie.

Jón grinste und zog sich seinen Pullover über den Kopf. Auf dem Weg zu ihr warf er ihn über das Treppengeländer, dann schob er sie mit seinen starken Händen ins Badezimmer und küsste sie. Er gab der Tür einen leichten Kick, sie fiel mit einem leisen Klicken ins Schloss.

Hannah fühlte sich bald so, als wäre sie nie weg gewesen. Tagsüber arbeitete sie im Café, Jón werkelte noch immer an seinem mysteriösen Kunstwerk, das er ihr noch nicht zeigen wollte. Ihrem Vater ging es den Umständen entsprechend gut, er war aus dem Krankenhaus entlassen und in die Reha verlegt worden. Eigentlich sollte sie zufrieden und glücklich sein. Aber etwas fehlte ihr, innerlich war sie unruhig und noch immer auf der Suche.

»Du hast mir noch gar nicht erzählt, wie es in Lüneburg war«, meinte Freyja, während sie eine Möhrentorte mit Frischkäsecreme bestrich.

»Stimmt, die letzten Tage war so viel los, da sind wir gar nicht zum Reden gekommen.«

»Hast du mit deiner Mutter gesprochen?«

Hannah atmete hörbar aus. »Ich habe es zumindest versucht, aber … na ja, sie wollte nicht mit mir reden. Da habe ich fast nichts anderes erwartet, aber meine Oma, die hat mich schwer enttäuscht.«

»Wieso das denn?«

»Sie hat all die Jahre Briefe von Kristján aufgehoben, die an meine Mutter adressiert waren.«

»Er hat ihr geschrieben?«

»Ja, aber … ich habe sie nicht geöffnet, aber die Poststempel sind alle von 78 und 79. Danach kam nichts mehr. O Gott, Freyja. Tut mir leid. Ich … habe gar nicht daran gedacht, dass dich das ja auch betrifft.«

»Nein, nein. Keine Sorge. Ich habe ihn erst 1980 kennengelernt.«

»Irgendwie ist es eine Erleichterung zu wissen, dass er mit dir glücklich geworden ist. Dabei habe ich ihn ja gar nicht gekannt.«

»Du hättest ihn gemocht.«

»Weißt du, für mich ist so langsam klar, dass nur Kristján als mein Vater infrage kommt, deswegen habe ich irgendwie meinen Frieden damit geschlossen. Irgendwie passt es, denn nun habe ich meine eigene kleine Familie hier. Du bist mir sehr ans Herz gewachsen.«

»Du mir auch, Hannah, aber eine Sache ... kann nicht sein.« Freyjas Gesichtsausdruck war besorgt, sie hatte die Stirn gerunzelt.

»Was meinst du?«

»Stjáni *kann* nicht dein Vater sein.«

»Was? Ich meine, es ist klar, dass meine Mutter und er ein Liebespaar waren ... wer denn sonst, wenn nicht er?«

Freyja legte ihr eine Hand auf den Arm. »Liebes, Stjáni und ich konnten keine Kinder bekommen, weil er steril war.«

»Wie bitte?«

»Ja, es ist traurig. Ich dachte, ich hätte das schon bei unserem letzten Gespräch gesagt.«

Hannah verstand die Welt nicht mehr. Konnte sie diese Information überhört haben? Möglich war es, sie war ziemlich durch den Wind gewesen.

»Wie kann das sein, woher wusstet ihr das? Ich verstehe das nicht!«

»Wir haben uns so sehnlich eigene Kinder gewünscht, dass wir Geld gespart haben und nach England gereist sind. Anfang der Achtzigerjahre sind dort die ersten In-Vitro-Babys zur Welt gekommen. Bei uns war schnell klar, dass ... na ja, Stjáni hatte als Kind Mumps ... er ... er konnte keine Kinder zeugen. Wir haben uns dann damit abgefunden, umso wichtiger war es für uns, dass wir eine gute Beziehung zu Jón hatten.«

Hannah taumelte einen Schritt und stieß mit der Hüfte gegen die Arbeitsplatte. »Das ... das kann doch nicht sein.«

»Ich fürchte doch, Liebes. Es tut mir leid, aber Kristján kann nicht dein Vater sein.«

Hannah wurde übel. »O Gott. Wer ist dann mein Vater? Es ist alles so sinnlos, aber weißt du was, Freyja? Ich muss mich eben damit abfinden, dass ich nie erfahre, wer mein leiblicher Vater ist. Es ändert sowieso nichts. Mein Vater ist gerade in die Reha-Klinik gekommen, er bedeutet mir alles.«

Freyja umarmte sie. »Vielleicht sprichst du noch einmal mit deiner Mutter.«

»Ich weiß nicht, ob das helfen würde. Ich … nein, ich glaube nicht. Unser letztes Gespräch war schrecklich.«

»Das verstehe ich. Es tut mir leid, ich hätte das vielleicht früher und deutlicher sagen müssen. Ich hatte geglaubt, du wüsstest, dass seine Zeugungsunfähigkeit der Grund war, warum wir keine Kinder hatten.«

Hannah rieb sich die Stirn. »Ich glaube, ich brauche ein bisschen frische Luft.«

»Wie wäre das: Du bringst Jón einen Kaffee rüber und ihr macht einen Spaziergang? Der Junge arbeitet zu viel. Als du weg warst, war er Tag und Nacht im Atelier.«

»O ja, das ist eine gute Idee. Er wird mich auf andere Gedanken bringen. Kommst du denn heute ohne mich zurecht?«

»Liebes, hast du mal aus dem Fenster geschaut? Bei dem Wetter kommt wohl kaum jemand zum Kaffeetrinken. Und es soll noch stürmischer werden.«

»Wirklich? Ich habe mir gar keinen Wetterbericht angesehen.«

»Na ja, wir werden es überleben.« Sie lachte. »Allerdings sollte man sehen, dass man zu Hause und nicht unterwegs ist.«

»So heftig?«

»Ich bin einfach vorsichtig geworden. Du weißt schon.« Freyja musste nicht erwähnen, dass sie an Jóns verstorbene Frau und sein Kind dachte.

»Ja, natürlich. Wir fahren nirgendwohin.«

»Das ist gut, und nun raus aus der Küche.« Sie tätschelte ihr die Schulter und lächelte. »Ich will dich heute hier nicht mehr sehen.«

»Danke.« Hannah gab ihr einen Kuss auf die faltige Wange, bereitete rasch Kaffee für Jón und sich zu und huschte durch den Regen in den Leuchtturm. Unten trat sie sich die Füße ab und rief hinauf. »Hallo, ich bin's. Ich habe Kaffee, darf ich hochkommen?«

Sie fragte lieber, denn er hatte um dieses Gemälde so ein Geheimnis gemacht, dass sie überhaupt nicht ins Atelier kommen durfte. Niemand außer ihm durfte es betreten.

»Hannah? Ja, komm rauf. Ich wollte dir sowieso was zeigen.«

Sie legte die Stirn in Falten. »Wirklich?«

»Ja, nun komm schon hoch!«

Er klang ein wenig aufgeregt, wie ein Junge, der sich das erste Geschenk unter dem Weihnachtsbaum hervorziehen darf. »Bin gleich da.«

Sie ging die Stufen nach oben und achtete darauf, dass sie nicht stolperte oder etwas verschüttete. »Hi«, sagte sie, als sie oben angekommen war.

»Als könntest du Gedanken lesen«, erwiderte er mit einem Lächeln. Er trug seine mit Farben bekleckerte Jeans und ein altes T-Shirt. Seine Füße steckten in Schuhen, die ebenso mit Farbe betupft waren wie die Hose.

»Um ehrlich zu sein, Freyja hat mich aus der Küche geworfen.« Sie verzog ihren Mund.

»Wieso das denn? Habt ihr euch gestritten?«

»Nein, das nicht. Aber nachdem ich ihr von meiner Reise erzählt habe, hat sich herausgestellt, dass Kristján nicht mein Vater sein kann.«

»Oh.«

»Ja, genau. So habe ich auch geschaut. Na ja, jedenfalls … ich muss das erst einmal verdauen.«

»Und da dachtest du, du könntest mich vom Arbeiten abhalten?« Er grinste und küsste sie.

»So in etwa. Ich habe Kaffee dabei«, sie hielt ihm eine Tasse hin, die andere behielt sie bei sich.

»Den nehme ich gerne, ich bin ziemlich müde. Eine gewisse Frau hat mich die halbe Nacht wach gehalten.«

Hannahs Wangen wurden heiß.

»Gott, du bist süß, wenn du rot wirst. Ich will dir endlich zeigen, woran ich so lange gearbeitet habe. Es ist für dich.«

»Für mich?« Sie blickte zu ihm auf. Er strahlte über das ganze Gesicht. Hannahs Magen fuhr Achterbahn.

»Ja, komm.« Er stellte seine Tasse ab und hielt ihr die Augen zu.

»Hey, ich sehe ja gar nichts.«

»Das ist Sinn und Zweck des Ganzen. Vertrau mir.«

Sanft schob er sie ein paar Schritte weiter, Hannah ließ sich von ihm dirigieren.

»Achtung, gleich darfst du gucken. Drei. Zwei. Eins. Jetzt. Tadaaa.«

Hannah blinzelte und erstarrte. Sie stand vor einer riesigen Leinwand, eine Frau mit kupferfarbenen Locken saß auf dem Sofa im Leuchtturm und starrte hinaus auf die See. Sie war nackt, hatte ein Laken um ihre Hüften gewickelt, das lose herunterhing. Die Frau hatte perfekte Kurven und … Hannah ließ die Tasse fallen.

Sie zerbarst mit einem lauten Klirren, Kaffee spritzte überall hin.

Die Stimmung war perfekt eingefangen, der Atlantik toste, der Himmel war stürmisch, das Rot der Locken bildete einen starken und perfekten Kontrast zu den ansonsten gedämpften Farben.

»Was soll das?«, fragte sie tonlos.

»Das bist du. Wie ich dich sehe, Hannah.«

Sie schüttelte den Kopf. »Das bin ich nicht.« Sie konnte den Blick nicht abwenden, sie war fassungslos, wie gelähmt. Jón hatte über ihren Rücken zwei schwarze Notenschlüssel gemalt, die sich an ihren Körper anschmiegten, als seien sie immer schon da gewesen.

»Hannah«, er nahm ihre eiskalten Hände, sie zitterten. »Die Musik ist ein Teil von dir, sie wird es immer sein.«

»Nein! Hör auf damit.«

»Gefällt es dir nicht?«

»Du hättest das nicht tun dürfen.«

»Hannah. Hör mir doch zu.« Er hielt ihr Gesicht zwischen seinen Händen, aber sie wich ihm aus.

»Nein. Ich kann das nicht ertragen. Deck es ab.«

»Bitte, Hannah. Wenn wir zusammen sind, wenn wir uns sehen und du über die Musik sprichst, dann leuchtest du. Das kann ich sehen. Ich weiß, dass die Musik in dir ist, auch wenn du nicht mehr selbst im Orchester stehst. Willst du für den Rest deines Lebens Kuchen backen?«

»Ich mag Kuchen.«

»Du könntest andere von deinem Wissen profitieren lassen, ich bin mir sicher, das würde dir viel geben.«

»Ich dachte, ich wäre glücklich. Mit dir. Mit uns.«

»Ich liebe dich, Hannah. Das weißt du, oder?«

»Warum hast du das gemacht? Ich wollte das nicht. Nicht so. Und was ist überhaupt mit dir? Was wäre denn, wenn ich von dir verlange, über deine Frau und dein Kind zu sprechen?«

»Ich finde nicht, dass das fair ist.«

»Ich habe Umzugskartons gesehen, sag mir nicht, dass da nicht Sachen von ihnen drin sind, die du über die Jahre aufgehoben hast, obwohl sie keiner mehr benutzt.«

Sein Adamsapfel hüpfte. Dann atmete er tief durch und trat einen Schritt zurück. Nur einen Schritt, aber weit genug, um deutlich zu machen, dass sie zu weit gegangen war. »Wenn du in letzter Zeit einmal geschaut hättest, dann wüsstest du, dass sie nicht mehr da sind.«

»Nicht mehr da?« Sie begriff nicht.

»Ich habe die Sachen weggegeben. Nur die Fotos nicht.«

Sie schloss die Augen für eine Sekunde. Ja, es stimmte. Sie war danach noch einmal oben gewesen, weil die blöde Sicherung rausgeflogen war. Da war nur der Schrank im Abstellraum gewesen. Sie brachte kein Wort hervor, schaute auf ihre Füße.

»Hör zu, Hannah. Es macht mich traurig zu sehen, wie du unter deinem selbst auferlegten Musikverbot leidest. Verstehst du?«

»Nein, ich verstehe gar nichts.« Ihre Augen füllten sich mit Tränen. »Machst du Schluss mit mir, weil ich dein Bild nicht mag? Ist es das? Habe ich deine Künstlerehre beleidigt?«

Er lachte freudlos. »Nein, ich mache nicht Schluss mit dir. Natürlich nicht. Aber du siehst es nicht, oder? Ich habe lange schon akzeptiert, dass meine Familie nicht mehr lebendig wird, trotzdem fürchtete ich mich davor, mich neu zu verlieben. Aber du – du verdrängst alles, das geht so nicht, Hannah.«

»Nein!«

»Du solltest irgendwann begreifen, dass mit Abschotten nichts gelöst ist, Hannah. Erst wenn du akzeptierst, dass du Musik in dir trägst, dass sie ein Teil von dir ist, kannst du wirklich glücklich werden.«

»Das ist nicht wahr. Ich bin fertig damit. Meine Karriere ist beendet. Schluss. Aus. Finito.«

Er verschränkte die Arme vor der Brust und wirkte seltsam ruhig. »Ich hatte so sehr gehofft, dass du es so sehen würdest wie ich. Ich verlange nicht von dir, dass du dich mit mir in die Metropolitan Opera in New York setzt. Aber dass du dich belügst und damit um das betrügst, was dir so wichtig ist, kann ich schlecht ertragen, denn ich habe es zu lange selbst getan.«

»Dann war es das?«, stieß Hannah hervor und ballte unwillkürlich ihre Hände zu Fäusten.

»Hannah, so habe ich es nicht gemeint. Ich wusste nicht, dass es dich so verletzen würde. Sag so etwas nicht, lauf nicht gleich davon.«

»Du hast kein Recht, von mir zu verlangen, dass ich wieder Musik mache, das geht dich gar nichts an. Du kannst nicht wissen, wer ich bin! Woher willst du das auch wissen?«, schrie sie und verlor die mühsam aufrechterhaltene Fassung. Das jetzt war der berühmte Tropfen. »Wie? Sag es mir!«

»Ich kann dir dabei nicht helfen, Hannah, wenn du mich nicht lässt. *Du* musst es wollen. Setz dich damit auseinander, was du willst und was zu dir gehört, ich bitte dich, und hör auf davonzulaufen.«

»Ich war glücklich hier.«

»Weil du so tust, als wärst du jemand anderes.« Jón sah sie durchdringend an.

»Das ist nicht wahr! Es macht mir Spaß, bei Freyja zu arbeiten.«

»Spaß ist nicht gleich Erfüllung. Nicht auf Dauer jedenfalls.«

»Ich kann das nicht, Jón. Vielleicht ist es besser, wenn ich gehe.«

»Hannah, warte …«

»Nein, ich kann das einfach nicht!« Sie stürmte nach unten, hastete aus dem Leuchtturm und jagte nach Hause.

Auch Tage später war Hannah noch immer fassungslos darüber, dass Jón ihre Beziehung infrage stellte, weil sie nichts mehr mit Musik zu schaffen haben wollte. Das war nicht fair!

Wütend setzte sie sich an den Schreibtisch und ließ die Finger über den Geigenkasten gleiten, den sie in der hintersten Ecke des Schrankes verborgen hatte. Max war nach dem Kindergarten nach oben gegangen und spielte in seinem Zimmer mit Autos. Sie war froh darüber, dass sie nicht so tun musste, als sei sie gut gelaunt. Sie hatte so fest auf ihre Unterlippe gebissen, dass sie Blut schmeckte.

»Ich muss da durch. Einmal. Ein einziges Mal«, murmelte sie, stellte den Mitschnitt ihres letzten Konzerts an und ließ die

Musik über die Lautsprecher laufen. Sie ließ das Scharnier aufschnappen und klappte den Deckel hoch. Schluckte und blinzelte die Tränen weg.

Vorsichtig hob Hannah die Geige heraus und legte sie auf die Schulter. Sie spielte nicht, schloss die Augen und lauschte den schmerzhaftesten Tönen ihres Lebens.

Ein paar Minuten schaffte sie, aber mit jeder Sekunde wurde es unerträglicher. Das Gewicht auf ihrer Brust wurde schwerer und schwerer, bis sie keine Luft mehr bekam.

»Genug!«, rief sie. Mit fahrigen, zitternden Bewegungen machte sie die Musik aus.

»Mama!«, hörte sie Max hinter sich und wirbelte herum.

»Schatz. Was ist los? Hast du mich gerufen?«

»Was war das?«

»Nichts, nur alte Aufnahmen.«

Er neigte seinen Kopf. »Hast du das gespielt?«

Sie hatte Mühe, sich zu kontrollieren. Sie wollte schreien, sie wollte heulen, sie wollte in sich zusammensinken und sich dem Schmerz hingeben. Max' interessierter Gesichtsausdruck erinnerte sie daran, dass sie sich nicht erlauben konnte, vor ihrem Sohn die Kontrolle zu verlieren, selbst dann nicht, wenn es sie innerlich zerriss, sie die Welt nur noch in Stille erlebte und sich daran nie mehr etwas ändern würde. Sie war seine Mutter, sie musste stark für ihn sein, er durfte nicht sehen, wie es wirklich in ihr aussah, denn das würde ihn verstören. Deswegen lächelte sie. »Komm her, mein Schatz, gib mir einen Kuss.«

Max tapste zu ihr und breitete seine Arme aus. Hannah hob ihn hoch und ließ sich einen feuchten Schmatzer auf die Wange geben. »Das war gut«, sagte sie leise.

»Kann ich mal probieren?«

Sie drehte sich mit ihm und begriff, was er meinte. »Du willst … Geige spielen?«

Er nickte. »Ja, ja, darf ich mal? Bitte, Mama. Nur einmal. Ich bin auch ganz vorsichtig und mache nichts kaputt.«

Hannah lächelte, obwohl sich alles in ihr zusammenzog. »Bist du sicher?«

»Mama, nur einmal halten, okay?«

»Na schön.« Sie stellte ihn auf den Boden und reichte ihm Geige und Bogen. »Schau, so musst du sie greifen.« Sie half ihm dabei, die viel zu große Violine in seine Halsbeuge zu drücken, stützte ihn und legte ihm in die andere Hand den Bogen.

»So geht es, siehst du?«

»Puh, ganz schön schwer.«

»Probier mal. Schau, den Bogen musst du ganz zart und leicht führen.« Ein kratzendes, in den Ohren schmerzendes Geräusch erklang.

»Bei dir hört es sich besser an«, stellte er mit einem kindlichen Stirnrunzeln fest.

Hannah lachte, eine Träne tropfte auf den Boden.

»Mama, warum weinst du denn?«

»Weil ich glücklich bin, mein Schatz.«

»Das verstehe ich nicht.« Er versuchte es noch einmal, der Ton klang nicht besser als der erste. »Hui, das macht Spaß. Kann ich eine Geige haben?«

»Du … willst eine Geige?«

»Ja, es muss doch welche geben, die für Kinder sind. Die nicht tausend Kilo wiegen.«

»Schatz, du bist doch noch so klein.«

»Mama! Ich bin nicht klein.«

Sie lächelte traurig. »Nein, bist du nicht. Du bist ein großer Junge.«

»Kannst du es mir beibringen?«

Hannah schloss die Augen. »Ich?«

»Du bist doch die Beste. Ich möchte es lernen. Bitte, Mama.«

Hannah ließ sich auf den Stuhl sinken und beobachtete Max bei seinen Versuchen, der Geige einen Ton zu entlocken, der nicht wie ein Kratzen klang. Nach ein paar Minuten gab er auf. »Die ist zu schwer für mich.«

»Ja, das ist sie wohl.«

»Kann ich zum Geburtstag eine kleinere haben? Wie alt warst du, als du angefangen hast, Mama?«

Sie erinnerte sich zurück, weitere Tränen bildeten sich in ihren Augen, die sie Max zuliebe zurückdrängte. »Ich war nicht viel älter als du, mein Schatz.«

»Siehst du! Bitte, Mama. Ich möchte spielen wie du.«

Hannah atmete tief ein. »Mal sehen.«

Plötzlich stampfte er auf. So kannte sie ihn gar nicht, er war kein Kind, das sich mit Wutausbrüchen durchsetzte. Normalerweise jedenfalls nicht. »Max!«

»Bitte, Mama!«

Hannah nahm ihm die Geige und den Bogen aus der Hand und legte beides vorsichtig zurück in den Kasten. »Na schön, wir werden sehen, wo wir in Island so etwas auftreiben können.« Sie lächelte schwach, und zum ersten Mal dachte sie nicht mit Groll, Zorn oder Trauer an ihre Vergangenheit. Sondern mit Rührung. Es war ihr nie in den Sinn gekommen, ihrem Sohn anzubieten, ein Instrument zu erlernen. Er sollte nicht das Gefühl haben, dass er zu etwas gezwungen wurde. Und dann hörte er ein Konzert und bat sie, ihn zu unterrichten. Obwohl sie sich nach wie vor davor fürchtete, spürte sie, dass da noch etwas anderes war: Stolz und Zuversicht.

War es das, was Jón gemeint hatte?

Sie sprang vom Stuhl auf. »Er hatte recht!«, rief sie.

»Wer hat recht? Ich? Ja, klar hab ich recht.«

»Nein, Schatz. Ausnahmsweise mal nicht du.« Sie verwuschelte ihm die Haare. »Könntest du ein bisschen bei Emil drüben spielen? Ich muss noch was erledigen.«

»Ja, ja, ja!«, rief er und tanzte durch das Zimmer, ehe er zur Garderobe rannte und sich anzog.

Sie schüttelte den Kopf und lächelte. »Sie werden so schnell groß!«, flüsterte sie und spürte, wie ihr Herz zu rasen begann. Sie musste zu Jón und sich bei ihm entschuldigen.

Kapitel 30

Akureyri 1978

Die Sonne strahlte über dem Fjord, der Himmel war rot gefärbt. Monika schlenderte durch den kargen Garten des Hauses und schaute auf das dunkle Meer, das still und friedlich dalag. Es sah so wunderschön aus, dass sich ihr Herz noch einmal schmerzhaft verkrampfte. Sie hatte gedacht, dass es nicht mehr schlimmer werden konnte, doch mit jeder Stunde, die verstrich, fühlte sie sich elender und einsamer. Wie hatte sie sich nur so täuschen können – schon wieder. Die Schönheit des Anblicks machte ihr nur noch klarer, wie verloren sie war. Niemand liebte sie als die, die sie war. Nicht einmal Kristján. Vor allem nicht er.

Bitterkeit stieg in ihr auf, ihre Kehle fühlte sich wie ausgetrocknet an. Als das Haus im Stillen lag, ging sie in die Küche und holte sich ein Glas Wasser. Sie hatte niemanden mehr sehen wollen und war zum Abendessen nicht heruntergekommen. Auf dem Weg nach oben hörte sie ein Geräusch aus Magnús Zimmer. Sie klopfte vorsichtig an und trat ohne Aufforderung ein. Er stand am Fenster und blickte hinaus. Als er sie hörte, drehte er sich zu ihr.

Monika wollte, dass jemand sie festhielt. Dass er ihren Schmerz vertrieb. Sie wusste, es war nur ein flüchtiger Moment, aber sie wollte die Erinnerungen an Kristján überdecken, ihn auslöschen.

»Schlaf mit mir«, murmelte sie rau und ließ den Träger ihres Nachthemds über ihre Schulter gleiten. Es fiel auf den Boden und gab den Blick auf ihre Brüste, ihren flachen Bauch und ihre langen, schlanken Schenkel frei. Sie wusste, dass sie hübsch war. Sie wollte, dass er sie begehrte.

Monika befeuchtete sich die Lippen und lächelte träge, als sie das Verlangen in seinem Blick erkannte. Mutiger ging sie auf ihn zu und zog ihn am Hemd zu sich heran. »Magnús«, flüsterte sie, dann hob sie ihr Kinn und wartete, dass er sie küsste.

Einige Sekunden geschah nichts, sie glaubte fast, er würde sie abweisen. Dann atmete er scharf aus und presste seine Lippen auf ihre. Es war kein zärtlicher Kuss, aber er steckte voller Leidenschaft. Genau das, was sie jetzt brauchte.

Hungrig riss sie ihm die Kleider vom Leib. Magnús Hände, seine Lippen waren überall. Ihr heiseres Keuchen erfüllte das Zimmer, das Bett knarzte leise, als er sich auf sie legte und in sie eindrang. Monika klammerte sich an ihm fest, schloss die Augen, aber die Tränen liefen über ihre Wangen.

Immer wieder ließ er seine Hüften hinabsinken, immer schneller kam sein Atem. Schweiß tropfte von seiner Stirn auf ihr Gesicht. Magnús kam mit einem tiefen Grollen, das sich aus seiner Kehle schlich. Monika atmete erleichtert aus. Es war vorbei.

Sie fühlte sich kein Stück besser. Sie war innerlich leer. Zerbrochen.

Als er eingeschlafen war, schlüpfte sie aus dem Bett, zog ihr Nachthemd über und schlich auf Zehenspitzen in Karitas' Zimmer. Monika glaubte für einen Moment, dass sie noch wach war, aber dann rührte sich Karitas nicht mehr. Vermutlich hatte sie sich getäuscht.

Kapitel 31

Húsavík 2018

Hannah rannte zum Leuchtturm und rief Jóns Namen, nachdem sie die Tür aufgestoßen hatte. Sie musste sich bei ihm entschuldigen, sie konnte keine Sekunde länger damit warten. Aber sie bekam keine Antwort, also hastete sie die vielen Stufen nach oben. Hier war niemand, die Scherben lagen noch immer auf dem Boden, der Kaffee war längst eingetrocknet. Das Bild stand noch genauso wie vor einigen Tagen da, als wäre Jón direkt nach ihr davongelaufen. Hannah schaute kurz nach draußen, aber sie konnte kaum etwas sehen. Ein heftiger Sturm war aufgezogen, meterhohe Wellen brachen sich auf dem dunklen Meer. Wind toste ums Haus. Hannah seufzte. Vermutlich saß er in seiner Wohnung und las ein Buch. Das Beste, was man bei diesem Wetter tun konnte.

Hannah lief hinüber ins Café. Es waren kaum Gäste da, nur zwei Tische waren mit Touristen besetzt, die Kuchen aßen und sich gegenseitig Bilder auf ihren Handys zeigten. Hannah ging zu Freyja. »Hast du Jón gesehen? Ist er oben?«

Freyja schüttelte den Kopf. »Nein, hier war er seit heute Morgen nicht. Was ist los?«

»Wir haben uns gestritten. Schon vor ein paar Tagen.«

»O nein. Ich habe mir schon so was gedacht, ich habe euch gar nicht zusammen gesehen, aber ich wollte mich nicht einmischen. Aber was ist passiert? Wieso habt ihr gestritten?«

»Weil – weil er viel von mir verlangt und ich einiges noch nicht begriffen hatte.«

»Verstehe.«

»Im Leuchtturm ist er nicht, sein Auto steht aber da.«

Freyjas Augen wurden groß. »Er wird doch nicht so dumm sein und mit dem Boot rausgefahren sein?«

»O Gott.«

»Das macht er manchmal, wenn er nachdenken muss. Aber bei dem Wetter doch nicht ... wenn es an Land schon so schlimm ist ... Auf See ist es noch viel, viel heftiger. Nein, so dumm wird er nicht sein. Vielleicht besucht er jemanden.«

Selbst für Freyjas Verhältnisse klang das wenig überzeugend. Jón war ein Einzelgänger, er ging sicher nicht zu jemandem zum Kaffee trinken, weil er über seine Probleme *reden* wollte.

»Ich gehe zum Hafen«, teilte Hannah mit und wandte sich zur Tür.

»Melde dich, wenn du ihn gefunden hast. Ich mache mir Sorgen. Der Junge wird doch keine Dummheiten machen?«

»Ich hoffe nicht.« Hannah erschauderte. Wenn ihm etwas passierte ... sie konnte nicht daran denken. *Bitte nicht*, flehte sie stumm.

Sie rannte über den Trampelpfad, den der Regen längst aufgeweicht hatte. Zweimal stürzte sie fast, Regen klatschte ihr ins Gesicht, Wind drang durch jede Naht der teuren Funktionskleidung. Sie nahm kaum etwas davon wahr.

Hannah keuchte, als sie im Hafen ankam. Die Boote schaukelten selbst hier am Kai bedenklich im unruhigen Wasser. Der

Himmel war so dunkel, dass die Lichter der Straßenlampen angeschaltet worden waren. Der Atlantik wogte bedrohlich, als spräche er eine Warnung aus.

Ihr Atem stockte, als sie an die Anlegestelle kam, an der die *Kría* sonst immer lag. Der Platz war leer.

»Nein!«, schrie sie. »Was tust du nur?«

Hannah wischte sich den Regen aus dem Gesicht, der sich mit heißen Tränen vermischte.

Nicht durchdrehen, nahm sie sich vor. Sicher gab es eine Erklärung. Vielleicht war das Boot trockengelegt, weil etwas repariert werden musste. Sie rannte zu den Schuppen gegenüber und rüttelte an allen Türen.

»Hey, was machst du denn da?«, sprach sie jemand auf Englisch an.

Sie drehte sich um und erkannte den bärtigen Fischer, den sie hier schon öfter gesehen hatte.

»Hast du Jón gesehen?«, fragte sie.

»Jón?«

»Ihm gehört die *Kría*. Er ist nicht da, der Kutter auch nicht.«

Der bärtige Mann riss die Augen auf. »*Djöfullsins*«, fluchte er und schüttelte den Kopf. *Verflucht.*

»Kannst du ihn anfunken? Sein Telefon scheint er nicht dabeizuhaben.«

»Wer bei dem Wetter mit so einem kleinen Boot rausfährt, ist lebensmüde.«

Hannahs Herzschlag raste. Sie merkte, dass sie die Panik kaum mehr unterdrücken konnte. »Jemand muss ihn suchen, wir müssen die Küstenwache alarmieren.«

»Ich kümmere mich darum.«

Hannah sah, wie er ein Handy zückte und eine eingespeicherte Nummer wählte. Er sprach so schnell, dass sie kein Wort verstand. Allerdings konnte sie seinem Gesichtsausdruck entnehmen, dass niemand das hier auf die leichte Schulter nahm.

»Was passiert denn jetzt?«

»Ich weiß nicht, ob sie rausfahren oder ob sie warten, bis sich der Sturm gelegt hat.«

»Sie können ihn doch nicht sich selbst überlassen!« Ihre Stimme klang schrill.

»Mädchen, er kennt sich aus. Er wusste genau, was er da gemacht hat, als er rausgefahren ist. Wie lange ist er denn schon weg? Keiner von uns hat heute die Leinen gelöst.«

»Seine Tante hat ihn zuletzt heute Vormittag gesehen.«

Er guckte noch grimmiger. »Das ist nicht gut.«

Hannah starrte ihn mit offen stehendem Mund an. »Er … ihm ist doch nichts passiert, oder?«

Sie wusste, wie dämlich diese Frage klang, natürlich konnte der Alte ihr nicht sagen, was mit Jón los war. Alles, was sie brauchte, war ein Funken Hoffnung. Er schien es zu spüren und legte ihr seine riesige Hand auf die Schulter. »Geh nach Hause, Mädchen. Die werden ihn schon finden.«

Früher oder später, schoss es ihr durch den Kopf.

Bitte lass nichts passiert sein!

»Ich kann nicht nach Hause gehen, ich warte hier.«

»Du hilfst niemandem, indem du dir eine Lungenentzündung holst. Du bist ja total nass.«

Tatsächlich, sie hatte es gar nicht bemerkt. Ihre Jeans hingen an ihren eiskalten Oberschenkeln, die Kapuze war nach hinten gerutscht, ihre Haare klebten an der Stirn. Trotzdem, sie konnte sich jetzt nicht unter die heiße Dusche stellen und so tun, als wäre alles in Ordnung, während Jón vielleicht um sein Leben kämpfte.

Sie konnte den Gedanken nicht weiterspinnen. Wenn ihm etwas passieren würde – das würde sie nicht ertragen.

»Soll ich dich heimfahren?«, bot er an.

Sie schüttelte stumm den Kopf. »Nein danke. Ich warte.«

Nach einigen Minuten kam Leben in den Hafen, Männer in see- und wetterfesten dunkelblauen Anzügen mit gelben Streifen rannten auf ein graues Boot, das aussah, als wäre es vom Militär. Der Dieselmotor setzte sich mit einem lauten Rumpeln in Gang, die Leinen wurden von Bord geworfen und es raste mit Vollgas aus dem Hafen. Hannah schaute dem Schiff hinterher, bis sie es am Horizont nicht mehr erkennen konnte. Ihre Knie waren weich, ihr Puls unregelmäßig. Sie wollte etwas tun, aber sie konnte nicht. Die verschiedensten Gedanken schossen ihr durch den Kopf, viele davon wollte sie nicht zu Ende führen. Sie versuchte, sie wegzuschieben.

Ob sie überhaupt wussten, wo sie suchen sollten? Wie lange konnte Jón da draußen noch durchhalten?

Lange Zeit geschah nichts. Nach einer Stunde kam eine junge Frau mit einer Tasse Tee auf sie zu. »Komm, wärm dich doch ein bisschen im Café auf.«

»Was?« Sie konnte kaum sprechen, so kalt war ihr geworden. Wie musste es Jón da draußen erst gehen?

Zarte Arme legten sich auf ihre Schultern und schoben sie durch eine Tür. »Du stehst seit Stunden da draußen, ich konnte mir das nicht länger ansehen.«

»Sie sind noch nicht zurück.«

»Was ist überhaupt los? Ich bin übrigens Solveig.«

»Hannah. Jón ist mit der *Kría* rausgefahren, aber noch nicht zurück.«

»Sie finden ihn. Ich habe sicher irgendwo eine Decke, magst du sie?«

Hannah konnte sich kaum rühren, sie merkte erst jetzt in der Wärme, dass sie wirklich steif gefroren war. Ihre Zähne begannen zu klappern.

»Ach je, eine Decke wird nichts nützen. Du brauchst trockene Kleidung.«

»D-das ist n-nicht w-wichtig.«
»Soll ich dich nach Hause fahren?«
»N-nein.«
»Es kann noch ewig dauern.«
»I-ich w-weiß.«
»Wo wohnst du denn?«
»G-gleich da o-oben.«
»Von dort aus hast du doch alles im Blick.«
»N-nein.«
»Du bist ganz schön stur, hm?«
Hannah versuchte ein Lächeln, aber es gelang ihr nicht.
»Wie wäre das: Du hältst hier die Stellung und ich hole dir was von mir? Dürfte vielleicht etwas zu groß sein, aber es wäre immerhin trocken.«
»O-okay.« Hannah nickte und setzte sich. Dann führte sie die Tasse zum Mund, sie zitterte so stark, dass sie etwas Tee verschüttete. »E-entschuldigung.«
Solveig schaute sie verständnisvoll an. »Das macht nichts.«
Eine Viertelstunde später saß Hannah in zu großen, aber trockenen Klamotten am Fenster und hatte sich in die Decke eingewickelt. Die roten Locken kringelten sich feucht um ihren Kopf.
Der Wind pfiff um die blau gestrichene Holzhütte und zog durch die Fensterritzen. Es schien immer dunkler zu werden. Hannahs Mut sank mit jeder Minute, die verstrich. Sie versuchte, sich zu beherrschen, um nicht komplett durchzudrehen. Solveig blieb die ganze Zeit bei ihr und versorgte sie mit Tee und Gesprächen. Sie war der Frau unfassbar dankbar.
Irgendwann, sie hatte jegliches Gefühl für die Zeit verloren, entdeckte sie die Umrisse des grauen Schiffes am Horizont. Allein.
Sie hatten die *Kría* nicht gefunden.

Hannah brach in Tränen aus. »Sie können doch nicht aufgeben und jetzt einfach in den Hafen zurückkehren! Das geht doch nicht.« Sie sprang auf und rannte auf den Kai. Wind und Regen waren so stark, dass sie fast von der Mauer geweht wurde. Die Wellen schwappten darüber, sie war schon nach einigen Sekunden komplett nass, aber die Kälte, die sich in ihr ausbreitete, kam nicht von außen.

Sie hatten Jón nicht gefunden.

Sie hatten ihn aufgegeben.

Das Meer hatte ihn geholt.

Hannah sank auf die Knie und weinte. Ihre Schultern bebten.

Je näher das Schiff kam, desto ungehaltener war sie. Sie beobachtete das Anlegemanöver, dann sprang sie auf und rannte darauf zu. Sie krallte sich den erstbesten Kerl und schrie ihn an. »Warum habt ihr ihn aufgegeben? Ihr müsst ihn suchen!«

»Hey, beruhige dich.« Es war Knútur, der Postbote. Sie hatte nicht gewusst, dass er bei der Rettung arbeitete, sie war froh, ein bekanntes Gesicht zu sehen.

»Warum sucht ihr die *Kría* nicht weiter?«

»Hannah! Hannah!« Er schüttelte sie, bis sie aufhörte zu schreien. »Hannah, hör mir zu.«

»Was?«

»Jón ist an Bord.«

»J-jón ist auf dem Schiff?«

Sie hatten seine Leiche geborgen. Die Knie gaben unter ihr nach. »Er ist ertrunken?« Knútur hielt sie fest. »Er lebt. Hannah, er lebt!«

Er lebte?

»Sag das noch mal. Warum sehe ich ihn nicht?«

»Er ist stark unterkühlt und wir versuchen gerade, ihn aufzuwärmen, ehe man ihn ins Krankenhaus bringt.«

»Wo ist er?«

Als Knútur nicht gleich reagierte, schrie sie ungehalten: »Wo ist er, verdammt noch mal?«

Er schien es ihr nicht übel zu nehmen. »Komm«, sagte er.

Hannah ging auf wackeligen Beinen neben ihm her. An Bord wurde sie von neugierigen Blicken begrüßt, ihr war es egal, was sie über die hysterische Deutsche dachten, die seit Stunden alle verrückt machte.

Dann sah sie ihn. Jón saß in mehrere silberne Decken gehüllt in der Steuerkabine. Tränen der Erleichterung rannen über ihre Wangen, als sich ihre Blicke trafen. Er war blass, völlig durchnässt und wirkte entkräftet. Aber sie glaubte, den Anflug eines Lächelns zu sehen. Ihr Herz ging auf.

Jetzt würde alles gut werden.

»Jón«, rief sie und rannte zu ihm, so schnell sie konnte. Sie stieß die Tür auf, die krachend gegen die Wand flog. Ein weiterer Mann, den sie bislang nicht bemerkt hatte, murmelte etwas und verließ das Steuerhaus. Hannah stürzte zu Jón, umarmte ihn und drückte ihr Gesicht gegen seinen Hals. »O mein Gott, Jón. Ich dachte, ich hätte dich verloren!«

Er hustete. »Hannah«, seine Stimme war ein Krächzen.

»Sch«, machte sie. »Ich muss mich entschuldigen. Ich war so dumm und wütend. Bitte verzeih mir.«

»Es tut mir so leid, ich hätte …« Er brach ab, dann sagte er »Ich liebe dich« als Antwort, woraufhin Hannah noch einmal laut aufschluchzte.

»Ich liebe dich auch.« Dann rückte sie ein Stück von ihm ab. »Was machst du nur für dumme, dumme Sachen?«

Er lächelte müde. »Ich weiß.«

»Was hast du dir nur dabei gedacht?«

»Ich wollte meinen Ärger rauslassen, indem ich ein paar Seehasen fange.«

»Du bist … O Gott. Ich bin so froh! Aber mach so was nie wieder. Nie wieder, hörst du?«

»Ich wurde buchstäblich an die Oberfläche katapultiert und habe mich an einem Stück Holz festgeklammert, das sich von der *Kría* gelöst hatte. Als ob mich das Meer nicht verschlucken, sondern ausspucken wollte.«

Sie fing an zu weinen und konnte kaum fassen, dass er vor ihr saß, lebendig, dem eiskalten Nordatlantik entkommen. Hannah drückte ihr Gesicht wieder an seinen eisigen Hals, sie spürte seinen schwachen Puls, er war nass, durchgefroren und roch nach Meer.

»Ich hatte so eine Angst um dich«, flüsterte sie mit bebenden Lippen. »Ich bin fast verrückt geworden.«

»Ich habe die Welle gesehen, Hannah. Sie war so hoch wie ein Haus. In diesem Moment ist es, als würde die Zeit stehen bleiben.« Seine Stimme war rau. Hannah erschauderte und verscheuchte die grauenhaften Bilder aus ihrem Kopf. Er war hier. Er lebte.

»Ich weiß nicht, wie ich das überstanden habe. Das Wasser war so kalt. Ich hätte nicht überleben sollen. Normalerweise ist man nach zehn, maximal fünfzehn Minuten verloren.«

»Sag so was nicht«, ihre Stimme war kaum zu hören.

»Ich weiß nicht, ob es einen Gott gibt, Hannah. Aber eins ist klar, wer auch immer da oben sitzt, wollte mich noch nicht haben.«

Sie legte die Arme um ihn. »Egal, wer oder was es war, ich bin unendlich froh, dass dir nichts passiert ist.«

»Es war dumm von mir. Ich *wollte* mein Glück herausfordern. Ich weiß, dass man bei dem Wetter nicht rausfährt.«

Hannah schniefte und wischte sich die Nase am Ärmel ab. »Nicht sehr damenhaft, ich weiß.«

»O Hannah.« Sie sah zu ihm auf und sah den Schmerz und die Liebe in seinem Blick. »In diesem einen Moment, als ich kurz davor war, mich einfach von der Welle davontreiben zu lassen, da habe ich an dich gedacht.«

Ihr wurde heiß und kalt zugleich. »Ich habe mir so sehr gewünscht, dass du zu mir zurückkommst«, flüsterte sie.

»Irgendwie habe ich das gespürt, mein Herz.«

Mein Herz. So hatte er sie noch nie genannt. »Ich liebe dich«, murmelte sie an seinen blauen, eiskalten Lippen.

Er strich ihr so federleicht über die Wange, dass ihr Tränen in die Augen schossen. »Ich wollte bei dir bleiben, deshalb bin ich zurückgekommen.«

Sie küsste ihn, dann tippte ihr jemand auf die Schulter. »Ich würde euch zwei gerne noch weiter knutschen lassen, aber er muss ins Krankenhaus.«

»O Gott, ja, natürlich, Entschuldigung.« Jón ließ ihre Hand nicht los, und obwohl er immer noch zitterte, lächelte er.

»Ich komme gleich nach.« Hannah strahlte ihn an.

»Das wäre schön.«

Zwei starke Kerle halfen Jón auf die Beine, der sich nicht selbst halten konnte, und Hannah sah hinauf in den Himmel. »Danke«, murmelte sie und ihre Tränen vermischten sich mit den dicken Regentropfen. Sie sah, wie er in einen Krankenwagen gebracht wurde, dann rannte sie nach Hause, zog sich etwas Trockenes an und raste zum Krankenhaus. Auf dem Weg dorthin informierte sie Freyja, dass es Jón gut ging, dass er nur aufgewärmt werden musste. Danach war alles, woran sie denken konnte, wieder in seine blauen Augen zu sehen, die vor Liebe zu ihr leuchteten. Er hatte für sie überlebt.

Kapitel 32

Húsavík 2018

Der Sturm hatte sich gelegt, heute schoben sich immer noch dunkle Wolken über den grauen Himmel, aber am Horizont wurde es lichter. Das wunderschöne Eisblau des Himmels, das Hannah bislang nirgendwo anders so intensiv gesehen hatte, schimmerte durch. Von ihr aus hätte es jedoch auch schneien können. Jón war in Sicherheit!

Hannah nieste zum wiederholten Mal, ihr Kopf dröhnte, und doch war sie die glücklichste Frau auf der Welt. Jón musste noch einen Tag im Krankenhaus bleiben, dann durfte er wieder nach Hause, wenn die Lunge unauffällig blieb. Sie dagegen hatte sich eine heftige Erkältung eingefangen, aber den Preis bezahlte sie gerne. Nachdem sie Max in den Kindergarten gebracht hatte, setzte sie Teewasser auf, dann wollte sie wieder ins Bett gehen. Ein forsches Klopfen ließ sie die Stirn runzeln. Da hatte wohl jemand die Klingel nicht gesehen.

Hannah tapste auf Socken zur Haustür und öffnete. Ihr entgleisten die Gesichtszüge, als sie sah, wer davorstand. »Mama?«

Was machte sie hier?

»Ist was mit Papa?«

Hannah bekam Angst. Ihre Knie wurden weich. Monika stand vor der Tür und hatte die Hände ineinander verschränkt, als wisse sie nicht, wohin damit. Die Linien um ihren Mund waren noch tiefer geworden, sie war blass, wirkte abgekämpft und müde. Hannah sah sich verwirrt um. Vor dem Haus parkte ein Mietwagen. Hannah erkannte es an dem grünen Aufkleber, der auf dem Heck prangte. »Was machst du hier?«, fragte sie noch einmal tonlos.

»Hallo Hannah«, sagte Monika. »Können wir reden?«

Als Antwort folgte ein Niesen. »Das ist gerade ein denkbar schlechter Zeitpunkt, ich bin krank und ... es passt einfach nicht.«

Monika nickte. »Ich kann verstehen, dass du sauer auf mich bist. Mehr als das. Ich verstehe, wenn du nichts mit mir zu tun haben willst. Und doch bitte ich dich, gib mir die Gelegenheit, dir etwas zu erzählen.«

»Sauer?«, wiederholte Hannah mit rauer Stimme und schniefte. »Das ist gar kein Ausdruck.«

»Ich weiß. Aber ich möchte dir alles erklären. Bitte. Gib mir nur fünf Minuten, damit ich nicht umsonst den weiten Weg gemacht habe.«

Hannah lachte freudlos. »Ja, genau. Da sind wir wieder dabei, dass du nicht zu viele Scherereien hast. Ich glaube nicht, dass ich Lust habe, mir jetzt irgendwas von dir anzuhören.« Hannah nieste noch einmal.

»Es tut mir leid, das war jetzt unglücklich formuliert.«

»Ha, das ist das Beste, was du seit *Jahren* zu mir gesagt hast.« Sie wollte ihrer Mutter gerade die Tür vor der Nase zuschlagen, so wie die es mit ihr im Wendland gemacht hatte. Aber ihre Mutter schien damit gerechnet zu haben. Sie zog das Bündel vergilbter Briefe aus der Handtasche. »Ich habe sie gelesen.«

Hannah zögerte. »Und warum sollte mich das interessieren?«

»Weil du ein Recht hast zu erfahren, warum alles schiefgelaufen ist. Mein Leben, deine Kindheit. Alles.«

»Damit meinst du mich, nicht? *Ich* bin schiefgelaufen in deinem Leben. Du hast Kristján geliebt, aber er ist nicht mein Vater. Das weiß ich schon, herzlichen Dank.«

»Du … du weißt es? Wie?«

»Mama, spar uns den Mist. Ich glaube, wir können nichts mehr retten zwischen uns.«

»Hannah, bitte. Ich … mir ist einiges klar geworden und ich möchte mich entschuldigen. Es tut mir so unendlich leid. Ich weiß, dass ich keine gute Mutter war.« In ihren Augen stand so viel Schmerz, eine tiefe Trauer, aber auch Reue und Scham.

»Wieder so eine treffende Formulierung«, spottete Hannah.

»Bitte, nur fünf Minuten«, bat Monika noch einmal.

Hannah seufzte, dann nieste sie erneut. »Von mir aus, aber nur, weil es mir hier draußen zu windig ist und ich Schnupfen habe.«

Monika war immerhin so klug, nichts darauf zu erwidern.

Hannah ging voraus und führte sie in die Küche – sie sollte es sich nicht im Wohnzimmer gemütlich machen, das würde einen falschen Eindruck erwecken. Sie wollte ihre Mutter so schnell wie möglich wieder loswerden, bat ihr aber aus Höflichkeit einen Tee an.

»Ja, gerne«, sagte sie und setzte sich an den altmodischen Küchentisch. »Du hast es dir gemütlich eingerichtet. Gefällt mir viel besser als in Lüneburg.«

»Es sind nicht mal meine Möbel, vermutlich liegt es daran.«

Monika seufzte. »Ach, Hannah.«

»Ja, schon gut.« Sie goss heißes Wasser in einen Porzellanbecher und hängte dann je einen Beutel Früchtetee hinein. »Bitte.«

Dann setzte Hannah sich auf die andere Seite und klammerte sich an ihrer Tasse fest. »Deine fünf Minuten laufen ab jetzt.«

Monika senkte den Blick und schaute auf ihre ineinander gefalteten Hände. Sie war blass, ihre Lippen schmal. »Peter und ich, wir waren seit der Kindheit befreundet, irgendwann wurde mehr daraus. Wir haben uns verlobt.«

»Ja, den Teil der Geschichte kenne ich.«

»Einige Wochen vor unserer Hochzeit bin ich mit meinen Eltern nach Island gereist, er wollte nicht mit, weil er seine Karriere vorantreiben musste.«

»Auch das ist mir bekannt.«

»Auf Island habe ich dann Kristján kennengelernt. Es war verrückt, Liebe auf den ersten Blick.« Hannah sah, wie das Gesicht ihrer Mutter sanftere Züge annahm, als wäre sie in Gedanken weit weg. Daher schwieg sie und ließ sie weiterreden.

»Zuerst wollte ich nicht wahrhaben, dass da mehr zwischen uns war. Ich habe mir eingeredet, es sei nur ein Flirt, der nichts bedeutet. Dass ich bloß Peter ärgern wollte. Der wusste natürlich von nichts. Ich war sauer, verletzt und habe mich zurückgesetzt gefühlt. Jedenfalls«, sie räusperte sich und hob den Teebeutel aus dem Becher und legte ihn auf ein Tellerchen daneben, »meine Eltern haben es mitbekommen, und ich bin mit Kristján durchgebrannt.«

»Durchgebrannt?«

»Ja, er lebte in ärmlichen Verhältnissen, er war Fabrikarbeiter, das war mir alles egal, weil er mich so liebte, wie ich war. Er unterstützte mich und war der Einzige, der mich darin bestärkte, meine Träume zu leben.«

Hannah fragte sich, warum ihre Mutter ihre Träume begraben hatte. Als hätte sie sie mit Kristján verloren.

»Natürlich sind Oma und Opa damit nicht einverstanden gewesen, sie haben mich belogen und Kristján vermutlich auch. Sie haben uns auseinandergebracht.«

»Wie kann das denn sein? Ich meine …«

»Die Zeiten waren anders als heute. Man konnte sich nicht mal eben eine SMS aufs Handy schicken und Missverständnisse ausräumen.«

»Aber das? Telefone gab es immerhin schon.«

»Hannah, du hast keine Ahnung, wie Oma und Opa sein konnten. Meine Mutter hat mir zu diesen Briefen einen von ihr beigelegt, sie hatte nicht mal den Mut, mir ihre Vergehen von Angesicht zu Angesicht zu erklären.«

»Na ja, ich habe erst kürzlich einen Eindruck davon bekommen, wie Oma so drauf ist«, gab Hannah zu.

Monika sprach weiter, erzählte davon, wie sie mit Kristján im Sommerhaus Zeit verbracht hatte, dass sie vereinbart hatten, dass sie die Verlobung lösen und dann zurückkommen würde.

»Und dann stand ich in dieser Kneipe und er sagte zu mir, dass er Geld von meinen Eltern angenommen hat, das sie ihm versprochen haben, wenn er sich nicht mehr bei mir meldet. Na ja, direkt gesagt hat er es nicht. Zumindest hat er es nicht abgestritten, wie ich es erwartet hatte. Dabei weiß ich heute, dass er verletzt war, weil ich ihm das überhaupt zugetraut habe. In den Briefen hat er mir das immer wieder geschrieben.«

Sie zog das Bündel hervor und faltete einen Brief auseinander, den sie Hannah reichte.

Liebste Monika,
ich hoffe, es geht dir gut. Ich habe aufgehört, die Briefe zu zählen, die du nicht beantwortest, und langsam wird mir klar, dass du vermutlich niemals zurückscheiben wirst. Diese Erkenntnis tut sehr weh, es zerreißt mich innerlich. Ich

verstehe, dass du unglaublich enttäuscht von mir bist. Ich kann dir nur immer wieder versichern, dass ich das Angebot deiner Eltern niemals auch nur für eine Sekunde in Betracht gezogen habe. Ich habe Nein gesagt, weil ich dich liebe. Weil ich mit dir leben will. Gleichzeitig habe ich befürchtet, dass deine Liebe zu mir vielleicht abkühlen würde, wenn du wieder zurück in deiner alten Umgebung bist. Dass du dann begreifen würdest, dass das mit uns doch keine Zukunft hätte. Was kann ich dir schon bieten … meine Zweifel habe ich an diesem Tag in Alkohol ertränkt, ich habe falsch reagiert, als du mich gefragt hast. Ich war so enttäuscht, dass du es mir überhaupt zugetraut hast, dass ich jeglichen Mut auf eine gemeinsame Zukunft verlor, dass ich nicht sprechen konnte. Ich hätte NEIN brüllen müssen, stattdessen habe ich kein Wort herausgebracht.

Heute weiß ich, dass es dumm war, vielleicht hätte es alles geändert, wenn ich mehr um dich gekämpft hätte, dir gesagt hätte, dass ich dich gegen kein Geld der Welt eintauschen würde. Ich habe versagt, weil ich nicht mutig genug war.

Aber heute schreibe ich dir, weil ich das Schiff gekauft habe. Und weißt du, wie ich es nenne? Kría. Weißt du noch? Als wir das erste Mal gemeinsam nach Hrísey gefahren sind, das war der schönste Tag meines Lebens. Die Zeit mit dir war die schönste meines Lebens. Du bist die Frau, die ich liebe.

Bitte komm zurück zu mir. Dies ist mein letzter Brief an dich. Ich verstehe, dass keine

Antwort auch eine Antwort ist. Wenn du uns eine Chance gibst, dann komm nach Island, zu mir. Ich warte am siebenundzwanzigsten August am Flughafen in Keflavík auf dich. Wenn du nicht aus der Maschine steigst, für die ich dir das Ticket in diesem Brief beilege, dann weiß ich, dass du keine Zukunft für uns siehst, und werde dich in Ruhe lassen.

Bitte gib uns eine Chance.

In Liebe, dein Kristján

»Selbst wenn ich von diesen Briefen gewusst hätte, ich hätte nicht kommen können«, wisperte Monika, eine Träne tropfte auf die Tischplatte.

»Weil du mit mir schwanger warst«, schlussfolgerte Hannah.

»Ich konnte nicht mehr zu Kristján zurück. Ich habe mein Leben selbst ruiniert. Das habe ich ganz allein und ohne die Hilfe meiner Eltern geschafft.«

»Was ist nur passiert?«

»Er hätte mich nicht gewollt, wenn er das gewusst hätte.« Monika wischte sich über die Wangen.

»Willst du mir sagen, wer mein Vater ist?«

»Ich war so dumm, Hannah. Ich bereue nichts mehr als diese Nacht.«

Hannah schluckte. Sie hatte es ihr ganzes Leben gespürt. Dass sie nicht gewollt war. Es tat weh. »Ich weiß.«

»Nein, nein«, Monika blickte erschrocken auf. »Hannah, ich liebe dich. Ich liebe dich wirklich, auch wenn ich Schwierigkeiten habe, das zu zeigen. Ich hätte mir nur gewünscht, dass du nicht das Kind eines anderen wärst.«

Hannah konnte nicht sprechen, ihre Kehle war wie zugeschnürt. Ihr lagen schnippische, zynische Kommentare auf der Zunge, aber kein Ton kam heraus.

»Kristján hat Träume in mir geweckt und mich ermutigt, sie zu leben. Es war unglaublich schön. Mit ihm ist auch mein Plan, Malerin zu werden, in Rauch aufgegangen. Es ist jedoch mein größter Fehler, dass ich immer, wenn ich dich ansah, meinen Verlust vor Augen geführt bekam und Magnús vor mir sah. In einer Kurzschlusshandlung habe ich mit jemandem geschlafen, der mir nichts bedeutet hat. Es war dumm und unreif.« Sie nahm Hannahs Hand. »Und trotzdem würde ich es nicht ungeschehen machen wollen. Du bist mir so wichtig. Bitte verzeih mir, dass ich das so lange nicht gezeigt habe.«

Hannahs Augen füllten sich mit Tränen. Sie wollte ihrer Mutter glauben, aber all die Jahre …

»Magnús?«, war alles, was sie hervorbrachte. Den Namen hörte sie zum ersten Mal.

»Er heißt Magnús Sturlaugsson und war der Sohn der Freunde meiner Eltern.«

»O mein Gott.« Hannah stöhnte. »Weißt du, wo er lebt?«

Monika schlug die Augen nieder. »Nein, ich habe keinen Kontakt mehr. Aber Island ist nicht so groß, man … man wird es herausfinden können.«

Hannah wurde schwindelig. Magnús hieß ihr Vater und womöglich lebte er gar nicht weit entfernt von ihr. Wie würde er wohl reagieren? Würde er sich freuen, nach all den Jahren zu erfahren, dass er eine Tochter hatte? Hannah schob den Gedanken beiseite. Jetzt ging es zunächst um sie und ihre Mutter.

»Warum hast du nur alle deine Träume aufgegeben und *mir* die Schuld dafür gegeben?«

»Ich war so dumm, Hannah. Ich wollte mich bestrafen, dabei hast du alles abbekommen. Es tut mir unendlich leid. Kannst du mir das jemals verzeihen?«

Hannah blickte auf. »Ich weiß es nicht.«

»Das verstehe ich. Ich gehe jetzt wohl besser.« Monika stand auf, ihren Tee hatte sie nicht angerührt.

»Wo … wo gehst du hin?«

»Ich habe mir für ein paar Tage in einer Pension ein Zimmer gebucht. Ich würde Max gerne sehen, wenn es dir recht ist, ehe ich zurückfliege. Und ein bisschen Zeit mit dir verbringen, wenn du kannst?«

»Sicher, er ist dein Enkelkind.« Sie schauten sich einige Sekunden an, während Hannah nicht auf die zweite Frage einging. »Weißt du, Kristján hat geheiratet. Er hat hier gelebt, seine Frau, ähm, Witwe, lebt hier. Sie ist sehr nett.«

Monika schluckte. »Ich weiß nicht, ob ich es schaffe, mit ihr zu sprechen.«

»Sie weiß von dir. Kristján ist wohl nie über dich hinweggekommen.«

Monika wirkte erschüttert, aber sagte nichts.

»Sie konnten keine Kinder bekommen.« Hannah brauchte nicht zu sagen, was sie dachte. Ihre Mutter begriff auch so, dass Kristján Monika vermutlich auch noch geliebt hätte, wenn sie von ihrem Fehltritt berichtet hätte.

»Ich war zu feige, und den Preis dafür habe ich mein Leben lang bezahlt«, stieß sie tonlos hervor und ging mit langsamen, schweren Schritten aus dem Haus.

Hannah blieb mit den Briefen am Tisch sitzen und begann zu lesen. Wieder und wieder flogen ihre Augen über die Zeilen. Eine verzweifelte, verlorene Liebe. Sie weinte still.

Kapitel 33

Lüneburg 1978

Es war ein heißer Tag Ende August, als Monika in ihrem Brautkleid vor dem Spiegel stand. Ihre Haare waren zu einer atemberaubenden Frisur hochgesteckt worden, in der Perlen glitzerten. Das Kleid saß perfekt, der runde Ausschnitt betonte ihre hervorstehenden, geraden Schlüsselbeine und zeigte den Ansatz ihres Busens. Der Schleier reichte bis zu ihrer Hüfte, die weiße Farbe strahlte im Sonnenlicht, das durch das Fenster schien, so hell, als ob es sie verhöhnen wollte. Sie als Braut in Weiß, es kam ihr vor wie ein riesiger Witz. Als ob sie nicht schon schwer genug daran zu knabbern hatte, eine Lüge zu leben. Ihre letzten Minuten als Monika von Wolff waren angebrochen, der Friseur war gegangen, die Schneiderin auch.

Nicht weinen, nahm sie sich vor. Gleichzeitig kämpfte sie gegen die aufsteigende Übelkeit an, die sie seit einiger Zeit begleitete. Das Schrillen des Telefons ließ sie zusammenfahren.

Sie sollte nicht drangehen, sicher hatte sich jemand verwählt. Alle Welt wusste, dass heute eine Hochzeit im Haus von Wolff anstand. Zumindest die Welt, die die Familie kannte.

Das Schrillen schien immer eindringlicher zu werden. Monika seufzte und hob ab.

»Von Wolff«, sagte sie in den Hörer.

»Monika?«, erklang eine leise, weibliche Stimme am anderen Ende.

»Ja, wer ist denn da?«

»Ich bin es. Karitas.«

»Karitas?« Monikas Herz machte einen Satz. Sie hatte nichts von ihr gehört, seit sie aus Island abgereist war. Nervös spielte sie mit dem gedrehten Kabel des Telefons.

»Ja, ich weiß, dass du heute heiratest.« Sie zögerte. Monika wollte gerade sagen, dass es für Glückwünsche noch zu früh sei, als Karitas weitersprach. »Hör zu, ich … ich muss dir etwas sagen.«

Monika atmete tief ein, ein seltsames Gefühl beschlich sie. »Was ist so wichtig, dass du mich heute, am Tag meiner Hochzeit, anrufst?«

»Es geht um Kristján.«

Alleine seinen Namen zu hören, schmerzte mehr, als jede offene Wunde es je tun könnte. »Was ist mit ihm?«

»Pass auf, es fällt mir nicht leicht, du kannst mir glauben, dass ich in den letzten Wochen mehr als nur einmal den Hörer in der Hand hatte. Aber ich habe mich nicht getraut.«

Monika wurde schwindelig, sie musste sich am Tisch vor ihr festhalten. »Sag es!«, forderte sie mit bebender Stimme.

»Kristján hat das Geld nie genommen, Monika.«

Sie schnappte nach Luft. »Was?«

»Du erinnerst dich doch bestimmt, deine Eltern haben ihm Geld angeboten, wenn er dich in Ruhe lässt. Er hat abgelehnt, aber ihm war klar, dass ihr keine Zukunft haben würdet. Dass er dir nichts bieten kann. Deswegen hat er dich gehen lassen. Aber er war bei mir, Monika. Er hat nach deiner Adresse gefragt. Er liebt dich immer noch.«

Monika musste würgen, sie schloss die Augen und atmete tief durch. Kalter Schweiß brach aus. »Ich habe keine Post erhalten.«

»Vielleicht traut er sich nicht, Monika. Aber du musst wissen, er liebt dich wirklich. Er ist nicht so, wie du glaubst.«

»Du … du hast mich angelogen. Warum?«

»Meine Eltern haben mich gezwungen. Sie haben mich vor die Wahl gestellt: Kopenhagen oder diese eine kleine Lüge …«

Monika griff sich an die Stirn. Sie war fassungslos. Noch eine Lüge … »Danke, dass du es mir gesagt hast«, gab sie kaum hörbar zurück.

»Komm zurück, Monika. Kristján wartet auf dich. Heirate Peter nicht.«

Stille Tränen liefen über ihre Wangen. »Ich … kann nicht. Es tut mir leid.«

Monika ließ den Hörer sinken. Kraftlos ließ sie sich auf den Stuhl neben dem Telefontisch gleiten und legte die Hand auf ihren noch flachen Bauch.

Sie konnte nicht zu Kristján zurückgehen. Wie sollte sie ihm erklären, dass sie das Kind eines anderen unter dem Herzen trug?

Magnús wusste nichts davon. Und er sollte es auch niemals erfahren. Niemand durfte die Wahrheit erfahren.

Ein leises Klopfen an der Tür ließ sie zusammenfahren.

»Bist du so weit?« Heide von Wolff steckte den Kopf durch die Tür. »Oh, du siehst bezaubernd aus.«

Monika atmete durch und sah ein letztes Mal in den Spiegel. Sie war eine hübsche Braut, aber ihre Augen waren leer. In ihrem Leib wuchs ein neues Leben, für das sie nun verantwortlich war. Ein Kind, das niemals hätte entstehen dürfen.

Aber nun trug sie es in sich. Monika hatte mit sich gehadert, als sie Peter am Flughafen begrüßt hatte. Ihre Eltern hatten sie beschworen, nichts zu sagen, nichts von ihrem Davonlaufen, dem anderen Mann. Es sei doch nur ein dummer Flirt gewesen. So hatte sie geschwiegen, weil sie das Furchtbare da bereits geahnt hatte: Sie war schwanger.

Sie war zu schwach. Den Mut, in ein neues Leben aufzubrechen, hatte sie verloren. Sie konnte nicht mehr dafür kämpfen.

Der Mann, den sie liebte, hatte *sie* betrogen. Nun war sie von einem anderen schwanger. Selbst wenn sie mit Kristján redete und er sie noch wollte – wie sollte sie ihm erklären, dass sie von Magnús ein Kind erwartete?

Sie brauchte einen Vater für das Kind. Sie konnte es nicht allein großziehen. Das schaffte sie nicht.

»Ja, Mutter. Ich bin so weit.«

Und so ging sie hinab, stieg in die Kutsche, vor die zwei Schimmel gespannt waren, und ließ sich zur Johanniskirche bringen, wo Peter vor dem Altar auf sie wartete.

Es war ein milder Tag, Vögel zwitscherten, Bienen summten. In ihr war alles still. Alles, bis auf den puckernden Herzschlag des Kindes.

Kapitel 34

Húsavík 2018

Hannah saß mit Monika und Freyja am Küchentisch beim Frühstück. Die beiden hatten sich tags zuvor im Café kennengelernt, und nach einer kurzen, befangenen Minute hatte sich das Unbehagen in Rauch aufgelöst. Hannah war seltsamerweise glücklich darüber, dass dieses Zusammentreffen nicht zu einem Desaster geworden war. Sie hatte herausgefunden, dass Magnús Sturlaugsson noch immer in Akureyri lebte, sich jedoch noch nicht getraut, ihn zu kontaktieren. Sie wusste einfach nicht, was sie ihm sagen wollte. Und sie hatte Angst vor seiner Reaktion.

Monika fragte Freyja gerade: »Möchtest du noch etwas Kaffee?«

»Ja, danke. Das wäre nett. Und ich habe auch noch etwas für dich«, erwiderte Freyja und zog eine Mappe aus ihrer Tasche, die sie dann auf den Tisch legte.

»Was ist das?«

»Das sind Kohlezeichnungen, sie sind von dir, wenn ich das richtig verstanden habe. Ich dachte, du möchtest sie vielleicht zurück?«

Monika wurde blass und schluckte. »Ich … ich weiß gar nicht, was ich sagen soll.«

»Ist schon gut, Mama«, mischte sich Hannah ein. »Du musst sie dir nicht jetzt ansehen.«

Freyja nickte und schob die Mappe zu Monika. »Bitte, sie gehören dir.«

Hannah hatte in den letzten Tagen viel mit ihrer Mutter geredet, sie begann zu verstehen, warum sie so gehandelt hatte. Natürlich konnte man eine verkorkste Kindheit nicht einfach mit ein paar Gesprächen beseitigen, aber Monika hatte sie mehrfach darum gebeten, ihr eine Chance zu geben, ihr versprochen, es fortan besser zu machen, und Hannah wollte es, auch Max zuliebe, versuchen. Dass das nicht von heute auf morgen gehen würde, war klar.

»Ist es in Ordnung, wenn ich euch einen Moment alleine lasse? Ich wollte noch mal nach Jón sehen.«

»Natürlich«, sagte Freyja und lächelte.

Monika nickte. »Wir kommen zurecht, nicht Freyja?«

Hannah war froh, dass sich dieser Punkt in ihrem Leben, wie es den Anschein hatte, positiv entwickelte, und stand auf.

Jón ruhte auf einer Liege auf der Terrasse hinter Hannahs Haus, über seinen Beinen lag eine Decke. Der Himmel war wolkenlos.

»Kann ich dir noch etwas bringen?«, fragte Hannah und gab ihm einen Kuss.

»Nein danke. Komm, setz dich zu mir. Wenn du mich weiter so bemutterst, überlege ich mir das mit dem bei schlechtem Wetter Rausfahren noch mal …«

Hannah japste. »Bitte nicht!«

»Es war ein Scherz. Entschuldige.«

»Nicht besonders gelungen, muss ich dir leider sagen.«

»Du hast recht.«

»In all der Aufregung habe ich dir etwas noch gar nicht erzählt.«

»Was denn?«

»Max möchte Geige lernen.«

»Oh.« Jón sah sie neugierig an. »Und, wie fühlst du dich damit?«

Hannah streichelte seine Wange. »Es ist komisch, beängstigend, aber irgendwie auch … schön.« Sie blickte zu ihm auf und Schmetterlinge tanzten in ihrem Bauch, als sie die Liebe in seinen Augen aufleuchten sah.

»Ich bin sehr erleichtert, dass du das sagst.«

»Du hattest absolut recht. Das wollte ich dir vor ein paar Tagen erzählen, als ich nach dir gesucht habe. Aber da warst du schon …« Sie bekam noch immer eine Gänsehaut, wenn sie an diese bangen Stunden zurückdachte.

»Hey«, murmelte er sanft und nahm ihre Hand. »Es ist gut ausgegangen. Und es tut mir wahnsinnig leid, dass ich dich mit dem Bild so überrumpelt habe. Es steht mir nicht zu, so über deine Entscheidungen zu urteilen. Bitte verzeih mir.«

»Das habe ich schon längst. Und ich habe endlich verstanden, dass ich die Musik nicht von mir trennen kann. Dafür danke ich dir.«

Er strahlte sie an, berührte leicht mit zwei Fingern ihr Kinn. »Das freut mich, meine Liebe, du weißt gar nicht, wie sehr.«

Sie beugte sich zu ihm und küsste ihn. »Was wird jetzt aus dem Bild?«, fragte sie dann.

Er hob eine Augenbraue. »Es sollte ein Geschenk für dich werden, um ehrlich zu sein. Es ist nicht so gut bei dir angekommen, wie ich dachte, und ich hatte noch keine Gelegenheit, darüber nachzudenken.«

»Was ist mit Tokio?«

Er kniff die Augen etwas zusammen. »Hannah Leopold, was willst du mir mitteilen?«

Sie atmete tief ein. »Ich finde, es ist zu *genial*, um es in mein Wohnzimmer zu hängen.«

»Genial«, wiederholte er nicht ganz überzeugt.

»Das ist es wirklich.«

»Oder willst du es vielleicht einfach nicht jeden Tag vor Augen haben?«

»Das ist es wirklich nicht. Aber du musst doch zugeben, dass du dich damit ganz neu erfunden hast, oder?«

»Ja, deswegen hat es auch so lange gedauert. Manchmal habe ich stundenlang davorgestanden, weil ich mir nicht sicher war, wie ich jetzt weitermachen sollte.«

»Ich finde, du darfst es mit nach Tokio nehmen. Ich erlaube es dir«, sagte Hannah und zwinkerte.

Jón atmete scharf ein. »Denkst du?«

»Unbedingt.«

Er hielt ihre Hand fester. »Würdest du mich begleiten? Ich weiß schon, du scheust das Klischee … der Künstler und die Muse. Aber ich hätte dich so gern bei mir.«

Hannah lachte verlegen. »Ich wusste, dass du irgendwann darauf zurückkommen würdest. Aber solange ich nicht *nur* deine Muse bin, bin ich es gern.«

»Und, was sagst du? Kommst du mit?«

»Was ist mit Max?«

»Wie wäre es, wenn eine der Omas sich um ihn kümmert? Es sind ja nur ein paar Tage.«

»Es ist kaum zu fassen, dass meine Mutter von sich aus auf Freyja zugegangen ist. Als sie am Tag ihrer Anreise hier war, hätte ich das nie gedacht.«

»Sie scheint wirklich erst jetzt einiges begriffen zu haben.«

»Ja, besser spät als nie, oder?« Hannah konnte es kaum fassen, aber es schien wirklich so, als würde ihre Mutter sich verändern. Sie *hatte* sich verändert.

Die alte Monika wäre ihr nie nach Island hinterhergereist, um sich zu entschuldigen. Vielleicht keimte eine kleine Chance dafür auf, dass sie sich versöhnten, Hannah und ihre Mutter. Diese Hoffnung wuchs langsam in ihr.

»Wir könnten sie ja mal fragen«, schlug Jón vor. »Wie wäre es, wenn wir gleich heute Nacht einen Testlauf machen? Du könntest bei mir übernachten …«

»Du willst mich nur für dich allein haben.« Sie grinste.

Jón zog sie auf seinen Schoß. Hannah schrie überrascht auf und lachte. »Mein Gott, du scheinst ja schon wieder bei Kräften zu sein.«

Er hinterließ eine Spur aus heißen Küssen auf ihrem Hals. »Du gibst mir Kraft, Hannah.« Seine Pupillen waren geweitet, die Hände fuhren unter ihre Bluse und streichelten ihre nackte Haut.

»Jón«, seufzte sie, schloss die Augen und legte ihren Kopf in den Nacken.

»Na, was meinst du?«, brummte er.

»Ich meine: Lass uns reingehen.«

Er lachte heiser. »Ich hatte gehofft, dass du das sagst.«

Hannah rutschte von seinem Schoß und zog ihn ächzend auf die Beine. Hand in Hand gingen sie über die Treppe nach oben, ein Schritt von vielen in ein neues, gemeinsames Leben.

Epilog

Akureyri 2018

Der erste Schnee hatte sich in der letzten Nacht auf die Berge und Täler gesenkt. Die Welt sah wie gepudert aus, während das dunkle Wasser im Eyjafjord geheimnisvoll schimmerte. Hannah war schrecklich aufgeregt, als Jón seinen Wagen vor einem Haus in Akureyri parkte.

»O Gott«, stieß Hannah hervor. »Ich kann das nicht.«

Jón legte ihr eine Hand auf den Oberschenkel und drückte sie aufmunternd. »Doch, du kannst. Ich bin bei dir.«

»Dafür bin ich dir unendlich dankbar.«

In den letzten Wochen hatten sie ihre Liebe vertieft, sie war sogar mit ihm nach Tokio gereist, während Freyja und Monika sich auf Island um Max gekümmert hatten. Das Bild war zum Herzstück der Ausstellung geworden und sorgte in der Kunstszene allerorts für Schlagzeilen. Jóns Gemälde waren gefragter denn je. Er wollte dennoch kürzertreten und sich vorerst mehr auf sie und ihre kleine Familie konzentrieren.

Freyja freute sich riesig über das Stief-Enkelkind und Monika entwickelte sich tatsächlich zur liebevollen Großmutter. Es schien, als hätte sich mit dem Auftauchen der Briefe ein Knoten gelöst, der sie all die Jahre davon abgehalten hatte, Emotionen zuzulassen. Hannah war ein Stein vom Herzen gefallen. Und Jón an ihrer Seite zu haben, machte sie überglücklich.

Ohne ihn hätte sie auch nie den Mut aufgebracht, Magnús zu kontaktieren.

»Ich weiß gar nicht, warum ich so nervös bin«, plapperte sie. »Mama hat ihn ja schon getroffen. Er weiß Bescheid. Ich bin also keine vollkommene Überraschung mehr.«

»Es ist doch nachvollziehbar, dass dich das aufwühlt.«

Sie schüttelte ungläubig den Kopf. »Dass ich auch noch zwei Halbbrüder habe. Es ist einfach … so surreal.«

»Alle freuen sich darauf, dich kennenzulernen.«

»Was, wenn mein Vater mich nicht mag? Wie soll ich ihn ansprechen?«

»Du kannst ihn fragen, wie er sich das vorstellt. Er wird sich darüber sicher auch Gedanken gemacht haben.«

»Papa würde sich jedenfalls komisch anfühlen.«

»Dann sag Magnús.«

Hannah fuhr sich mit der Hand über das Gesicht. »Nein, lass uns wieder fahren. Ich kann das nicht.«

Jón nahm ihre Finger in seine. »Wir gehen da jetzt rein.«

Hannah atmete geräuschvoll aus und schloss die Augen. Ihr war schlecht. »Na gut.«

Kurz darauf standen sie vor einem weißen Haus mit einem Flachdach. Hinter den Gardinen brannte Licht. Sie drückte den Klingelknopf. Schon nach einigen Sekunden wurde die Tür geöffnet. Ein hochgewachsener Mann mit silbergrauem, vollem Haar und freundlichen, wachen Augen öffnete.

»Guten Tag«, sagte er und lächelte. »Hannah, wie schön.«

Und dann zog er sie in seine Arme und drückte sie. Hannah wusste erst nicht so recht, wie sie reagieren sollte, aber schließlich erwiderte sie die Umarmung.

Es dauerte eine kleine Ewigkeit, die sich sehr schön und seltsam vertraut anfühlte. »Kommt doch bitte rein«, sagte Magnús mit rauer Stimme. Seine Augen wirkten wässrig, während er weiterhin glücklich lächelte.

Jón und er machten sich bekannt, dann zogen die Ankömmlinge ihre Schuhe im Flur aus und folgten ihm ins Wohnzimmer. Perser lagen über dem Parkett, dunkle Ledermöbel dominierten das Zimmer. Ein großes Bücherregal war von oben bis unten vollgestopft. In der Küche klapperte jemand mit Geschirr, dann verstummten die Geräusche und Fußtritte kamen näher.

»Hallo!« Lächelnd wirbelte eine ältere Dame ins Zimmer. Sie hatte fröhliche Augen und trug eine quietschgrüne Bluse zu ihrem blonden Pagenkopf. »Du musst Hannah sein. Herzlich willkommen. Ich bin Karitas, deine Tante!« Sie umarmte Hannah stürmisch.

Hannah schluckte und blinzelte. Mit so viel Herzlichkeit hatte sie nicht gerechnet. »Freut mich«, murmelte sie.

»Lass dich mal anschauen.« Karitas trat einen Schritt zurück. »Gott, du bist ja bildhübsch! Und deine Haare. Siehst du, Magnús? Wie die von Großmutter. Wie wundervoll, beneidenswert!«

Hannah lächelte schüchtern.

»Bitte, setzt euch doch«, sagte Magnús und deutete aufs Sofa. Kaffeetassen und isländisches Gebäck, *Kleinur*, waren vorbereitet. »Ich bin glücklich, dass du gekommen bist.«

Hannah lächelte, Jón legte ihr eine Hand auf den unteren Rücken. »Ich auch. Ich bin sehr glücklich, dass ich euch kennenlernen darf. Wisst ihr, vor einigen Monaten sah mein Leben noch ganz anders aus. Ich war allein mit meinem Sohn und habe mich sehr einsam gefühlt.« Sie nahmen Platz und Karitas schenkte Kaffee ein.

Hannah fuhr fort. »Ich … ich war ziemlich verloren. Und dabei wusste ich nicht einmal selbst, was oder wonach ich auf Island suchen wollte. Und jetzt, ein paar Monate später, habe ich eine ganze Familie und noch mehr Freunde gefunden! Es ist … ich kann das alles gar nicht fassen.«

Magnús nickte und lächelte liebevoll. »Es tut mir leid, dass ich dich erst jetzt kennenlerne, Hannah. Mir ist klar, dass ich nicht vierzig Jahre aufholen kann, aber ich würde mich freuen, wenn ich dich ab jetzt ein Stück weit begleiten dürfte.«

»Das wäre sehr schön.«

Sie verbrachten den ganzen Nachmittag und Abend gemeinsam. Es war spät, als Hannah und Jón sich verabschiedeten, aber nicht, ohne zu versprechen, bald wiederzukommen. Magnús war Witwer, Karitas lebte mit ihrem Mann ein paar Straßen entfernt.

Als Hannah schließlich wieder mit Jón im Auto saß, gab sie ihm einen innigen Kuss. »Danke.«

»Wofür?«

»Dass du an meiner Seite bist.«

»Das werde ich immer sein, mein Herz.«

Er ließ den Motor an und fuhr in Richtung Húsavík los. »Aber eine Frage habe ich noch«, sprach Jón weiter.

»Schieß los«, forderte Hannah ihn auf.

»Du hast keine Sehnsucht nach Deutschland?«

»Bestimmt nicht. Ich habe alles hier, wonach ich mich immer gesehnt habe. Und Nils wird damit zurechtkommen, da bin ich mir sicher. Wir finden eine Regelung.«

Jón nickte zustimmend. »Kommst du denn klar mit den langen Wintern?«

»Das werden wir dann sehen, aber ich glaube schon. Und wenn nicht, feiern wir Weihnachten auf Hawaii.« Sie lächelte ihn an.

»Ja, das wäre definitiv mal was anderes.«

Hannah zögerte.

»Was ist?«, fragte er und sie wunderte sich, wie er das immer machte. Es kam ihr fast so vor, als könne er Gedanken lesen. Ein warmes Gefühl breitete sich in ihrer Magengrube aus.

»Ich habe nachgedacht«, fing sie an.

»Ja?«

»Ich … ich glaube, ich, äh«, stammelte sie.

»Hannah, egal, was es ist, sag es einfach.«

Sie atmete tief durch. »Ja, also. Ich würde gerne eine Fortbildung zur Musiklehrerin machen. So könnte ich neben dem Job im Café auch anfangen, Geige zu unterrichten.«

Jóns Kopf schnellte herum. »Das ist großartig! Bist du sicher?«

Verlegen lächelte sie. »Ja, ich denke schon. Ich weiß, es wird nicht einfach, aber … du hattest recht. Ich liebe die Musik, alles, was damit zu tun hat, zu verdrängen, war nicht die Lösung. Das habe ich jetzt verstanden.«

Sie plauderten noch eine Weile und nach einer knappen Stunde bogen sie in die Auffahrt zu ihrem Haus ab.

Jón parkte den Wagen und sie gingen ins Haus, wo Max mit Monika im Wohnzimmer auf einem Teppich mit kleinen Autos spielte. Max sprang sofort auf und rannte auf sie zu. »Mama«, rief er und Hannah zog ihn in ihre Arme.

»Gott, ich habe dich so vermisst.« Sie drückte den kleinen Kerl an sich und konnte kaum fassen, wie glücklich sie war. Hannah sah zu Jón auf, der sie beide mit so viel Liebe im Blick beobachtete, dass ihr Herz noch weiter wurde. Sie nahm Max auf den Arm und freute sich, dass Jón sie beide umarmte.

Hannah und Jón tauschten einen tiefen Blick aus, ehe Jón mit dem Kleinen nach oben ging, um ihn bettfertig zu machen. Jón war ein großartiger Stiefpapa und blühte in seiner Rolle auf, was Hannahs Glück perfekt machte.

Hannah und Monika blieben allein zurück. Für einen Augenblick herrschte Schweigen, dann kam Monika auf sie zu. »Wie schön, dass du wieder da bist, mein Kind.« Monika umarmte ihre Tochter fest, und zum ersten Mal seit vielen Jahren spürte Hannah, dass es ernst gemeint war.

Danksagung

Am Ende eines Romans schreibe ich diese Worte immer mit einem weinenden und einem lachenden Auge. Einerseits schmerzt es, mich von vertrauten, lieb gewonnenen Charakteren zu verabschieden, andererseits steigt die Vorfreude darauf herauszufinden, wie meine Geschichte bei meinen Leserinnen und Lesern ankommen wird. Bis zu diesem Punkt dauert es viele Monate, die nicht selten mit Tränen, Haareraufen, viel Frust und genauso viel Leidenschaft beim Schreiben verbunden sind.

An dieser Stelle möchte ich meinen ganz besonderen Dank an Inga Lichtenberg und Elisabeth Botros aussprechen, mit deren Hilfe es mir gelingt, meine Ideen von einer groben Skizze zu einem Roman werden zu lassen. Es ist mir eine große Freude, mit euch zu arbeiten.

Dank geht auch an meine Freunde und an meine Familie, allen voran an meinen Mann, der mich von Anfang an bei meinen verrückten Ideen unterstützt und mir immer Mut gemacht hat. Das ist nicht selbstverständlich, aber unbezahlbar.

Folge der Autorin auf Amazon

Wenn dir dieses Buch gefallen hat, folge Karin Lindberg auf Amazon. Dann erhältst du eine Benachrichtigung, wenn die Autorin ihr nächstes Buch veröffentlicht. Um der Autorin zu folgen, gehe bitte folgendermaßen vor:

Desktop:

1) Suche auf Amazon.de oder in der Amazon App nach dem Namen der Autorin.
2) Klicke auf den Namen der Autorin, um auf die Autorenseite zu gelangen.
3) Klicke auf den »Folgen«-Button.

Smartphone und Tablet:

1) Suche auf Amazon.de oder in der Amazon App nach dem Namen der Autorin.
2) Klicke auf einen Titel der Autorin.
3) Klicke auf den Namen der Autorin, um auf die Autorenseite zu gelangen.
4) Klicke auf den »Folgen«-Button.

Kindle eReader und Kindle App:

Wenn du dieses Buch auf einem Kindle eReader oder in der Kindle App liest, wird dir automatisch angeboten, der Autorin zu folgen, nachdem du die letzte Seite des Buches gelesen hast.

Printed in Poland
by Amazon Fulfillment
Poland Sp. z o.o., Wrocław

45328599R00208